2011年辽宁省高等学校优秀人才支持计划资助
2012年辽宁特聘教授支持计划资助
2012年辽宁省教育厅重大人文社会科学专项项目

文化场域与文学新思维

吴玉杰 著

社会科学文献出版社

SOCIAL SCIENCES ACADEMIC PRESS (CHINA)

给创作以理论评量与推动（代序）

王向峰

　　吴玉杰教授新近完成了以辽宁地区作家为评论和研究对象的专题著作《文化场域与文学新思维》，这是她对过去一段时间写的评论辽宁作家作品的文章的重新分门别类的编订，形成以文学艺术大类为章、以艺术理论范畴为节的理论评论专著，既不同于一般的作品评论集，也不同于一般的文艺理论专著，而是使评论跃升到审美研究层次的一种给创作以理论评量与推动的专题论著。很多写文艺评论的人，写过许多评论，要出书也多是一篇篇地摆在那里，既看不出篇与篇的联系，也看不到对创作有多少理论性的评量。本书则不同，由于构筑本书的原本文章上升到艺术范畴，相互之间在理论规律上本有内在的联系，所以本书并没有刻意人为的痕迹。

　　改革开放以来，特别是近十几年来，辽宁省的文学艺术发展很快，多有喜人成果，在文学的各种体类创作中都出现了新气象。比之于创作成就，文学批评显得有些薄弱，跟不上创作形势。在辽宁的文学评论者中，应该说吴玉杰是很关注辽宁地域文学的发展的，她对本地区三十多位作家的作品都有认真的分析与评论，有的是进行了专题的研究，有的是从审美层面加以细读，态度都很认真。她评论的作家及作品，有的是很著名的，得过国家大奖的；但也有一些是业余作者的作品，她都能从推动辽宁文化艺术发展方面着眼，一视同仁地、实事求是地予以分析和评论。在辽宁文学的实际成就中，散文、诗歌、短篇小说和理论评论，多有一些较为突出的成果，在本书中她的关注点也多在这些方面。在这里我想说的是：在文学评论中关注当前并关注和推动地域文学的发展是文学批评家的历史责任。东汉的王充在《论衡》中曾经富有创见地提出创造和张扬"汉美"的问题，也就是对从西汉以来的王充时代的"当代"文化艺术要给以特别关注，他认为如果千世之后的人们不能从书中见出"汉美"，那就是当世之行文者的失职，所以"鸿笔之人"当"彰汉德于百代"，不应"舍其家而观他人之室，忽其父而称他人之翁"。从总体意义上说，文艺批评的首要任务也不能不是如此。我们从本书的评论对象可以清楚地看到，吴玉杰关注的中心内容是辽宁当下的文学境况，这虽然不是像写当代辽宁文学史那样巨细俱包，但勾勒出了许多应有的重点。没有类似的评论作品，文学史的通论也没有坚实的先在基础。

人们读到的一般评论文章，多是跟随作品的结构顺势评议，评小说则跟着情节加以叙议，评散文则以作品中的事物描述加以评点，评诗歌则引句加以赞扬，而叙议完了，评点完了，引句赞扬完了，差不多评论也完了。这样的评论只属于一般读者的读后感言层次，可以自足自得，谈不上对作者与其他读者有什么意义。而真正的文艺审美评论，应该而且是必须进入思想、情感、意义与艺术价值层面的评量，不仅要见出一般读者所未见之处，而且也要见出作品的作者虽写得出但并没有深入意识到的东西。我在玉杰这部评论著作中明显地看到了这种见地，其集中的标志之一就是她对每一作品的评论都是把评量的标的放在一个或几个艺术范畴之下，片言以概要，使读者知道从作品中注意读什么，使作者知道自己究竟写出了什么。我们从书中的章、节、目的列题上看到，共六章、二十六节，这些篇目没有一个不是以审美的评论范畴为题的。对此，如果不是经过深入研究和提炼，对作品进行探赜索隐，本书不会以这样的理论状态出现。

本书虽在文艺批评的理论范畴立意立题评论作品，但评论者并不像有些评论者所做的那样，即先入为主地设立一个比较时髦的范畴，然后绑架来一个评论对象，使作品成为演绎其理论观念的试验场，以致写出的评论文章，不仅一般读者看后如入云里雾中，甚至连原创的作家也不知这评论究竟说的是谁的作品。这种故作高深的评论自然不足取，但是没有理论支撑和学理深度的评论亦不能算是真正的文艺评论。玉杰在本书中的理论评论，虽然各篇都是从审美理论的视角进入品评，在深入作品进行意蕴搜求和鉴取后，又化为理论形态的标识而出，却又不乏审美欣赏的感悟意义，这就使她的评论既免除了平面浅薄，也避免了深奥枯燥，而是达到文艺批评的学理性与鉴赏性的统一。

不论对于一位学者还是一位文艺评论家，思想修养与知识结构都是其安身立命的本质力量。而吴玉杰恰恰在这方面自觉地造就了很好的条件。她认真坚持马克思主义理论原则，尊重中国民族文化传统，广泛汲取西方现代文艺思想，善于吸收新知识，形成了学兼中西的学业修养，已成为根基稳固、专业成熟的新一代学人。她现在在美学与当代文学批评方面已经成为专业的特聘教授与博士生导师；她有北京师范大学的博士学位，又有韩国首尔大学博士后研究经验，还有美国爱荷华大学的学习经历，又有走访欧洲多国的见识，尤以她诚恳谦虚、踏实向学的品性，在今后不论是为人与为学，我们都可以满怀信心地给以更高和更大的期待。日前我在《诗纪门下学友》中以一首七绝诗写她，其言可总括上述意思："品性端方思密精，年轻博导属时英。他年专业超强手，舍汝其谁执大旌？"

2013 年 5 月 16 日

目　录

第一章

诗思史的文化构型

历史文化散文在 20 世纪 90 年代形成创作高潮。如果说，80 年代是小说和诗歌的年代，那么，90 年代则是散文的年代。这包含三方面含义：一是散文作品空前丰富；二是文化散文意蕴丰厚；三是历史文化散文思想的深刻和表现的特别。然而，90 年代，在消费文化的冲击之下，"媚俗"之作大量涌现。"媚俗，是把既成的思想翻译在美与激动的语言中，它是我们对我们自己，对我们思索的和感觉的平庸流下同情的泪水"，随着大众消费文化"对我们整个生活的包围和渗入，媚俗成为我们日常的美学观与道德"①。散文被称为"繁华遮蔽下的贫困"。在软化散文给读者带来审美疲劳的时候，历史文化散文应运而生。一方面，许多作家和读者不满足于在商品大潮推涌下充斥散文领域的情感化、软化、细化趋向和所谓的"散文消费性格"，力求提高作品的文化品位，实现一定程度的深度追求，期待着通过写作与阅读，增长智慧，解悟人生，饱享超越性感悟的乐趣，为此，进行了多方面的有益探索。另一方面，伴随着思想解放的洪潮，加之接受西方现代主义文学艺术的影响，散文作家的主体意识、探索意识增强，实现了文学自身审美原则的整合与调节，文学观念发生了重大变化。有些作家抛弃了那种平面的、现行的艺术观念和说明性意义的传达，致力于新的表现领域与抒写方式的探索。② 历史文化散文

---

① 〔捷克〕米兰·昆德拉：《小说的艺术》，唐晓渡译，三联书店，1992，第 159 页。
② 王充闾：《文化大散文刍议》，《渤海大学学报》2005 年第 1 期。

作家站在历史的废墟上，"面对历史的苍茫"，"叩问沧桑"，"沧桑无语"，"念天地之悠悠，独怆然而涕下"。那种埋藏心间多少年的意绪，在面对历史的一刹那喷涌而出。历史文化散文作家从历史中发现了创作的激情，一发而不可收。读者审美疲劳时，历史文化散文拓展了读者的文化时空和审美时空，给读者带来了深沉的审美力量。

在欣赏鲜花和品尝美酒之后，文化散文也开始走向困境。20世纪90年代初，它以非媚俗的形式超越了媚俗之作，然而，几年之后，正是它曾经所不齿的"媚俗"之冠戴到了自己的头上，这也许是"繁华遮蔽下的贫困"的另一层深意，"文化散文的困境"、"文化散文的终结"等批评屡见报端。作为历史文化散文作家，王充闾似在"潮流"之中，又似在"潮流"之外。历史文化散文好评如潮时，他冷静醒觉，找出自己文本的缺失；历史文化散文棒喝如雨时，他镇定自若，依然如故，搭建自己的散文工程。"宠辱不惊，闲看庭前花开花落；去留无意，漫观天外云卷云舒。"在一些文化散文脱去媚俗之华丽之衣所剩无几时，王充闾的历史文化散文方显示出"豪华落尽见真淳"的可贵内质。

王充闾是第一届（1995~1996）鲁迅文学奖（散文奖）获得者，他的诗思史的文化构型，体现出散文创作的新思维，正是这一点，奠定了他在文学史上的重要地位。超越时空的精神追求，超越物象的自由意识，超越文本的生命承诺，使王充闾的历史文化散文获得超越性。同时，他在创作历史文化散文时，以现代意识观照历史，融入主体情思对历史文本进行人性解读，并把对历史文本的解读体验式地传达给读者，实现了历史与现代两个时代的心灵对话，文本呈现多重对话性特征。然而，对于王充闾来说，创作历史文化散文虽有生命承诺的践行和与历史对话的欢愉，但每一次践行与对话也都是痛苦的过程，文本的苦涩美和他苦涩的生命体验与未完成性的艺术追求有关。对于王充闾来说，渴望超越，是最迫切、最真诚也最富实践性的主体诉求。他的文史随笔便是渴望超越的文本表征，显在的当下性哲思、自我的智慧性妙悟、疏放的闲谈式言说，都彰示出与历史文化散文的不同。文史随笔的哲思妙悟具有非常重要的意义和价值。当然，这还是一个"未完成"，渴望超越的王充闾依然固执地行走在历史与现实的时空，试图开启更多的生命之门，践行自己的生命承诺。

一　历史文化散文的超越性

王充闾的历史文化散文是用游记体写成的，它作为一种个性化的文本存在，有着独特的审美意蕴。面对历史，面对自然，面对文本，"我们总能深切地体验到一种超越性的感悟"①。通过历史文化散文，王充闾找寻到"个体生命的价值，超越了时空的限制，获得了最大的精神自由，从而能够站在比同时代人更高的层次上俯瞰社会人生，获得一种自我完善感和灵魂归宿感"②。在对其作品进行艺术扫描时，我们发现它充满了一种超越意识。而正是这种超越，才使王充闾的历史文化散文具有独特的审美价值。本文试图从三个方面论述这种超越的内在构成及美学内涵。

1. 超越时空的精神追求

王充闾选择历史题材作为自己审美观照的对象，他超越了现实时空，把目光投向遥远的历史；而他又不拘泥于历史，再次超越历史时空，让目光重新回到现实。他辗转于历史与现实之间，努力发现历史的精神实质，力图做到对历史的现实性思考和对现实的历史性思考。

王充闾的历史观是很严谨的，既传统，又现代。说其传统，是指他严格按照历史唯物主义的原则来看待历史，尊重历史。他不会也不可能更不屑于像有些人那样戏弄历史、嘲笑历史，这些人显示了"对过去时代的无知……感觉不到或认识不到所写对象与这种表现方式之间的矛盾，总之，文化修养的缺乏就是这种表现方式的根源"③。对历史的尊重显示了王充闾深厚的学术涵养和严谨的创作态度。说其现代，是指他不囿于历史，自觉接受新历史主义理论的合理成分。新历史主义认为，历史是作为一种文类、一种特殊的本文而存在的。④ 历史是可以阐释的，王充闾说："人们不能回避也无法拒绝对于历史的当代阐释。""对于历史过程的论述与解释，总要带着论述

---

① 王充闾：《沧桑无语》，东方出版中心，1999，第 302 页。
② 王充闾：《沧桑无语》，东方出版中心，1999，第 74 页。
③ 〔德〕黑格尔：《美学》（第一卷），朱光潜译，商务印书馆，1981，第 338 页。
④ 〔美〕海登·怀特：《元历史：19 世纪欧洲的历史想象》，载张京媛主编《新历史主义与文学批评》，北京大学出版社，1993，第 56 页。

主体、研究主体的剪裁、选择、判断、描绘的痕迹。"王充闾又避免了新历史主义忽视历史客观性的缺点，做到了真正科学地对待历史。"因为历史是既成事实，对任何人来说，它的过程和结果都是客观的、不可变易的。人们评价的标准和尺度可以变化，但历史本体是客观存在，不以人的意志为转移。"①王充闾既尊重历史的客观性，又把历史放在当代的状态下进行阐释。在他的思维空间中，现在是历史的延续，历史为现在提供依据。所以，他不停地叩问历史，寻找历史与现实之间的内在联系。

王充闾的历史观影响着他的文学观及创作实践。写历史题材的文化散文，"我们不是要恢复传统的生活，而是以发展为前提，探求含蕴发展理念的传统精神"。对此，郭沫若曾经说过这样的话："史学家是发掘历史的精神，史剧家是发展历史的精神。"② 对于文学创作来说，"发展历史的精神"是其艺术的血脉。史学与文学是两种不同的观照世界的方式，历史题材文化散文，把二者有机地联系在一起，但二者毕竟是两种不同质的东西，所以更要把握二者之间的区别。亚里士多德说："二者的差别在于一叙述已发生的事，一描述可能发生的事。因此写诗这种活动比写历史更富于哲学意味，更被严肃的对待；因为诗所描述的事带有普遍性，历史则叙述个别的事。"③ 历史的客体是一种自在的存在，而历史的精神则在创作主体的激活下获得重生。具体的历史是暂时的，而作为历史本质的精神却是永恒的。发展历史精神，便使历史散文获得了哲学意味，获得了普遍性存在的审美价值。

王充闾用精神的链条把历史与现实紧紧联系在一起。他"一只脚站在往事如烟的历史尘埃上，另一只脚又牢牢地立足于现在。作家立足现在而与历史交谈，是一种真正的历史对话，但他的宗旨绝不是简单地再现过去，而是从对过去的追忆、阐释中揭示它对现在的影响和历史的内在意义"④。只有对现在有影响的过去才是历史散文家要表现的，否则那过去便真的一去不复返，永远成为过去。黑格尔说："这些历史的东西虽然存在，却是在过去存在，如果它们和现代生活已经没有什么关联，它们就不是属于我们的，尽管我们对

---

① 王充闾：《沧桑无语》，东方出版中心，1999，第 299 页。
② 《郭沫若论创作》，上海文艺出版社，1983，第 501 页。
③ 〔古希腊〕亚里斯多德：《诗学》，人民文学出版社，1997，第 28 页。
④ 王充闾：《沧桑无语》，东方出版中心，1999，第 294 页。

它们很熟悉；我们对于过去事物之所以发生兴趣，并不只是因为它们有一度存在过。历史的事物……只有在我们可以把现在看作过去事件的结果，而所表现的人物或事迹在这些过去事件的联锁中形成主要的一环时，只有在这种情况下，历史的事件才是属于我们的。"[①] 王充闾用精神超越了时空的限制，发现了历史与现实共同的东西。在《文明的征服》中，他用艺术的语言叙述了历史的事实，并深刻地感悟到："战争的胜利者在征服敌国的过程中接受了新的异质的文明；这种新的文明最后又反过来使它变成了被征服者。"[②] 文明成了最后的征服者。王充闾在此超越了历史事实本身，获得了一种真理性的认识，无论在成为历史的过去，还是在现在，文明都是无法抗拒的。

王充闾自觉地站在当代文化的高度观照历史，但是他不是把历史与现实生搬硬套在一起，而是叙述古今共同的精神实质。"当代的立足点，应是事物的本质，并不完全要求回答现实生活中某个具体社会问题，也不完全在于是否与形势的机械吻合。"这样，王充闾的创作超越一般意义上的功利性目的，获得了一种形而上的审美意义，像康德所说的"无目的合目的性"。王充闾和十七年散文家秦牧的追求很不相同。秦牧的散文旁征博引，谈古论今，但是他最终总要演绎出一个政治主题，这是政治思维模式的结果，与当时意识形态的主流话语（政治话语）密切相关。王充闾注意到十七年散文的局限，他时时刻刻提醒自己，在古今中不追求表象的、浅层次的对照或吻合，而追求一种更深、更高层次的汇通融合。所以，在他的笔下，我们看不到最直接的现实，现实总是委婉曲折地辉映历史。他对现实的观照"有意识地延宕一段时间，搁在心里沉淀一下"，"有一番沉潜涵咏功夫"[③]，从而形成了对现实的有距离的审美观照。在这一点上，王充闾和余秋雨相同，余秋雨在解读历史中也确立当代精神标高，文本中直接关于"当下"的文字也甚少。这可能是历史文化散文的一个共性吧。

历史散文作家在涉及当下时显得很含蓄，倾向没有特别地指出来，可以说是"不著一字，尽得风流"，这是一种臻于成熟的艺术化境。但是，在阅读文本时存在这样一个问题，由于读者的修养有限，能否把握住文本后面的审

---

① 〔德〕黑格尔：《美学》（第一卷），朱光潜译，商务印书馆，1981，第 346 页。
② 王充闾：《沧桑无语》，东方出版中心，1999，第 170 页。
③ 王充闾：《沧桑无语》，东方出版中心，1999，第 299 页。

美内涵呢？历史文化散文取材历史，这虽然可以"由记忆而跳开现时的直接性"，"可以达到艺术所必有的对材料的概括化"①，但是，这也容易与读者形成距离，如果对现实的观照很少，又很含蓄，那么读者恐怕很难接受，造成阅读上的障碍。这就要求作者在创作中既要考虑艺术空白的审美价值，又要考虑读者的理解和他们的审美期待，应该让读者在文本的暗示中领悟历史的启示，加深对现实的思考，找到古今共同的精神实质。

以当代的视点观照历史、以历史的视点观照当代，但又很少直接涉及当代的具体问题，王充闾追求的是"含蕴发展理念的传统精神"，从而使其历史文化散文具有一种内在的超越意蕴。

2. 超越物象的自由意识

王充闾的历史文化散文是他在踏访全国诸多的名胜古迹后，结合自己的人生体悟而创作的。他观照历史，是从历史遗迹——现实存在的自然中开始的。他对历史的感兴，促使他游赏历史的遗迹，发掘人文山水中的历史意蕴；站在现实自然山水中，又触发他对历史的激情，达到与自然、历史交融的状态。"站在大自然的一座座时空立交桥上"，他有一种"走向自由、自在的轻松"②。在既是历史的又是现实的自然中，他超越了具体的自然物象，获得了一种真正的自由意识。

文学创作的过程是主体的对象化和对象的主体化过程，由此，我们可以说王充闾的散文是"自然的主体化"、"主体的自然化"，主体与自然融为一体。"自然，作为艺术的对象，都是人的意识的一部分，是人精神的无机界，是人必须事先进行加工以便享用和消化的精神食粮。"③ 每当他"徜徉于大自然敞开的大地上，总有一种生命还乡的欣慰与生命谢恩的热望"④。自然，是他的精神家园，在自然的怀抱中，他无拘无束，自由自在，找到了作为人的生命的感觉。马克思说："一个种的全部特性、种的类特性就在于生命活动的性质，而人的类特性恰恰就是自由的自觉的活动。"⑤ 人本是自然的一

---

① 〔德〕黑格尔：《美学》（第一卷），朱光潜译，商务印书馆，1981，第336页。
② 王充闾：《沧桑无语》，东方出版中心，1999，第302页。
③ 《马克思恩格斯全集》（第42卷），人民出版社，1979，第95页。
④ 王充闾：《沧桑无语》，东方出版中心，1999，第301页。
⑤ 《马克思恩格斯全集》（第42卷），人民出版社，1979，第96页。

部分，回归自然，在自然中真正感觉到了自由，于是王充闾才有"生命还乡的欣慰"。

王充闾超越自然物象的自由意识深受中国传统山水文学的影响。中国山水文学非常发达，谢灵运、孟浩然、王维、李白、杜甫、柳宗元、苏轼、陆游、徐霞客等创作了非常丰富的山水诗文，具有深厚的文化底蕴。在这些诗文中，自然是他们贯穿始终的表现对象，这和创作主体的归依体验是分不开的。归依就是寻找精神家园，"归依体验就是人们在寻找精神家园过程中所达到的神圣的精神境界，获得的充实、安适和永恒的感受……它源于对某种存在价值的探寻，对永恒境界的追求"①。王充闾和中国传统文人一样，视自然为自己的精神家园，所不同的是传统文人眼中的自然是作为社会的对立面存在的，而在王充闾这里注重的是自然作为理性的对立面，它是人的感性生命的象征。人在自然中，会获得全身心的彻底自由，"人以一种全面的方式，也就是，作为一个完整的人，占有自己全面的本质"②。王充闾和中国传统文人的不同之处还在于，自然山水在传统文人那里更多的时候仅仅是自然山水，而在王充闾这里更多的时候往往是人文山水，它留下了历史的屐痕，具有历史的意蕴和文化的厚度。

王充闾的自由意识是在中国传统文化综合作用下产生的，它是儒、释、道的统一体。张炜写自然，为"融入野地"，具有老庄的遗风；贾平凹写自然，为"平常心"，获得本真的感悟；张承志写自然，追求一种清洁精神，具有宗教意识；王充闾写自然，为"生命还乡"，开掘作为人的类本质的自由。在《寂寞濠梁》中，他极为欣羡庄子的"乘物以游心"、"独与天地精神往来"的自由，同时强烈悲叹现在很难体味到大自然的诗意存在，表达了失落后的心灵痛楚，叹息无所归依的精神漂泊。王充闾在自然中，体味到精神自由，寻求到古今文人共同的精神特征——对自由的追求与向往，他笔下的严光、阮籍、嵇康、杨升庵等历史人物莫不如此。对自然的向往、对自由的追求与老庄文化有一定关系，但他的自由不同于老庄"无为无不为"的自由，他追求的是有为的自由，他自己的人生经历说明了这一点。在王充闾的精神

---

① 王克俭：《文学创作心理学》，中央民族大学出版社，1997，第164页。
② 《马克思恩格斯全集》（第42卷），人民出版社，1979，第123页。

血脉中流淌的更多的是儒家文化的血，在这一点上他自己有很多论述。他从小就受儒家文化教育，以后也主要受儒家文化的影响；同时，他在对自然、历史的观照中有很多感悟，又有佛文化的光影。他的散文可谓是儒为骨，有充实之美；道为气，有鲜活之美；佛为神，有空灵之美。

王充闾超越自然物象追求到一种自由精神，这是他作为文人"本我"的实现。但是，他在表达这种自由时，显得并不十分自由，超越的内容并没有用充分"超越"的形式表现出来，这是他在创作中的一种矛盾，很可能是为官的那个"我"限制了这种超越。

阅读王充闾的散文，我们可以看出他严谨的创作态度。他写得小心翼翼，不动声色，倾向含蓄，深沉有余；他写得冷静沉着，不是一味地宣泄，不罗列排比，造成一种排山倒海、不可阻挡的气势；他写得不慌不忙，不为表象动容，而是深刻挖掘隐含在物象深层中中国文人的汨汨血脉和精神链条。但是，严谨并不等于拘谨，如果写得拘谨，那么就不能淋漓尽致地表达自己的情感，就缺乏一种撼人心魄的力量。王充闾不会像秦牧那样去演绎一个政治主题，为文的他懂得那样会破坏散文的艺术性，影响文本的审美价值；王充闾也不会像余秋雨那样酣畅淋漓地去表达文明失落的悲怆、苍凉，表达对某种世相的强烈谴责，为官的他要有所顾忌。单纯的文人简单多了，为官为文的作家的心理却十分复杂，矛盾重重，正像他自己所说："这不仅存在着时间、精力方面的矛盾，更主要的是个性、心境、情怀和思维方式、人才类型上的大相径庭。"①一般的为官而为文，写几篇文章、出本集子赶赶时髦证明自己才识的存在，就已经心满意足；一般的为文而为官，官只是冠冕堂皇倒也潇潇洒洒；可是王充闾要为官也好、为文也好，那就要"自讨苦吃"，有比别人更多的为官的痛苦和为文的痛苦，或许这才称得上王蒙所说的"积极的痛苦"。在这种双重角色的制约下，一方面他向往徜徉于自然中与古今文人对话的自由，另一方面他被角色所束缚，没有充分地运用自由的方式去表达自由。

表达方式的不自由或者说拘谨，主要表现在主体渗透的薄弱。历史散文不同于历史小说和历史剧，历史小说以故事性打动读者，历史剧以戏剧性吸引观众，那么历史散文有什么独特的魅力呢？因为散文是一种最自由的文体，

---

① 王充闾：《沧桑无语》，东方出版中心，1999，第303页。

它最适合表达主体的情感，历史散文的魅力应该在于强烈的主体情感，所以历史散文在对历史对象的观照中，要把主体的情感渗透其中。史实与主体化合得很成功的是《狮山史影》。它写法新颖自由，以对联为线索贯穿全篇；主体情感渗透又很到位，对朱棣的评价、对建文帝的分析都留有创作主体的情感痕迹，让读者不仅看到一个历史人物，也看到经过主体情感过滤后的文学人物。作家写历史散文，不是在写历史，读者读历史散文也不是读历史。作家应该让读者在阅读中忘掉历史。这就需要作家的主体情感在历史中化合，真正做到主体的对象化和对象的主体化。如果读者在阅读散文中感受到的只是历史，那就说明作家主体情感渗透不够，历史还未经过作家主体心灵的陶冶成为主体的对象化存在。马克思说："只有当对象对人来说成为人的对象，或者说成为对象性的人的时候，人才不至于在自己的对象里面丧失自身。"①《劫后遗珠》中的前部分写得十分自由，以"山西出将，山东出相"的说法引起读者的阅读兴趣；但后部分很多地方仅仅停留在对史实和物象的叙述上，没有向对象渗透充分的主体性，作者只是以一个叙述者和观察者的身份出现在作品中，读者看不到也感觉不到主体的情感流露。这样，作品中发生在雁门关战争中的历史事实和南禅寺等自然物象都是凝固的，无法跟随主体跃动起来，造成阅读过程的沉闷、呆板。表达方式的拘谨使客观叙述性语言多于描述性语言。亚里士多德说写史用叙述，写诗用描述，对历史人物的塑造不仅要用语言叙述他们的活动，也要用动作、语言、心理、细节等描写方式刻画他们的性格。历史散文虽然不同于历史小说，但多运用几种表现手法会使作品有变化、流动之美。《狮山史影》的成功得益于情感渗透，也得益于对朱棣的心理分析；《雪域情缘》得益于自然的化境，也得益于人物的对话描写和细节描写。手法的灵活运用、主体情感的自由渗透，使文本变幻多姿，激起读者的欣赏情趣。在创作过程中，"应该给予你内心世界的自由，应该给它打开一切闸门，你会突然大吃一惊地发现，在你的意识里，关着远远多于你所预料的思想、感情和诗的力量"②。康·巴乌斯托夫斯基的话是说，一个作家要用一种自由的心态去进行创作，这样才会有意想不到的艺术效果。散文应

① 《马克思恩格斯全集》（第42卷），人民出版社，1979，第125页。
② 〔俄〕康·巴乌斯托夫斯基：《金蔷薇》，漓江出版社，1997，第37页。

该是作家的心灵剖白，若主体渗透不够，读者就无从把握。在这一点上，我更欣赏王充闾写的序、后记或答记者问的一些话，它们说得很真诚，很自由，也很有深度。但是，也许正是历史散文的这种不自由，才使得王充闾不是秦牧，不是余秋雨，他只是王充闾，是一个不重复别人的个性存在。为文的他是一个感性的本我，为官的他是一个理性的自我。他是一个矛盾统一体，所以才有他追求自由的不自由。

王充闾面对自然，感受清新、清丽、清静的三清化境，又超以象外，追求味外之味——自由。自由穿越过时空的隧道，获得一种历史感和现代感。

3. 超越文本的生命承诺

王充闾写历史文化散文，探索内在超越之路，这不仅是一种精神超越，一种自由超越，也是一种生命的超越。他"沿着历史的长河漫溯，极目望去，常会感到生命之重"。他常常思考，自己不能仅仅是一个过客，必须留下自己的心音、生命的痕迹，于是他"饱蘸历史的浓墨，在现实风景线的长长的画布上"为我们绘出一幅幅凝重的历史画卷——《春宽梦窄》、《鸿爪春泥》、《清风白水》、《面对历史的苍茫》、《沧桑无语》。这些作品不仅是一种文本存在，更是创作主体超越文本的一次次生命承诺。

王充闾在《清风白水·后记》中称："创作本身是一种诱惑，一种欢愉，一种享受，更是一种责任。"我们的周围有不少"站着的"写作、"躺着的"写作甚至是"睡着的"写作，但缺乏的是一种有责任的写作。王充闾的写作正是一种有责任的写作，更是一种生命的承诺。"良心的声音和对未来的信仰"，"不允许真正的作家在大地上，虚度一生，而不把洋溢在他身上的一切庞杂的思想感情慷慨地献给人们"①。王充闾通过写作，实现自己的生命价值。在文本中，王充闾格外关注历史人物的生命。在他的笔下，涉及的大多是两种人物，一是帝王，一是文人，或许可以称之为帝王情结和文人情结吧。写帝王，除了写他们作为帝王之外，还写他们作为一个个体的人的生命。如说李煜，作为帝王他是失败的，但作为个体的人，他又可能找到自我的感受。写文人，有两种，一种学而不仕，如庄子、严光、阮籍、嵇康；另一种学而仕，如李白、杜甫、司马光、王安石、苏东坡、杨升庵等。这些文人命运坎

---

① 〔俄〕康·巴乌斯托夫斯基：《金蔷薇》，漓江出版社，1997，第 15 页。

坎坷坷，但是更多的人能够超越自我，获得一种新的生命价值。苏东坡与黎族人民的深情厚谊，使他"获得了精神上的鼓舞，心灵上的慰藉，以及战胜生活困苦、摆脱精神压力的生命源泉，实现了无往而不自如的超越境界"①。王充闾通过写作，是想打捞出超越生命长度的一系列感慨：永恒与有限、存在与虚无、幻灭与成功、苦难与辉煌。在这一切的背后，他追求的是生命的价值——不仅是自己的生命价值、历史人物的生命价值，更有人类的、自然的、历史的生命价值和艺术的审美的生命价值，由此，他的创作又获得一种超越性意义。

写作是王充闾对生命的承诺。他说，本质上他是一个文人，视写作如生命。他和史铁生不同，写作对于史铁生是别无选择的选择。史铁生也关注人的生命，也有超越性，但是史铁生的超越是超越人的生存困境，使生命过程的意义显现，史铁生的散文是其自我救赎的一种方式；王充闾是主动地感受到生命之重，追求的是生命价值的实现。

用游记体写历史文化散文，具有一定的创作难度，不仅有一个时空超越问题，还有题材和体式问题。游记体大多即兴的东西很多，缺乏沉潜涵咏，而历史文化散文正要求有一番沉潜涵咏功夫。王充闾有相当丰富的学术涵养，他在某种程度上较好地处理了题材和体式之间的这种矛盾。他超越时空的精神追求，超越物象的自由意识，超越文本的生命承诺，使他的历史文化散文获得了一种超越意蕴，具有独特的审美意义。

二 历史文化散文的对话性

冯友兰先生说做学问有两种，一种是照着说，另一种是接着说。从事历史散文的创作虽说不是做学问，但与做学问有一个共同的特点就是要面对已有的存在。做学问面对的是各具特色的百家之言，历史散文作家面对的是浩如烟海的历史。做学问接着说就已经达到了一定境界，而对于历史散文来说，照着说的审美创作不行，接着说的审美创作也不行，因为每一个作家对历史要进行个性化的审美观照和心灵对话，是面对历史，自己在说。

---

① 王充闾：《沧桑无语》，东方出版中心，1999，第73页。

王充闾的历史散文大致可以分为四类：一是对人物历史性的记述，如《陈梦雷痛写〈绝交书〉》等；二是偏于对历史人物的情感表现，如写李清照的《终古凝眉》、写纳兰的《情在不能醒》等；三是理性与感性的融合，如写苏轼的《春梦留痕》等；四是偏于对历史人物的理性思考，如《两个李白》、写曾国藩的《用破一生心》等。后三类成功地处理了文本和读者的对话关系。王充闾的历史散文逐步走向成熟，最近的创作明显地体现他的文体意识、深度意识和超越意识。他自觉地用散文这种文体样式去写历史，在对历史人物的解读中渗透着主体深切的生命体验，并获得超越性的哲学感悟。那么，作者如何用散文这种文体去写历史人物实现自己的深度追求呢？他不是简单地再现历史的情景，不是做单纯的道德伦理的评判，也不是做自始至终的历史理性的审视。他是把历史纳入自己的审美视界，达成与历史的对话。正如作者所说，历史散文的创作"不满足于只是对历史场景的再现，而应是作家对史学视野的重新厘定，对历史的创造性思考与沟通，从而为不断发展变化着的现实生活提供一种丰富的精神滋养和科学的价值参照。历史文化散文的创作要能反映作家深沉的历史感，进而引发读者的诸多联想，使其思维的张力延伸到文本之外。从事历史文化散文的创作，形象地说，是一只脚站在往事如烟的历史尘埃上，另一只脚又牢牢地立足于现在。作家立足现在而与历史交谈，是一种真正的历史对话"①。作者把对历史文本的深切解读传达给读者，在实现读者与历史、历史人物之间对话的同时，也实现作者与现实、读者之间的对话。所以，我们说，王充闾历史散文呈现多重对话性特征。

1. 两个时代的心灵对话

新历史主义认为，历史是一个巨大的文本。历史本身的复杂性、人物性格的复杂性、不同的解读者、不同的时空存在决定历史是一种特殊的文本。"历史不是铁板一块，而是充满阐释的空白点"②，历史文本活在长久的历史时间里，给各个时代都留下了大片空白，各个时代的人根据自己对历史的理解和需要去阐发历史，去和历史对话。"对于同一个历史事件，不同的人会有不同的剪辑和构想。所谓通史仍然是一些局部历史的并置，其中空缺之处显

---

① 王充闾：《沧桑无语·附录》，东方出版中心，1999，第293页。
② 王岳川：《历史与文本的张力结构》，《人文杂志》1999年第4期。

然比充实之处多得多。"① 作为文本，历史本身具有内涵的不确定性和许多模糊的成分，这也为解读者提供了许多想象和创作的空间。就是同一个解读者，在不同的情境中对同一个历史文本的解读也有很大的不同。巴赫金认为，文本具有一种内在的对话性，而"理解在某种程度上总是对话性的"②。"作品在理解中获得意识的充实，显示出多种含义。于是，理解能充实文本，因为理解是能动的，带有创造的性质。创造性理解在继续创造，从而丰富了人类的艺术宝库。"③ 苏东坡遭遇流放后的淡泊与宁静在不同作家那里是不同的审美存在，余秋雨写道，"正是这种难言的孤独，使他彻底洗去了人生的喧闹，去寻求无言的山水，去寻找原始的古人"④，从而实现精神上的突围。而在王充闾的笔下，苏东坡"入乡随俗，完全与诸黎百姓打成一片……一副地地道道的黎家老人的形象"，是主动的融入使其获得精神与文化的双重超越。历史散文作家对历史文本的解读鲜明地打上了主体的印记。

历史散文被作家在现实语境中创作出来，作家如何实现与历史的对话呢？历史是曾经发生的现实，现实是将来的历史。从发展的层面来看，现实是历史的延续，在现实中必然留下历史的痕迹。在历史的长河中还存在一些没有发展的层面，从没有发展的层面来看，历史就是现实。"二者的不同只是表现形式上的，是具体的行为方式和生活方式，具体的语言表达形式和人际关系的交际形式，具体的人文环境与物质环境。"⑤ 在没有发展的层面上，历史与现实的不同只是形式上的不同，它们的本质基本相同，或者说，历史与现实有着惊人的相似之处。王充闾说："历史不能以循环二字概括，但它确实常有惊人的相似之处，确是有规律可循的。"⑥ 构成历史和现实的主体是人，在王充闾的历史散文中，历史人物是他关注的主要对象。由于人类本性的相通性，理解历史人物是可能的，对历史人物的审美表现也是可能的。马克思认为："整个历史也无非是人类本性的不断改变而已。"⑦ 所以，历史散文不仅仅是

---

① 韩震：《历史哲学》，云南人民出版社，2001，第29页。
② 《巴赫金全集》（第四卷），河北教育出版社，1998，第314页。
③ 《巴赫金全集》（第四卷），河北教育出版社，1998，第335页。
④ 《余秋雨的历史散文》，河南文艺出版社，2003，第57页。
⑤ 王富仁：《中国现代历史小说论（二）》，《鲁迅研究月刊》1998年第4期。
⑥ 王充闾：《沧桑无语·附录》，东方出版中心，1999，第296页。
⑦ 《马克思恩格斯选集》（第4卷），人民出版社，1972，第174页。

写历史人物，更注重对人类本性的追问。莎士比亚笔下的理查三世不仅作为一个国王，更重要的是作为一个人出现在历史的舞台上。所以卢卡契说："莎士比亚对历史进行加工的目的总是在红白玫瑰战争的现实历史的土地上，去寻求和刻画那些在人的意义上的最巨大的对比。莎士比亚的历史的忠实和历史的真实性是在于这些有关人性的特点是吸取了这一伟大的历史危机时期的最本质的因素。"① 莎士比亚注重在人的意义上刻画历史人物，容易与观众和读者形成对话关系。

不同的历史时代都存在古今相通的人类本性，这些相通的人类本性像一座心灵之桥，沟通了历史和现实。从这个意义上说，对历史人物的审美解读是对"两个时代所共有的人类学标记的关注"②，是建立在人性基础上的两个时代、两颗心灵的对话。王充闾对李白这个生命个体的关注显示了他与李白的对话精神。作者同时深入两个世界，一个是现实存在的李白的世界，另一个是诗意存在的李白的世界。作者对李白政治上的惨败给予清醒的审视，对诗意存在的李白给予深切的审美观照。作者进入李白的狂饮世界，体验李白之体验："在他看来，醉饮始终是生命本身，摆脱外在对于生命的羁绊，就是拥抱生命，热爱生命，充分享受生命，是生命个体意识的彻底解放与真正觉醒。"③ 然而作者又跳出李白的世界，思考两个世界的特殊关系及其对于李白的意义："以自我为中心的心态，主体意识的张扬，超越现实的价值观同残酷现实的剧烈冲突，构成了他诗歌创造力的心理基础和内在动因，给他带来了超越时代的持久生命力和极高的视点、广阔的襟怀、悠远的境界、空前的张力"④，显示了作者不仅写之而且能够观之的审美高致。作者对李白的解读不是盲目地回归历史，而是深入李白的精神世界，对其生命个体极其关注，同时这种解读有着鲜明的指向："解读李白的典型意义，在于他的心路历程及其个人际遇所带来的酸甜苦乐很大程度上反映了几千年来中国文人的心态。"⑤

① 〔匈牙利〕卢卡契：《戏剧和戏剧创作艺术中历史主义发展的概述》，载《莎士比亚评论汇编·下》，中国社会科学出版社，1981，第486页。
② 〔匈牙利〕卢卡契：《戏剧和戏剧创作艺术中历史主义发展的概述》，载《莎士比亚评论汇编·下》，中国社会科学出版社，1981，第487页。
③ 王充闾：《一生爱好是天然》，海天出版社，2001，第77页。
④ 王充闾：《一生爱好是天然》，海天出版社，2001，第77页。
⑤ 王充闾：《一生爱好是天然》，海天出版社，2001，第71页。

作者完成了与李白的对话，跳出历史文本，又转向与读者的对话。

2. 解读人性的主体情思

作者与历史的对话，激活了历史，使凝固的、静止的过去转化成鲜活的、流动的文本。历史人物在历史情境中活动，他的一生会发生许多事情。历史散文不是像传记那样对历史人物做一生的记述，而是渗透强烈主体意识的审美解读，必须理解历史人物，与他们站在同一地平线上，在深切的理解和审美观照中走进历史人物的情感世界与精神世界，在历史人物最具个性化的生命之点上或深入开掘，或不断升华，实现与历史人物的对话。王充闾写李清照、纳兰、曾国藩、香妃等，都是用极少的笔墨概述他们的一生，重点在于从他们的一生中提炼出独特的标志性特征。写李清照，抓住"终古凝眉"的愁，透过李清照的词，王充闾看到有体积和有重量的愁思，"茫茫无际的命运之愁，历史之愁，时代之愁，其中饱蕴着女词人的相思之痛、婕妤之怨、悼亡之哀，充溢着颠沛流离之苦，破国亡家之悲"①，不是一个"愁"字所能概括得了的；写曾国藩突出"功名两个字，用破一生心"的苦，"他的苦主要来自过多、过强、过盛、过高的欲望，结果就心为形设，苦不堪言，最后不免活活地累死"②；千古风流说纳兰之"情"，纳兰与"爱妻生死长别，幽冥异路，思念之情虽然饱经风雨消磨，却一时一刻也不能去怀"③，纳兰的一生是情感的化身，他是一个为情所累，情多不能自胜的人；写陈梦雷强调其"痛"，陈梦雷失友之痛、被挚友诽谤难明之痛以及写《绝交书》之痛。王充闾和他笔下的历史人物一同再次经历人生，体味愁之果，苦之源，情之醉，痛之深，开掘出富有意味的存在。

作者善于摆脱那些对历史人物的既定分析与评价，从富有个性化的角度去和历史人物对话，具有人性的深度和超越的意义。对于曾国藩这个极度复杂的人物，王充闾没有从政治立场和社会伦理方面进行剖析，而是从人性和人生哲学的角度进行批判与解读。他认为曾国藩的苦源于一方面要超越平凡，另一方面要超越此在，为了实现这两个超越，"他竟耗费了多少心血，历尽何等艰辛啊……他是一个地地道道、不折不扣的悲剧人物，是一个终生置身炼

---

① 王充闾：《终古凝眉》，载《一生爱好是天然》，海天出版社，2001，第13页。
② 王充闾：《用破一生心》，载《寂寞濠梁》，辽宁教育出版社，2004，第2页。
③ 王充闾：《情在不能醒》，载《寂寞濠梁》，辽宁教育出版社，2004，第129页。

狱，心灵备受煎熬，历经无边痛苦的可怜虫"①。对历史人物的解读充满了感性，也充满了历史理性和思辨色彩，但王充闾并未止于此。除了深化文本之外，作者对文本进一步升华，使之具有形而上的意义，他是这样写李清照的："若是剖开家庭、婚姻关系与社会、政治环境，但从人性本身来探究，也就是集中透视她那用生命、用灵魂铸造的心灵文本，我们就会发现，原来，悲凉愁苦弥漫于易安居士的整个人生领域和全部的生命历程，因为这种悲凉愁苦自始就植根于人的本性之中。"② 王充闾的历史散文是对历史人物生命价值和意义的追问，是对人类普遍生存状况的思考。这种深度追求而获得的哲理意义，更是历史的人和现实的人共通的精神标高，是历史散文创作的终极意义。

王充闾和历史人物的对话建立在完全平等的意识之上，历史人物的愁、苦、情、痛，希望与失望，憧憬与幻灭，孤独与超越，无不打上创作主体的印记，也就是说，作者把更多的主体情思融入其中，历史人物成为作者情感宣泄和解脱孤独的审美载体。在一次作品研讨会上，王充闾说，虽然写的是历史人物，"但大多数是在写自己，纳兰的爱情观、价值观是自己的理想，李清照的愁也是我的愁，虽然不像曾国藩苦的那样，但也有类似的东西"，苏轼主动融入后的超越带给自己很多的人生启悟。正因为写历史人物大多数是在写自己，所以，他能更好地与历史人物沟通，进行心灵的对话，致使他和历史人物之间没有"隔"的感觉，达到了主体与对象之间的浑然一体。正因为如此，他深切解读历史人物，真诚体味人生，实现了与历史人物的对话，在这一点上也完成了与读者的对话。

历史人物活动在已经过去的历史舞台上，所以要实现与历史人物的对话，除了情感上的体验之外，还必须进入历史情境中激活历史，这对创作主体的学养来说是一个巨大的挑战。马克思在《手稿》中说："对象对他来说成为他的对象，这取决于对象的性质以及与之相适应的本质力量的性质；因为正是这种关系的规定性形成一种特殊的现实的肯定方式。"③ 庄子（《寄情濠上》）、李白、骆宾王（《夕阳红树照乌伤》）、苏轼、李清照、纳兰、香妃（《香冢》）、曾国藩等之所以能成为王充闾审美观照的对象，这取决于这些历史文

---

① 王充闾：《用破一生心》，载《寂寞濠梁》，辽宁教育出版社，2004，第 4 页。
② 王充闾：《一生爱好是天然》，海天出版社，2001，第 13 页。
③ 《马克思恩格斯全集》（第 42 卷），人民文学出版社，1979，第 125 页。

本的性质与王充闾丰富的历史学养和深厚的文化底蕴等本质力量的性质。如果说，情感的异质同构使作者找到这些历史人物，那么，学养、底蕴与艺术的灵性则使其在文本中的表现成为可能。王充闾早年读过八年私塾，中国传统文化很早就在他的精神世界扎根；青年时期主动求学，阅读大量经史子集，并不断练笔；中年时期把书充分对象化，笔耕不辍。所以，当他拿起笔的时候，多年积淀在他精神世界的中国传统文化就在不自觉中表现出来。徜徉于古典文化中，他可谓如鱼得水，有时不是他主动去寻找、信手拈来古典文化，而是对象化后的古典文化纷纷向他走来。他与古典文化之间的互动使其历史散文没有历史的硬伤，他与历史人物之间的对话更加和谐。

3. 观照历史的现代意识

历史是远离现实的文本，对读者来说，它可能是一种陌生化的存在，作者如何通过文本实现与现实读者的对话？王充闾以现代意识观照历史、激活历史，以艺术之笔描写历史人物，以不同的方式请读者参与，所以当历史人物栩栩如生地站在读者面前的同时，便完成作者和读者之间的对话，也完成了历史人物与读者之间的对话。

历史散文写的是历史与历史人物，但如果仅仅是历史和历史人物，作者仅仅是发思古之幽情，那么，现实的读者在阅读的时候就会感觉到"隔"。王充闾的历史散文在一定程度上能引起读者的共鸣是因为文本潜在的现代指向。他在谈为什么会写历史散文时说，一是对历史深沉的爱好，二是历史的哲思与诗性提供了现实所不能提供的足够的空间和审美的积淀，三是历史散文便于叙说（别的散文可能不容易说的东西通过历史可以说）。这就意味着王充闾写历史散文，是要表达现实题材不能表达和不便表达的东西，现实在他的笔下是缺席的，却是在场的，或者说，现实在历史散文中成为缺席的在场者。写纳兰与爱妻先知己、后夫妻之情，暗含着对现实爱情观与价值观的质疑；写李光地对陈梦雷这个挚友的背信弃义，实际上是"死者对生者的访问——即对于活着的人的灵魂的拷问，人格的重新评估"。对历史文本的解读，"不是把过去看成是我们要复活、保存、或维持的某种静止和无生命的客体；过去本身在阅读过程中变成活跃因素，以全然相异的生活模式质疑我们自己的生活模式。过去开始评判我们，通过评判我们而评判我们赖以生存的社会构成。这时，历史法庭的动力出乎意料和辩证地被颠倒过来：不是我们评判过去，而是过去以其他生产模式的巨大差异来评判我们，让我们明白我们曾经不是、我们不再是、我们将不是的一切。正是在这层意义上，过去对我们讲述我们自己所具有的实质上和未实现的'人的潜力'"①。历史人物被激活之后，他以人的方式评判现实的人。生活方式的评判是浅层次的，挖掘与评判人的潜力才是深层次的，正是在深层次上，历史和现实才融为一体。以人为中心构筑历史和现实的对话才是可能的。王充闾以现代意识观照历史，使沉没的历史浮出历史的地表，使沉默的历史发出历史的声音，使失去光彩的历史重现芳华。这样有时比直接的现实描写更有情致、更具韵味，达到余味曲包，现实的读者在阅读文本之后也深得其味。

王充闾以小说的笔法描写历史人物，使人物跃动，从历史中向读者走来，成为活的人物，站在读者的面前，似乎和读者进行对话。作者满怀深情地重现历史情境中的历史人物，他这样写纳兰："夜深了，淡月西斜，帘栊黝暗，窗外淅沥萧瑟地乱飘着落叶，满耳尽是秋声，公子枯坐在禅房里……眼里噙着泪花，胸中鼓荡着锥心刺骨的惨痛。"② 凄凉之景和思念之情、孤寂痛苦的心境交融在一起，纳兰的形象跃然纸上。其他如香妃、李清照等形象也是如此。作者带着读者一同进入历史情境中，感受历史和历史人物。在这个意义上，如果历史人物和读者能够行进对话就意味着作者和读者对话的基本实现。

散文是处处彰显"我"的文体，历史散文当然不能让"我"消失在客观的历史中，而应该在情节叙述中自然而然地让情思代"我"而常在。对于历史散文来说，没有"我"，就不可能实现与读者的对话。但是，这个"我"不仅仅是指在文中出现的"我"字，也不能根据出现的次数判定对话的程度，而是指以鲜明的主体意识真正融入历史中并时刻注意隐含读者的"我"。伍尔芙在谈蒙田的散文时说，蒙田"只希望向世人披露自己的心灵……不要有丝毫的遮饰，不要有丝毫的假装"③。王充闾说，创作历史散文是渴望一种理解，一种与读者心和心之间的沟通与交流。在《香冢》中作者开篇就写道："我总

① 弗雷德里克·詹姆森：《马克思主义与历史主义》，载张京媛《新历史主义与文学批评》，北京大学出版社，1993，第47页。
② 王充闾：《情在不能醒》，载《寂寞濠梁》，辽宁教育出版社，2004，第129页。
③ 《伍尔芙随笔》，四川人民出版社，1998，第124页。

觉得，她像一株冷艳的梅。"① 这里有作者的情感指向，有他对读者的信任。有时，作者在创作中会不时用设问来提醒读者和他一起进行思考，如在《终古凝眉》中写道："一个渴望自由、时刻寻求自由从现实中解脱的才人，她将到哪里去讨生活呢? 恐怕是惟有诗文了。"② 这一问，既表现了李清照无奈的选择，又召唤了隐含的读者，同时也表现审美主体的同情心和悲悯情怀，实现了多种层次的对话。

王充闾历史散文对话性的实现依赖于他特殊的文化心理结构。为什么他能对历史文本进行解读? 为什么他选择这样的历史文本进行解读? 为什么他用这样的方式对这样的历史文本进行解读? 他丰富的历史涵养使他能对历史进行解读，知识分子的精神同构让他选择这样的文本进行解读，独特的生命体验、对人的终极关怀和超越的艺术个性使他用这样的方式进行解读。他说，好的历史散文"应该防止自我的流失，又防止审美的偏离，思想的贫困。如果缺乏精神的超越性，光有一般的感觉、体验，或是困苦，或是忧患，充其量只是一种伤痕式的文学，只能告诉读者有这么个事情。而我们应该做到的，是要超越情感与激情，抵达一种智性与深邃，在似乎抽象的分析和演绎中，激活读者为习惯所钝化了的认知与感受，把形而上的哲思文学化，以诗性的语言表达自己的生命意识; 或以独特的感悟、生命的体验咀嚼人生问题，思考生命超越的可能"③。在这种创作观的驱动下，王充闾完成了与历史的对话，与读者的对话，同时在读者与历史人物之间架起一座心灵之桥，实现读者与历史人物之间的对话，使其历史散文成为超越时空的富有对话性的文本存在。

三 历史文化散文的苦涩美

文学创作是一种精神和心灵的欢愉，然而，对于写历史散文的王充闾来说，有时完成与历史文本的一次对话，恰是一种痛苦的过程。因为他所选择的历史文本本身有一种苦的底蕴。王充闾个人生命体验之苦使他对苦涩之美情有独钟。如果说童年关于死亡的记忆、成长的苦境、生病之苦痛作为一种

---

① 王充闾:《香冢》，载《寂寞濠梁》，辽宁教育出版社，2004，第163页。
② 王充闾:《终古凝眉》，载《一生爱好是天然》，海天出版社，2001，第15页。
③ 王充闾:《文学创新与深度追求》，载《西厢里的房客》，辽宁教育出版社，2004，第323页。

生命体验积淀在他的意识深处，那么，苦涩的人生观和艺术观更使他倾向于把这种苦涩上升到审美的和哲学的高度。如果说何处是归程的寻找之苦、人格面具的束缚之苦、人生暂住性的悲凉之苦在文本中都化为一种所指性存在，那么，不断渴望超越、未完成的创作之苦则犹如幽灵般在他的精神世界中游荡，使他永不安宁，体味苦中之苦。王充闾引经据典等诗语情结、叙述的变革、严肃文本中偶尔的幽默给读者造成阅读上的障碍，这是具有美学意味的涩，而这种陌生化的追求恰使文本获得了历史情味和审美趣味。

1. 苦涩之原生样态：历史废墟与生命之重

书写历史文化散文，实际上面对的是两种历史：一是"物"，历史"遗物"——残存的废墟；二是"人"，历史人物——曾经鲜活的生命。废墟残存，生命不在，这丝丝沉重压在作者的心房。遥望历史的苍茫，人存在之渺小；回眸历史的长河，人生命之短暂；放眼历史的舞台，人——历史老人手中之玩偶。面对历史废墟，王充闾那种凄凉悲苦的透骨的痛感油然而生。他饱蘸历史的浓墨，在自我的人生画布上，尽情点染，以有限寻求无限，以心灵的自由与精神的解放达成审美的超越，他的历史文化散文中透出苦涩之美。

"苦"，在王充闾的历史文化散文中是使用频率非常高的一个字，以苦组成的词，如惨苦、苦痛、焦苦、凄苦、苦闷、困苦、艰苦、苦不堪言、孤苦、愁苦、苦涩等，在文本中随处可见。书写《面对历史的苍茫》时期，王充闾使用频率高的词是"游"、自由等，当然其中也有"苦"，但"苦"的比例不高；《沧桑无语》之后，尤其是近年的历史文化散文作品，几乎是每篇必谈"苦"。在文集中，第一本是《寂寞濠梁》，而第一篇选择的是《用破一生心》，写的是曾国藩的"苦"。可见作者对这篇文章的重视。这篇文章的特别之处在于其"苦"，"苦"是曾国藩一生的色彩，可以说《用破一生心》奠定了《寂寞濠梁》的色彩，而《寂寞濠梁》构成了王充闾历史文化散文的整体色彩。"苦"，"弥漫"在历史文本中，是一种无法挥去的心灵刻痕。

（1）历史废墟之痕：荒残之美

王充闾对废墟情有独钟，尤其是在《面对历史的苍茫》一书创作期间，废墟成为王充闾诗意的审美对象。面对历史的废墟，作者穿越时空隧道，昔日的繁华辉煌和如今的断壁残垣在心底勾起沉重的悲凉。"这是无边的历史辉煌湮没后，在人心中留下的永不消歇的回声。废墟是历史行踪残留的模糊的痕迹；是时间老人反人工的消解性的创造；是造物对人的'永恒性'的追求一种物化警示；是历史文明不甘于最后消亡的自悼，因此它是'物的悲剧'，是人的悲剧意识对象观照；是凭历史材料和想象创造才能复苏的辉煌；是最适于想象性的文学形象加以表现的荒残美。"① 作为创作主体的对象化存在，废墟摇曳着历史婆娑的情影，于荒残中透出诗意之美。

面对历史，王充闾思考的主要问题是：谁是最后的胜利者？谁是最后的征服者？他叩问沧桑，然而一切尽在废墟中。洛阳，曾是十三个王朝的都城，到西晋时落下帷幕。魏晋时期，这里上演了一幕幕悲喜剧。曹操把"黄袍当内衣穿了二十多年"，司马氏三代处心积虑，"八王之乱"等，然"纵有千年铁门槛，终归一个土馒头"。历史老人玩弄着手中的魔圈，笑看世间百态。《叩问沧桑》写道："历史，存在伴随着虚无；人生，充满了不确定性。列国纷争，群雄逐鹿，最后的胜利者究竟是谁呢？魏耶？晋耶？看来，谁也不是，而是历史本身。宇宙千般，人间万象，最后都在黄昏历乱、斜阳系缆中，收进历史老仙翁的歪把葫芦里。"② 王充闾通过"叩问沧桑"，悟到了历史的"有"和"无"。世事都如同过眼云烟，永逝不返，所谓"一切有为法，如梦幻泡影，如露复如电，应作如是观"（《金刚经》）。在历史的舞台上，人，以喜剧性开场，以悲剧性收场，人只不过是历史老人手中的玩偶而已。如果说，因为时间的距离，我们和历史老人一起静观喜剧性的表演，然而，我们静看表演和正在表演的现实，又成为历史老人的观看对象。作者意识到这其中无法超越的表演性"被看"，心中荡起多少苦涩与悲凉。

然而，苍茫废墟，上演过诸多喜剧性的表演，当然还有一些"沉默的舞者"，他们不是历史的玩偶，却是因为历史的玩偶而沉默。也许，他们的"寂寞之舞"更是作者心中永恒的创痛与苦涩。《叩问沧桑》写到魏晋时期的阮籍、嵇康、竹林名士等，他们纵酒昏酣，"欲将沉醉换悲凉"，作者深切感到生命之重。嵇康的千古绝响《广陵散》奏起了这些自由精灵的心音。值此，作者看到了"有"，正是因为这"有"使作者获得了超越创痛与苦涩的永恒的欢欣与甜润之美。

---

① 王向峰：《审美情结的创生意义》，《辽宁大学学报》2000年第3期。
② 王充闾：《叩问沧桑》，载《文明的征服》，辽宁教育出版社，2004，第65页。

面对沧桑，作者有一种历史的虚无感，然而，他并不是一个历史的虚无主义者。他看到了历史文化的载体，自由精灵的心音，同时也看到了文明的力量。金人入主中原，"战争的胜利者在征服帝国的过程中接受了新的异质的文明；这种新的文明最后又反过来使它变成了被征服者。从这一点来说，却又是文明的征服。诚如马克思所说，野蛮的征服者总是被那些他们所征服的民族的较高文明所征服，这是一条永恒的历史规律"。作者在《文明的征服》一书的最后发出慨叹："呜呼！遐方，禹域，依旧是天淡云闲，铁马金戈，都付与荒烟蔓草。谁是最后的征服者？不是拿破仑、不是沙皇亚历山大。也不是熙宗、海陵、世宗完颜二兄弟，而是文明。"[①] 文明是最后的征服者。而文明的征服，同样是一种沉重，它以战争的苦难、生命的摧残、自由的扼杀为代价。作者一方面为文明的征服、文明的胜利长长"舒了一口气"，另一方面写这样的文化随笔，"感到很累"。

废墟上曾经鲜活的生命、废墟上流转的文明使废墟在荒残中透出诗意之美。文本中的荒残之美通过这样一种思维路径实现：废墟—历史—废墟，其实也是现实—历史—现实。时空变化意味着作者的心理诉求，他试图通过历史的无和有观照现实的有和无，这也是主体创作的内在心理动因，也是历史文化散文的深度追求。废墟是作者思考的触发点，也是最后的着陆点。作者带我们走进废墟，走进历史，同时历史一幕幕向我们走来，废墟是"岁月的年轮留下的轨迹，是历史的读本，是成功后的泯灭，是掩埋着千般悲剧、百代沧桑的积存"[②]。废墟—历史—废墟，这种思维路径本身就暗含着悲剧的苦涩。这让我们想到朱自清的《冬天》，作者写作的时间是冬天，表现的对象有三个：一是冬天父亲给孩子们夹豆腐的春天般的温暖；二是朋友一起游湖的愉悦；三是妻子和孩子等待归来的温情。朱自清文本具有双重心理结构，表现对象的温暖和写作当时的凄凉。文本中的温暖是一个过去式，是一个永存心中的回忆。而写作的当时，父亲去世，朋友离开，妻子不在，这一切凄苦只有在对过去的追忆中才能解脱。所以，他的构思路径是冬天—春天般的温暖—冬天，冬天是情感的触发点，又是情感的着陆点。春天般的温暖反衬出

① 王充闾：《文明的征服》，载《文明的征服》，辽宁教育出版社，2004，第107～108页。
② 王充闾：《叩问沧桑》，载《文明的征服》，辽宁教育出版社，2004，第55页。

作者在冬天的凄凉。同样，王充闾尽写历史的"有"，突现废墟的"无"。废墟是一种泯灭，是一种悲剧。在历史与现实的有无参照中，王充闾深得其中苦涩之味。

王充闾用"散文激活历史"，以合理的想象与审美的观照建构了历史和文学的桥梁。他的散文既有文学性，又拥有历史感。它"恢复了我们中断久远的对于历史的恋情，呼唤文学回归对于历史的直觉。正像现代的历史学是丧失了美感的历史学一样，现代的文学往往是丧失历史感的文学，两者形成一个有趣味的精神反差。王充闾的历史散文重新嫁接了历史与文学的命脉，醉心在历史的残垣断壁之中寻找出诗意和美感，在对历史人物的想象性的生命体验和交互性的心理分析过程，获得审美的升华和情感的体悟"①。历史废墟的荒残之美与审美升华的生命之重构成了王充闾历史文化散文的个性化所在。

（2）生命存在之苦："终古凝眉"

王充闾"沿着历史的长河漫溯，极目望去，也常会感到生命之重，前思古人，后望来者，天地悠悠，心潮喷涌"。鲜活的生命在历史中沉寂，王充闾凭吊历史，更是凭吊生命。他的历史文化散文，从某种意义上可以说是历史人物的生命读本，是历史人物的心灵传记，观照历史人物心灵的煎熬与精神的困惑。在他们的心灵史中，王充闾发现一个共同的特点——苦：曾国藩"用破一生心"之苦，李清照"终古凝眉"之苦，纳兰性德"情在不能醒"之苦，庄子"寂寞濠梁"之苦，等等。一切皆苦是佛教的基本理念。在佛教看来，人生有生、老、病、死、怨憎会、爱别离、求不得、五蕴盛八种痛苦。而佛教中的二苦，则指外苦和内苦，王充闾主要写的是内苦，或由外苦引发对内苦的超越性思考。

"终古凝眉"，是历史人物之苦的最好写照。第一，"终古凝眉"，这是一个能够激起人们无限遐想的意象。"写历史文化散文，一个是把激情隐在冷峻的后面，要述往事思来者，探因果求规律；一个是用意象营造情感的空间，探索艺术的弹性'空筐'。"② 就像《蒙娜丽莎的微笑》，一个永恒的画像，一个永恒的、迷人的、神秘的微笑一样，我们觉得"终古凝眉"，是一个永恒的

---

① 颜翔林：《文体意识和主体间性》，《当代作家评论》2004 年第 2 期。
② 王充闾：《散文激活历史》，《当代作家评论》2001 年第 6 期。

意象，一个永恒的悲苦，好像激起人们寻觅何以"凝眉"的欲望。如作者写道："那两弯似蹙非蹙、轻颦不展的凝眉，刀镂斧削一般深深地刻印在我的脑海里。""终古凝眉"这个意象所营造的情感空间富有审美的张力。第二，"终古凝眉"之苦，是一种源于人类本性的悲凉之苦。阅读李清照，深刻体会到她的命运之苦，历史之忧，时代之愁。她的创作饱含着"相思之痛、婕妤之怨、悼亡之哀，充溢着颠沛流离之苦，破国亡家之悲"。这一切都是李清照生命苦之源。但是，"若是抛开家庭、婚姻关系与社会、政治环境，但从人性本身来探究，也就是集中透视她那用生命、用灵魂铸造的心灵文本，我们就会发现，原来，悲凉愁苦弥漫于易安居士的整个人生领域和全部的生命历程，因为这种悲凉愁苦自始就植根于人的本性之中。这种生命原始的悲哀在天才心灵上的投影，正是人之所以异于一般动物"的根本所在。① 源于人类本性的悲凉之苦，在李清照那里化为外显的"终古凝眉"，因而这个意象的艺术定格就获得人性的高度和人类的普遍意义，显示了作者终极关怀的深度开掘。

王充闾善于从多角度立体地揭示历史人物的生命之苦，这包括三个方面。第一，从不同角度书写历史人物不同的生命之苦。从性别的角度书写女性之苦，《香冢》中的香妃和郡主，因为贪婪好色的统治者，遍尝离开家园的思念之苦、幽禁皇宫失去自由之苦，是性别给她们带来生命之苦。《终古凝眉》中的李清照、《青天一缕霞》中的萧红，作为女性作家，比一般文人渴望被理解和交流，比一般女子渴求超越人生的有限，同样是性别使女作家具有比一般文人和一般女子更多的生命之苦。也有从欲望的角度写曾国藩的"用破一生心"、秦始皇的"利欲驱人万火牛"等。同时有从情感的角度书写陆游的"孤枕梦寻"之苦、纳兰性德"情在不能醒"之苦等。

第二，对于同一个历史人物，从多个角度剖析其生命之苦。曾国藩有完成两个超越的痛苦，李白有两个存在的痛苦，李鸿章有四个"角色"的痛苦，历史人物此在的方方面面彼此交织、冲突，导致心灵的焦灼。《青山魂》这样剖析李白："一方面现实存在的李白，一方面是诗意存在的李白，二者构成了一个'不朽的存在'。他们之间的巨大反差，形成了强烈的内心冲突，表现为试图超越有无法超越，顽强地选择命运又终归为命运所选择的无奈，展示着

---

① 王充闾：《终古凝眉》，载《寂寞濠梁》，辽宁教育出版社，2004，第83页。

深刻的悲剧精神和人的自身的有限性。"① 两个存在撕扯着李白左冲右突，"心"很难找到一个稳定的着陆点，"郁结"与"忧煎"的内苦只能在醉酒中暂时摆脱。文本的深刻性在于从两个李白中发现人存在的有限性和悲剧性，对于作者来说这种发现本身就是一种苦。《他这一辈子》中的李鸿章在作者的笔下有四种形象："不倒翁"、"太极拳师"、"撞钟的和尚"、"裱糊匠"。作者从四种形象入手，重点分析其"裱糊匠"角色的形成。李鸿章虽然风光无限，但作为"裱糊匠"，"糊无可糊偏要糊"，也是"遭足了罪"、"受够了苦"。他这一辈子，可谓活得太累，苦了一辈子。王充闾总是多侧面、多角度地观照历史人物的内心之苦，立体化地展示历史人物的内心世界，使读者触摸到历史人物心灵的真实。

第三，在比较、开放的视野中观照历史人物的生命之苦。"生命之苦"在王充闾的笔下具有"文本性"特点，不同的人物有不同的痛苦，同一个人物在不同的阶段有不同层次的痛苦，同一个阶段不同的地点苦的表现也有所不同。作者通过层层深入的解剖，痛苦心灵逐渐"浮出地表"。《用破一生心》是书写历史人物生命之苦的代表文本，作者解剖刀一样的笔力使文本获得惊人的形象性、深刻性，可谓是力透纸背。

这一切苦的来源在于欲望，欲望就是痛苦。古人云："人之有苦，为其有欲，如其无欲，苦从何来？"曾国藩的苦，"主要是来自过多、过强、过盛、过高的欲望，结果就心为形役，苦不堪言，最后不免活活地累死"。曾国藩的欲望之苦是因为他的两个超越："一方面要超越平凡，通过登龙入仕，建立赫赫战功，达到出人头地；一方面要超越'此在'，通过内省功夫跻身圣贤之域，'不忝于父母之所在，不愧为天地之完人'，达到名垂万世。"② 为了实现这两个超越，他耗尽了多少心血，"功名两个字，用破一生心"。"他是一个地地道道、不折不扣的悲剧人物，是一个终生置身炼狱，心灵备受煎熬、历经无边苦痛的可怜虫。"我们能够理解渴望建功立业的曾国藩的苦，而功成名就、花团锦簇的他为什么还有苦痛？作者深刻地剖析道："同是一种苦痛，却有不同层次：过去为求胜而不得，自是困心恒虑，但那种焦苦之情常常消融

----

① 王充闾：《青山魂》，载《寂寞濠梁》，辽宁教育出版社，2004，第16页。
② 王充闾：《用破一生心》，载《寂寞濠梁》，辽宁教育出版社，2004，第3页。

于不断追求之中，里面总还透露着希望的曙光；而现在的苦痛，是在经历千难万险终于实现了胜利目标之后，却发现等待着自己的竟是一场灾祸，而并非预期的福祉，这实在是最可悲，也最令人伤心绝望的。"① 作者的分析让我们恍然大悟，后者的苦痛深于前者，这实在是曾国藩人生的一大悖论。作者接着把曾国藩的苦和诗人创作之苦、苦行僧之苦以及贞妇之苦作了比较：首先，有别于古代诗人为了"一语惊人"，刿肚搜肠，苦心孤诣，诗人那里含蕴着无穷的乐趣。其次，曾国藩的苦，"和那些终日持斋受戒、面壁枯坐的'苦行僧'也不同。'苦行僧'的宗教虔诚发自一种真正的信仰，由于确信来生幸福的光芒照临着前路，因而苦不觉苦，反而甘之如饴。而'中堂大人'则不然，他的灵魂是破碎的，心里是矛盾的，他的忍辱包羞、屈心抑志，俯首甘为荒淫君主、阴险太后的忠顺奴才，并非源于什么忠心的信仰，也不是寄希望于来生，而是为了实现人生中的一种欲望。这是一种人性的扭曲，绝无丝毫乐趣可言"。最后，"从一定意义来说，他的这种痛深创巨的苦难经验倒与旧时的贞妇守节有些相似。贞妇为了挣得一座旌表节烈的牌坊，甘心忍受人间最沉重的痛苦；而曾国藩同样也是为着那块意念中的'功德碑'而万苦不辞"②。通过比较，曾国藩可谓苦不堪言，他只有猥猥琐琐、畏畏缩缩的躯壳，不见一丝生命的活力、灵魂的光彩。

其实，《用破一生心》中的曾国藩已经苦得让人可怜，而在一次创作谈中，作者把曾国藩的苦进一步细化、形象化："他的人生追求是既要建不世之功，又想做今古完人，'内圣外王'，全面突破。这样，痛苦一也就来源于内外两界：一方面来自朝廷上下的威胁，尽管他对皇室忠心耿耿，兢兢业业，但因其作为一个汉员大臣，竟有那么高的战功，那么重的兵权，那么大的地盘，不能不被朝廷视为心腹之患。'兔死狗烹'的刀光剑影，像一柄'达摩克利斯之剑'时时闪在眼前，使他终日陷于忧危之中，畏祸之心刻刻不忘；另一方面来自内在的心理压力，时时处处，一言一行，他都要维持神圣、完美的形象，同样是临深履薄般的惕惧。比如，当他与人谈话时，自己表示了太多的意见，或者看人下棋，从旁指点了几招儿，他都要痛悔自

---

① 王充闾：《用破一生心》，载《寂寞濠梁》，辽宁教育出版社，2004，第6页。
② 王充闾：《用破一生心》，载《寂寞濠梁》，辽宁教育出版社，2004，第9～10页。

责，在日记上骂自己'好表现，简直不是人'。甚至在私房里与太太开开玩笑，过后也要自讼'房闱不敬'，觉得自己的身份不合，有失体统。这样，就形成了他的分裂性格，言论和行动产生巨大的反差。加倍苦累自不待言，而且，必然矫情、伪饰，正所谓：'名心盛者必作伪'。以致不时地露出破绽，被人识破其伪君子、假道学的真面目。"① 从王充闾的描述中，我们知道，曾国藩无论在建功前还是在建功后，无论是在朝廷还是在家里，无论是对外人还是对家人，时时处处都处于心灵的悬空，只有苦伴随他、缠绕他，最后是苦死、累死。

"一切皆苦"、"人生即苦"是佛教的基本教义。人生之苦在于欲望，曾国藩"功名两个字，用破一生心"。在佛家看来，人世间的种种名利荣辱皆为虚幻，众生受苦受难，正因为以虚为实，一生追随这些虚幻的不实之物所致。王充闾生动地描述欲望对人生命的摧残、对心灵的扭曲。而对欲望追求的结果，除了苦，别无他物。曾国藩如此，秦始皇也是如此，"无数的欲望把他折磨得颠倒迷离，干下许许多多堪笑又堪怜的事情"。然而，"万世一系的打算崩溃了，长生不老的欲望落空了，甚至连想象的地下王国也已化为尘土。那么，还剩下什么呢？无非是留下'秦始皇帝'这样一个文字符号，作为千秋万世说不尽的话题，永远弥漫在历史时空里"②。从一切有中看见无所有，是"空"，因此说，王充闾的散文带有佛家的色彩。

（3）生命情境之苦："冷艳的寒梅"

王充闾的文化散文执意追求一种苦涩之美。在苦涩的生命情境中表现对象之苦，提炼出独特的苦涩的标志性特征，开掘苦之源，即历史人物的生存苦难、灵魂煎熬和精神困惑。精神同构性使王充闾和他笔下的历史人物一同再次经历人生，体味愁之果，苦之源，情之醉，痛之深，创造出富有意味的存在。

王充闾书写历史人物是在两种不同的情境中完成的。一是历史情境，善于在纷繁复杂的人物关系和历史真实中揭示历史人物的心灵，如《土囊吟》、《文明的征服》、《狮山面影》等；二是生命情境，面向历史人物的生存个体，

---

① 王充闾：《渴望超越——在北京大学散文论坛上的讲演》，载《寂寞濠梁》，辽宁教育出版社，2004，第276页。

② 王充闾：《利欲驱人万火牛》，《海燕都市美文》2007年第3期。

作者善于用虚构营造富有情感空间的艺术氛围，把个体放在凄清悲凉的情境中，凸显个体生命之苦。我们主要观照的是生命情境。

情境是文本中人物的栖居地，它对塑造人物、揭示人物心灵有重要的意义。黑尔格尔认为，"显现心灵方面的深刻而重要的旨趣和真正意蕴"，这才是"引人入胜的情境"①。王充闾的历史文化散文在生命情境的设置上颇用心，2000年之后的文本尤其如此。他用"一株冷艳的寒梅"比喻他想象中的香妃，其实，"冷艳的寒梅"这个具象所在的情境比较适合表现历史人物的苦涩心灵，而王充闾的一系列文本也大多把历史人物置于这样的情境之中。

作者满怀深情地重现生命情境中的历史人物，香妃、李清照、勃朗特姊妹、纳兰性德等。他这样写纳兰："夜深了，淡月西斜，帘栊黝暗，窗外淅沥萧瑟地乱飘着落叶，满耳尽是秋声，公子枯坐在禅房里……眼里噙着泪花，胸中鼓荡着锥心刺骨的惨痛。"②凄凉之景和思念之情、孤寂痛苦的心境交融在一起，纳兰形象跃然纸上，我们似乎也听到了纳兰积蓄已久的心灵哭声。在《一夜芳邻》中作者这样写勃朗特姊妹："在一个个寂寞的白天和不眠之夜，她们挺着病痛，伴着孤独，咀嚼着回忆与憧憬的凄清、隽永。她们傲骨嶙峋地冷对着权势，极端憎恶上流社会的虚伪与残暴；而内心里却炽燃着盈盈爱意与似水柔情，深深地同情着一切不幸的人。"作者以丰富的想象在凄冷的生命情境中复活了早已沉寂的生命，使我们感受到了孤独和病痛，也咀嚼她们的痛苦。如果说，人们通过巴乌斯托夫斯基的《金蔷薇》"恍悟到其中对受苦和不幸的温存抚慰和默默祝福这一主题"③，那么，通过王充闾文本中生命情境中的每一个体，我们也会感到其中流溢着温情的目光和悲悯的情怀。

王充闾的文化散文书写历史废墟之无，在苦涩的生命情境中书写历史人物存在之苦，具有佛文化的底蕴。他以佛家的目光看待世界与人生，以悲悯的情怀观照历史人物痛苦的心灵，"消解了对于历史和人物的冷嘲热讽，而且以悲悯同情的姿态对历史和人物进行美学化的悼亡，以佛家的悲情来凝视历史的苍茫和荒诞，宽容历史人物的思想和举动，即使对于存在明显人格缺陷

---

① 〔德〕黑格尔：《美学》（第一卷），朱光潜译，商务印书馆，1981，第254页。
② 王充闾：《情在不能醒》，载《寂寞濠梁》，辽宁教育出版社，2004，第129页。
③ 刘小枫：《这一代人的怕与爱》，三联书店，1996，第12页。

和道德污点的人物，作者也给予一定程度的宽容，以冷静之中渗透温暖的眼睛打量历史，而不是以挑剔冰凉的目光苛求历史"①。通过文本，我们深刻感到历史人物的精神之苦和心灵之苦，也体会到王充闾对笔下历史人物的人文关怀。

王充闾书写历史人物之苦，好像是带着他笔下的历史人物一起走过生命之苦，然后放飞他们的心灵，使其获得自由。也可以说，王充闾因为书写苦，体认苦，从而悟透苦，获得了心灵的自由。

2. 苦涩之生命体验：生命长度与生命深度

生命体验往往是作家刻骨铭心的创痛。突变的生命遭际给作家的心灵带来强烈的震荡，这种体验经过时间的沉淀融入作家的创作心理，化作心理结构的内在构成。一旦"外存"激活"内存"，或"内存"与"外存"同构时，生命体验就成为创作主体审美观照的对象，甚至成为作家创作的重要转折点。从某种意义上说，痛苦的生命体验能为作家洞开另一道艺术之门，发现另一片天空，用另一种目光打量世界、观照人生。生命体验是作家塑造自我和重塑自我的艺术之源，苦乐酸甜成为一种财富，幸与不幸就这样矛盾地纠缠在一起。

王充闾把深切的生命体验融入散文创作，超越了体验的直观性，升华为一种审美的对象化存在。在哀叹生命华彩绽放与陨落的同时获得超越性的感悟，在有限的生命长度中追求生命的深度。

（1）生命华彩的绽放与陨落

外苦，一场大病成为王充闾刻骨铭心的生命体验。这一体验的深切与焦灼，使他看到生命华彩的绽放与陨落，生命的有限和命运的无常，也就是说，生命体验的外苦在王充闾这里化为一种形而上的思考，外苦转化为内苦。

第一，人生暂住性。一场大病，使在死亡边缘徘徊的王充闾思考一些以前很少涉及的问题，首先是对人生命暂住性的深刻认识。在历史的长河中，人不过是短暂的一瞬。作者说："我看到过一块辽西产的鸟化石，是一亿四千万年前形成的，对着它我深思了好久。与这化石相比，一个人的生命实在是太短暂了，就算是上寿百年吧，也只占了一百四十万分之一……王母娘娘的仙桃二千年开

---

① 颜祥林：《美学的独行者》，《渤海大学学报》2006年第6期。

一次，开过一千遍也不过二百万年，不及鸟化石的四十分之一。即使有八百年寿命的彭祖也不知死过了多少回了，更何况普通人呢!"①《石上精灵》就是这种认识的直接产物。在古化石面前，人显得何其渺小，生命如此有限，人生能够把握的时间过于短暂。王充闾以自己的病痛感受到生命之苦和生命的短暂，所以格外崇敬、爱怜和痛惜相似经历的作家，正是带着这样的心情，他触摸勃朗特三姊妹的病痛与心灵，写了感人至深的《一夜芳邻》。

人生暂住性的认识已经深入作者的意识深处，他甚至以暂住者的身份叙述，"作为地球上的暂住者，我习惯于饱蘸历史的浓墨，在现实风景线的长长的画布上去着意点染与挥洒，使自然景观烙上强烈的社会、人文色彩，尽力反映出历史、时代所固有的纵深感、凝重感、沧桑感。站在大自然的一座座时空立交桥上，任心中波涛滚滚翻腾，那种凿穿了生命隧道的欢愉，那种超拔的渴望，飞腾的觉悟，走向自由、自在的轻松，又使我渐渐地有了对于儒、释、道以不同方式界说的'天人合一'的深悟"②。他深刻认识到生命长度的有限性，超越有限，在自由中打捞生命的深度。从对生命的体验到对人生暂住性的认识，到以人生暂住者的身份叙述，王充闾真正实现了对直观体验的超越性感悟和审美表现。

王充闾说："生命的暂住性，事物的有限性，往往使人堕入一种莫名的失望和悲凉。"如果说，生命长度有限，对于人来说已经是一个悲剧性的存在，那么，人本身内在力量的有限更会增加浓厚的悲剧意味。王充闾从生命长度的有限中认识人本身的有限性，李白试图超越又无法超越，便是人的悲剧精神和自身有限的最好注脚。王充闾从自己的生命体验中不断深入思考，从个体到人类，从生命长度的有限到人类自身的有限，诗化的表现抵达哲学的高度。

第二，生命华彩的陨落。人生暂住性是一种悲剧，而生命华彩来不及彻底绽放就匆匆陨落，在作者的心底更激起无尽的悲凉。人的生命长度有限，"人生的列车走的是一条单向的不归之路"。命运无常也无情，生命华彩的绽

---

① 王充闾：《渴望超越——在北京大学散文论坛上的讲演》，载《寂寞濠梁》，辽宁教育出版社，2004，第279页。

② 王充闾：《千古兴亡 百年悲笑 一时登览》，载《文明的征服》，辽宁教育出版社，2004，第282页。

放与陨落往往在刹那之间。嫂子英年早逝（《碗花糕》）、早年没有实现的婚事（《小好》）等，身边曾经拥有的美好随风而逝，这一切在作家的内心世界沉潜，并外化为对历史人物的审美表现。作家在《千载心香域外烧》中这样写王勃："上帝总是在最不合时宜的当儿，忍心摧折他亲手创造的天才。结果，那七彩斑斓的生命之华还未来得及充分绽放，就悄然陨落了，身后留下了无边的空白。"① 王勃、勃朗特姊妹、萧红、唐婉儿、纳兰性德的妻子、香妃等，王充闾书写这些年轻生命的死亡以及他们的死亡给予生者的痛苦。陆游对唐婉儿的情缘，魂牵梦绕，终生不能去怀。爱妻之死给纳兰性德带来剧痛，《情在不能醒》这样写道："他为情而生，为情赴死，为了这份珍贵的情感，几乎付出了全部的心血与泪水，直到最后不堪情感的重负，在里面埋葬了自己。"作者接着感叹道："最理想的莫过于与异性知己结为眷属，相知相悦，相亲相爱，相依相傍，但幸福如纳兰，不也仅是一个短暂而苍凉的'手势'吗？"② 纳兰性德和爱妻的爱生死不渝，永生难忘，可谓是最理想的爱情和婚姻。而爱妻撒手人寰，这一切都随风飘去，仅剩一个苍凉的"手势"而已。作者看到有情之处，也看到最后的无，只剩下无比苍凉的心境。

　　第三，身外的一切都是无常，这是王充闾受到生命重创后的又一深刻认识。他说，身外的一切"转眼间就会化作虚无，如轻烟散去"。佛家的无常感在作家的生命体验中再次具体化。王充闾自此着力探索社会人生，关注人的命运，揭示历史规律与人生的悲剧性、无常感，或者说，"是在有常中探索无常，又在无常中探索有常"。

　　人的命运无常，一种从巅峰到谷底的感觉，有时甚至是一种自由落体运动。《土囊吟》写道，历史"首先让那些才情毕具的风流种子，不得其宜地登上帝王的宝座，使他们阅尽人间春色，也出尽奇乖大丑，然后手掌一番，啪的一下，再把他们从荣耀的巅峰打翻到灾难的谷底，让他们在无情的炼狱里，饱遭心灵的磨折，充分体验人世间的大悲大苦大劫大难"。李煜，内外的诗人气质，偏偏做了皇帝，作者慨叹道："做个词人真绝代，可怜薄命作君王。"③ 历史对人的作弄，经常让人不在他应该在的位置，身份角色、情感取向往往

① 王充闾：《千载心香域外烧》，载《寂寞濠梁》，辽宁教育出版社，2004，第57页。
② 王充闾：《情在不能醒》，载《寂寞濠梁》，辽宁教育出版社，2004，第135页。
③ 王充闾：《土囊吟》，载《文明的征服》，辽宁教育出版社，2004，第9页。

错位或产生巨大的落差。

命运无常，在天堂和地狱之间，历史玩偶戏剧性的表演最后是苦不堪言。《狮山面影》中写到，朱棣和朱允炆这一对叔侄做了皇帝却一直处于监视或被追寻之中。朱允炆做皇帝，寝食难安，一直监视朱棣，恐有不测；朱棣起兵后做皇帝，建文帝却杳无踪迹。面对"无物之阵"，朱棣二十多年"寝不安眠"，"食不甘味"，甚至派郑和下西洋找寻建文帝下落。以佛家的眼光看，朱棣饱受做皇帝之苦，而出家的建文帝却自如坦荡，生命澄明。

身外的无偿，才格外珍视内心的有偿。王充闾通过读书、创作丰富自己的内心世界，那些获得心灵自由的历史人物成为他文本中精神的故乡。

（2）人格面具的束缚与解脱

内苦：几十年宦海生涯使他饱受束缚之苦。王充闾本质上是诗人，原本当老师，做过报社编辑，"中途跌进宦海"。对于渴望诗意栖居的他来说，生命不再是完整的了，"尤其是个性、情怀、思维方式等都要受到影响，有时还得戴上人格面具，时间一长，必然要失掉自我"①。戴上人格面具、失去自我，正是这些体验之苦，才使王充闾把历史人物看得真真切切、清清楚楚。我们不敢说曾国藩身上有作者的影子，但是我们可以说，作者把自己在官场的体验很好地对象化到历史人物身上，如果没有相似的心灵炼狱又怎能对曾国藩的内心世界揣测得如此细腻、如此深刻，那种滴滴见血的悲苦层层溢出字里行间。用解剖刀解剖历史人物，自己的心灵也会滴血，惊人的深刻性源于主体情思的倾力熔铸。

作家身份和官员身份直接影响了王充闾早期的历史文化散文创作，双重身份使他要面对诸多心理压力。不能因为创作影响工作，否则会被人耻笑为只会舞弄笔墨的文人；同时，不能因为工作而影响创作，否则会被文人耻笑为"玩文学"的官员。而就文人气质来说，在他的内心深处，他最在乎的是后者。可以想象，他需要付出更多的辛苦才能游刃有余、超越这两个此在而趋向完美。王充闾笔下的历史人物大多具有双重身份，或为帝王加文人，如李煜等，或为官员加文人，如苏轼、李白、曾国藩等，他们都有相似之苦，

---

① 王充闾：《渴望超越——在北京大学散文论坛上的讲演》，载《寂寞濠梁》，辽宁教育出版社，2004，第286页。

代表作者最高成就的历史文化散文也大多是后者。这一方面说明生命体验对作家创作的重要性，另一方面说明王充闾把生命体验成功地融入了自己的创作当中。

综观王充闾的历史文化散文，我们发现，"戴着镣铐跳舞"的创作逐渐圆熟，达到无为无不为之境。2000 年之后的他，尤其是"解甲归田"后的他心态自在，创作也更加舒卷自如。

（3）创作主体的期待与失落

王充闾博闻强识，我们无法估量他的心中究竟装着多少文学和历史，但可以肯定地说，装了多少文学和历史，就装了多少期待。文人曾经生活之地，历史发生重要转折之地，也就是说，具有丰富历史文化底蕴的地方，都成为他的梦想之地。带着心中的文学和历史，满怀着期待，他访过一个又一个成为废墟的梦想之地。有多少期待，就有多少失落。

庄子是王充闾"顶礼膜拜"的古代哲人。作者多次讲到，从小就喜欢庄子，"乘物以游心"，"独与天地精神相往来"，自己的生活和创作得益于庄子很多。庄子和惠子论辩的濠上，成为作者无限憧憬的家园。写庄子的《寂寞濠梁》是王充闾作品系列的第一部，可见作者的珍爱之情。其实，这篇散文最初发表的时候篇名是《寄情濠上》。从《寄情濠上》到《寂寞濠梁》，我们可以看出作者的心意，前者是满怀期待的精神家园，后者是失落的寂寞情怀。表现在六个方面：一是濠上的寂寞。与皇城比，濠上是寂寞的。"皇城与濠上，相去不远，却划开了瑰伟与平凡、荣华与萧索、有为与无为、威加海内与潇洒出尘的界限，体现了两种截然不同的意蕴与情趣。"所以，虽然荒凉破败，看了难免失望，"却仍然寄情濠上"，可见这并没有太影响作者的心情，寂寞是一种高贵的情怀。二是庄子的寂寞。惠子死后，庄子没有对手，无对话者，感到"无限的悲凉，孤寂"。一个"独与天地精神相往来"的哲人，感到寂寞，这是一种真正的寂寞。三是濠上的寂寞。惠子死后，濠梁再也不会出现天地间最灿烂、最充满哲理性的论辩，出现在濠上的可能只是庄子一人寂寞的身影。四是历史的沉寂。两三千年的濠梁，很少有人观顾、拜谒与凭吊，所以，濠梁寂寞了两三千年。五是没有生命的寂寞。过去的濠上没有论辩声，但有鸣虫飞鸟，而现在的濠水"黝黑的浊流泛着一层白色的泡沫，寂然无声地漫流着。周围不见树木，也没有鸣虫、飞鸟"。六是作者的失落与寂寞。作者把濠梁想象成一个诗意之地，所以满怀豪情找寻，心情有三顾茅庐之渴，而眼前的濠梁竟然"看不出一丝一毫诗意的存在"，所以"不看还好，一看果然失望"①。诗意濠梁与寂寞濠梁，期待与失落，这巨大的心里落差使作者的心理涌出苦涩，何处是归程？何处是我家园？诗意濠梁存在于作者的心中，不幸的是寂寞濠梁好像粉碎了作者的丝丝梦幻。也可以说，寂寞濠梁粉碎了作者的丝丝梦幻，而诗意濠梁永存作者心中。突然想起《边城》的结尾："这个人也许永远不回来了，也许'明天'回来！"王充闾和沈从文的心境可能一样。

废墟永远也无法复活曾经生动的历史，废墟注定是寂寞的。所以，对废墟的期待只能带来失落，只有创作主体通过文本的对话才能复活历史。《千载心香域外烧》中写到，作者到越南偶然得知那里有王勃墓地和祠庙，所以欣然前往。但王勃祠庙于 1972 年被美国飞机炸毁，"所有的一切都全部化作了尘烟，进入了虚无。""苍凉、凄苦、愤懑之情，壅塞我的心头。"而作者的目光仍然"充盈着渴望"。② 创作主体的矛盾在于，失望却并没有停止自己的脚步，而是在失望中期待，正所谓"绝望之于虚妄，正与希望相同"。有时明明知道是失望，却还是一再地期望。在《情在不能醒》中，作者试图追寻纳兰公子的踪迹，文中写道："时光毕竟已经流逝三百年了。明明知道，失望在等待着我，到头来只能是满怀惆怅，一腔的憾愧。无奈，感情这个东西从来就是这样的不可理喻。临风悼古，无非是寄慨偿情，实质上是一种释放，有谁会死凿凿地期在必得呢？"③ "情在不能醒"，不仅是纳兰性德沉浸于对逝去的爱妻的追念之情中，作者对历史的珍爱之情也不能醒，因为明知道会失望还是执意前去，体味失望的痛苦。"寄慨"，是寄托自己的感慨；"偿情"，是偿还对自己的心灵之约，也是偿还对历史人物的心灵之约。我们甚至感觉到，作者试图通过践心灵之约，释放自己，抚慰历史人物孤寂而痛苦的心灵。像是还愿，也像是偿还历史人物情感的心灵的债务，走过之后，虽然失望，但心理还是获得了平衡。作者期有所得，但不是期在必得，其实追寻的过程就是目的，追寻本身就是有所得。

---

① 王充闾：《寂寞濠梁》，载《寂寞濠梁》，辽宁教育出版社，2004，第 36～50 页。
② 王充闾：《千载心香域外烧》，载《寂寞濠梁》，辽宁教育出版社，2004，第 53 页。
③ 王充闾：《情在不能醒》，载《寂寞濠梁》，辽宁教育出版社，2004，第 128 页。

王充闾书写苦与周作人似有不同。王充闾通过书写苦，体认苦，目的是摆脱苦，获得心灵的自由超越；周作人书写苦，是欣赏苦，把苦当作审美的对象，《苦雨》中写道："夜里听着雨声，心里胡里胡涂地总是想水已上了台阶，浸入西边的书房里了。好容易到了早上五点钟，赤脚撑伞，跑到西屋一看，果然不出所料，水浸满了全屋，约有一寸深浅，这才叹了一口气，觉得放心了，倘若这样兴高采烈地跑去，一看却没有水，恐怕那时反觉得失望，没有现在那样的满足也说不定。"① "苦雨斋主"期待的是"苦"，苦中作乐，自有一番情调和趣味。王充闾对生命之苦和心灵之苦的观照目的在于脱去心灵的缰绳，自由自在地飞翔。所以，品尝王充闾的苦涩，有一种当年鲁迅的味道。

（4）生命深度的打捞与参悟

王充闾说："疾病与死亡，与其说使人体验到生命存在的长度，毋宁说使人体验到解悟生命的深度。"② 生命长度是有限的，人若要获得生命的价值和意义，需在有限的生命长度中追求生命的深度。作者通过历史文化散文，是想"打捞出超越生命长度的一系列感慨：永恒与有限、存在与虚无、幻灭与成功、苦难与辉煌"。

生命深度的打捞，是一种深度追求。面对历史如何实现这种深度追求？开掘历史文本的诗性，"求体会特别处"③。在历史与现实的对话中，打破人们的思维惯性，对历史人物进行人性化阅读，追求生命的自由。这是对生命长度、生命之苦的超越，是作者创作的审美旨归。

面对历史，王充闾在人们习以为常的地方驻足，用另一种眼光观照历史人物，发现人们所未发现的东西，"求体会之特别"，历史人物的独特性所在——苦。王充闾说："如果缺乏精神的超越性，光有一般的感觉、体验，或是困苦，或是忧患，充其量只是一种伤痕式的文学，只能告诉读者有这么个事情。而我们应该做到的，是要超越情感与激情，抵达一种智性与深邃，在

---

① 周作人：《苦雨》，载《雨中的人生》，湖南文艺出版社，1991，第3页。
② 王充闾：《渴望超越——在北京大学散文论坛上的讲演》，载《寂寞濠梁》，辽宁教育出版社，2004，第280页。
③ 王向峰：《论历史散文的文体创造——从王充闾散文近作谈起》，《辽宁大学学报》2004年第1期。

似乎抽象的分析和演绎中，激活读者为习惯所钝化了的认知与感受，把形而上的哲思文学化，以诗性的语言表达自己的生命意识；或以独特的感悟、生命的体验咀嚼人生问题，思考生命超越的可能。"李鸿章、曾国藩等，权力之大、地位之高，被人推崇、被人羡慕，作者也正是从他们拥有的权力和地位入手，开掘其"功成名就"的背后那痛苦不堪的心灵世界，每时每刻如坐针毡，失去自我。读者阅读的结果，不是羡慕他们的高高在上，而是同情他们的生命处境，可怜他们痛苦的心灵。现实中的李白不能实现自己的抱负，只好醉酒浇愁。作者不仅仅看到李白的苦，更看到这苦中生命的自觉："不管怎么说，佯狂痛饮总是一种排遣，一种宣泄，一种不是出路的出路，一种痛苦的选择。他要通过醉饮，来解决悠悠无尽的时空与短暂的人生、局促的活动天地之间的巨大矛盾。在他看来，痛饮就是重视生命本身，摆脱外在对于生命的羁绊，就是拥抱生命，热爱生命，充分享受生命，是生命个体意识的彻底解放与真正觉醒。"①"佛向性中作，莫向身外求。"作者看重的不是外在的形式，因为外在的是无常的，而是穿过生命，探寻生命与心灵的本真，这是一种有常。

生命深度，是在有限的长度中追求生命的自由，摆脱权力、地位、金钱等欲望对生命的捆绑，寻找一种生命还乡的感觉。苏东坡被贬发配海南的生活之苦难以想象，又饱尝与亲人"爱离别"之苦。用世俗的眼光看，苏东坡和高高在上的曾国藩们相比，是真正的苦不堪言。然而，在作者的笔下，曾国藩们小心翼翼、惶惶终日，李鸿章们"窝窝囊囊、憋憋屈屈"，没有生命的光彩，苏东坡却实现了生命的还乡。在海南他与黎族人民之间建立了深情厚谊，没有任何的功利性目的，完全是一种质朴的"纯情交往"，这"使他在思想感情上发生了深刻变化，获得了精神上的鼓舞、心灵上的慰藉，以及战胜生活困苦、摆脱精神压力的生命源泉；挣脱了世俗的桎梏，实现了随遇而安、无往而不自如的超越境界"②。苏东坡融入了黎族人民的生活，把自己的理想舞台由"庙堂之高"转入"江湖之远"，在关心百姓疾苦和化育人才中实现自己的价值。苏东坡超越了生命之苦，追求生命之深度，达到佛禅之境。如

---

① 王充闾：《青山魂》，载《寂寞濠梁》，辽宁教育出版社，2004，第31页。
② 王充闾：《春梦留痕》，载《寂寞濠梁》，辽宁教育出版社，2004，第70页。

宗白华所说，"禅是中国人接触佛教大乘义后体认到自己心灵的深处而灿烂地发挥到哲学境界与艺术境界"的结晶，"禅是动中的极静，也是静中的极动，寂而常照，照而常寂，动静不二，直探生命的本源"①。

王充间把他在刻骨铭心的生命体验中参悟的生命深度真切地传达给读者："死亡是精神活动的最终场所，它把虚无带给了人生，从而引起了深沉的恐惧与焦虑。而正是这种焦虑和恐惧，使生命主体悟解到生命的可贵、生存的意义。"② 这是王充间书写历史文化散文的内在动因。他写的是历史人物之苦，历史人物生命之深度，实际上是"我"之苦，是现实之苦，他试图通过历史书写获得现实的超越性意义。写李鸿章、曾国藩之苦，是敲醒人们的"春秋大梦"，还生命以自由，寻找"人的精神的着陆点"。

王充间立足现实，回眸历史，焦灼之苦充溢文本当中。自己的生命体验使他格外重视生命的可贵、生存的意义、生命的深度。人生命的长度如此有限，只能在有限中打捞生命的深度。"抓住宝贵的瞬间干些有意义的事"、"寻找精神的着陆点"成为他对自己和世人的真诚告白。可以说，历史文化散文所展示的正是王充间"从苦到空，又由空到有的自我澄明的精神之旅"③。

3. 苦涩之艺术追求：陌生化与渴望超越

王充间以自我生命体验之苦书写历史人物的生命之苦，看到了苦的普遍性存在。与此同时，在创作上他不断渴望超越，实在是明知是苦偏向苦行，所谓"苦上加苦"。创作，是苦涩的艺术之旅；渴望超越，是一种苦涩的艺术追求。在文本中，王充间通过陌生化的方式，不断调整自己的叙述策略，转换叙述方式，开掘文本之深度内涵，实现自己的审美超越。

（1）陌生化：叙述的变革

历史文化散文选取历史题材实现对现实的观照，是一种陌生化的叙述策略。历史文化散文"原本以其不同与众、不同与往的'陌生化'话语方式见

---

① 宗白华：《中国艺术意境之诞生》，载《艺境》，北京大学出版社，1986，第165页。
② 王充间：《渴望超越——在北京大学散文论坛上的讲演》，载《寂寞濠梁》，辽宁教育出版社，2004，第279页。
③ 哈迎飞：《以一身来担人间苦——鲁迅与佛教文化关系论之二》，《鲁迅研究月刊》2001年第2期。

长，这种陌生化效果是由知识性、史料性，及作者独特的感悟、抽象、升华乃至定位能力共同打造的"。① 而这里我们强调的是，王充闾的历史文化散文逐渐走出游记散文的模式，有意识地改变叙述方法，讲究叙述空间的拓展等，后一阶段的文本对前一个阶段的每一次艺术上的超越，都是一种陌生化的叙述变革的结果。

第一，游记的悄然退隐。王充闾早期创作游记散文，他写过《我写游记散文》这样的理论文章。他的历史文化散文脱胎于游记散文，或者说起初的历史文化散文有游记的痕迹。作者站在历史废墟上的感慨或顺着诗文导引几乎成为当时历史文化散文的创作模式，比如，我们在文本中经常看到这样的叙述，"我"站在这块沉重的土地上，"我"独自站在颓参破败的城头，然后我们随着作者的踪迹和思绪一起回到历史。当然，这并不是说带有游记痕迹的历史文化散文就不是艺术性的散文（只要作者把自己的审美情思对象化到历史人物身上并升华为超越性的感悟就是艺术佳品，如《土囊吟》、《文明的征服》、《青山魂》、《一夜芳邻》、《终古凝眉》等），而是说，如果所有的历史文化散文都按照游记散文的模式去写，那么，一方面构成对自己创作的重复，另一方面也失去历史文化散文自身的内在规定性。王充闾的可贵之处在于，他不断地探索，寻找历史文化散文的多种写作途径。一是增加"我"的文本功能。早期的历史文化散文中出现的"我"，有时是一个单纯的叙述者，而后来的一些作品中的"我"，不仅是一个叙述者，而且还是一个被述者，这样主体意识得到彰显，如《终古凝眉》、《一夜芳邻》等。二是近年的历史文化散文，没有废墟，只有历史人物站在作者和读者的面前。《用破一生心》、《他这一辈子》、《话说张学良》和《利欲驱人万火牛》等文本中，有时并没有出现"我"的叙述，却处处有"我"的存在，这是作者的生命体验对象化的结果，处处无"我"，又处处有"我"，历史文化散文进入一个新的阶段。其实，这是一个内在的超越，一个人所到之处有限，所到之处又有书写灵感也实属不易，而以王充闾的学识面对历史这一部厚书，可谓是无尽的创作资源。游记的悄然退隐，使历史文化散文真正获得审美特质。正是从这个意义上，我们可以肯定地说，王充闾不是 20 世纪 90 年代以来最早的历史文化散

---

① 张光芒：《文化散文：在审美现代性与启蒙现代性之间》，《甘肃社会科学》2006 年第 5 期。

文书写者，但他是将历史文化散文坚持到底并将历史文化散文写作推向新的审美起点的实践者。

第二，言说方式的多样。王充闾的历史文化散文有多种形态，历史哲理型，如《土囊吟》、《文明的征服》等；情感抒情型，《孤枕梦寻》、《终古凝眉》、《情在不能醒》、《一夜芳邻》等；心灵剖析型，《青山魂》、《用破一生心》、《他这一辈子》、《利欲驱人万火牛》等；生命超越型，《春梦留痕》、《寂寞濠梁》等；生命故事型，《话说张学良》等。每一种形态都需要不同的笔墨，严肃的、抒情的、冷静的、超然的、趣味的等，风格各异。从多种的言说方式中我们发现王充闾细腻的艺术感觉和驾驭语言的高超能力。

打开王充闾近期的历史文化散文，篇篇都给人一种新鲜感。对于熟悉王充闾的人来说，似有一种陌生的感觉，王充闾如此"善变"。当读者还沉浸在《用破一生心》中对曾国藩灵魂剖析的深刻时，他推出《他这一辈子》、《话说张学良》等，完全改变了以前的写法。这是一种"话说体"，寻找中国古代话本小说的讲故事方式。《他这一辈子》第一句话是："这里说的是大名鼎鼎的李鸿章。"《话说张学良》这样开篇："作为一位传奇式的英雄人物，张学良是一个巨大的存在，具有无限的可言说性，可以说，在这位世纪老人身上，存在着说不尽的历史话题。受时间限制，我挑选六个大家最为关心的问题，在这里说一说。它们是：一、张学良的功业；二、蒋介石为什么不放他；三、一九九〇年'开口'之后，他都说了些什么；四、他的精神风貌与人格魅力；五、他的情感世界；六、他为什么没能回老家。"[①] 开门见山，简洁利落，又激起读者的审美期待。《话说张学良》，作者曾命名为《人生几度秋凉》，这很符合作者的诗性品格，也符合张学良的一生色彩，但作者最后以《话说张学良》为名发表。这是作者改变自我的一种努力，尽量不加修饰或修饰而不留痕迹。没有雕琢的痕迹，是一种自然的圆熟，是一种朴素而天下莫能与之争美之美。《他这一辈子》篇名，朴实无华，但无限感慨在其中。《利欲驱人万火牛》和"话说"不同，先从陆游的诗和战国故事开始，然后自然过渡到主人公秦始皇。应该说，从"话说"开始，王充闾逐渐地从"严肃"到"自如"，不断改变叙述方式，走向无为无不为的境界。

---

① 王充闾：《话说张学良》，《海燕都市美文》2007 年第 3 期。

第三，叙述空间的拓展。从文本的总体格局出发，言说方式的不同是一种宏观的叙事策略，它奠定了文本的叙事基调。此外，王充闾的叙述细化和多元化，拓展叙述空间。首先是注意叙述的细节，在不同的叙述节奏中表达不同的情感。这方面比较有代表性的是情感抒情性的历史文化散文。看到李清照"轻蹙不展的凝眉"时，作者写道："我想象中的居安女士，竟然是这样，也应该是这样。"① "竟然"表示一种吃惊，和自己想象的不同，和自己的期待视野不同，但随后一句"也应该是这样"，又表现和想象的相同，和前理解一致。"竟然"，是没想到居安女士如此凝眉、有如此之苦，"应该"，是居安女士的一生在脑海中电般闪过，理解了植根本性的悲凉愁苦一定会"终古凝眉"。叙述的两次转折，否定、否定之否定，陌生而后熟悉，节奏感舒缓迂回，是艺术的涩。表面上叙述的停留，实际上和文本内部作者的情感变化密切联系在一起，拓展了文本的审美空间。

拓展叙述空间的另一种方式是，"他者"——"我"的另一种叙述。王充闾的历史文化散文，有些文本中出现一类人物——"他者"，他们是文化人，说的话不多，往往一句，但这句话颇有文采和见地，最后"我"十分赞同"他者"的话。《劫后遗珠》中G兄关于文物保护的一番话，"我"说："你说得对。"《寂寞濠梁》中"我"心情急切，一出现和想象中相似的景观就以为是濠梁，向导说："这种心情很像刘玄德三顾茅庐请诸葛。"接着是一番妙喻，博得人们赞同。《凉山访古》中同行的一位学者神秘地问我，为什么人们对当地的"走婚"产生浓厚兴趣，"我""洗耳恭听"，"他者"说，"其实人们与其说在看人家，不如说是在想自己——希望自己也有这样一种自由选择的条件。他们是在向往一种世外桃源，一种诗意人生。从这个意义上说，他们是到这里来寻梦，寻找自己已经失落的梦境——梦是愿望的达成，是现实生活中某种缺憾的一种补偿。尽管梦终归也要形，但梦本身，难道不是一种生活吗？它和实际生活的区别，只在于虚实、长短而已"。"我觉得他说得很妙。"② 这里，"他者"（G兄、向导、同行的学者）的叙述，实际上是"我"的另一种叙述方式。"他者"的文化底蕴、真知灼见、审美趣味和表达

---

① 王充闾：《终古凝眉》，载《寂寞濠梁》，辽宁教育出版社，2004，第78页。
② 王充闾：《凉山访古》，载《文明的征服》，辽宁教育出版社，2004，第199页。

方式都是作者的风格，从"我"的赞同中我们知道，"他者"是"我"的另一种存在方式。我们不排除当时真有"他者"的存在，但"他者"的话一定是作者化了的。那么作者为什么不直接用第一人称叙述这段话，而借助"他者"来完成呢？这是陌生化叙述的策略之一，作者考虑的是，"他者"和"我"同感，强调感觉或取向的普遍性；从"我"的叙述到"他者"叙述，变换叙述角度，拓展叙述空间；避免"我"的单一叙述，增加文本的动感，有一种流动之美。

王充闾历史文化散文的深度追求有时掩盖了他在艺术上的不断超越，读者和批评家习惯于把目光聚焦到文本的文化含量上，也多从意蕴上谈其文学史意义，"他用历史叙事探究了文化、生命、人性的种种形态，打开了中国知识分子尘封的心灵之门和与之相关的种种枷锁"①。甚至作家本人在创作谈中也特别重视文本的意蕴，较少谈到艺术形式上的不断探索与苦涩追求。实际上，王充闾历史文化散文的成就是文本意蕴与艺术形式相得益彰的结果。他的超越，不单单是意蕴上的超越，还包括艺术形式上的超越。陌生化的叙述变革是他渴望艺术超越的坚实努力，我们也看到这种陌生化所带来的艺术之美。

（2）趣味性：苦涩的幽默

王充闾的历史文化散文把有趣的故事融入严肃的历史当中，增强了文本的趣味性；同时，他善于运用形象的比喻描述，喻体生动，使本体清晰可见，颇有幽默之风。作者以宽容与悲情观照历史人物之苦，幽默中饱含苦涩的味道。

第一，严肃的历史与有趣的故事。历史文化散文是一种"严肃"的文体形式，"文化"与"历史"两个限定词似乎规定了它的"严肃"性。但考察文化散文我们发现，周作人、鲁迅、梁实秋、林语堂等人的文化散文都追求趣味性，趣味性是文化散文的重要审美特性之一。王充闾也有意识地在历史叙述中插入民间叙述，调节叙述的节奏，舒缓历史散文的紧张氛围，在张弛中调动读者的审美能动性。《凉山访古》中孟获"官上官"、诸葛亮"馒头祭

---

① 王尧：《"散文时代"中的知识分子写作——论王充闾散文的文学史意义》，《当代作家评论》2005 年第 2 期。

江"的故事,《雪域情缘》中"辨马母子"和公主辨识忠奸的故事,都幽默有趣,让人忍俊不禁。这些民间叙述看似破坏了历史叙述的平衡,实际上是作者有意打破这种"严肃性"叙述的单一性而建构一种新的平衡。

第二,形象的比喻与苦涩的幽默。王充闾早期的历史文化散文曲高和寡,不取悦读者;近年他逐渐调整自己的写作策略和叙述方式,《用破一生心》、《他这辈子》、《话说张学良》、《利欲驱人万火牛》等写得越来越自如,读者面不断扩大,这在一定程度上得益于他的比喻和幽默。王充闾笔下的李鸿章是"不倒翁"、"太极拳师"、"撞钟的和尚"、"裱糊匠","他这一辈子,虽然没有大起大落,却是大红大绿伴随着大青大紫;一方面活得有头有脸儿,风光无限,生荣死衰,名闻四海;另一方面,又是受够了苦,遭足了罪,活得憋憋屈屈,窝窝囊囊,像一个饱遭老拳的伤号,浑身青一块紫一块的"①。这段话在艺术上至少有三个方面超越早期的创作:一是抑扬顿挫的典雅与日常俗语的直白构成鲜明的对比。王充闾散文有诗语情结,行文讲究内在的韵律,更善用四字词语,早期的作品比较典雅;而在这里前一句典雅,后一句直白通俗,鲜明的对比有喜剧性效果。二是叙述节奏的加快,早期的历史文化散文写得比较拘束、谨慎,这里一系列排比直到最后才给读者一个喘息的机会,酣畅淋漓,给读者带来阅读的快感。三是比喻的妙用,"像一个饱遭老拳的伤号,浑身青一块紫一块的",诙谐幽默。人物塑造得很有质感,形象几乎可以触摸得到;又有一种透明感,可以触摸到人物苦痛的心灵。《话说张学良》中说到张学良送礼物给蒋介石"投石问路"。蒋介石回赠礼物,"也有传说,蒋还赠一双拖鞋、一只手杖,意思是,一拖到底,直到老死"②。联想到张学良一生的命运,确是一种苦涩的幽默,藏庄严于诙谐之内,寓绚丽于素朴之中。

(3)渴望超越:未完成的幽灵

王充闾说:"欲望按其实质来说,就是痛苦。"渴望超越,是一种欲望,也是一种痛苦。史铁生认为人类的一大困境就是,人实现欲望的能力永远比不上他产生欲望的能力,这就意味着痛苦。王充闾"以一颗永不宁静的心体

---

① 王充闾:《他这一辈子》,载《寂寞濠梁》,辽宁教育出版社,2004,第114页。
② 王充闾:《话说张学良》,《海燕都市美文》2007年第3期。

现着创造的痛苦与欢欣……他选定了'创化'这个永恒的状态。他始终觉得自己未完成。未完成是一种勇气,否定自己,走出自己,向新的目标行进。未完成是一种状态,在未完成中生命还在年轻。因为认定自己永远未完成,王充闾把不重复自己作为艺术创造的标尺……他的艺术视界始终是敞开的。没有固定已经形成的,没有排拒将要出现的。他一直遵循着一个内心命令向前奋飞:不断创新,不断发展"①。渴望超越,使王充闾在创作上始终保持清醒,不断总结自我,从未停止过探索的脚步。他渴望超越,就等于他选择了痛苦。

第一,自我的醒觉。

有的作家对批评家的批评不屑一顾,坚持"走自己的路,让别人说去吧"的原则,王充闾与此不同,他认真总结历史文化散文的创作,在作品研讨会上倾听学者的发言,尤其是学者提出他创作不足的地方,更是他关注的焦点。当然,他也不是被批评家牵着走的作家,而是消化批评家的意见,针对自己的创作实际,一步步作出调整。在创作上,他始终处于一种醒觉的状态。

作家的醒觉体现在他与批评家的对话、创作谈及散文集的后记中。如,《文章千古事 得失寸心知——关于散文的一次对话》、《中国古代知识分子的命运》、《我写游记散文》、《千年兴亡 百年悲笑 一时登览》、《散文激活历史》、《文化大散文刍议》、《渴望超越》等,这些充满理性化、思辨力的文章体现了作者的文学观和审美观,尤其是《渴望超越》可以看作作者基于自我创作而又超越自我的散文理论精华。

"散文创作的深度追求、深切的生命体验与超越性的感悟、自在的心态与不懈的追求",王充闾把自己看得清清楚楚,把散文看得真真切切。他总结自己的三个阶段,早期的《清风白水》、《春宽梦窄》,主要是山水自然,风景名胜,以游记为主,感受自然之美、性灵之光;中期的作品《土囊吟》、《文明的征服》,着眼于人文、历史,写历史文化散文,揭示历史规律与人生的悲剧感;近几年的作品《用破一生心》、《终古凝眉》、《他这一辈子》等,关注

---

① 李晓虹:《未完成的王充闾》,载王向峰主编《王充闾散文研究》,辽海出版社,2001,第445页。

人性、人生和人类精神家园问题，以有限的笔墨说些同无限相关的事，在物质化、功利化的现实中，寻找人的精神的着陆点。从中可以看出，从自然山水到人文山水，从现实到历史，从历史到人类，从外部世界到内部世界，王充闾的观照视域逐渐扩大，审美表现层层深入，体现着一种渴望超越、不断超越的深度追求。

创作的总结意味着醒觉，步步深入，同时也意味着创作的独特追求和个性化彰显。在王充闾的意识深处，有一种"独立意识"。从他历史文化散文得到认可的那一天起，身上就背着"南有余秋雨，北有王充闾"的沉重包袱。一句十分甜蜜的赞扬的话，给他带来的是切身之苦。在王充闾的内心深处一直纠缠着一种想法，似乎自己永远是他人的跟随、影子，时时处于刺痛当中。这对一个作家来说，是最大的痛苦。不幸的是，我们现在还要旧话重提。当时王充闾对自己的清醒认识就是，找到自我，还要超越自我。他的《渴望超越》，讲的全部是对自己的超越，实际上他的超越也是对历史文化散文创作模式的超越。所幸的是，旧话已成过去，痛苦的纠缠变成痛苦中的奋发和求索，成为振飞的内在动力。超越之后，找到心灵的平衡支点，却格外敬重那一份痛苦。

自我的醒觉，对自己，对创作，一切都是正在进行时。作家体会到超越之苦，也体会到获得个性彰显以及深度追求的超越之欢愉。

第二，工程意识与经典意识。渴望超越，对王充闾来说，是一个未完成的幽灵。他审视自己的作品，总结创作经验，并制订下一步的计划，有近期目标和远景目标，这可以看出作者的工程意识。他的散文工程并不是随意的拼凑和堆砌，而是追求高度、追求经典。

"一个成熟的文体作家，他对自己的创作应该有一个总体设计，不能不知道自己明天写什么，而总是遇上什么写什么……工程意识对所有艺术创造都有意义，对散文创作尤其重要。"[①] 散文，是一种最自由、最贴近生命本真的文体，因为最适合表达自我，所以往往成为作家意绪的心灵驿站。作家只是偶尔地观望或暂时停留，并没有在这里搭建一个房子长时间填充自己生命的

---

① 王向峰、王充闾：《文章千古事 得失寸心知——关于散文的一次对话》，《海燕都市美文》2006 年第 8 期。

意识。所以，尽管有些散文作家写了诸多作品，但只是一个个的片段，不能构成一个阶段性的工程。王充闾不同，作为一个成熟的历史文化散文作家，他的工程意识比较鲜明。从他三个创作阶段看，每一个阶段都有相对集中的审美取向，他是在架构自己的散文工程。如在第二阶段，作者写了一组以揭示文化悖论为主旨的作品，如《陈桥崖海须臾事》、《文明的征服》、《土囊吟》等；而在第三阶段，写了一系列揭示人性的作品，如《用破一生心》、《他这一辈子》、《终古凝眉》等。在每一个阶段，他沉潜历史，又疏离历史，发挥艺术想象力，调动艺术思维，达到自己的预期目标，做到对前一阶段文本一定程度上的超越。

　　文学工程是艺术之美的创造。对于作家来说，工程意识是一种执著，是不重复自己的信心，是不断超越自我、创造美的信念。同时，王充闾在构架历史文化散文工程时，始终考虑工程的长久性及文本的经典性存在。他的一些散文作品早已发表，但是我们看到收入王充闾文集的散文似乎变了模样，有几篇改了篇名，如《青山魂》、《寂寞濠梁》、《灵魂的拷问》等。每一篇名的改变，都暗含着作者深刻的思考。《青山魂》原名《两个李白》，修改后的文本在分析两个李白的痛苦之后，更强调李白的精神，"大鹏飞兮振八裔，中天摧兮力不济"的哀吟，最鲜明地表现出那种双目致死难瞑的深悲巨痛，孤坟中埋下的是"凄怆愤懑、郁结难平、永恒飞扬、躁动的不灭的诗魂！"[1]《灵魂的拷问》原是《陈梦雷痛写〈绝交书〉》，原是强调陈梦雷之痛，现在是对陈光地灵魂的拷问，强化批判意识和现实针对性，"个人的卑劣人性往往被'时代悲剧'、'体制缺陷'等重重迷雾遮掩起来，大多数人更多着眼于社会环境因素，而忽略了、淡化了个人应付的道义责任……很少有人能够烛隐掘微，透过具体事件去进行心灵的探察，灵魂的拷问"。同时进一步强调作者内心的苦涩。[2]关于《寂寞濠梁》我们在前面已经分析，"寂寞"是作者在寂寞的心境中对寂寞本身的文本表现，突出创作主体的心态，比《寄情濠上》审美取向更明显，艺术氛围更浓，当然苦涩的意味也更浓。

　　这种变化，说明作者的未完成心态，并不是作品的发表就意味着作品成

---

① 王充闾：《青山魂》，载《寂寞濠梁》，辽宁教育出版社，2004，第35页。
② 王充闾：《灵魂的拷问》，载《寂寞濠梁》，辽宁教育出版社，2004，第98页。

为过去。他在创作新作品的时候，还时常审视自己的旧作。这种现象在理论著述中常见，在作家中是不多见的。对于已经出版或发表的作品，就我们所了解的一些情况看，中国当代文学中出现过被动修改而不是主动修改作品的现象，十七年文学中，一些文学作品为了符合主流意识形态的需要，对已出版的作品作了修改，如杨沫的《青春之歌》、柳青的《创业史》等；新时期文学中，陈忠实的茅盾文学奖获奖作品《白鹿原》因为文本细部的描写而被要求修订。这些修改不是出于作家的自愿。如果说，在未出版或发表之前，作家修改自己的作品，那是一种艺术上的推敲与整合，而在发表或出版之后，作家的这种举动就显得特别。没有任何外在的压力迫使王充闾修改自己的作品，它完全来源于自己的内心世界，是"未完成的幽灵"。就像是鲁迅笔下的过客，之所以尊崇"走"的哲学，是他感觉有一个声音在召唤他，老翁听不到，小女孩听不到，只有过客能听到，因为那是来自过客心灵的声音。

未完成的幽灵，隐性的，又无处不在，它把作者引向散文工程，引向经典性追求。然而，在消费时代，"世界所有的物质，所有的文化都被当作成品、符号材料而受到工业式处理，以至于所有的事件的、文化的或政治的价值都烟消云散了"①。谁还在追求真正的经典呢？"经典作为一种内在的尺度仍然存在于每个写作者的心灵深处，甚至连反经典的游戏写作也内隐着经典的尺度或感受到这一尺度的重量。只是这尺度的深隐使得人们写作时总作出一副休闲式的做派和四两拨千斤的个人姿态，那些呢喃着的私人写作，琐碎的表现欲望的写作和一地鸡毛式的自娱写作，在修改经典内涵的同时正准备着成为这个无经典时代的'经典'。有谁能在重新滑动的'能指'中找到经典的真正'所指'呢？有谁能超越的当下的无差别平面写作而回到历史审视的高度去重释经典呢？怎样才能在消费时代中成功地抵制对经典的消费呢？"②有很多批评家注意到王充闾历史文化散文的文学史意义及其汉语写作的意义，因为王充闾在消费经典的时代真正崇尚经典，固守着清洁的精神圣地。经典存在于王充闾的内心深处，他在潮流中又在潮流外保持内心的平衡与不懈的追求。

---

① 〔法〕鲍德里亚：《消费社会》，南京大学出版社，2000，第133页。
② 王岳川：《中国镜像：90年代文化研究》，中央编译出版社，2001，第379页。

第三，凄苦后的欢愉。书写历史文化散文，对王充闾来说是苦中求苦，更是"体味焦灼后的会心，冥思后的渐悟，凄苦后的欢愉"。① 王充闾奉行的是"苦行"精神，勤苦做事，闭门读书，面壁求索，刻苦写文章。

书写历史文化散文实在是一份"苦差"，是作者"自讨苦吃"。历史文化散文是学者的写作，对创作主体的史识、学识和胆识要求很高。创作之前是苦，写作任何历史文化散文，王充闾都要沉入历史，查阅大量的资料，比书写现实题材付出多得多的辛苦。创作过程是苦，而疏离历史，如何切入文本？切入之后，触摸历史悲剧和历史人物的生命之苦。创作之后，完成对自我的一种释放，走进读者，才能体味到苦涩的欢欣。

除了自然的愉悦，读书和写作，是书写历史文化散文的王充闾超越一切的两件"法宝"。"读书，创作，不是一般意义上的兴趣、爱好，而是压倒一切的'本根'，是我的内在追求、精神归宿，是生活的意义所在，是我的存在方式。此外，一切，都看得很轻。"读书，尤其庄子、佛禅之书是他超越的哲学基础；写作，如果说，书写历史文化散文使作者深感其苦，那么在对童年风景的追忆与叙述中作者感到了心灵的安慰，正像鲁迅《野草》中反抗绝望、孤寂痛苦的心灵在《朝花夕拾》中找到安慰一样。

深刻的作品必定带有人生的苦涩，苦涩更容易唤起读者的共鸣。王充闾散文的苦涩美是从种种苦事中体验生命之苦、体验创作之苦的乐趣，实际上是超越苦涩的审美追求。苦涩成为知识分子创作的源泉，这种人生观和美学观使他体味苦、尊重苦、敬畏苦、书写苦，从而超越苦，找到心灵的安放地、精神的着陆点，感受凄苦后的欢愉，使读者从生命之苦的陌生化表现中看到更高层次的熟悉。

四 文史随笔的哲思妙悟

王充闾以历史文化散文奠定他在中国当代散文写作中的地位。但阅读其近作发现，虽然他对历史仍然兴致盎然，然而其写作的路向和风格已发生了很大的变化。显在的基于当下的文本，融入自我的生命体验，是自我文本的

① 王充闾：《散文激活历史》，《当代作家评论》2001年第6期。

解剖学，是升华的生命智慧的哲思妙悟；其透视出自我形象的嬗变，彰示了疏放自如的闲谈式文风。我们可以把王充闾近期的这些创作称为文史随笔。

1. 显在的当下性哲思

显在的当下性哲思是王充闾文史随笔的文本指向。文史随笔题材广泛，从国家民族到生命个体，从历史探问到公园小记，从自我体验到创作经验，从想象力到文化赋值等，无不包含鲜明的当下性。虽然王充闾历史文化散文也具有历史文本的现实张扬，然而那是隐含的当下性；而文史随笔的创作是显在的、张扬的当下性。历史文化散文是一个自我的"封闭系统"，它的当下性等待着读者在艺术空白和召唤结构中想象与填充。而随笔文本，是回到当下，针对当下，作者的创作意向更加明指。王充闾从当下老电影赢得观众的青睐中探求电影丰富观众审美经验、提高观众视听文化水平、滋养和熏陶观众精神世界的重要性。作为一个在文坛上活跃几十年的作家，他时刻关注着文坛现状，时刻保持着如萨义德所说的知识分子的精神特质。萨义德在《知识分子论》说："知识分子是社会中具有特定公共角色的个人，不能只化约为面孔模糊的专业人士，只从事自己那一行的能干成员。我认为，对我来说中心的事实是，知识分子是具有能力'向'（to）公众以及'为'（for）公众代表、具现、表明讯息、观点、态度、哲学或意见的个人。"[1] 王充闾关注文学的当下性，他总是在宏阔的视域中把握文本与文体。在谈到杂文时，他简约概括了当下的四种流行病："俗套"加上"熟套"、"新闻腔"与"八股调"、远离现实与空泛议论及装腔作势与故弄玄虚。《散文的文学性》是王充闾担任鲁迅文学奖散文奖的评委，阅读散文，深感当下散文文学性的缺失而做的文章。他谈到了散文创作的三病：语言比较粗疏；不善于驱遣意象；诗性淡薄，情怀、襟抱不够开阔。[2] 他站在古今中外优秀文本的制高点上并结合自己的创作经验，从语言、意象与诗性等方面审视散文文学性的生成。在"语言缩略化、情感缩略化、人生过程缩略化"的当下谈文学性与想象性问题，这种有针对性的指向比历史文化散文更加鲜明。

文史随笔当下性的立场和他创作历史文化散文不同。在历史文化散文中，

---

① 〔美〕艾德华·萨义德：《知识分子论》，单德兴译，台北：麦田出版社，1997，第 48 页。

② 王充闾：《散文的文学性》，《文化学刊》2008 年第 1 期。

历史性、文学性与现代性并不平分秋色，历史性与文学性是其显在的特质，而现代性是作为一种立场和意识，其隐含的当下性被包裹在历史文本的深层结构之中。或者说，当下性在历史文化散文中是一种曲折的表达。而当下性在王充闾文史随笔中占有突出地位，从某种意义上说，没有当下性就没有其文史随笔。《这里有个小山村》一文写泰戈尔《吉檀迦利》诗所追求的深邃、神秘的"梵我一体"的理想境界，所表现的和谐、安宁的美好气氛，以及"天然去雕饰"的清醇的艺术风格，这"使得蜗居尘壤之中，深为生存烦扰、都市喧哗、商品化的人际关系所苦的现实世界的人们，有一种清风拂面、如饮醇醪的解脱感和舒适感"①。也许这是作者拜访此地的当下性用意所在。

　　他谈想象力、谈读书阅世、谈历史文化散文创作等都是如此。然而，他的当下性不是停留在现象表层，而是透过现象直逼真相，穿越表层开掘深层，指向形而上的哲思。哲思的获得首先源于哲学视角的选择。王充闾文史随笔（也包括他的历史文化散文）自觉选择哲学视角。他在《学习与思考》中说："哲学研索本身就是一种视角的选择，视角不同，阐释出来的道理就完全不同。""哲学强调两个方面，一个是视角，一个是立足点。立足点高，眼界、视野就开阔。"《这里有个小山村》以哲学视角观照小与大的关系：小山村和大作家的精神与生命之联系，小山村与大学、大学与中国、印度诗人与中国文化等。随笔《龙墩余话》讲历史文化散文《龙墩上的悖论》，从悖论即"从哲学的角度解读历史人物、历史事件"②；《圣朝设考选奴才》也是以哲学思维审视英才与奴才的悖论式存在。在其他历史文化散文创作谈即文史随笔中他也多次谈到哲学视角问题。可见，在哲学视角的选择上他非常自觉。哲学视角的选择和哲学思维有关，视角的成功运用才能最终获得形而上的哲思。王充闾在"哲学思维、思辨能力"方面有很大的优势，这得益于文化修养的长期积淀和哲学思维的有意识培养。王充闾谈的不是抽象的哲学问题，而是以哲学思维、哲学视角关注当下。在信息爆炸、知识膨胀的当下，较少有人关注智慧，而智慧对于人是最重要的。他说："信息是平列的；知识是组合起来的信息，二者有深浅、高下之分；智慧是在生命体验、哲学感悟的基础上，

---

① 王充闾：《这里有个小山村》，《文化学刊》2010 年第 4 期。
② 王充闾：《龙墩余话》，《文化学刊》2008 年第 2 期。

经过升华了的知识。"① 关于信息、知识与智慧的这种哲学思考非常富有针对性与启发性。

王充闾的文史随笔坚守着与历史文化散文一脉相承的哲学思维，这是他在散文创作领域保持深度与高度的话语密码。而文史随笔在哲学思维下以哲学视角关注当下，是王充闾拓展文体空间和张扬文本空间的成功实践。

2. 自我的智慧性妙悟

自我的智慧性妙悟是王充闾文史随笔的文本表征。"智慧"一词在文史随笔中是一个高频词。在《中西会通的文化坐标上》强调智慧的重要性，他说："知识固然重要，但尤其值得珍视的，还是人生智慧、哲学感悟。智慧是知识的灵魂，是统率知识的。知识关乎事物，充其量只是学问，而智慧关乎人生，它的着眼点、落脚点是指引生活方向、人生道路，属于哲学的层次。"② 哲学促使知识转化为智慧。《学与思》讲智慧、出世与入世、放开视野、动脑筋、创作出新等，是作者的生命体验，也是他的人生智慧。在哲思之下，王充闾文史随笔是其生命体验与人生智慧的传达。传达分为两个层面，针对创作主体而言，随笔是其智慧的载体；针对接受主体而言，随笔把王充闾的生命体验与人生智慧传达给读者。

面对纷繁复杂的人生场景，王充闾以哲性思维观照，并达成对生命现象的形而上思考，彰显出充满智慧的绝妙悟性。《银幕情深》谈电影，对人生与戏的"互动"关系却有如下认识：戏如人生，从奥赛罗的故事中总结人生爱情的经验，"保鲜爱情的真谛，莫过于相互信任"。"理想信念，对于一个人像生命一样重要。""嫉妒作为一种欲望，它的杀伤力是非同小可的。"人生如戏，但"人生这场大戏是没有彩排的，每时每刻进行的都是现场直播，而且是一次性的、不可逆的。不像电影（当然还有戏剧）那样，可以反复修改、反复排练，不断地重复上演。但也正是为此，不可重复的生命便有了向电影、戏剧借鉴的需要与可能，亦即通过电影、戏剧来解悟人生、历练人生、体验人生。从这个意义上说，一切银幕、舞台都应该是灵魂拷问、人性张扬、生命跃动的人生实验场"③。人生和戏之间的这种认识，尤其是人生是现场直播

---

① 王充闾：《学与思》，《文化学刊》2007 年第 5 期。
② 王充闾：《在中西会通的文化坐标上》，《文化学刊》2009 年第 5 期。
③ 王充闾：《银幕情深》，《文化学刊》2011 年第 3 期。

的比喻性表述对于受众来说更具冲击力和警醒作用。

文史随笔中的智慧性与历史文化散文的智慧性有所不同。如果说，在历史文化散文中智慧性和历史性哲思结合，那么智慧性在文史随笔中则和当下性哲思与学术性追求结合。如果说，历史文化散文注重文学性与历史性的融合，那么，文史随笔则注重文学性与学术性的融合。《蹈险余生作壮游》写朝鲜崔博的传世名著《漂泊录》的学术性价值，从他者的眼光观照明代文化，以及儒家文化对朝鲜文化的影响。作者认为《大欲无涯》是文史随笔，而并没有把它认定为历史文化散文。显然，作者有特殊的考虑，那就是学术性。这篇文章有与历史文化散文一致之处，即对人性的复杂性思考与欲望的悖论性观照。《大欲无涯》中成吉思汗欲望满盈，南征北战，功绩显赫，然屠杀平民等负面影响并不随此"灰飞烟灭"。作者进入生命本质的深层，探求"生死之谜"："不可一世的秦始皇、汉武帝，也包括'一代天骄成吉思汗'，当他们成为尸骸之后，就同普通的贩夫走卒的尸骸，没有任何实质上的区别。"①从恢宏的历史场景到渺小的个体生命、从显赫的历史功绩到淹没的尸体残骸，作者观照的是欲望对历史与生命的双重效应。也正如他在《龙墩余话》中所说："人的生命有涯而欲求无涯，以有涯追逐无涯，岂不危乎殆哉？"然而，与《用破一生心》、《终古凝眉》等历史文化散文不同，创作随笔《大欲无涯》，作者并不担心"历史挤压艺术"的偏向，在文本中旁征博引，纵横古今中西，智性的议论时刻跃动于文本之中，学术性成为显性追求。学术性在《想象力谈片》、《闲堂说诗》、《散文的文学性》等篇章中体现得更加明显。

作者以灵动与巧妙的方式把人生智慧对象化到文史随笔中，所以虽然学术味道浓，学术性强，但文本中的自我形象却陡然站立，而这一形象和历史文化散文中的自我形象有着很大的区别。或者说，文史随笔透露出作者生命体验与自我形象的嬗变。历史文化散文的自我形象，如同一个历史老人"面对苍茫"，"叩问沧桑"，追思"龙墩上的悖论"；如精神分析师，绘制历史人物的"人格图谱"，解剖历史人物的心灵，追问"终古凝眉"、"用破一生心"的内在玄机。虽然作者在叙述的过程中有与对象主体的精神同构性，但我们似乎也看到保持审美距离的冷静观照，也可以说是一定程度上的"零度叙

① 王充闾：《大欲无涯》，《文化学刊》2008年第2期。

事"。但是，在文史随笔中我们发现"我"与历史和当下的随影随形，"我"从"历史幕后"走到"文本台前"。在历史文化散文中，我们看到的是"我"眼中他者的历史，而在文史随笔中我们看到的是"我"的历史。如在《联苑忆丛》中我们既看到自由穿梭于中国楹联文化的学者，又看到一个悟性才高的神童。尤其老师上联"歌鼓喧阗，窗外脚高高脚脚"，"我"的下联为"云烟吐纳，灯前头枕枕头头"的"顶尖对决"让"我"的形象跃然而出。

文史随笔中的"我"不仅仅有对历史文本的解剖，更是对自我文本的解剖。在一定意义上说文史随笔是自我文本的解剖学，是基于成功经验的创作诗学。王充闾的随笔有多篇谈到历史文化散文创作，他也总结了自己的创作经验。一是关于历史性哲思与当下性鉴戒。他"努力把历史人物人性方面的弱点和种种命运抉择、生存困惑表现出来，用以鉴戒当下，探索精神出路"。"由于人性纠葛、人生困境是古今相通的，因而能够跨越时空的限隔，给当代人以警示和启迪。而这种对人性、人生问题的思索，固然是植根于作者审美的趣味与偏好，实际上也是一种精神类型、人生道路、个性气质的现代性的判断与选择。"① 追求"思想意蕴的层层递进、逐步深化"的深层结构的开掘。二是关于历史真实与艺术创新。《为骆宾王祠撰联》详解自己"剥掉一切强加给他的'伪装'和'时装'，除去罩在头上的各种'恶谥'与光环，还他以本真的面目"②。《一部散文集的诞生》谈散文《张学良：人格图谱》为何能够产生？他阅读张学良的传记，发现"几乎所有的著作都着眼于弄清事件的原委，而忽略了人物的内在蕴涵，有的虽也状写了人物，却'取其貌而略其神'，忽略了鲜活的生命状态，漏掉了大量作为文学不可或缺的花絮与细节；尤其缺乏对于内在精神世界的深入探索与挖掘"。至此，王充闾追求"诗、思、史"融合的文学至境。三是关于艺术构思与艺术想象。随笔《为张学良写心史》是谈《张学良：人格图谱》的创作经验，作者从思想即张学良的人格图谱及其成因（家庭环境、文化背景、社会交往、人生阅历）以及艺术（文体定位、谋篇布局、文学手法、广泛借鉴）等方面进行详细阐述。从

---

① 王充闾：《我写历史文化散文》，《文化学刊》2010 年第 2 期。
② 王充闾：《为骆宾王祠撰联》，《文化学刊》2009 年第 6 期。

务实传统、应试教育、需要匮乏、心情浮躁等方面对文学性的缺乏做历史与现实的精到分析。《龙墩余话》讲《龙墩上的悖论》的"五个专题"（欲望的无限扩张、欲望的最高实现、维护"家天下"封建继统和历史周期率、封建王朝递嬗中文化传承与知识分子地位问题）和"三个突出"（探寻人生困境、引进悖论范畴、辩证观照历史人物）。所谓"余话"，是在"正话"之后的表述。从出版与传播的时间上来说，是先"正"后"余"的逻辑顺序；然而，从作者的艺术构思上说，是先"余"后"正"。"余话"所含是正话的统领。从接受主体的角度说，"余话"对"正话"的解释与阐发为接受主体揭开了"写作之谜"，作者如何构思、如何想象，对接受主体对文本的理解与补充具有提升与深化作用，为批评家对创作心理的把握提供了较为详细的文本。《想象力谈片》一文从民族的想象力谈到自我的想象力，谈到散文创作的想象力，谈到自己的想象力匮乏，并提出自己弥补的方式。

作者进入自我的文本世界，勇于解剖自我，真诚总结创作实践的得与失，这些基于自我创作体验与经验而生成的智慧和悟性，是关于创作的学问，是创作的诗学，它的可借鉴性与指导性对其他的创作者和研究者来说都是十分宝贵的财富。

3. 疏放的闲谈式言说

疏放的闲谈式言说是王充闾文史随笔的话语特征。《闲堂说诗》、《想象力谈片》、《龙墩余话》、《文化赋值丛说》、《貂蝉趣说》、《公园小记》等标题表明，作者改变了严谨的历史文化散文的创作风格，而以闲谈与趣说等方式进行文史随笔的话语表达。这让我们看到主体形象的另一个侧面。自五四以来，鲁迅、周作人、林语堂等"两脚踏中西文化、一心评宇宙文章"的才胆识力使他们的随笔成为经典之作。随笔虽是随性而为，但创作主体的文化心理结构决定着随笔的高度与深度。

闲谈是王充闾文史随笔的重要体式特征。汪曾祺认为："随笔大都有点感触，有点议论，'夹叙夹议'，但是有些事是不好议论的，有的议论也只能用曲笔。'随笔'的特点还在一个'随'字，随意、随便。想到就写，意尽就收，轻轻松松，坦坦荡荡。"[1] 王充闾的《闲堂说诗》中谈到说诗的两种方

---

① 汪曾祺：《塔上随笔·序》，载《汪曾祺全集》卷6，北京师范大学出版社，1998，第104页。

式："一种是系统地、有条理地讲；一种是漫谈式的，依据古人的名篇和自我的创作实践。"① 他的说诗采用的是后一种方式。作者不受束缚，挥洒自如，自由与疏放。表面看来，是闲谈、漫谈，而实际上运用的是与文本相适应的表达方式，并具有内在的逻辑性。在给李仲元的《缘斋诗稿》写的序《云锦天机妙手裁》中，作者说："缘斋为诗，由于古代诗文烂熟于心，上下古今，充塞胸臆，名章、词汇，信手拈来，暗用、化用诗古文辞，浑然天成，一似自然流洒，毫无窒碍。"② 这与《缘斋诗稿》文本的古风神韵保持一致，使序和文本和谐地融为一体。

闲笔的运用在随笔中随处可见，任性闲谈是作者的"无心之心"。《依旧长桥》中作者好像是无意中走出历史上的状元与相爷之乡，而讲到现在的长桥，实际上是作者有意从桥（物象）到晋江（空间）、从空间到人，发掘历史和现实内在的连贯性，即长桥人"独占鳌头的心性"，是一种文化性格的传承。从文本第二部分的叙述"还是回到桥的话题"来看，作者似乎认为第一部分游离了自己的《依旧长桥》，而这正是作者的"无心之心"，或者这正是作者的"别有用心"。闲笔中的婉转叙述耐人寻味。任性闲谈是表层的游离、深层的统一。《貂蝉趣话》上篇最后说"关于貂蝉的话题也就此打住了"，而下篇的开头即是，"关于貂蝉的话题临时打住，但仍有大量的问题有待于探讨。比如，前面引述的除了杂剧，就是小说、平话，都是出于文人之手，既可以像《三国演义》那样，凭借着一定史实，踵事增华，添枝加叶；又可以凭空结撰，羌无故实。那么，有关貂蝉、吕布的历史真迹，是否有踪迹可寻呢"？③ 作者和文本中同行关于貂蝉的话题是打住了，但作者自我关于貂蝉历史真实的追问刚刚开始。若是创作历史文化散文，作者可能保持着文本叙述的一致性，会按照时间顺序和空间秩序接着说。但创作随笔，作者可以任性闲谈，不拘泥于文本表层结构的一致性，而是探讨貂蝉的真实性。如果说上篇是闲谈的趣话，那么，下篇则是闲谈的正说。这样的闲谈藏庄严于诙谐之内，寓绚丽于素朴之中，有助于拉近作者与读者之间的距离。

闲谈式的话语言说是一种对话方式的改变。历史文化散文是作者与历史

---

① 王充闾：《闲堂说诗》，《文化学刊》2007年第2期。
② 王充闾：《云锦天机妙手裁》，《文化学刊》2011年第3期。
③ 王充闾：《貂蝉趣话》，《文化学刊》2008年第6期。

人物的显在对话，虽然作者以小说笔法通过人性与生存困境的书写、主体情思的融入等方式实现与读者的对话，但这种对话性是潜在的。文史随笔，是作者试图用一种闲谈的方式与读者对话。闲谈的话语方式营造日常氛围，作者和读者处于平等的对话性地位。如果说，在历史文化散文中，我们看到的是王充闾作为散文家的严谨；那么，在随笔中，我们看到的是王充闾作为"杂家"的"任性"，谈赋、谈旧体诗、谈杂文、谈史书、谈元杂剧、谈电影、谈摄影等多种艺术与文本，随性谈任何之想谈。虽然他的闲谈可能是针对一个具体的文体或文本，但具有超越性的指向，比如对提升摄影艺术的看法等。《貂蝉趣说》中对貂蝉人物真实性进行历史考察，对不同历史文本与文体中的貂蝉形象加以概说与趣说，涉及史书、历史小说、元杂剧、川剧乃至于流行歌曲等，在形象变迁中探问文体的规定性与历史文化蕴涵。如果说，在历史文化散文中，我们看到的是"陌生化"的王充闾，那么，在随笔中我们看到的是一个熟悉的在我们身边的王充闾。他以每个人都去的公园为题写《公园小记》，谈到公园的功能，"流连风景、美化环境，供人赏心悦目之外，往往还具备着休憩所、排气筒、缓冲器之类的特殊功能"①。他通过把自我人生经验与智慧的总结传达给读者，获得与读者心灵上的交流。《寻觅一个安顿文心的场所》写到数十年"我"和图书馆之间的不解之缘，其中关于读书等人生经验、人生智慧给读者以启迪。他把"心交给读者"，主动营造对话氛围，《我写历史文化散文》谈到自己最初创作上出现"历史挤压艺术"的偏向，在其他篇章中谈到自己的想象力匮乏等。这种与读者零距离的亲近和坦诚更利于实现对话性，益于产生共鸣。

随笔的闲谈式看似枝蔓，实则疏放自由，是无技巧之技巧，是"非完美"之审美追求。

显在的当下性哲思、自我的智慧性妙悟以及疏放的闲谈式言说成为王充闾文史随笔的重要特征。回到当下、回到自我，被王充闾称作"我"的"点滴体会"的文史随笔，是自我体验的哲思妙悟，是高度浓缩的生命智慧。而对于当下的我们来说，哲思妙悟的生命智慧是最重要的。

---

①　王充闾：《公园小记》，《文化学刊》2009 年第 4 期。

| 第二章 |

美学理论的现代阐释

　　对于中国学者来说，面对起源于西方的美学理论，存在两个方面的问题：一是如何本土化，二是如何对它进行现代阐释。而后者依然存在两个方面：一是对美学理论本身的阐释，二是把美学理论应用于批评实践。几十年来王向峰一直从事美学研究、批评与教学，在美学领域取得了丰硕成果，不仅努力把西方美学本土化并进行现代阐释，而且研究中国美学，《〈手稿〉的美学解读》、《西方美学论稿》、《中国美学论稿》、《老庄美学新论》、《中国现代美学论稿》是他美学研究的实绩。十卷本千万字的《向峰文集》更是美学研究与批评的集大成。

　　王向峰向马克思的美学原典深求，创造性地解读马克思《1844 年经济学哲学手稿》，以《〈手稿〉的美学解读》获得鲁迅文学奖。视点的聚焦与思想的辐射、理性的辨析与诗意的阐发、古典的融入与现实的关注，是王向峰解读《1844 年经济学哲学手稿》（以下简称《手稿》）的个性所在，其中所体现的精深的理论功底、精到的审美解读、精彩的妙趣哲思和精诚的现代意识令人叹服。不仅如此，他一直把美学理论应用于批评实践，为王充闾成功创作以理论形态的表述。他跟踪式研究王充闾的创作，出版《王充闾散文创作研究》、《走向文学的辉煌：王充闾创作研究》，尤其是后一本书可以说是创造了研究作家个体的成功范式。王向峰调动辽宁与全国批评界的重要力量，对王充闾的创作进行全方位的观照，对创作主体心理进行深邃透析，探求文学成功的重要因素；同时立体性建构理论体系，使研究超越了单纯的个体作家的研究，成为富有理论张力、创造成功范式的对象化存在。

　　王向峰实现美学研究、批评、创作的三位一体，显示出非凡的创造力与超常的定力。《向峰文集》是集大成，是他审美文化的自我对象性确证。他把马克思主义作为自己研究的基本指导思想，打捞马列文论中有关文艺美学的命题与范畴，并加以灵性的阐发；深入研究马克思主义现实主义文艺观，建构现实主义的美学理论系统，显示了较强的创新性与浓郁的思辨色彩。他开拓了美学研究的新思路，老庄美学研究更有许多个人的独到发现，从某种意义上可以说填补了中国古典美学研究的空白。他的研究与批评善于发现，以一种新思维面对文本对象，展现出创造性与开放性的特征。同样，他的文学创作成就卓著，以《纸上的年轮》获得辽宁文学奖（散文奖）。这在中国的文坛显然是不多见的。王向峰几十年从事美学研究、批评、创作与教学，对美的守望所彰显的超常定力感动了另一个学者，牟心海以《王向峰的美学世界》坚守着自己对美的守望，而他们二人对美的守望创构了守望的美，感动着每一个读者。

一　向马克思的美学原典深求

　　一般来说，"解读"很容易陷入止于文本而难以深入的境地。它可以把文本解读得很细，也很周密，但同时也可能忽略创生文本的外部文化语境与内在心理构成，忽略文本创造接受历史过程中的意义阐发及与当下或本土文化的契合。而我们在王向峰教授从美学角度研究马克思《手稿》的理论著作《〈手稿〉的美学解读》（以下简称《解读》）中看到的是另外一种解读方式，即是在解读中的阐发与创生，它是以解读为手段，达到对《手稿》的创造性、开放性的理解与分析。《解读》一书把《手稿》放在马克思主义哲学的整体框架中进行考察，在辨析中确立《手稿》独特的美学价值与现实意义。尤其是丰富的中国古典美学的学养使王向峰在解读中信手拈来中国古典美学范畴的相关理论，并适当地融入对象当中，显示了解读的本土化取向；同时，多种艺术门类丰富多彩的个案分析更显示了其视野的开阔和灵感的撞击，把思辨与诗意融为一体。因而，我们看到的《解读》是一本打开了的关于《手稿》美学价值的书，是摆在我们面前具有创造性与开放性的理性的美学。鲁迅文学奖（理论批评）评委会认为《解读》"对我国马克思主义美学的建设有积极意义"，此语不虚。

1. 视点的聚焦与思想的辐射

既然书名为《〈手稿〉的美学解读》，作者关注的焦点当然是《手稿》。但是作者把自己的目光聚焦于《手稿》进行解读，不是孤立地就《手稿》而论，而是在马克思统一的思想体系中审视《手稿》中任何一个命题、概念或范畴的生成与发展。在开放的历时性的观照中探求《手稿》的特别之处。

"艺术生产"是《手稿》中一个重要的概念，围绕这一命题，王向峰以三章的篇幅加以解读与论述，即第四章"物质生产与艺术生产"、第五章"劳动产品与艺术产品"、第六章"艺术生产的特殊方式"。王向峰在论述中抓住《手稿》的原创意义同时又在联系与发展中观照同一命题。马克思在《手稿》中说："宗教、家庭、国家、法、道德、艺术等等，都不过是生产的一些特殊方式，并受生产的普遍规律的支配。"引述之后，《解读》写道："从这段话中，非常明确地表明，马克思是将艺术作为生产的一种特殊方式加以肯定，并与生产的普遍规律相联系，认为它受生产普遍规律的支配。马克思的这一思想，不仅在《手稿》中体现，在其他著作中也提出过类似的观点。如《手稿》之后，在《德意志意识形态》中，马克思提出了'形而上学等的语言中的精神生产'，这里也包括文学生产；在《政治经济学批判导言》中马克思说：'当艺术生产一旦作为艺术生产出现'，两次提到'艺术生产'，并明确将'艺术生产'作为一种生产；《资本论》和《剩余价值理论》中也继续提出艺术生产的概念。而且在生产领域中包括艺术生产部门，并将生产劳动者与非生产劳动者相区分。"① 王向峰以《手稿》为重点分析艺术生产，同时还以《资本论》、《政治经济学批判导言》、《剩余价值理论》为依托，论述艺术生产的历史传承与作为生产的特殊方式。

王向峰把马克思不同时期的思想都纳入自己的解读视野，可以看出他关于"艺术生产"思想的辐射特点。其他如论述艺术创作审美对象化条件时观照马克思和恩格斯在《德意志意识形态》中对它的论述，论述实现艺术欣赏和享受的主体条件时观照《自然辩证法导言》中对同一问题的论述。这说明

---

① 王向峰：《〈手稿〉的美学解读》，辽宁大学出版社，2003，第96页。

他是以流动的思维、全方位的开阔视野去对待《手稿》中每一个中美学问题的，避免了单一的文本解读的局限性，从而构成视点的聚焦与思想辐射的开放性解读方式。

2. 理性的辨析与诗意的阐发

《手稿》问世后，因它"原创性的理论观点学理的张力极大"，所以"作为文本它的注入空间非常广阔"①，解读《手稿》的文章非常之多，对《手稿》价值、意义与历史地位的认识也五花八门，这就需要解读者在诸多的材料海洋中去伪存真、去粗取精，在层层过滤中发现理性的闪光点，在辨析中确立自己的解读方式和论证角度。《解读》正是在此思路下进入《手稿》的美学世界中的。

作者在《获奖作品创作谈》中说到，在解读《手稿》时，首先遇到了对《手稿》在马克思和马克思主义的理论典籍中性质与地位的认定的问题。在这一问题上，有两种认识，一种是西方马克思主义认为的"青年马克思"，另一种是认为他的《手稿》是马克思主义的真正理论，如果因袭成见，那么预先就否定了后期著作所确认的"通过剥夺剥夺者而实现的生产资料的社会化和废除剥削"的革命思想。传统理论据此把马克思分为"两个马克思"：成熟的"青年马克思"和"创作能力的某种衰退和削弱"的马克思。他们无视马克思反对资本主义异化劳动并用共产主义制度保障的人的自由权利和全面发展的《手稿》主题，否定后来发展了《手稿》思想体系并写出《资本论》的马克思，力主回到"青年马克思"。这种观点根本不能发现和阐发《手稿》的新的革命的人本主义，和由此衍化出来的新的美学思想。西方马克思主义（以下简称西马）的一些人用《手稿》中的人道主义批评与攻击了苏联和东欧社会主义国家中的一些政治弊端，苏东的一些主流理论代表人物无视自己社会中的问题，否定西马所依据的《手稿》的革命思想价值，为社会弊端进行辩护，认为《手稿》中反对异化只是"道德上的愤慨情绪"。王向峰认为，我们今天科学地解读《手稿》，如果不认定它是马克思主义全面革命思想的新起点，不给予《手稿》马克思主义的理论定性，就不能找到解读《手稿》的理论起点。他经过长期认真研读，并与马克思的全部著作相比较，认定了

---

① 王向峰：《〈手稿〉的美学解读》，辽宁大学出版社，2003，第1页。

《手稿》的思想性质和理论价值，才随之作出了以人为本的全面的美学解读。

理性的辨析需要不偏不倚，以敏锐的学术目光深入、准确地审视已有的研究成果。我们习惯这样一种思维，对自己投入诸多精力要研究的对象总是珍爱有加，总是能从不同的角度发现它的意义与价值，甚至希望它是那个作者的最高成就的代表。其实，这样会陷入一种盲目的"崇拜"当中，也会于研究中在对象身上丧失自身。如果一切研究只为它的"最高"而存在，失去了作为一个研究者与解读者应有的判断力，这样的研究显然不是科学的和辩证的。不是研究它，它就是"最好"，发现对象身上独具的理论内涵和特殊的历史价值才是研究的真正旨归。《解读》通过对诸多研究成果的辨析，摆脱了西马和苏东派对《手稿》评价的两个极端，理性地把握《手稿》所含蕴的一切，正确评价了它在马克思哲学思想中的地位。

这不仅是对《手稿》价值的理性判断，也可以说，是作者理论辨析水平的对象性确证。

《手稿》中涉及的概念与范畴比较多，有些是马克思的独创，如"艺术生产"、"人化的自然界"理论；有些是马克思从前人那里拿来注入自己思想的理论，如异化等，这就需要对这些概念进行辨析，哪些属于马克思的继承，哪些属于马克思的创造。《解读》一书的第三章"美与劳动创造和劳动异化"以发展的眼光分析《手稿》的异化理论。黑格尔的"异化"有三层意思：一是将自己的特征客观化；二是商品拜物教中的资本主义异化；三是客观精神的绝对理念向外在自然界的异化。《解读》分析黑格尔"异化"的实质是"绝对理念的异化，尊崇的是客观精神"，"费尔巴哈于黑格尔之后将异化概念推延到宗教崇拜之中，集中解决了宗教的异化"，"马克思在费尔巴哈的异化基础之上，进一步将异化理论放在人的劳动中，说明存在劳动的异化。而这是现实世界一切不合理的根源"①。马克思的异化理论不同于黑格尔、费尔巴哈，作者从四个层面揭示：劳动者与劳动产品间的异化、劳动生活本身的异化、人同自己类本质的异化、人与人之间相互关系的异化。这正是马克思的异化范畴的要义所在。

《解读》一方面辨析了马克思的异化理论的四个层面，另一方面在解读的

---

① 王向峰：《〈手稿〉的美学解读》，辽宁大学出版社，2003，第42~43页。

基础上进行深刻阐发，使解读富有理论的张力。如对异化的分析说："异化劳动对人自身的损害是极大的，比宗教对人的异化更严重。宗教虽是精神鸦片，但……宗教可以成为人的精神寄托，使人在消除自我的情况下，感到无比空静。而劳动异化将人变成非人，则没有任何快乐，甚至连幻想都没有，因而异化劳动的异化是人的本质的极度异化，使人从人降为动物，将人本来自由自觉的自然追求的活动，变成了反人类自身的活动。"① 既然异化劳动使人成为非人，破坏了劳动、破坏了美感，那么在异化劳动条件下为什么还会有美的创造？对这一问题的思考凸显作者的胆识与学识。作者把劳动创造美的原因概括为五点：①一个人的劳动融入劳动总汇中，个人异化的消极性越来越不明显。人化自然使其劳作之后的对象也有美的存在；②劳动者在劳动中有先在既定计划的创造，合乎自然规律、合乎目的的创造，以人的方式创造因而也是美的创造；③异化劳动是一种精良工艺施于产品身上的现代化劳动，因而创造的对象就成为美的对象；④竞争机制对形式美创造的促进；⑤群体创造减少了异化劳动的消极性显现。作者辩证地分析道："在非异化劳动中，显然更有助于美的创造，而在异化劳动中，却不能充分发挥。但不能充分发挥不等于不能发挥，而且异化劳动又有其特别的监测限制，这就在一定程度上保证了美的创造。"② 虽然作者对五种因素未做具体阐述，但这五种思考本身即是一种创造性的阐发。

其他问题如"人化的自然"与黑格尔"环境人化"、里普斯"移情论"、汉代"山水比德论"等相近意旨不同特质的辨析同样体现了创造性与开放性的结合。

《手稿》的理论蕴涵丰富，但其作为一部经济学哲学手稿，对于美学与文学研究者来说有很大的难度。对象之所以成为解读者的对象，在于解读者的本质力量与对象内在构成的相适应。应该说，《手稿》写作难，解读《手稿》同样难，而解读《手稿》的文字能被读者接受更难。解读《手稿》的文字很容易因曲高而和寡。《解读》最大限度地拉近和读者的距离，这一方面得益于本书有八章内容来源于《手稿》美学研究的专题课，另一方面得益于作者适

---

① 王向峰：《〈手稿〉的美学解读》，辽宁大学出版社，2003，第45页。
② 王向峰：《〈手稿〉的美学解读》，辽宁大学出版社，2003，第52页。

时适地的诗意阐发。

作者从教近 50 年，丰富的教学经验和学问学养自不待言，其实最让人钦佩的是对课程本身的热情和课堂上那些汩汩而来的灵感。对《手稿》中的有些问题作者不是一开始就有如此系统深入的认识，而是在 20 年里，不断投入大量的精力才逐渐形成后来的深度把握。有的问题的思路是随着课堂上的讲解才不断清晰与明确的，这时候的感觉就像是多年未见的老朋友或似曾相识的新朋友，一个真正的知音突然站在他的面前，使他得以获得一份意外的惊喜。这种思想的活力带给作者研究的活力，这里的真知灼见充满着灵动的韵味。

《解读》虽是一本专业性极强的理论著述，但是每一个问题阐发之后的那些大小不同的个案分析都是充满诗意的，这不仅使《解读》一书成为开放性的创造，而且也有助于读者理解与消化《手稿》中的理论问题。

通读《解读》我们发现，作者插入的个案涉及世界范围内多个历史时期的多种艺术门类，也就是他在解读中力求找到古今中外艺术中最适合说明问题的那一种形式。诗歌、小说及其人物、音乐、京剧、舞蹈、绘画、建筑、雕塑等无所不谈。尤其对绘画美学的偏爱与解读让很多人可望而不可即，比如站在欣赏者的角度分析米勒《小鸟的捕食》提供的审美空间，用米勒的朋友对米勒《拾穗》的攻击说明实现艺术欣赏和享受的主体条件。另外，他用诗意的语言分析"人的本质力量的对象化"，人在对象世界里才能肯定自己本质的丰富广泛性。"当你看到鲜花盛开，或月明星稀的天空，你能感悟到这个世界的存在，有诗情画意产生于头脑中，这是肯定自身的一种方式；听到鸟鸣而有所感悟，即从外部世界肯定自身的存在。中国古代的理论家，论述如何有感于清风明月，而且能够和别人交流，并且感觉的延伸或复现着自己的创造，也是在感觉中肯定自己。"[1] 《解读》不是用一些晦涩的语言解释人的本质力量的对象化，而是用画家、哲学家、诸子百家的肯定自身的方式说明问题，接着用诗性的语言具体化，这样就能使大多数读者理解人的本质力量的对象化，并在理解的基础上认同作者逐渐深入的总结性观点："特别是劳动创造把自身的本质力量显现为一种现实，不仅利用外在对象条件，而且将其

---

① 王向峰：《〈手稿〉的美学解读》，辽宁大学出版社，2003，第 150 页。

创造成为一种对象，就能更全面、深刻地说明作为和这种对象构成对象化关系的那个主体的本质力量。"这种解读方式层层深入，以诗意的过渡调整单纯的解读可能带来的与读者之间的疏离，所以是一种理性的渗透与诗意阐发的融合，达到既能说明问题又能增强接受效果的目的。

在浩瀚的艺术对象的海洋中，作者总是打捞那些与《手稿》概念与范畴相适应的富有代表性的个案来解释《手稿》，在诗意的阐发中显现理性分析与审美创造的灵性。比如，作者通过对白居易《琵琶行》的细致和贴近的分析阐述艺术创作的审美对象中审美主体是"一个特殊的个体"与"社会性的存在"的统一："歌女的不幸遭遇的倾诉，以及她的对象化的表现，成为白居易的艺术创作审美对象化所面对的复杂的对象关系。白居易如果不具备与对象相适应的复杂审美能力，而构成他的本质定性中没有沦落天涯的身世感，没有仁爱的同情心，没有清晰的音乐耳朵，没有对于秋江月夜和心弦隐曲的敏感的捕捉能力，他就不能发生诗人的共鸣，也无法进行细微的描述，那时即使面对着歌女的对象化的肯定，也会充耳不闻，从中看不见对象化了的'天涯沦落人'。可是白居易的本质定性中具有这种感受条件，他就能极适可地发现别人的对象化的存在，并以之为对象的材料，转而成为肯定自己的本质存在。'座中泣下谁最多？江州司马青衫湿！'白居易使自身的特点在对象世界中得到了非常有个性的观照。"[1] 实际上，作者已经把《手稿》中的审美对象化理论完全化成了自己的东西，所以他对《琵琶行》的分析既说明了审美对象化的本质，又构成对《琵琶行》的审美与理性的深度观照。他所完成的是对两个文本的解读，即对《手稿》的解读和对《琵琶行》的解读，并把这两个解读叠在一起，达到文本的互为渗透，成为解读中的文本间性的创造。

在读完这种解读和阐发之后，我们会有这样一种印象，即选择的说明文本似乎是唯一具说服力和论述深度的、与《手稿》能够构成互文关系的文本（虽然实际上可能不是），原因在于作者用自己的解读方式使我们陷入这样一种"跨读"当中，也就是说这种互文的解读是一种真正的创造，作者没有在《手稿》所涉及的一定范畴中丧失自己，而是能创生出属于自己的东西，解读的过程实际上是一种创造的过程。

---

① 王向峰：《〈手稿〉的美学解读》，辽宁大学出版社，2003，第195页。

诗意的阐发原因是多方面的，但有一点不可忽视的就是作者对创作的爱好。几十年来，他从未停止过研究，更从未停止过散文和诗歌的创作。理论研究、文学批评、诗文创作在他精神世界中的互动，构成了他特有的批评的灵动敏锐、创作的深度追求、理论研究的诗意阐发的诗学景观。从实际情况看，作者在创作方面持续的时间可能更长。

3. 古典的融入与现实的关注

《手稿》是西方的文化资源，也是人类共同的精神财富。可能是出于对西方的偏爱或地域的影响，我们可以看到的一些国内研究《手稿》的著述与文章大多涉及的是《手稿》与西方文化传统之间的关系与联系。《解读》却不同，中国古典美学的范畴与理论是作者比较偏爱的。这同时也说明一些学者对中国古典美学的漠视，或是根本就缺乏这方面的理论素养，还不足以站在中西文化的制高点上去发现人类文化在某些问题上的共通性和个性。基于对中国古典美学领域的熟悉，王向峰信手拈来，适时适地把它们融入对《手稿》的解读当中。

《解读》中出现了大量中国古典美学家和美学范畴，前者如老子、庄子、陆机、刘勰、郑板桥、刘熙载等，后者如"味与美"、"乐山乐水论"、"信言不美"、"眼中之竹"等。作者把对《手稿》的解读和对中国古典美学的理解说明融为一体。如在谈艺术生产的主体特殊性——主体的精神自由时，引《文心雕龙》中"寂然凝虑，思接千载"等。尤能体现这一特点的是"人化的自然界"与艺术创造一章，作者在辨析"人化的自然界"与黑格尔的"环境人化"、里普斯"移情论"之后，谈到我国古典美学在这个问题上的贡献。作者对孔子、荀子、董仲舒、刘向、刘勰等人关于"人化的自然"相应命题观点的梳理与分析，使我们在开放的视野中发现《手稿》的理论张力、《解读》的理论张力及中国古典美学的独特意蕴。

作者之所以能站在这样一种高度上，是因为多年来他对中国古典美学的潜心研究，《中国美学论稿》、《老庄美学新论》等是这方面的标志性成果。他把自己投注其中，研究《手稿》和研究中国古典美学是同步进行的，虽然书籍的出版有时间先后的差别，但研究是同时进行的。同时研究两个领域有益于学术视野的拓展，对两个领域中问题的思考会相互促动、相互渗透，这是单向思考所不能达到的理论深度和高度。因而，《解读》不是西化的、公共化的解读，完全是一种本土化的解读，所以才是一种创造。

对现实的关注表明《手稿》超越时空的理论张力，及其对当下性意义与价值的特别阐发。"所有的历史都是当代史"，我们剥出其中的极端性，所有的解读也都是在当下或暗含或彰显着对当下的解读。王向峰说："我在上个世纪 60 年代开始接触马克思的《手稿》以后，深深地认识到，这本著作饱含有马克思的哲学、经济学、共产主义理论和美学思想的丰富内容，并形成综合张力，与后来的马克思的理论观点一脉相承，是我们文艺思想的根基。如果能把这些重要理论观点放在当代的历史和文艺的语境中加以阐发，能找到以人为出发点、以人的实践创造为基础、以人的自由自觉的全面发展为目标、以共产主义实现作为人的社会的人的复归的保证等等这一系列文学和美学理论的前在理论，然后再把美的规律、人化的自然界、艺术生产、劳动创造了美、艺术修养与艺术感觉等理论问题与范畴，纳入文艺理论中加以阐释，我们就可以得到无限的美学智慧。"[1] 事实也是如此，王向峰注重把《手稿》放在"当代的历史和文艺的语境中加以阐发"，在今天具有很强的现实意义。

《解读》第七章论述"人化的自然界"与自然美时谈到当下的生态危机。自然美显现在人化的自然中，人在人化的自然界的创造性中，也同时在自由自觉地创造着人自身的美。在自然人化的过程中，有"真正与人的自由自觉本质相适应的人化，也有与人的自由自觉本质实际相反的'人为'，这后者的实质是人在自然界中的迷误，自然则以异化的形式报复人类，构成了压迫自然和自然异化的实际过程"。对于当前存在世界范围内的生态危机，《解读》重温经典，从中获得一种危机意识，认同人与自然和谐发展的价值取向。王向峰论述人化自然和当下的生态危机时，同样采用辨析的论证方式。西方马克思主义理论家马尔库塞认为，要解放社会的人，必须解放属人的自然。资本主义对自然的损害和对人的损害是同步的。只有在改变社会制度的前提下才能得以改变对自然的压迫。王向峰首先有限地肯定了西马的意义，但同时深刻认识到西马的局限。他指出，西马关注自然，唤起人对不合理制度的不

---

[1]　石一宁：《"我用 20 年写出了这本书"——访第三届鲁迅文学奖文学理论评论奖获得者王向峰》，《文艺报》2005 年 6 月 23 日。

满，但主张用和平改良主义的方式实现社会变革。在此基础上出现的生态社会主义，也不过是一种思想批判运动，是和平改良的性质，达不到马克思主义最终所指的社会解放的目标。所以，王向峰论述道："人类生存环境的变化，使人从不同角度向马克思的《手稿》寻求认识和解决矛盾的智慧。'西方马克思主义'和'生态社会主义'在这方面有许多论述和阐发，其中不乏一些创见，但由于他们只承认马克思主义方法而不承认马克思主义思想，因而他们在人与自然的关系上的理论，实际上只能是一种新的社会乌托邦思想，除了具有批判作用，所以也无法真正作出对马克思《手稿》中所说的'历史之谜的解答'，即在消除劳动异化之后，找到'人'向自身、向社会的人的复归之路，达到'人与自然界之间、人和人之间的矛盾的真正解决，使存在和本质、对象化和自我确证、自由和必然、个体和类之间的斗争的真正解决。'"① 最后，作者用富有思辨色彩的诗化语言揭示了生态社会主义的实质："生态社会主义是想要造就一个建立于自然美的前提下的社会美的空间。生态社会主义的社会构想是自然和谐下的社会和谐。它标志着人怎样生活于和谐的环境里，首先求得更外在的空间的和谐。这种美是重要的。但现实经验也告诉人们：鱼，生活在水中，即使没有人去捕杀它，但如果水是被污染的，鱼同样是不能生存。这点对于已经实现了社会主义的国家似乎更重要。如何造成自由的和谐空间，这是一个现实的大课题。"② 从人化自然到自然美到生态危机中自然美被破坏，可以看出人与自然的和谐关系对人类的生存与发展的重要性，作者的论述从美学谈起，但又超越美学，有一种开放的视野，也是一宗创造性的解读，更体现了一种诚挚的现实情怀。

作者对《手稿》任何一个范畴或命题与理论问题的解读，都体现了对当下的现实关注。"人性的复归"与人文精神的张扬，"人的异化"与当下文学创作表现等，都是值得思考的问题。所以《手稿》本身具有超越时空的现实意义，而对《手稿》进行创造性的美学解读的《解读》当然也具有现实意义。

视点的聚焦与思想的辐射，理性的辨析与诗意的阐发，古典的融入与现

---

① 王向峰：《〈手稿〉的美学解读》，辽宁大学出版社，2003，第110页。
② 王向峰：《〈手稿〉的美学解读》，辽宁大学出版社，2003，第124页。

实的关注，三方面共筑《手稿》的解读体系，创生并形成解读的开放性与创造性特质。

二　现代美学理论的精妙演示

《〈手稿〉的美学解读》获 2004 年鲁迅文学奖——理论评论类奖，这是辽宁省作者首次获此类殊荣。评奖委员会对《解读》的基本评价是对"我国马克思主义美学的建设有积极意义"。座谈会上许多专家学者继续深化这一主题，认为该书无论从系统建构、理论阐发到对当下观照，都有鲜明的个性立场，一致给予高度评价。王充间特别赞赏《解读》作者的治学态度，他说，在人心浮躁、众声喧哗时代，有一些写评论的人不看本文、信马由缰，参加学术会议随便说几句，这是全国普遍存在的不好的学术风气。现在的学者缺少的是一种定力。在这种情势下，《解读》作为认认真真的一部学术著作才颇显可贵。

1. 精深的理论功底

王向峰教授有一种迎难而上的精神。马克思的《手稿》直接谈美学问题的地方并不多，这给解读者带来很大的困难。王充间认为，王向峰教授以独到的学术眼光，严谨、渊博的知识储备，在切实把握《手稿》全书主旨的基础上，提出自己的六个要点：艺术生产的特殊方式，人与社会的互制关系，人以全面方式占有自己全面本质，人的本质力量的对象化，人与"人化的自然界"，工业历史的心理对象价值。然后用十五章 20 万字的篇幅，洋洋洒洒，纵横交错，深入解读与分析，杂而不越，不仅为建构理论体系奠定基础，而且为广大学者提供了广阔的知识空间。《解读》一书对诸多理论问题作系统而翔实的研究，如《手稿》和哲学著作的关系，而且统筹观照美学、文艺学、心理学等。占有多方面的资料，尤其是中国古代的经史典籍，从中足见作者知识的丰赡渊博。这和作者 20 多年的潜心研究有直接关系。在 20 世纪 80 年代初，我国文艺理论界开始关于人性与人道主义问题，呼唤人性的复归，当时还没有站在学术的高度自觉研究。而当时的王向峰教授就已经开始在《手稿》的美学研究方面投入大量的时间，每年都在这一主题下写专题论文，并为硕士生和博士生开设"《手稿》美学研究"专题课。张毓茂认为，作者扎扎实实地做学问、搞研究，所以才有《手稿》中或显在或潜在的扎扎实实的理论功底。高海涛认为，从《解读》中可以看出作者对传统马列文论的驾轻就熟、对西马的较多了解，也可看出对西方文论和中国古代文论的融会贯通，显示了扎实的理论功底。丁宗皓认为，《解读》倾注了作者大量的心血，饱含作者丰富的人生经验，尤其是作者对中国古代、现当代知识的极大占有，这些都成了书中美学思想的生发条件。

2. 精到的审美解读

彭定安高度评价王向峰教授在认真研读《手稿》原著的基础上从两个方面进行深入、准确的阐述：一是对《手稿》主要精神的准确把握，二是对《手稿》美学观点的深入论证，同时有自己的理论体系建构。20 世纪 80 年代有人认为，马克思主义的文艺思想是断片的，是不成体系的。《解读》本身就是一个深入的反证，如对艺术生产、美的规律、人化的自然的阐述等，足以说明《手稿》的体系性。另外，《解读》一书的最后"论点摘录"和"词语标示"做得很有学问。王秀杰主要从"人化的自然"中感悟《解读》的独特性：人与自然、艺术创造与自然都有十分密切的关系，《解读》深刻阐述了人与自然的关系就是人与人之间的关系。尊重自然，把人放到自然的关系中，真正融入自然，造成人化的自然界，才能创造艺术的美。这给予我们重要的启示，即在艺术创造中摆正自己的位置，通过人化的自然造成美、探求美的真谛。高海涛认为，中国当代文艺批评常好说外国人的话，失掉了自己的话语权，缺乏独立性和主体性。而王向峰教授立足于学术研究的本土化立场，在现代化与民族化之间寻找支点，显示了高度的理论风范。高海涛和白长青一致认为，《解读》摆脱了西马和苏东派对《手稿》评价的极端立场，从人出发、从人的劳动出发进行深刻的人性阐发，中肯而缜密地分析《手稿》，尤其是"人化的自然"与艺术创造、美感与人性复归、"劳动创造了美"解读非常独到。白长青认为，《解读》具有深刻的实践精神，它以人为核心，讲人性，从人与社会的紧密联系中看出，只有消除诸多异化，才能达到对人类本质的全面占有。

3. 精彩的妙趣哲思

王充闾说，很多人研究西方理论"食洋不化"，而《解读》是王向峰教授在讲稿的基础上形成的，明白通俗，给读者留下可供鉴赏的空间，获得审美的享受。马秋芬说，读《解读》有一般理论著述少有的审美快感。丁宗皓说，作者的精妙生发就像是到井的源头取水。

4. 精诚的现代意识

马克思的《手稿》1932 年正式问世，距今已有 70 多年的历史。王向峰教授对其进行审美的解读不是为解读而解读，而是以精诚的现代意识深刻挖掘《手稿》的内在构成及其深远影响。《解读》着重阐发的"美的规律"、"人化的自然界"、"人的异化"、"人性的复归"、广义的美感在今天具有极强的现实意义。王充闾认为，《解读》推重马克思的现实原则，它为现实的审美教育、为构建和谐社会提供了理论支撑。在消费时代，艺术商品化，感性艺术泛滥，文学粗俗化倾向明显。所以，用严谨的学术态度对《手稿》进行解读就显得尤为重要。彭定安说，王向峰教授对"人化的自然"的分析与解读对作家的创作有重要的指导意义。周兴华就"美的规律"和艺术规律来谈《解读》对文学创作的影响。文学艺术是具有灵性的审美创造，是显现人的自由主体精神的创造。尊重艺术规律，尊重作家艺术家创造性的劳动才能促进创作的繁荣和发展。在中国当代文学中，曾多次出现违背艺术规律和美的规律的创作观念，如 1958 年的"领导出思想、群众出生活、作家出技巧"的三结合，包括当下的一些主旋律作品对政策的图解，还没有充分艺术化。从这个角度出发，《解读》用现代意识回眸《手稿》中对创作主体自由精神的要求就有现实意义。丁宗皓认为，《解读》对作家有两个针对性：一是为现实主义小说创作找到理论的支撑。当下的现实主义小说几乎处于一种空白状态，离马克思主义经典作家的距离太远，处于"个人意识与群体意识的分离"、"精神与存在的分离"状态。《解读》在马克思主义经典与当下作家之间建构一架桥梁，或者说是马克思主义经典与当下作家成功对接的理论支撑。二是正确理解人的自由自觉的本质。在大众文化时代，有些人把人的自由和大众文化混为一谈，结果逐渐被大众文化所吞噬。《解读》深刻分析人以全面方式占有人的全面本质，这才是真正的自由。马秋芬结合自己的创作实际谈《解读》对她的启发：正在写《铁西区》，《解读》对异化劳动的阐释带给她创作思考的新路径：可以从劳动异化的角度重新审视大工业对人的影响。

参加会议的专家有些人是王向峰教授的学生，他们对老师有许多真诚的肺腑之言。面对师长，就像面对一座大山；读《解读》，也有一种登山的感觉。老师永远是学生学习的榜样，老师的治学精神就像一座丰碑一样铭刻在学生的脑海中。老师在前面走，实际上是竖起一盏灯。他们慨叹，老师是他们的骄傲，不知何时自己才能成为老师的骄傲？

三　给文学成功以理论形态表述

王向峰教授主编的《王充闾散文创作研究》是研究王充闾散文的最新成果，这是一部很有理论含金量的学术著作。此书对王充闾的散文进行全方位的审美观照，心理分析深邃透辟，立体式地建构周密而富有逻辑性的理论系统，显示了主编严谨的治学态度和高远的学术风范。

王充闾的散文创作成就斐然。从初创期的《柳荫絮语》、《人才诗话》，到发展期的《清风白水》、《春宽梦窄》，直至成熟期的《面对历史的苍茫》、《沧桑无语》等多部散文集，均产生了广泛的社会影响。1998 年他以《春宽梦窄》获得了中国文学的最高奖项：鲁迅文学奖（散文奖）。王充闾受到文艺理论界的普遍关注，他的散文备受好评。王充闾虽身在辽宁，却已经真正地走向全国乃至世界。王向峰教授可谓慧眼识珠，把王充闾及其散文视为一个巨大的文本库，多层次、多角度地进行审美观照。这不仅对王充闾本人未来的创作大有益处，而且通过对这个鲜活个案的透析，有利于打捞出带有某种成功因素的特质，从而可以有力地推动辽宁以至全国文学与文化事业的发展。所以《王充闾散文创作研究》这本书具有强烈的现实意义和深远的历史影响。

王充闾散文研究在全国已有不少成果，但这些多是对其初创期和发展期的研究，而对成熟期的历史文化散文《面对历史的苍茫》和《沧桑无语》的研究尚未达到一定的高度。尤其是《沧桑无语》标志着王充闾的散文创作已经达到了一个全面成功的审美高度，如何审视其发展轨迹，如何绅绎其内在的审美规律性，如何分析其外在的文本表现，如何揭示其含蕴的创作经验，这些问题都有待进一步的理论升华。王充闾成熟期散文研究已有一些成果，但尚需整体的润饰、构建与整合。《王充闾散文创作研究》的立论，就在于"在对他创作历程作总体全面研究的框架内，以专著的形式与规模，突出研究其成熟期的创作经验"（《前言》）；"就是想立足于他的新作，回顾以往的创作历程，对他已有的艺术成就与创作经验有一个理论上的概括与总结"（《审

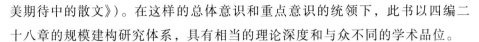

美期待中的散文》）。在这样的总体意识和重点意识的统领下，此书以四编二十八章的规模建构研究体系，具有相当的理论深度和与众不同的学术品位。

1. 全方位的审美观照

《王充闾散文创作研究》汇集了辽宁以至全国一些著名的文学评论家，以王充闾的六部代表作为基本研究对象，以《沧桑无语》为重点，对王充闾及其散文进行了深入、细致的审美研究。

此书的写作队伍庞大，实力雄厚。主编王向峰教授调动辽宁以至全国批评和研究领域中的有生力量，老中青三代共同上阵。辽宁的评论家有彭定安、春容、牟心海、白长青、高海涛、石杰等，全国其他的评论家有冯牧、兰棣之、谢冕、张韧、陈辽、阎纲、雷达、吴俊、周政保、李晓红、谢有顺等。评论家的广泛参与使《王充闾散文创作研究》视野开阔，保证了王充闾散文研究的全面性。该书从八个方面实现了对王充闾散文的全方位审美观照：①现实与历史题材向艺术的审美转化；②主体思想观念化为艺术情感；③作为散文作家的文体创造；④作家学识文化素养对创作面貌的制约作用；⑤作家自身在创造对象中的体认；⑥审美心理的建构与作品的外化形态；⑦艺术审美的创化与超越；⑧散文语言的艺术创造。一些高水平的评论文章的收录使这本书有相当的理论深度和文化厚度。如郭风从"散文文体的追求"、阎纲从"诗人学者的散文"、谢冕从"散文文体的个人风貌"共同论述了王充闾自觉的文体意识；雷达认为，王充闾"主体的情与描写对象密契无间，幻化为一种流动的、美丽的意象"，在行云流水中构筑了"有生命力的活文"，却不是"雍容华贵的死文"；谢有顺从历史的"诗性审美"、春容从"历史的审美叙述"的角度论述王充闾文化散文的别样表现，认为对"生命的奔放和飞扬状态"的向往与"平实、沉稳的叙述风格一道，构成了王充闾最为重要的话语面貌"；吴俊从学者散文的文化内涵入手分析王充闾散文的历史地位。主编王向峰教授不是利用名人效应为论著增光添色，而是看重这些著名评论家批评文本时的中肯态度，看重他们行文中显现出的超越的文化品位。如果没有这两点，即使再有名的人也不是主编要选择的对象；换句话说，倘若具备这两点，就是无名之辈的文章主编也刮目相看。从这个意义上说，此书是王充闾散文研究的集大成之作，既有研究的广度，又有理论的深度和文化的厚度。

2. 创作心理的深邃透析

王充闾的散文取得了很高的成就，这是有目共睹的事实，评论家从各个角度进行全方位的研究分析。但问题的关键在于王充闾为什么以散文的形式进行这样的文本表现？这与他的创作心理有着怎样的联系？创作心理研究是王充闾散文研究的一个难点，也是一个亟须突破并进行理论透析的重点，更是整部论著是否有深度的真实表征。《王充闾散文创作研究》对王充闾的创作心理进行了深入的剖析，为其他研究者和一般读者进一步了解王充闾及其创作提供了更好的理论视点。

文体意识的研究在《王充闾散文创作研究》中受到了一定的关注。散文表现内容的自由和表现形式的自由与王充闾自由的精神追求实现了高度的契合，所以他选择了散文，化情思为艺术体式，在对象身上融入主体特殊的审美感悟，追求自然朴素的无华大美（《审美期待中的散文》）。在二十多年的散文创作中，王充闾在不同的时期采用的是不同的散文样式，早期的作品多是杂文，从《柳荫絮语》开始多是一般抒情散文、随笔等；到了《面对历史的苍茫》和《沧桑无语》，加重了文化含量，主要书写历史文化散文。王充闾的散文文体无定式，不拘一格（《自觉的文体意识》）。从这些分析中可以看出，王充闾对于散文的选择有着自觉的文体意识，而且他不断地在散文领域进行多方面的尝试。历史文化散文是他创作中的一次自觉的选择，也是一次成功的选择。对散文文体意识的不断超越使他成为一位有个性的作家，从这个意义上说，他选择了散文，散文也选择了他。研究王充闾的散文文体意识对揭示其散文的独特意蕴的形成无疑具有十分重要的意义。

审美心理研究在《王充闾散文创作研究》中占有比较重要的地位。如果说，文体意识的研究让我们通晓王充闾和散文之间的"不解之缘"，那么，审美心理的研究就是我们打开王充闾散文文本表现内在审美动因的一把钥匙。沿着审美心理的研究思路走下去，就会看到一个更加真实的王充闾。王充闾在审美构思过程中，在他深层心理中集结着几种特别意识，不时地推动他的创作冲动，这就是他的审美心理情结：废墟情结、庄禅情结、梦幻情结和诗语情结（《审美的心理情结》）。论者对这四个方面进行了具体深入的分析，而且是十分富有情采和理论色彩的精彩分析。论者这样论及废墟情结："这是无边的历史辉煌湮没后，在人心中留下的永不消歇的回声。""什么是废墟？废墟是历史行踪残留的模糊的痕迹；是时间老人反人工的消解性创造；是造物对人的永恒性的追求一种物化警示；是历史文明不甘于最后消亡的自悼，因此它是物的悲剧，是人的悲剧意识对象观照；是历史材料和想象创造才能复苏的辉煌；是最适于想象性的文学形象加以表现的荒残美；在作家心理中它是沟通庄禅与梦幻情结的一座桥梁。"对废墟的偏爱是王充闾散文创作挥之不去的情结，主要体现为"他对中国历史上已经湮没的名都、名城、名园、名街、名人遗迹等，也就是对昔日曾辉煌繁盛，而今却在时间过程里剥蚀颓败，仅存残迹，或灰飞烟灭，遗踪莫辨的对象存在所具有的一种追念心理"①。论者对其他三个情结的论述同样富有意味，如"诗语情结是王充闾散文创作的诗意源头，是他创化生活对象为文学对象时的一种形式与内容相统一的中介体，也是主体的先在的情绪引端与表现对象之间的联通带"。王充闾以这样的审美心理进行艺术创造，论者以这样诗化而富有理论色彩的语言进行透析，二者可谓相互辉映。贝尔说，文学是一种有意味的形式。我们同样也可以说，精彩的文学评论是一种艺术创造，也是一种有意味的形式。

自觉的文体意识与特殊的审美心理使王充闾选择了散文，而这一切又与他深层的文化心理密切相关。《王充闾散文创作研究》对王充闾的文化心理进行了多方面的探源：历史意识、忧患意识、悲剧意识和儒道意识（《散文创作思想探源》）。历史意识使王充闾把历史作为自己审美观照的对象；忧患意识使他写历史，又寄寓着对现实的深刻思考；悲剧意识来源于他对古人悲剧人生的深刻体悟；儒道意识来源于他所受到的中国传统文化的教育，这一意识使其作品有着深厚的文化底蕴。然而，传统文化的复杂使王充闾的文化心理也处于一种矛盾状态：儒家文化使王充闾具有社会责任感和使命感，追求有价值的人生；道家文化又使他追求自由的人生，超越的生命理想（《生命理想与文化精神》）。文化心理的复杂导致创作文本的复杂，因而文化心理的深层透析完成了对外在文本表现的最终探源。

对王充闾的自觉的文体意识、特殊的审美心理、深层的文化心理的深邃

---

① 王向峰：《审美的心理情结》，载《王充闾散文创作研究》，辽海出版社，2001，第 62～63 页。

分析构成了《王充闾散文创作研究》的鲜明特色，由此这本书也达到了相当的理论深度，获得了理论界的高度赞誉。

3. 立体式的理论建构

作家研究历来受到文艺理论界的关注，研究成果也十分丰富。但是，在欣喜之余，我们尚感到有些不足。这些论著在体例上有时会给人似曾相识的感觉，创新之作不是很多。《王充闾散文创作研究》却给人一种全新的感觉。该论著不是一般性地梳理作家的创作历程，也不是一般性地从思想和艺术两方面研究作家的创作成就，而是在对作家创作进行全方位审美观照的基础上，以四编二十八章的气势立体式地建构严谨周密的理论研究体系。

《王充闾散文创作研究》有研究的广度、理论的深度和文化的厚度，要想使论著具有广度、深度和厚度单靠几篇论文的堆积是无法达到的，主编的统筹在此功不可没，就《王充闾散文创作研究》而言，其中的每篇文章都可以单独成篇，但它们又有机地统一于这本书的理论框架中。论著不是把从文本中绎出的审美规律性认识作为研究的框架，而是将其作为行文的潜在线索和研究的最终指向。以审美性认识作为整体框架，实际上不利于对作家创作的把握。论著采用的是立体式的方式，既有对作家创作历程的具体观照，又使对文本的审美性认识渗透在每一篇文章、每一节、每一编中。

论著不是单纯地按照时间的顺序作历时性的评论，而是纵横交错。全书共分四编，第一编是作为散文大家的综合研究，从审美期待、创作历程、思想探源、心理情结、心路探求、生命理想、艺术转化、文化语境等多方面确定王充闾散文的历史地位。综合研究是理论的确证和引领，既有横向的审美把握，又有纵向的理论评述。第二编至第四编是对王充闾初创期、发展期和成熟期散文的研究。从编写体例上看，后三编是纵向研究，不过每一编横向的拓展和深入加强了对文本的审美规律性的认识，如第二编从见识、真诚和风韵等方面研究《柳荫絮语》。

论著采用点面结合的方式，以文本表现的某一点作为创生点，再由几个创生点化合成一个侧面，最后由几个侧面化合成一个整体，构成对某一时期文本的总体性的理性认识。"风韵圆融"、"诗人襟怀"、"性情流注"、"审美意味"四个创生点化合成对"充溢作品的清风雅韵"，它与"自觉的文体意识"、"散文的审美化境"、"散文的艺术包容"等几个侧面共同构成了对王充间散文发展期艺术风貌的全面审视。

论著既有对王充闾散文的外部研究，如创作历程的描述、文化语境的概论和别样表现的辨析等；又向内转，深刻挖掘文本表现的内在依据，尤其是对内在宇宙与精神世界的审美观照显现了论者的远见卓识。主编王向峰从历史意识、忧患意识、悲剧意识和儒道意识四方面对王充闾的散文创作进行思想探源，然后组织人力再对四个方面各个击破。其他如"心理情结"、"心路探求"、"自省自励"、"生命理想与文化精神"等也都是从不同层次、不同侧面对王充闾散文的心理研究，使整部论著达到了相当的深度。

论著从主客互化的角度研究创作主体和客观对象如何成为相互的对象化存在，如"自然心性与自然审美"、"审美化境创造""散文的审美超越"、"历史的现实解读与对话"等。文中从熔铸情理化合的艺术形象、对象与思想和艺术的统一、显性形象与隐性知识的统一、客观的直接对象与隐性结构的统一等多方面深刻地论述王充闾散文的审美化境创造。

《王充闾散文创作研究》重视纵横、点面、内外、主客等多方互融互化，以对文本的审美规律性的认识作为研究的宗旨，它有一种向心力，聚合着全方位审美观照的各个侧面，共同建构一种立体的但又十分严谨周密而富有逻辑性的理论研究体系。这一高起点要求评论必须超越一般性的描述。这不仅是对参编者的考验，更是对主编的挑战。这要求主编既要熟悉王充闾的散文，又要深谙王充闾散文研究的方方面面，更能洞悉王充闾散文研究之研究。20 年来，王向峰教授一直跟踪研究王充闾的散文，写出数篇有理论个性的高质量学术论文，同时极其关注王充闾散文研究之研究。所以，他主编此书既有宏观的把握，又有微观的透析，高屋建瓴地建构独特的有理论个性的研究体系。王充闾的散文发出独特的审美光彩而成为独特的艺术创造，《王充闾散文创作研究》也因独特的发现、深邃的透析和立体式的理论建构而成为独特的理论创造。

四　审美文化的自我对象性确证

《向峰文集》是审美文化的对象性成果。2002 年，《向峰文集》（五卷，即《艺术技巧卷》、《文艺美学卷》、《中国美学卷》、《文本解读卷》和《诗歌散文卷》）由辽宁大学出版社出版，近 300 万字。以后陆续出版六卷、七卷、八卷、九卷，2013 年第十卷《向峰文集》出版。王向峰曾出版 30 余部学术著作，发表近 600 余篇专业论文，在厚重和深邃中闪耀着审美灵性与智慧的光芒。文集是王向峰 50 年理论研究、文艺批评与文学创作的集大成。在深化马克思主义美学研究的同时，建构自己的中国美学研究体系，老庄研究更具有独特的学术个性。艺术文本的解读是其洞透力和现实观照的表征，而创作则是其审美灵性的直接对象化。《向峰文集》实现了研究、批评与创作的互动，是臻于化境的自我对象性确证。

1. 美学理论的深刻洞见

王向峰把马克思主义作为自己研究的基本指导思想，打捞马列文论中有关文艺美学的命题与范畴，并加以灵性的阐发，显示了较强的创新性与浓郁的思辨色彩。王向峰谈到，《共产党宣言》是"我读的第一本马克思主义经典，引发了我的强烈兴趣，使我确立的人生的思想航向，并成为我后来研究文学艺术与美学的基本指导思想"。① 不仅如此，他还把马克思主义美学作为自己的研究对象，尤其在手稿美学、"莎士比亚化"和现实主义美学原则的研究方面颇有创见。

王向峰把马克思《手稿》中的美学思想视为"马克思主义美学辉煌的开始"。他认为，《手稿》"所包含的道理之深、理论的张力之强、时间意义之大"② 是其他哲学与美学著作所不能比的。他重点阐释了关于艺术生产与物质生产、艺术的生产方式、劳动创造美与异化劳动的关系、人化的自然界、美的规律、人的审美对象化问题的理论内涵和实践意义。从美学角度讨论劳动创造美与异化劳动关系时，他先分析前者，劳动对人自身的创造，人的劳动的万能性使人把自然界变成了人的无机身体，人在劳动中真正证明自己是类存在物，劳动的奇异效果使人欢乐；然后，分析劳动异化与人的异化，阐述异化劳动的四个层面；最后得出结论"异化劳动虽阻碍但也导致美的创造"。进而又从人化自然、以人的方式创造、现代化的劳动、形式美的创造和集约化的劳动等方面分析了异化劳动下劳动创造美的原因。这

---

① 《向峰文集》第一卷，辽宁大学出版社，2002，第 21 页。
② 王向峰：《美的艺术显形·自序》，首都师范大学出版社，2001，第 2 页。

一富有逻辑性和思辨色彩的研究深化了传统的马克思主义美学的研究。正像马克思在《手稿》中说的那样："对象如何对他来说成为他的对象，这取决于对象的性质以及与之相适应的本质力量的性质；因为正是这种关系的规定性形成一种特殊的现实的肯定方式。"①《手稿》之所以成为王向峰的研究对象，是因为《手稿》深邃的诗性哲学和理论蕴藏与王向峰深邃的理性思维和诗性品格相一致。

王向峰深入研究马克思主义现实主义文艺观，建构现实主义的美学理论系统。《文艺美学卷》收入的《现实主义的美学思考》一书，以真实性作为现实主义的理论基点，从表现对象、主体态度和艺术描写三者的实践统一来阐发现实主义的基本特性，并对现实主义艺术历史与理论历史作了科学的概括。在真实性问题上，第一次提出将生活事实、生活真实和艺术真实三者划开界限；在典型环境问题上，从研究恩格斯关于《城市姑娘》的批评入手，第一次明确提出典型环境的描写不是一般典型人物和现实主义创作原则的必备条件。他的研究深化了新时期文艺理论界对马克思主义现实主义美学的研究，并形成了自己独特的理论体系。

王向峰在做研究时，有鲜明的体系意识。他从不步别人后尘，在切入任何理论问题时，都有自己的视角，从而建构富有个性的理论体系。《中国美学卷》收入的《中国美学论稿》是一部很系统的学术专著。聂振斌先生概括了此书的四个特点：第一，别人说得很多，自己又无新的发现，尽可能不说或少说。第二，被大家所冷漠、所撂荒的地方，则尽力去加以开拓。第三，自己有独到的研究，则尽情发挥，讲深讲透。第四，文字朴实，言必中的，论必有据，不说空话。② 学术研究的意义在于创新，王向峰正是以个性化的学术姿态阐释中国美学的价值所在。以他对"意象"与"超象"的美学见解的论述来说，文中对此"进行了历史材料的整理和归纳，从《周易》的意象论到老庄的'大象''忘言'论，一直论述到六朝以至唐人的主张，明确提出中国艺术的'审美意象的超象显现'的实践问题，这种在理论与实践上双重阐释的方法，又辅以中西比较的方法，终于完成对于一个美学范畴的输理与判

---

① 《马克思恩格斯全集》（第 42 卷），人民文学出版社，1979，第 125 页。
② 《向峰文集》第三卷，辽宁大学出版社，2002，第 5 页。

定"①。他不重复，找到一个理论基点深砸下去、拓展开来，以联系的、发展的眼光揭示本有的结构系统，达到对一个范畴的完整而深入的研究。

王向峰对《周易》、嵇康、司空图和曹雪芹等都发表创见，在老庄美学研究方面更具有重大突破。他从四个方面分析老子尚无的美学思想：美的存在——无在之在、美的表现——无美之美、美的作用——无用之用、审美主体——无我之我；又从四个方面研究庄子的美学要义：美的根源在于道，美的生命在于朴素，美的创造主体的心态在于虚静，美的高超状态在于看不见形式。这些观点都是作者的独到发现。老庄的原始材料玄妙难解，作者深入文本仔细探源，又超越文本进行系统而科学的阐释。深厚的古典文化根基和丰富的美学涵养使王向峰破译了老庄美学中许多玄妙的话语，真正实现了理论研究的超越。他自评道，研究过程"解决了三种科学性的转换，即把散在的评点转换成系统的观点，把形象的感悟转换成理论的逻辑，把神秘的玄言转换成现实的话语"②。但是，他并没有满足于此，而是不断深入研究，再次超越自我，对老庄美学进行"新论"。《文本解读卷》收入《美与艺术的显形》一书，其中有关于老庄美学研究的最新成果。他从老庄的分论中发现其共性特征，并对此进行超越性的审美阐释，如对审美主体的研究，将以前的"无我之我"生发、深化、升华，构成关于审美主体的"无我之我"、"无为之为"、"无心之心"的全面而深刻的理论概括。

王向峰的中国美学研究，开拓了美学研究的新思路，而老庄美学研究更有许多个人的独到发现，从某种意义上可以说填补了中国古典美学研究的空白。

2. 文本批评的深层抽剥

王向峰的理论著述具有丰厚的文化底蕴，但是，他不是一个在故纸堆中"流连忘返"的人，他把理论的功底转化成文本解读的现实力量，表现了强烈的现代意识和现实观照。《文本解读卷》中，他以理论家的学术视野和研究气质把文本意义解读与类型归纳为四个层次："黍离"与农妇之鞋——解读的意义引发；节妇与"恋母情结"——解读的意义转换；伯夷与各家纷说——解

---

① 《向峰文集》第三卷，辽宁大学出版社，2002，第9页。
② 《向峰文集》第三卷，辽宁大学出版社，2002，第8页。

读的意义分取；文本与指向重构——解读的意义误读。① 作者调动了全面的知识储备，激活了沉淀已久的古今中外文学阅读的涵养，使这一切在文本解读的焦点上撞击，产生了巨大的理论冲击力。可以说，这是在文本解读方面最形象化、最富有创见性的学术观点。

在文本解读理论的统领下，王向峰以不同的文学艺术作品和具体的美学问题为对象，论析了诗的特性、散文的特性以及多种门类艺术的实践经验，对欧美文学名著、中国古典诗词名篇以及当代散文佳作的解读都有许多新见解。

王向峰对艺术文本的解读建立在文本细读的基础之上，有的放矢，一语中的。他的解读从没有套用虚空的理论，而是深入文本内部，透过文本表层抓住内质。对奥·亨利《二十年后》高度抽剥式情节的解读、对埃文斯《马语者》禅宗主题的解读、对电影《霸王别姬》象征意蕴的解读等，都以个性化的审美视角切入文本，如抓住关键词别姬、蝶衣、宝剑酬知己和小四来解读《霸王别姬》，指出蝶衣有三层象征意义：一是以蝶衣的花艳色彩来形容旦角的特征；二是这个名字对人物本身的命运、精神状态都有象征意义；三是把程蝶衣在一定程度上处理成一个由职业习惯养成的"装扮异性症"患者。② 这些解读以丰厚的理论储备（如艺术技巧、道家美学和禅宗美学等）作为根基，把中国传统美学与新批评有机融为一体，形成了既有文化底蕴又有现代意识的解读风格。

对艺术文本的解读，作者实现了两个方面的渗透，一是上文谈到的向文本深层结构的渗透，二是向创作主体审美心理的渗透，而后者尤能显示解读的深度。他从个人心理体验与对时代的感受中解读奥尼尔心理悲剧创生的原因；从废墟情结、庄禅情结、梦幻情结和诗语情结中解读王充闾审美情结的创生意义等。这种解读方式与王向峰对审美心理的理论研究有着密切的关系，他曾与人合著《审美与鉴赏心理分析》一书。

在文本解读中，王向峰实现了理论与批评的互动，显示了现实观照的情怀。他关注当下的文艺热点、解读当下富有影响力的文艺作品。作为辽宁的

---

① 《向峰文集》第四卷，辽宁大学出版社，2002，第1~13页。
② 《向峰文集》第四卷，辽宁大学出版社，2002，第179页。

理论家和评论家，他把更多的目光对准了辽宁的文艺现状。他对王充闾历史文化散文的解读是共时性和历史性的统一，解读文本与解密心灵的统一，达到了知文与知人的高度契合。对文学作品的审美解读，可以给作家带来启悟，促进文学事业的健康发展。

3. 情思世界的深微展现

理论体系的精心建构、艺术文本的审美解读是王向峰审美的自我对象性确证。如果说，《向峰文集》以广博的视野、丰厚的学识、思辨的色彩作为这一确证的底蕴，那么他的创作实践为这一确证增添了审美灵性之光。《向峰文集》第五卷《诗歌散文卷》收入两部诗集，分别是《方舟之恋》与《梦在天涯》；两部散文集，分别是《缪斯的沦落》与《回望的里程》。王充闾有感于此，欣然写道"独托诗人展素心"，"它充分显示了作为理论评论家所独有的审美创作才能，摆脱了专事理论研究或专事诗文创作单向发展的局限性，而把文艺审美规律探究成果成功地应用于文学创作的实践，灵襟慧性与躬行践作，相得而益彰，为文艺美学理论家实现起其发言的权威性提供了先决的条件"①。正是在这个意义上，我们说，《向峰文集》实现了理论、批评与创作的互动。

从事文艺研究 50 多年，作者并没有在理性思维中湮没自己的个性，他的创作富有诗意与情采，是审美灵性的直接对象化。他自己格外珍视诗文的创作，坦言道，诗文"才能更为具体地、深微地展现我的情思世界，显露我久积未发的审美创造灵性"，"是我最珍贵的心灵创造，不论在什么时候，它们都是纯然属于我的直接、切身的对象化的世界"②。诗是他的梦，诗是他灵魂的方舟，承载着他对人生、生命的审美感悟。他高唱《方舟》之歌："在人类生存的危难点上/你提供了惟一落脚的天地/把人心中没有熄灭的追求/从无边的洪水世界/负载到一片希望的绿洲。"③ 在诗中，他追问自我价值的实现、追问申明的存在方式："只有巫山上弥漫升腾的云雾/才是我自问我存在的声音。"④ 如果说，诗更多呈现的是作者个人的生命色彩，那么，散文随笔除此

① 王充闾：《独托诗文展素心》，《辽宁日报》2002 年 3 月 28 日。
② 《向峰文集》第五卷，辽宁大学出版社，2002，第 190 页。
③ 《向峰文集》第五卷，辽宁大学出版社，2002，第 89 页。
④ 《向峰文集》第五卷，辽宁大学出版社，2002，第 11 页。

之外更具文化意蕴。如《伟大的朴素》、《井及其文化流延》等，是真正意义上的学者散文或文化散文。

《向峰文集》在理论、批评与创作中自觉搭起一座互动的桥梁。理论使批评具有深度和厚度，理论与批评使创作更为自觉，而批评与创作又为理论提供最直接的审美经验，促进理论研究。三者相互渗透，相得益彰。这三者都是作者"观照自我的一面镜子，一旦把身心投向这里，就能找到一种外化的升华，把自身熔铸在伟岸的对象之中"①。三者的互动构成作者独特的生命样态：理论体系的精心建构、艺术文本的审美解读。诗文创造的灵性呈现都是作者的"唯一"。马克思认为："对象性的现实在社会中对人来说到处成为人的本质力量的现实，成为人的现实，因而成为人自己的本质力量的现实，一切对象对他来说也就成为他自身的对象化，成为确证和实现他个性的对象，成为他的对象，而这就是说，对象成了他自身。"② 正是在这个意义上，我们说，《向峰文集》是审美文化的自我对象性确证。

五 学术发现的意义表征

王向峰教授的论文《魔幻浪漫主义的长篇游走叙事——〈西游记〉的艺术首创》在《社会科学》（2009 年第 8 期）发表后，得到广泛关注。王向峰教授创造性地提出"魔幻浪漫主义的长篇游走叙事"是《西游记》的艺术首创，而他的这篇学术论文则是"首创的首创"。从这篇论文受到的关注可以看出"发现"对于学术研究的重要意义。

1. 问题的发现：学术研究的前提

学术研究必须有独创性的观点，否则便不是学术研究。当下，重复的论题、重复性的研究不断刊载，严重影响学术的品质。在这种情境之下，重提创新和发现便显得弥足珍贵，因为它是学术研究的前提。论文《魔幻浪漫主义的长篇游走叙事——〈西游记〉的艺术首创》提出了三个以前没有提出的问题。

---

① 《向峰文集》第五卷，辽宁大学出版社，2002，第 9 页。
② 《马克思恩格斯全集》（第 42 卷），人民文学出版社，1979，第 125 页。

第一，游走叙事。《西游记》开篇是孙悟空出世的游走，目的是追求自由，闯地府、入龙宫、闹天宫，都是率性而为。保唐僧取经的游走是小说情节的中心内容。在小说中，取经人的心性修养目标实现在游走历程的严峻考验之中，而其社会理想目标则实现在游走历程的终结之时。这个情节安排，在指导思想上已超越了坐禅修心的方法，是对觉行圆满的全面艺术展现。

第二，魔幻浪漫主义。作者把浪漫主义细化，分为理想浪漫主义与魔幻浪漫主义，雨果的《悲惨世界》是理想浪漫主义的代表，而吴承恩的《西游记》是魔幻浪漫主义的代表。浪漫主义的创作原则虽多好使用神魔材料，但也有不使用神魔材料的理想表现，因此，作者将《西游记》定位于"魔幻浪漫主义"的游走性叙事，以示其浪漫主义的特殊性。《西游记》以想象为事，以生活为所指，设置奇幻的情节，塑造神奇超凡的人物，虽事不可能有，人不可能有，却是受事境局限的人们所希望的，这正是魔幻浪漫主义的典型表征。

第三，神魔情节化实为虚。神魔情节无中生有，以虚记实，虚与实互化。任何幻想皆源于现实，只不过作者利用想象的逻辑，把现实情景加以变形，达到实以虚出。如按迹循踪，在折光中寻求现实，也不难辨认其幻象的由来。所以《西游记》中的神魔情节是直接世态事实的虚幻化，具有现实批判性和深广的历史意义。

2. 发现问题的论证：学术研究的高度

发现问题是学术研究的前提，而对发现问题的论证则决定了学术研究能够到达的高度。

当今的理论界与批评界，存在这样的状况：有的研究是就现象谈现象，没有理论，没有深度；有的是空谈理论，完全没有涉及现象与文本，虚有余而实不足。而论文《魔幻浪漫主义的长篇游走叙事——〈西游记〉的艺术首创》是美学理论与实际文学现象的有机结合与相互生发，不仅使学术研究落到实处，而且达到相当的高度。其中涉及游走叙事、神话思维叙事、意象化叙事和魔幻叙事等。如关于神话叙事，作者从神话思维的本质、神话思维中的变形思维、假定的因果律、整体与部分的特殊关系等深入分析神话思维在《西游记》中的具体表现，神话思维理论与文本分析融为一体。

3. 发现的意义：学术研究的影响

这篇论文的刊登、转载和获奖说明，有创新性的学术论文会得到学术界的接受和重视：论文寄给上海《社会科学》（CSSCI）不久便得以刊登；论文在公开发表之前即荣获 2009 年辽宁省第二届哲学社会科学学术年会优秀论文一等奖；《芒种》2009 年第 5 期选载其中谈幻与真的部分文字；《新华文摘》2009 年第 22 期全文转载。

这些都是对学术创新发现的认可，也是其学术影响的重要表征，是其意义之所在。这也启示着学术研究人员应该重视学术研究的发现。

六　美的守望与守望的美

阅读牟心海先生《王向峰的美学世界》，如临此境——我仰望的两位老师在美学中散步，卞之琳的《断章》于惶恐与欣喜中闯入："你站在桥上看风景，／看风景的人在楼上看你；／明月装饰了你的窗子，／你装饰了别人的梦。"不知何为"你"、何为"看风景的人"，其实这并不重要，重要的是他们都是美的守望者。几十年的守望成为一种更加别致的风景，正是这种风景铸成守望之美。牟心海以饱满的学术激情走进王向峰的美学世界，在回归历史现场中探求王向峰马克思主义美学思想的形成与发展，于理论与实践的双重观照中型塑美的守望者。而这一切源于牟心海几十年对于美的守望情结。

认识牟心海是从牟心海的诗开始的，多年之后却为他的学术激情所感动，未曾想过一个人对自己的人生做出这样一种选择。牟心海从诗的自由王国"遁入"美学世界，从表现美到研究美，从审美愉悦到理性追问，这样的学术激情似乎与年龄无关，又似乎有关。无关之说，指激情一直沉淀在他的思想深处，待语境安然、心境怡然之时勃兴而发；有关之说，指激情随岁月而增，激情与才情并存、与理性同步。如果说，对于作为诗人的牟心海，我们羡慕；那么，对于学人的牟心海，我们则是仰慕。王向峰教授本身便是一部大书，能读完并非易事，能读懂则更难，而读懂之后能够加以宏观的评述和深刻的阐发，更是难上加难。这需要学术研究的激情与才情、理论阐释的勇气与实力。在充盈的学术激情中，我们看到另一个牟心海，他徜徉于学术世界，品味别种人生。诸多卸任之士习惯于飞来飞去式的悠然考察，他却满足于闭门谢客式的悄然安居；诸多研究之士苦于冷板凳上的心寂与捆绑，他却乐于冷板凳上的神驰与坐忘。其实在笔者看来，这时候的他是在另一个自由王国中仰望星空。

1. 双重架构：抽炼思想核心与回归历史现场

牟心海对王向峰的美学思想研究严谨而自成体系，他重点探求王向峰的马克思主义美学思想，抽炼其美学核心。在分析王向峰的《解读》时他说，"他以雄厚的马克思主义理论基础，并通过教学实践"，对马克思《手稿》进行"科学地解读与阐释"，并认为《解读》对"马克思美学理论做出了巨大的贡献"。他肯定了《解读》"用马克思主义的观点和方法分析评判那些对待马克思和马克思《手稿》的各种错误观点"，遵照"马克思的理论体系"进行阐释。

牟心海认为《解读》"以马克思主义的立场、观点和方法"来进行科学阐释，这看似自然而然，实际上，对王向峰的其他研究，他也首先开掘其马克思主义的美学思想蕴涵，《美学新编》是一部"坚持马克思主义美学观有特色的美学理论基础著作"，重点阐述"实践"观。《审美与鉴赏心理分析》在研究上体现了"以马克思主义的基本观点为指导"，《中国美学论稿》的成就在于王向峰"掌握马克思主义的科学研究方法"，《西方美学论稿》"以马克思主义观点分析研究西方美学家的主张与论述"。可见，马克思主义美学思想是王向峰的美学思想核心，王向峰以此建构自己的美学体系；同时，牟心海也通过把握王向峰思想核心结构文本世界，同样也体现出一体化情势。

《王向峰的美学世界》每一编的第一章是宏观概述王向峰在某一方面的成就，第二章介绍他的主要观点，最后对其成就进行述评。编章节目构成一个整体，也是论著的基石。虽然每一编都是围绕王向峰的某一部或某几部著作展开，但是这并不意味着牟心海只是在做狭窄的"针对性"论述，他总是综合提炼王向峰的美学成就并在动态中加以阐发。在评述王向峰1990年主编的《美学新编》中关于自然美的研究时，牟心海融进王向峰的最新研究成果，即王向峰在2010年向世界美学大会提交的论文《探寻内在美的制约条件》。在论述王向峰2006年的《西方美学论稿》时，"拿来"王向峰最新的研究成果，如发表在《辽宁大学学报》2011年第1期的《对现象学几个关键词的是非分析》、被《新华文摘》2010年第12期全文转载的《在形式主义路尽处发生的新历史主义》。王向峰对王充闾的研究是跟踪式的，《走向文学的辉煌》是此研究的集大成，牟心海却发现，在这部书之后王向峰仍然关注王充闾的文学创作。在王充闾的《张学良：人格图谱》出版后，王向峰立即主持专题研讨会，并组织撰写论文发表。牟心海注意到从《中国美学百年分例研究》到《中国现代美学论稿》的变化，并肯定后者在动态中分析研究的创造性。因而，《王向峰的美学世界》是一个整体性的观照，而不是断章式的读解。这一方面表明牟心海严谨的治学态度，另一方面显示出其驾驭文本对象的能力。

王向峰是著名的美学家，著作等身、成就斐然，具有集体力、耐力、精力、学力于一身的综合实力。把这样丰富的文本对象交给读者，开掘其美学思想的形成是一项"工程"。牟心海回归历史现场，把我们带到王向峰从事美学研究的历史情境之中，有助于我们了解美学家美学思想的形成与创造。对于王向峰的《现实主义的美学思考》，牟心海回到历史现场，考察时代表征，探寻成书之路，辨析意义张力。《现实主义的美学思考》思考于 20 世纪 60 年代，成书于 80 年代。一般来讲，我们会注意到时代造成文学研究的搁浅与悬置，但是牟心海从另外一个角度看出其中的"妙处"："王向峰在 60 年代初开始思考'后来中断'，也许是件好事，因为那个时代对于学术研究是不可能'到位'的。现实主义在不同历史时期表现的特点不一样，处于文化地位也有差别，这是一种复杂的现象。80 年代前现实主义曾有至上的地位，以后各种流派进入中国，又出现了'过时之论'，这种'冷热'变化状况的出现，便是王向峰对现实主义美学思想研究的文化背景，也是需要美学出来回答现实中问题的时候。"① 对于王向峰的《文艺学新编》，牟心海则强调它是在"全国文艺理论教学研讨的推动下的写作"，分析其不同于以往文学理论教材的学术超越性。牟心海回到历史现场，在大文化语境中审慎观察与冷静思考，一方面可见王向峰美学思想的历时性变化，另一方面可见王向峰美学思想的时代创新性。

然而，牟心海回归历史现场，并不总是寻找那些大历史，有时他更喜欢打捞历史的"碎片"，"避重就轻"，建构一个新的"意义场"，为我们揭开另外的"谜底"。罗素在《西方哲学史》美国版的《序言》中说："有时候，我

---

① 牟心海：《王向峰的美学世界》，辽宁大学出版社，2011，第 160 页。

甚至于把某些本身无关紧要的细节也记录下来，只要我认为他们足以说明一个人或者他的时代。"① 关于《解读》研究的历史之源，牟心海特别突出一件事，即王向峰1960年进京参加第三次文代会在会上购得《马克思恩格斯论艺术》一书，其中关于《手稿》的观点对王向峰的吸引与启示。牟心海突出王向峰与《手稿》的第一次接触即被其精辟的理论紧紧抓住，对于购书细节的聚焦有利于我们把握王向峰美学研究的"原动力"。几十年中，王向峰一直有一种守望《手稿》并进行专门攻研之情结，所以才投入大量的时间和精力在此点中深钻，获得《手稿》美学研究上的巨大成绩。牟心海突出这一事实，表明学术研究不是研究者一时的热血沸腾而能成大事，需要几十年的恒常守望。这对于当下从事学术研究的人来说，是"告白"，也是期待。

2. 两种思维：理论的实践性与实践的理论性

牟心海回归历史现场，也回到实践场，探求王向峰美学思想的实践性特征和批评、创作教学实践的理论性特征。对于王向峰的每部美学著作，牟心海几乎都是在理论与实践的双重观照中进行研究。王向峰的美学研究真正体现马克思主义美学观，还在于他对于美学实践（教学实践与创作实践）的重视。换句话说，王向峰美学研究的实践性体现在多个层面。

牟心海抓住王向峰文学理论研究与教学实践相长的重要特征，尤其探讨了教学实践对王向峰研究的重要作用。谈《美学新编》"开始形成于从教学出发"，完成之后用于教学实践，在教学实践中不断"补充、丰富和修改"，"反复修改"，并再版。谈《文艺学新编》是王向峰"在文艺理论教学实践中"，"总结了教学经验，进行了全面的分析和研究"。《西方美学讲稿》是"教学与研究结合的成果"。牟心海特别注意王向峰美学成就是在教学实践中不断丰富的。源于教学实践、完善于教学实践、再用于教学实践的教材，并不是普通的大众化的教材，而是充满理性思辨与内在张力的学术性论著。

牟心海特别肯定教学对王向峰美学研究的重要性和突出意义。一般的美学研究多源于书斋的独奏；但对于王向峰来说，美学研究源于书斋与课堂的合奏、理论与实践的"共鸣"。王向峰在美学研究方面的创造性与教学实践密不可分。有的学者躲在书斋专心研究，关于教学耽误时间、浪费精力之说不

----

① 〔英〕罗素：《西方哲学史·美国版序言》，何兆武、李约瑟译，商务印书馆，2011，第6页。

绝于耳。王向峰从教 50 余年，一直在教学一线，现在辽沈地区高校仍然聘他授课。王向峰在美的守望中传递美、培养美，获得精神的享受与美的愉悦。在倡导名教授给本科生上课的今天，它的现实意义更大。王向峰从事教学实践、忠于教育事业的美德，在牟心海看来，"把毕生精力献给教育事业，这应该说是一种大美"。

此外，牟心海还深刻分析王向峰的美学研究对创作实践的指导意义。如在谈到王向峰关于"莎士比亚化"和"席勒式"的研究时说，其"对于创作有着直接的指导意义"。在评述《审美与鉴赏心理分析》时这样说道："对于读者提升自身的审美与鉴赏能力有着促进作用，从社会意义看，对于人的美育也起到了指导作用。"牟心海认为，王向峰是以调动"两种思维成果的存储促进理论的建树"，这两种思维是指普泛意义上的"理论与实践"、"研究与批评"以及具体化的"理论指导与艺术创作"。的确如此，两种思维成就了王向峰的美学研究，牟心海的简约概述解开了"谜底"。然而直到文本最后，我们才清晰了解"谜底"的全部。

牟心海对于王向峰两种思维的探求还在于他对王向峰文学创作（即王向峰美学研究实践性的最后一个层面）的研究。王向峰美学研究的实践性不仅体现在对于教学和创作实践的指导意义，更在于他本人的创作真正实践了他的美学主张，是一种"纯粹意义"上的两种思维。牟心海认为王向峰的创作是"理论指导下的自觉创作"，王向峰是"研究与创作双向发展的学者、专家和作家"。两种思维与双向发展，确实是王向峰的与众不同之处。回望 20 世纪以来中国的文艺美学研究与文学创作，真正实现两种思维和双向发展的学者与作家大多出现在 1950 年之前，20 世纪 50 年代之后越来越少。学科逐渐细化有利于研究的集中与深入，但知识窄化的现象也逐渐显现。对于从事美学研究、文学研究与文学批评的人来说，非常尴尬的境况是鲜有人从事创作实践。也就是说，理论、批评"言之凿凿"，而创作却"抽身而去"。从这个角度上说，王向峰的文学创作弥足珍贵，而牟心海对于王向峰在美学指导下文学创作的研究意义则更加重大。王向峰从事旧体诗、新诗与散文等多种文体创作，散文集《纸上的年轮》获得 2011 年辽宁文学奖。牟心海从审美性、体验性与主体性等角度阐发王向峰文学创作的审美表现与艺术追求。

牟心海的"评价体系"切中王向峰的文学创作的核心。美学家在文学创作中如何实践自己的美学理想是读者关注的焦点，王向峰的文学作品何以产生成为第一追问。牟心海回归历史现场，发现王向峰美学研究过程中的诗性表达，即研究与创作的共时性和同步性。比如对旧体诗《庄生化蝶》的分析就是抓住王向峰研读老庄美学时的兴之所至。此外，牟心海运用王向峰的美学理论论述王向峰的文学创作，对理论的实践性与实践的理论性进行双重审视。如牟心海运用王向峰意义势能到意义动能的转换理论分析王向峰创作的审美实现。这一方面表明王向峰美学的实践性与实践的审美性特征，另一方面也显现牟心海阅读王向峰其人其文的穿透性与融合性。也许是王向峰研究与创作的共时性在不自觉中影响了牟心海，也许牟心海研究王向峰诗歌的理性调动与激发了自身创作的诗性，也许作为诗人与学者的牟心海一直在追求创作与理论同步，他在评论王向峰旧体诗时也有一首赠给王向峰的七绝，美的守望与守望的美，在这个瞬间化为一体。

作为美学家和作家，王向峰有不同的审美体验，牟心海聚焦美学家的独特性体验充分开掘其文学创作的创造性审美价值。通常我们看到的是"雪花的快乐"，而王向峰看到的是"雪花不愿飘落"。牟心海捕捉到王向峰与雪花"共舞共落"的心神，揭示出创作主体与对象主体倾心诉说的潜在对话性，从而得出王向峰独特性体验的审美价值："他看到并抓住雪花大而横飞，赋予它灵性，那就是不愿落地，为什么，好像它知道落地就是面临死亡，春风又将它送回天庭。这过程谁都知道，对他自己所体验的用诗表达出来，又区别于他人的写作，这便是一种创造。"① 人人心中有，人人笔下无，关键在于审美体验的独特性和审美表达的独特性。

美学家的创作不同于一般的创作，还在于主体性的审美表达。美学家的主体性充分体现感性与理性的统一。牟心海从"为情叙事"、"化知为文"与"融理于趣"等角度分析王向峰学者散文的"情韵之美"、"灵慧之美"与"理趣之美"等。从牟心海的文本表述中我们不仅看到王向峰文本的审美特征，更透视出王向峰与这些文本特征相适应的主体的本质力量（视野的广度、理论的深度、文化的厚度、精神的高度等），或者说正是王向峰作为美学家特

---

① 牟心海：《王向峰的美学世界》，辽宁大学出版社，2011，第574页。

殊的本质力量创生了文学创作特殊的主体性（心灵的向度、审美的维度与表达的适度等），而正是这一主体性造就了他文学创作独特的美学特征。牟心海的分析中肯，融智性与灵性于一体，富有张力。

3. 双向型塑：美的守望与守望的美

《王向峰的美学世界》是牟心海的倾心、倾力之作，将王向峰美学研究之研究进行到底，在文本世界中为我们型塑一个美的守望者。值得追问的是，牟心海为何如此？其实，是一个美的守望者在书写另一个美的守望者。这一切源于牟心海的守望情结。望云斋是王向峰写作书屋的斋号，在谈到王向峰的《云斋守望》诗集时，牟心海说："诗人在守望，守望这海守望那云……读者也跟着守望，变成大海中的一滴水。"① 牟心海认为："守望是一种追求，一种坚持。守望是实践，在今天看来也是一种实现和成功。"② 两位先生几十年对于美的守望使我们看到今天呈现在我们面前的《王向峰的美学世界》。

牟心海守望美的情结源于三个方面：一是大学读书时他曾在中文系的美学班学习过，非常喜欢美学，不过这个班半年后取消。作者似乎"耿耿于怀"，这种缺失与遗憾作为一种心理积淀隐藏在他的内心深处，并被后来的生命体验激活，成为带有补偿性的"生命狂欢"。王向峰是全国美学研究专家，辽宁美学领域的旗帜，对他美学思想的探寻是守望美最好的心理补偿方式。二是牟心海是艺术的多面手，他从事诗歌创作，并酷爱摄影和绘画，是一个美的实践者，或者说是一个终日探"美"者。他把自己的作品送给王向峰，与美的守望者在美学中散步。三是作为省文联的领导，牟心海的工作是与"美"者打交道，换句话说，他是一个"围"美者。因而，无论在"公共空间"还是在"私人空间"，他总是与美纠缠，美总是与他"纠缠"。

牟心海对于美的守望，是一种淡然的回归和欣然的创造。他夯实每一块基石，稳步走向美的守望者，在对美的守望中，找到灵魂深处的家。每一次开学术会议，牟心海匆匆入场、激情发言、匆匆离去，他很少等到"美餐"

---

① 牟心海：《王向峰的美学世界》，辽宁大学出版社，2011，第561页。
② 牟心海：《王向峰的美学世界》，辽宁大学出版社，2011，第574页。

和"话聊"。他舍不得浪费任何一点时间，他沉迷于他美学研究的世界。回归本真，让我们想到杨绛先生的简朴生活，想到杨绛先生的丰富人生。简朴与丰富，"充实之美"就这样在知识分子的身上绽放。

美的守望与守望的美，是王向峰的美学世界，是牟心海的《王向峰的美学世界》。

两位先生的大美，学生铭记。

第三章

散文艺术的审美创制

　　散文是最切近创作主体心灵世界的文体。通过文本，创作主体自由而又自然地表达自我的人生理想与真实的生命体验。而透过刘兆林、文畅等人的文本，我们可以窥见创作主体特殊的心理机制。创作主体总是善于在审美的对象化中追求一种"朴素而天下莫能与之争美"的大美，大美在不言之言中实现。他们多徜徉于童年世界与梦幻世界，在童年经验与成年经验的对比中追忆一份逝去的美好，在梦幻世界与现实世界的参照中追寻一杆心灵的天平。这样的心理机制规约主体的创作，因而文本世界也蕴涵着特殊的审美意味。一方面，作家把笔触伸向心底，触摸感觉，激活飞逝的每一份记忆，不免凸显出感觉世界的苍凉底色。另一方面，作家把目光投向自然，涤除玄览，获得纯净的超越，探求动感人生的美好。作家对美好人生与真诚人生的呼唤是文本蕴涵的审美旨归。散文作家的艺术表现贵在自然，是创作主体审美灵性的自觉创造，文本在乡村与城市、童年与成年、现实与梦幻中能够自由转换审美时空，创化富有凝聚力的文本世界。

一　创作主体的心理机制

　　心理机制，是指创作主体在创作过程中特殊的指向性与集中性，它对题材选择、审美意蕴与艺术表达有一种规约作用。与其他文体相比，散文作家最喜欢回忆性叙事，回眸自己切身的生命体验，在精神之旅中追求不言之大美。

1. 大美不言的主体诉求

刘兆林的《脚下的远方》2011年由作家出版社出版，体现出大美不言的主体诉求。所谓"脚下的远方"，是指作者走过与生活过或生活着的异国、他乡与家乡，当然远方在一定意义上也是作者的精神故乡。刘兆林以一个文学旅行者的身份行走在远方，在他的审美视域中，最高的境界是大美不言。刘兆林说："天地有大美而不言。见大美而不言者也不美。"他还曾自谦地说自己虽"心无大美"，但愿意"乘美以游心"。他由游而记，言天地之大美，试图成为美者。对象主体的无言与美、主体精神的宁静与美、在大美参照中的理性观照与自我解剖以及叙述方式的灵动与美，这一切成为他精神之旅与艺术表达的主体性诉求。

（1）大美不言之生命情态

如果把游记或行走散文仅仅看作对自然之美的书写与欣羡，其实是一种误读。实际上，它是自然美、人性美与社会美的多重观照。当然，每个作家的关注点不同，艺术表现与审美情思不同，因而每个文本呈现的个性也不同。自然之景、眼中之景固然重要，不过对于刘兆林来说，重要的是心中之景，景中之"我"，景中之人。他"力争每去一次远方，都要尽可能用心领略'青山依旧在，几度夕阳红'的自然风光和生活其间的人，尤其注意把自然风光中人的爱和美好，变成几页纪念性的文字"。人，是刘兆林远方画幕上的主体；而人的"爱和美好"，便是他精雕细描的重点。中国古代游记散文一般远离尘嚣，主体融入自然、陶情冶性，多是关于"我"和自然的"故事"；而刘兆林的散文聚焦于自然中的"我"、自然中的"你"以及自然中的"他"。这一方面表明主体情感的自由抒发，另一方面表现出知识分子的文化情致与人文关怀。他说，无论写什么，都是写人眼中的东西，也还是为人生所写，属于人学。例如，在《遥远的绿叶》中，他记述了扎根于大西北的戈壁滩上原子弹实验基地的军人和他们的家属，他们都是绿叶，却有大美，他们无言地承受着孤独与寂寞，默默地把自己的青春与生命献给祖国。

刘兆林善于把自然之大美与人之大美融为一体，或者说，他更善于写自然大美中之人之大美。他认为自然之大美在于"宁静而圣洁"（《在西藏想你》），在于"充实而空灵"（《大庆的大美》）；而"人若有大美，必得心境高远宁静"。宁静成为大美的一种内在气质、一种品质，一种内在的魅力。

刘兆林并不总是执著于自然叙事，虽然他的笔下有令人动容的美的西藏、美的冰峪、美的尼亚加拉瀑布等，不过他也习惯于"景色之美不必说了"，简约地从自然叙事过渡到对自然中人的观照。《唱歌时遇见的孩子》写了两个心中有大美而较少言辞的孩子，他们表面"木讷"，实际上却有美好心灵。"唱歌时遇见的孩子"，是陪照相而不收钱的孩子。他们在最初的文本中作为一个时间性的对象物，而后来作者巧妙地把他们转换成心灵性的主体性存在。"我""唱歌"时看见孩子，到"我"不由自主唱歌，两个孩子未受污染的纯洁和美驱逐了"我"的寂寞与疲倦。"我"与他们的合影促使我不断回望："一看这两张照片，我便想到扔在遥远的骆驼草下和洗衣盆下那两张钱，而一看到别人或自己手中较大数目的钱时，我又不由得想到那两张照片上的孩子。"这篇作品写的是孩子及钱的故事，作者观照和审视的是人的心灵。孩子的无言守住了大美，这是心灵净土的培育。

刘兆林即便写到动物，也有一种大美不言之情态。《冰峪的山羊》抒写"山羊因不同凡响的追求而具有了超凡脱俗的魅力"，所以"我八年前初见它碧水白云之上的身影时不由自主地惊呼起来——山羊！真正的山羊！那水是太美了，那山是太陡了，因而那山羊是太令人敬佩了。我们人呢，明明是在平原大道上舒适地活着，却不停地感叹坎坷啊坎坷"。陡峭山崖上山羊的宁静与不言与人的感叹构成对比性存在，这是对山羊性格的赞美，同时暗含着对有些人生存观念的批评。

《脚下的远方》多处说到庄子的"天地有大美而不言"，而文本中对象主体的大美不言与创作主体的诉求有关。正如马克思所说："对象如何对他来说成为他的对象，这取决于对象的性质以及与之相适应的本质力量的性质；因为正是这种关系的规定性形成一种特殊的、现实的肯定方式。"刘兆林对不言之大美的肯定与自己的本质力量相适应，或者说创作主体与对象主体在不言中具有精神与情感的同构性。当作者创作的时候，他的宁静让他选择了宁静的对象主体。虽然文本中的"我"是一个时常畅谈、放歌一曲而善讲幽默故事的作家形象，但这是与知音同行的自我状态。生活中的刘兆林似乎不会或不屑于滔滔不绝、侃侃而谈，他更喜欢在虚静中涤除，在沉静中观察，在平静中品味，在宁静中坚守。因而"我"在现实与文本中的形象似乎存在错位，也可以说是一种互补，这构成一个立体的自我形象。从作家的整个精神气质来看，他更喜欢宁静，因而那些心有大美而不善言辞或不言辞的对象便成为创作主体的对象化存在，由此成为文本中的主体性存在。

大美不言，不仅是对对象主体而言，也是对创作主体而言的。不言，是大美的外显状态；宁静，是大美的内在构成。而之所以能够有宁静中的不言之大美，更在于主体的爱的力量。刘兆林特别推崇冰心先生的一句话：给世界爱和美。他说："爱是热源，也是美的不息的火种。""爱是一种特别重要的素质、特别重要的能力、也是特别重要的境界。"作者对爱的珍爱与强调内化为文本的主体精神。在《丝绸之路上的少女》中，他关心没有顺利卖出西瓜的小女孩，担心她这一天还能不能再卖出西瓜；而对于没有人骑她牵的马的小女孩，他关心的是她为什么没有上学。与一般游记散文沉浸于自然风光的书写不同，他更关注景中之人，人之内心世界。

作者的这种爱与大美还表现在，文本中的"我"不是"独行侠"，我们总是能够看到"我"和"你"的共在、"我"和"我们"的同行。博大阔达的胸襟、立体环绕的目光决定了审美视域的敞开，在他的笔下，我们看到了"我们"与作家的群像，包括中国作家群与国外作家群。比如，《丝绸之路上的少女》中与"我"同为采风团团长、好搭话而有趣的作家，善良的女作家，《小兵张嘎》的作者，买锁阳的山东作家；《唱歌时遇见的孩子》中热爱摄影而执著给孩子钱的作家、欧洲人似的上海儿童文学女作家、有钱的总是付钱的作家；《在西藏想你》中虔诚而总是想着照顾别人的诗人、不甘落后于女作家的男作家、善于讲故事与吟诗的作家；《过梵净山》中不好意思坐滑竿"压迫"老百姓的采风团团长、翻山如履平地的会写诗的小说家等。《叙利亚散记》中爱喝茶、爱抽烟喝酒的叙利亚作协女部长，《日本物语》中作风既中国化又日本化的古川先生，夸自家苹果全日本第二好吃的农民俳人轰太市先生以及《河内存知己》中待客热情而实在的越南中老年作家等。如果说对国外作家的书写是游记风情的一个必要组成部分和重要的对象主体，那么对中国作家的书写似乎就别有他意。一般的游记散文作家更愿意独享自然之美与人文之美，而刘兆林似乎更愿意分享与同乐。虽然作者只用了寥寥笔墨，似无心，作家们的形象却灵动而跃然。他在文本中营造了一个大爱大美的氛围，与他作为军人与文人的独特精神气质有关。

（2）他者的照鉴：自我的反向性观照

《脚下的远方》是对远方的游记，它涉及自我与他者、本地与异地的情感与时空的转换过程，从广义来说，是一种关于陌生的"陌生化"写作。由游而记，游时的情感状态是此时此地的正在进行式，而记则是彼时此地或彼时彼地的一种过去式，在这两种状态之间会有所变化，此时此地的感动不一定是后来彼时此地或彼时彼地的感动，模糊的可能变得清晰，而清晰的可能转向模糊。从这个意义上来说，作者对大美的选择不是一个瞬间的情感选择，更是恒久性的理性选择。如果说作者在异地与他者中看到大美，并书写大美不言，那么在这不言的大美中，实际上暗含着对本地与自我的反向性观照，这也构成了文本的大美。

在大美中对本地与自我的反向性观照，包括理性批判与自我解剖。脚下的远方，意味着自我离开本地进入异地，异地对于带着本地色彩而进入的自我来说，是陌生化的存在。陌生本身就是相对于对本地的熟悉而言的，所以"进入"必然带有对比与参照性的期待与前理解。

对本地的理性批判包括两个方面。一是对他乡视角下的家乡，二是对异域视角下的本土。离家乡的"我"进入中国的他乡，《在西藏想你》写到湖泊在远离尘嚣的高原保持了宁静与圣洁，在烟火浓盛的平原中一定躁动、喧哗与轻浮，在空间的对比与情感的对比中赞美大美。在《千年夜，万里黄梅》中，"我"之所以到异地重庆，是想离开本地办公室，看梅、寻梅、买梅、护梅与赏梅，由梅不被人知的美谈到中国文学、谈到空姐的高雅情致，是不是说"本地"、"办公室"的俗呢？同时，他乡的本地人的大美时刻让"我"回顾作为外来者的"我"和"我们"。无论是唱歌时遇见的孩子，还是丝绸之路上卖瓜的女孩、卖锁阳的女性、牵马的女孩、按摩的女孩，《遥寄康定的志玛》中"谈钱色变"的藏族姑娘，"我"总是在钱与对象主体中"周旋"。"我"在主动地给钱，或是出于善心，或是出于同情，或是觉得是他们应得的，但"我"行走中遇见的远方的这些男孩与女孩却在拒绝。我们看到，在自我与他者的关系中，"我"与"我们"似乎想用钱"解决"问题，而比"我"贫穷的他者却在拒绝，这是自我在本地与异地空间中感受的不同，而贫穷的他者却有富裕的大美。换句话说，作者写了远方的大美，是因为"我们"本不美。所以，他替"我们"自责道："倒是我等外来一些缺乏信仰者，尤其那些把全身心都钻进钱眼儿的人，应该把藏民身上的来世精神分一些出来，塞进胸口，以约束自己的行为，不危害子孙后代的生存。"（《在西藏想你》）

《世界上我最看重的教堂》从麻雀与石头中谈到俄罗斯人的民族性格，暗含着对中国人民族性格的审视与反思，俄罗斯人的务实精神与中国一再提倡的实事求是的不同。把高尔基文学院与鲁迅文学院、辽宁文学院叠加在一起进行叙述，在立体的时空中关注文学。作者用反衬的写法，越是写高尔基文学院的寒酸越反衬它精神的阔大与富有。从文学院到文学教堂的叙述的变化，可以看出文学在作者心目中的重要地位。作者往返于高尔基与鲁迅的精神家园，追问自我的精神家园。而《日本物语》中写到日本的吸收力和中国人的排斥力，写到日本"遵纪守规、讲卫生爱环境"的自觉，这与中国"靠几次大运动"、"靠突击性的罚款"的整顿形成鲜明的对比，作者在异域中对本土的批评充满理性。

刘兆林在大美中自我的反向性观照在于对"聪明贵族"的自我解剖。也许是赫尔岑所批评一类知识分子是"置身于人民需要之外"的"聪明贵族"在作者心中已深深扎根，所以刘兆林对自我的剖析毫不留情。《过梵净山》主要是写坐滑竿的心理感受，从中我们看到当年鲁迅与胡适对人力车夫、俞平伯与朱自清对歌妓的复杂感情。坐滑竿像似"压迫"，但当地领导说是"高尚"，因为抬夫能够创收，促进当地经济发展，而不坐是自私的表现。所以，"我""有些违心，又有些无奈"，又似"做贼心虚"，经过一番"苦斗"，叫停抬夫，自己走，并额外给抬夫钱，带有忏悔与赎罪心理。自我的灵魂在坐滑竿与下滑竿中煎熬，尤其是自己坐在滑竿上想到红军路、自我在"文化大革命"中的长征路更是对自我心灵的一次次撞击。作者这样的话不仅仅是对自我的反思："一路坐车不用自己买票，吃饭不用自己花钱，爬个山再让人抬着，甘当压迫别人的'老师'，太成熟啦吧？"

"聪明的贵族"只关注自己的情感需要与幸福"指数"。刘兆林在《那年在厦门听雨》中写了自己煞费苦心"讨来"的幸福，这次幸福源于与一个自己"倾慕"的有修养的女性同游、一起过生日。正当他"幸福得简直飘然欲仙"时却突然想到老山战场上上午吃生日蛋糕下午就牺牲的战士，他者不言之大美让他觉得自己不配幸福地过生日。军人身份干预了文人的浪漫与诗情，作者就是在这样残酷的警醒中反省与自责，对自己的解剖毫不留情。

有时我们很难把日常生活中的刘兆林和作为作家的刘兆林联系在一起，一个沉静的人竟然在他的文本中真诚地毫不保留地进行自我解剖，那种荡气回肠的情感表达、一泻千里的情感宣泄，我们不禁要问：究竟哪一个是真实的他？与大美不言的他者对比中，刘兆林真诚地叙述自己的情感，毫无保留地展示自己的内心世界，甚至不掩饰自己的微妙而朦胧的情感体验。刘兆林的真诚，照鉴了自己的心灵，也照鉴了读者的心灵，这何尝不是一种大美？

（3）大美不言：美与言的和谐

大美不言，非真的不言，是言而不留痕迹，是所言之言符合对象的内在本质，是美与言的和谐。正如庄子说，朴素而天下莫能与之争美，当然这是一种大美。《脚下的远方》在叙述策略上有独特的考虑，采用多元叙述视角和多种叙述线索，在灵动中完成对不言之大美的书写。

阅读《脚下的远方》，我们感到陌生而熟悉的是马尔克斯《百年孤独》式的叙述方式，比如，"我说有人喊停车唱歌时，是西行采风的第六天上午，车停在了塔克拉玛干大沙漠南端的公路上"（《唱歌时遇见的孩子》）；"我躺在纳木错湖边想用手机和你说话那天，是我进藏十多天来高原反应最重的时候"（《在西藏想你》）。这种叙述是进行式，具有独特的时间意识，它强调共时性，能够把读者带到特定的审美情境中。

与大美不言的叙述方式相适应，刘兆林在叙述人称和叙述线索的设计上富于变化，具有灵动之美。就叙述人称来说，《脚下的远方》多是第一人称单数、第一人称复数和第二人称，而第二人称是作者运用得最成功的叙述方式。第二人称的"你"可以是单一实指，如《父亲永在故乡》、《遥寄康定的志玛》；也可以是多重实指，如《九号半记》。第二人称还可以是虚指，如《在西藏想你》、《在尼亚加拉瀑布等你》等。《父亲永在故乡》无愧于世纪经典，如果说，张洁写母亲是写"世界上最疼我的那个人去了"，那么刘兆林写父亲则是"世界上我最恨的那个人去了"。文本是"我"和"你"（生前的父亲、死后的父亲、父亲的亡灵）的对话，是"我"和"你"之间恨与爱的纠结。作者把"我"对父亲的恨写到极致，把对父亲的爱也写到极致，或者说用极致的恨来书写极致的爱。长达3万多字对父亲的怨恨是对父亲灵魂的撕扯，更是对自我灵魂的撕扯，作者在审父的同时自审。

第二人称的叙述方式营造了一种对话性的叙述氛围，邀请读者一同进入审美情境之中。《在西藏想你》开篇即是:"那天想用手机和你说话的时候,我正躺在遥远的藏北高原纳木错湖边。因海拔太高,没能找到转播信号,只好关了机,在心里和你说话。你想象一下吧,假如把五千多米的高原抽掉,纳木错不就是高悬于苍穹的天湖吗?"在西藏想你,是"我"和"你"在西藏一同的精神漫游,作者在叙述想"你"的过程中一是把西藏的风光告诉"你",二是把"我"的感受倾诉给"你",三是把"你""我"的情感表白给"你"。在每一处美景中想"你",是"我"与"你"共赏,是让"你"分享"我"的一切。作者运用"我还想告诉你"、"我还想跟你说"、"你知道吗"、"你可知道"、"不知你有何想法,回去后再细说吧!"等娓娓道来的语句,让读者感觉到这样的亲切,"我"时刻在"你"身边,"你"时刻在"我"身边,"你"时刻在听"我"说。

《在尼亚加拉瀑布等你》中的第二人称似乎是有所指,但它也可以是虚指,这样更增加了文本的审美内涵。开篇的"到尼亚加拉瀑布等你,一开始我就认为这不可能",这一句话包含非常大的信息量,这是在它成为现实之后的叙述,所以它涉及的是已然事实、过去对将来的想象,在想象的不可能与现实的实现之间充满巨大的张力,唤起读者的审美期待。"你"和"我"之间的默契与关心让人难以忘怀。"我"在尼亚加拉瀑布等"你",为了给"我"祝贺生日,"你"驱车四个小时从加拿大过境到美国,深夜十二点零一分,"你"点燃蜡烛祝"我"生日快乐,然后"你"再驱车四个小时回到加拿大。夜间过境的长途跋涉只为了"爱",作者的动情叙述似乎在告诉每一个读者,这不是一般的友情,是人间至爱,是一种大美。

第二人称叙述的成功与刘兆林对作者和读者关系的理解有关。他说:"作者和读者应该是平等的应该是朋友应该让读者通过作品较深切地了解你。而散文恰恰是最便于揭示和解剖自己最便于让读者了解自己的文体。"他信任读者,把读者看成可以相互了解的朋友,因而他热情地邀请读者进入文本世界,并真情地表露自己的情感。文本中率真的美与对话的美,大概也源于此。

《脚下的远方》富于变化的美还在于叙述线索的设计,有三种情况:一是按照游踪,即游的时间性叙述;二是人——对象主体的"漫不经心"的出现,实际上是"人"作为隐含的叙述线索存在;三是作者的情感线索。因为作者关注的是人与主体的情感,所以后两种是作者经常采用的叙述线索。《过梵净山》虽然是按照时间线索来写的，但在这里时间的流延和情感的变化纠结在一起，而后者是作者书写的重点。《在西藏想你》并不是按照时间的线索叙述，而是按照情感线索，即从最美的自然——纳木错湖边开始，这是从大美开始，从把大美告诉给"你"开始，从在大美中想"你"开始，从与"你"共赏大美开始，所以这不仅突出了美，而且突出"你"，突出了"想你"。这种叙述瞬间把"你"（读者）带到作者营造的氛围之中，然后再追述为了这大美，"我们"的痛苦与辛苦，发出这样的感慨："美是相当有力量的——加以补充——审美更需要相当的力量！"作者越是描述高原反应的痛苦，越是能够反衬出西藏大美的魅力与魔力。一句"在西藏想你"，究竟还包含多少深意？

刘兆林认为："文学就是精神的瑞雪，越来越重的物质富裕病，会越来越需要文学的精神雪疗。"《脚下的远方》是"文学的瑞雪"，远方是相对眼前而言的，行走在远方，精神境界也在远方。《脚下的远方》使不言之大美进入读者的审美视界，是作者和读者共同的精神之旅。大美不言，文本中对象主体的无言之美、主体精神的宁静之美在"富裕病"的物质世界中照鉴了不美的"我"与"我们"。既然作者在文本中以对话的方式邀请了我们，也许我们应该像他那样，在本地与异地、自我与他者的空间和情感的转换中观照无言之大美，观照不一样的生命与生存。

2. 童年经验的真情追忆

在所有的文体中，散文作家最喜欢回首过去，回望自己生命历程中最真情、最自然的体验。这可以从王充闾、王向峰、刘兆林、王秀杰、于金兰、康启昌、张大威、女真等人的散文创作中看出。散文较少虚构，贵在真实，对于作家来说，自己经历的事、自己体验的情感是一种真实的存在。创作主体再次把自己对象化到过去的生命体验中创造出真的文本世界。

童年经验对于每一个作家来说都非常重要，他们经常在文本中真情追忆属于自己的那一段经历与体验。崔中文散文集《逝去的月亮》即是如此。虽命名《逝去的月亮》，但除了一篇同名散文是献给母亲和妹妹的特别怀念之外，几乎很少直接写到月亮。他并不像古代文人那样执著地歌咏月亮，也不像张爱玲、贾平凹那样执著地描写月亮，使月亮成为文本中特别的意象。月亮在崔中文这里是一个记忆的载体，诚如作者坦言："它是我大半生情怀的真实记录,是留在我心中的月亮。"对"月亮"朦胧之美的欣赏、对逝去的"月亮"的缅怀构成文本的情感基调。作者这样谈他创作《逝去的月亮》的心境:"怀念过去的时光,缅怀走过的足迹,毕竟是人之常情。这正如人死了,就想造个坟;造不了坟,就立个牌;牌也立不了,就要来个入土植树,以树为念,就是想方设法地留下点念想。"然而,在对所有过去的追忆中,童年生活占有十分显著的地位。童年经验沉淀在他"大半生的真实记录"中,不仅影响着他的为人,也影响着他的为文。作者怀着庄严与肃穆去回首往事,童年经验已经构成崔中文散文的审美积淀,所以可以说《逝去的月亮》是作者抒写童年经验的心灵仪式。

童年经验是"一个人在童年(包括从幼年到少年)的生活经历中所获得的心理体验的总和,包括童年时的各种感受、印象、记忆、情感、知识、意志等"。童年经验对一个人一生的影响或隐或显,如冰心所言,一个人童年经验中的许多印象、许多习惯,深固地刻画在他的人格气质中,而影响他的一生。从某种意义上可以说,作家的体验生成与他的童年经验有着这样或那样的联系。童年经验影响博尔赫斯的三大意象——老虎、镜子与迷宫的建构,童年经验促使丰子恺的创作集佛心、诗心与童心于一体。马尔克斯认为,《百年孤独》是"在给童年时期以来以某种方式触动了我的一切经验以一种完整的文学归宿"。崔中文把童年经验凝结成逝去的月亮,并以审美的方式表现出来,所以逝去的月亮是其童年经验中的审美意象。他说:"在我童年的时候,常对着月亮静静地瞧。那是我的好朋友,不管你心儿有多烦恼,只要月光照在我身上,心儿像白云,飘呀飘呀飘……"童年成为永远挥不去的记忆,童年经验沉淀在这些记忆中。

走进《逝去的月亮》的世界,我们可以发现童年经验的审美积淀。首先是作者对童年情趣的审美表现,儿时的钓趣(《钓趣》)、儿时的朋友马莲(《马莲颂》)、给儿时带来乐趣的故乡山水(《故乡山水祭》)、儿时对打年纸的盼望(《打年纸》)等。童年充满着生活的情趣,无拘无束。

其次是历时性的叙述方式。童年是一个透明的世界,因为童年经验的审美积淀,《逝去的月亮》的叙述方式基本呈现历时性的态势。面对对象世界,作者喜欢"从头说起",喜欢把事情说得明明白白、透透彻彻,无遮无拦,喜欢把自己不同时期的审美态度都作真诚的表现。《雨恋》先是叙述"我喜欢下雨"，"我喜欢听雨"，然后谈"小时候"、"长大了"、"当农村记者"以及"随辽宁新闻代表团赴朝访问"时对雨的审美认识和享受。

作者直接写到童年经验的主要有两种方式，一是直接从童年谈起，如"我的童年是在辽河岸边度过的"（《钓趣》），"小时候长在农村"（《紧敲家什没好戏》），"儿时的小村西头，紧挨在辽河岸边"（《故乡山水祭》）等。二是从当下谈起或是一般性叙述，接着把视角转向童年。《逝去的月亮》先谈汤岗子的月光，然后转到"在我童年的时候"；《义犬祭》先叙述"我喜欢的是那种看家护院的看家狗"，然后转向这样的叙述，"小时候我家就有一条狗"。虽然有关童年的叙述在后，但实际上是童年经验使其形成这样的审美情致和审美意识。

尤其是面对当下的某些现象，作者善于从童年经验中找出依据或与童年经验进行比照。针对许多在创作中存在的现象——艺术家外在的宣传大于内在的创作，作者这样进行叙述："小时候长在农村"，听农民说"紧敲家什没好戏"，"后来进了城"不忘此乡训，"随着年龄工龄的增长"深悟其中的道理（《紧敲家什没好戏》）。童年经验作为先于当下的存在，很自然地成为比照当下的对象。作者从童年的"钓趣"谈到现在"养鱼池的钓趣"，最后谈到"请钓者的乐趣"（《钓趣》），绝妙地讽刺了钓趣从以前的自在化到现在的"政治"化。他从童年家里狗对主人的忠义谈到现在城里狗的媚态，讽刺社会上某些人的奴才相（《义犬祭》）。童年经验沉淀在记忆中，使作家对文本进行历时性的对比叙述。从今昔对比中谈文明与战争对日本的不同影响（《访日散记》），从中西对比中哀叹中国"跟在后头的文明"（《旅欧散记》）。

最后是无修饰的语言艺术。童年经验中的真诚使作者摒弃刻意去"做"出文本，而是用拙朴的语言自然而然地表达自己的审美情感。他如鲁迅一样批评媚态的猫，他向往那种"不加任何修饰的超凡脱俗的美"，它会"使你立即就会感受到那是一种来自远古的纯正与来自沙地深处的纯净的完美结合"（《阿尔乡 鲫鱼》）。把自己的真情实感赤裸裸地展现在读者的面前，与读者进行零距离的心灵对话。读者阅读《逝去的月亮》，就像是听一个朋友在讲他的童年故事，从他的故事中你可以知道童年经验在他为人与为文中的审美积淀。所以，就是孩子丢了，作者也写得如此有趣："那时，谁家的孩子如果在家里找不到，大人们二话不说，直奔西沙岗子，站在高处扯开嗓门儿一喊：

'二——秃——子，回家吃饭了！'保准不一会儿，二秃子就满脑瓜子冒汗地从哪个沙丘后边的树棵子里钻了出来。"（《故乡山水祭》）作者善于运用实实在在的民间俚语，如"庄稼人三件宝，苦菜马莲三棱草"（《马莲颂》），"歇阴天"（《雨恋》），等等，读起来亲切感人，把读者带到那久远的童年时代。

童年的本真状态是作家的一种普遍的美学倾向和心灵憧憬。鲁迅通过"朝花夕拾"找到自己在现实世界中不能实现的情感寄托，冰心用童心建构"爱的哲学"，崔中文对童年经验的表现则是追忆中的一种心灵仪式，凸显他对逝去的"月亮"的无限怀恋，对真诚人格的执意追求。怀旧是作者的情感需要，对真善美的追求是他最高的审美旨趣。

3. 心灵天平的梦中追寻

阅读《追梦》，可以看出文哲是一个透明的人。他敞开心扉，毫不掩饰自己，"将灵魂的缰绳交给读者"。他在日常生活语境中，营造一种平等和谐的气氛，与读者面对面地交流。他把读者当成自己的朋友，抑或是灵魂的审判者，在读者面前，做心灵的剖白，就像巴金所说的，真诚地"把心交给读者"。

岁月的流逝，带走许多美好值得珍视的东西。然而，也许正因为"流逝"，才有了距离，才有可能进行心灵的追梦和审美的观照，完成"醇酒加淡茶"的艺术表现。

（1）心灵的失衡与平衡

追忆逝水年华，有和伙伴们一同放猪的"童年牧趣"、在领导岗位上为民造福的"生命的闪光"，也有在"文化大革命"中做学生时对老师批判的"永远的悔"，当老师时歪曲学生心灵的不可原谅的"罪愆"，不能与一辈子为自己奉献的妻子一同出游的自责（《妻性》），不理解姐姐老年时信仰的苦楚（《归宿》），因为储蓄罐的一点小事对小女儿大发雷霆的不应该，对大女儿婚事的自责与内疚，对不参军的同学的无端指责（《赢家——眼镜儿》），当人大代表一次按下绿灯时的委曲求全，所有这些都形成心灵的阴影，所以他心灵的天平开始失衡，不断地忏悔。在《红绿灯》中，文哲写自己准备对即将任命的干部投反对票，但后来改变了自己的选择，作者写道："复会前十几分钟，我得知了这一消息。迫于形势，大局已定，我不敢也没有必要再站出来进行抵制了。相反，却委曲求全地向会议主持人表明自己的赞同，并以党性、人格来作保证。在分组会上，我又首先发言，说明拥护被推荐的人选。开始按电钮，我还故意把红绿灯公开暴露，让别人观看，以求其证实我确实投了赞成票。就这样，一个存在许多经济问题的人选顺利被通过，成了国家政府机关部门的一把手，并立即给他颁发任命证书。这次常委会就这样结束了，它留给我的阴影却至今笼罩在心头。我为人民代表的权力得不到正常行使而愤慨，我为自己的双重人格而惭愧。"文哲透过生活中表层的红绿灯审视自己心灵和人格的红绿灯，不知道多久没有读过这样真诚得让人感动、让人钦佩的文字和品格。如果说，我们在其他作家一般的文本中还可以看到对自己朋友和亲人通常意义上的忏悔，那么，文哲这种对自己在政治生涯上的双重人格的忏悔和批判是何等深刻，需要何等的勇气！

正像有的评论家所说，散文这种向内文体的巨大艺术魅力正在于它能剥除"假面"，扯掉"幕布"，坦露自我，敞开心扉，进行心灵的大胆"曝光"，人性的勇敢"裸露"！还在于它视读者为至亲、密友、"情人"、"上帝"，不设防，不隐秘，进行"无阻隔"、"无距离"的平等交流（刘锡庆语）。文哲越是在多重角色和身份中回首往事，越觉得自己的心灵欠下的债务多。时光飞逝，如梦一般，可以说，对往事的书写完成了一个追梦的过程。然而，追梦本身不是创作的目的，而是在追梦中探秘自己的心灵，把自己的悔、自己的罪、自己的过错等统统表现出来，或许在真诚的表白之后，心灵的天平多少有些平衡。散文是文学的"测谎仪"（余光中）。文哲正是在这样不设防的自我书写中，让一个真诚的自我站在读者的面前，是一个追梦历程中的心灵的审梦驿站。

（2）自我的失落与回归

梦，它是"水上的白帆、山中的楼阁"，但对于文哲这一代人来说，他们的"春梦"更多的时候是在"无序而又曲折的""剪辑错了的故事"里，"无头无尾"的"错乱的旋律"中被涤荡得不仅失去应有的诗情画意，有的甚至被"胡乱涂抹"成"拙劣的写真画"。从这个意义上来说，他的追梦是"朝花夕拾"，"朝花"是一个臣民意识占统治地位的时代，是自我被压抑导致自我失落的时代，"夕拾"是在公民意识觉醒的时代，找回失落的自我，使之回归到心灵的本体世界。

自我在"春梦"中昙花一现，即消融在无边的红色海洋中，一代人的命运在海洋中浮沉。富有才情的、具有超前意识的老同学——青年诗人在政治话语霸权中失去个人言说的权力，开始忌诗，在反复检查与交代中度过自己的青春岁月。他被迫离开诗神，抛弃自我，孑孓一人，孤独走向无我的漫漫长路（《春梦》）。自信、达观、活跃、善变的大学好友小关因为女朋友的告密而命运突转、性格突变，小关对"我"倾诉道："这回你可以给我祝福了！到了中学以后，我接受这次血的教训，找了个工人做老婆，她没文化，也不会写告密信。我们在一起只是吃饭、睡觉、生孩子……"（《三会故知》）小关在生活中的苦涩用"祝福"两个字以反语的方式表达出来，然而让作者更不敢相信的是，在同学聚会中这个"沉默、迟钝、萎缩、孤寂的小老头"还是不是他大学时代"那个坦白、热情的老朋友？"那个时代扼杀了他的个性，使他失去了自我，现在只有一个为活着而活着而又活得十分卑微的怅然若失的孤寂心灵。

文哲说："从一定意义上，人的一生，就是要从那些传统的、现实的，经济的、政治的，人为的、自设的种种束缚中解脱出来，不断地去寻找自我、认识自我：发现你自己，成为你自己，发展你自己，创造你自己。"当然，回归自我，就不能在一些束缚中迷失自我，而需要不断凸显自己的个性；不能成为某种人性异化工具下的影子，而需以高昂的公民意识代替卑微低下的臣民意识。文哲对官本位和臣民意识给予一定的批判。

文哲在《影子》这篇散文中给予影子一定的赞美，是人生的伴侣，是光明与黑暗的产物，是指示前进的路标；在《题记·梦是什么》中说梦是影子，也是从人生伴侣的意义上谈的。李春林先生在评论中也深刻地揭示了文哲"影子"的内涵。我想，对影子这层意思的理解是建立在自我意识之上的，在《三会故知》中，作者在哀叹小关失去以前的那个自我变成现在的"小老头"之后，紧接着反躬自问："从我现在的言谈举止中，还能看出自己大学时代的影子吗？"也就是说，这时的影子是自我的影子。虽然缺点是优点的影子（《关东汉子》），谁也不可能完美，但如果失去自我而成为他者的影子，那是文哲竭力反对和批判的。文哲说周扬"他主动投身到领袖的影子里，并以此抬高自己的身价，摆布别人的命运"（《并非个人的悲剧》）；认为郭小川（也包括作者自己）一代知识分子"没有个性，是长期驯服的成果；崇拜巨人，甘做影子"（《在摆布中抗争在忏悔中自戕》）。萧乾没有成为别人的影子，敢于讲真话，所以作者倍加推崇（《〈风雨平生〉阅读后说萧乾》）。

丧失自我，成为别人的影子，那是精神上的奴隶。当下，许多人成为官奴、守财奴、情奴、毒奴、酒奴等，文哲在《做人与为奴》中说："说他们是奴，就在于他们失去了人格上的自我，丧失了人的本质……变成一个没有灵魂的空壳。"在《回眸》中写道："天才——人才——奴才，这是人认识自我时，一步步下滑的轨迹。"奴在心者，其人可鄙；奴在身者，其人可怜；"我是我自己"才是真正自我回归，才是精神上的高度自由。巴金在《十年一梦》中的生命体验是一代知识分子的心路历程。文哲回眸在特殊的情境中失落的自我是因为他现在回归了自我，否则，自我的失落不可能成为他观照的对象。

自我的失落，使文哲心灵的天平失衡；他追梦是想找到砝码，回归自我。回归自我，是扯下异化的幕布，"走进生活"，走向民间。自我是平凡、是质朴，是作为我的自由与愉悦，是追梦历程中的一次寻梦驿站。

（3）文化的缺失与张扬

一个文化旗帜高高飘扬的时代有时是一个扼杀文化的时代，一个处处讲文化的时代可能是一个处处缺少文化的时代。几千年来的文化及其品质在当代的流失，让文哲痛心疾首：亲情不在，仁义不存，唯利是图，这是一种庸俗的哲学（《好人？坏人？》）；作家变成了小贩和叫花子，这是没有责任感的市场化写作；经典不再，精品少之又少，文坛垃圾泛滥，这是文本重复的技术化写作；渲染肉体的快感，这是野心＋纵欲的欲望化写作。文人无文，文人无人，文哲面对文化的缺失，心灵再次受到重创，在这样的情境中，如何获得心灵的平衡？他可以从以前的文化研究中获得智力支持和思想支持，所以，我们看到在《追梦》中书海觅津一节，作者赫然把《鲁迅思想思想研究·后记》和《蔡元培鲁迅的美育思想·后记》放在文苑插诨的后面，这其中颇有深意。在鲁迅、蔡元培、萧乾的身上找到砝码，并作有力的张扬。同时，文哲还沉到民间，在民俗文化和乡土文化中寻找根基，在一定意义上为自己失衡的心灵找到文化的平衡。

文哲特别重视文化的分量和文化的含金量。阅读《追梦》，我们可以发现一个有趣的现象就是，文哲在多篇散文中多次说到自己身材矮小（《童年牧趣》、《初攀人梯》、《心中的歌》、《骄傲的大花猫》、《赢家——眼镜儿》、《分量》等），他"不怕揭短"，说明他有补短的长处，这就是人格的力量和文化的分量。胡梦华说："我们仔细读了一片絮语散文，就可以洞见作者是怎样一个人：他的人格的动静描画在里面，他的人格的色彩渲染在里面，他的人格的声音歌奏在里面，他的人格的色彩描画在里面，并且还是深刻地描画着，锐利地歌奏着，浓厚地渲染着。所以，它的特质是个人的。"文哲在《分量》中说道："由于现实生活的刺激，让我强烈地感受到，每个人除了他自身的体重以外，似乎还有一种内在的、无形的分量，这是更应该引起每个人重视的……一个人分量，他是否高尚，与他为谁而活着有关。"所以，他关注"书生气"的分量（《书生习气不可无》），担心自己作品的分量不够（《书惑》），倡导作品的文化与思想含量（《作家 小贩与叫花子》），当然也不能淡化"含情量"（《醇酒加淡茶》）。分量和含量当然不是外形和表层上的，而是文化的内质和深层的底蕴。这是他追梦历程中的圆梦驿站。

因为是追梦，所以与文本相适应，文哲多采用双重的时空结构，在历史和现实的双向观照中进行叙述。在历史和现实中，心灵失衡，他也用多种方法找到平衡，其中还有一剂良药，那就是爱，从亲情之爱到大我之爱。就像冰心所说："爱在右，同情在左，走在生命路的两旁，随时撒种，随时开花，将这一径长途，点缀得香花迷漫，使穿枝拂叶的人，踏着荆棘不觉得痛苦，有泪可落，也不是悲凉。"有了爱，就有了一切。因为有爱，文哲知足常乐，自得其乐，助人为乐，获得自我的升华。

写作是文哲的一个梦，文哲的笔名也是他追梦（文学、文采与哲理性）的表征。散文集《追梦》是他几十年追寻文学之梦的结晶。文哲不仅严谨，也颇有幽默感，他的《我与儿子的战争》、《鼾之忧》富有文采，风趣有佳。善用比喻，对人生若开车、自己的人生如裹脚、邻里关系如集装箱等比喻绝妙精当。如果说，心灵的失衡与平衡、自我的失落与回归、文化的缺失与张扬是文哲散文的醇酒，"是一团情感，表征为热烈"；那么，用以达到这种效果的创作心态和表现形式则是淡茶，是一种"智慧，象征着淡泊"。如果说，醇酒加淡茶是他的创作要达到的最高的文学之梦，那么，《追梦》在某种意义上来说，也是他的圆梦之梦。

二 文本蕴涵的审美意味

散文作家追忆过去，怅叹美好的失落，在探向自己的感觉世界中触摸丝丝悲凉；然而，也有的作家呼唤真诚，在动感人生中执著地捍卫生命的高贵。

1. 感觉世界的悲凉底色

周昌辉的散文《拿什么滋养灵魂》是对意味世界的探寻。他在岁月的回眸中追忆曾经有过的乐趣和哀叹美好的失落，充满着感伤的情绪；人在旅途中，领略宇宙万物的和谐与文化载体的意味，有惋惜，也有生命过客的旅愁；在艺术的时空中漫游，追问美的真谛，有神秘的微笑，也有和大众文化疏离的尴尬；面对人生的诸多感怀，留下"拿什么滋养灵魂"和"拯救灵魂"的现代性焦虑，有不平，有眼泪，也有超越物象的审美感悟。周昌辉在感觉的世界里徜徉，虽然有时在品味微笑的滋味，却产生一种过客心态，所以他文本的底蕴是一种挥不去的悲凉。以音乐、绘画等多种艺术涵养为根基，采用时间顺序、联想和构想等心象的空间转换等多种叙事方式建构文本，使这样一种审美意味的创生成为可能。

周昌辉非常善于写感觉，可以说，《拿什么滋养灵魂》是周昌辉用自己的方式在建构一种复合的感觉世界。他在《后记》中说："我不曾勉强写什么，有了感觉才动笔。"他敏锐地抓住视觉、听觉、味觉和嗅觉，从不同角度感知生活，并表现生活留在自己记忆中的特殊感觉，所以他的审美感知具有多样性和复杂性的特点。在《嗅觉童年》中，有栗子"甜甜的，香香的，温热的"的气味，有向日葵"青草气息的淡淡的清香"，甚至端午节都是由棕叶的特殊气味、糯米的香味和艾蒿的苦香味三种味道组成的。从嗅觉写童年，超越了一般性描写童年苦乐的俗套，使童年本身变成可以具体感知的对象，写得灵动，写得飘然，弥漫在空气中的气息似乎能够超越时空，还留在现时。《美食的渴望》中的"我"吃不到在电影里和书中谈到的香蕉和橘子，就琢磨它们嚼在嘴里的味道；作者还用细腻的笔致描写吃西红柿的感觉。在《悬念》中，写"经常在心里猜想无花果的味道"。作者喜欢一种东西都和他的感觉密切相关，《海之缘》中，作者从嗅觉、视觉和听觉三方面谈了自己对大海的钟情，因为大海的特点和作者的审美心理有共同点，二者异质同构，所以才引起作者的共鸣。

在《拿什么滋养灵魂》的感觉世界里，作者写得最好的是视觉和听觉。在听觉世界里充满着老座钟的嘀嗒声（《老座钟》），燕子叽叽喳喳的叫声（《燕殇》），像遥远的回声一样余音不绝的女儿的声音（《轮回》）以及"从河边传来一阵三个孩子的惊叫声"(《老鳖汀》)等。作者写这些声音是和自己在特殊情境中的情感连在一起的：老座钟的嘀嗒声和对祖母的怀念，燕子的叫声和作者的忏悔，女儿的声音和生命的轮回，孩子的惊叫声和面对老鳖汀失去往日生机后的沉甸甸的心情。每一种声音都是一个个跳动的音符敲在作者的心上，难以忘怀，也不能忘怀，因为那是生命的印记。作者对声音的敏感和他的音乐素养密不可分。

在视觉世界中，周昌辉格外重视对光和色彩的描写，《老座钟》中的月光、金色胡同中的阳光和荷兰的阳光、那天晚上的满天星光和《习惯的隐蔽性》中的星光以及《鸣泽湖的秋夜》中的灯光等，光的世界同时又是一个充满各种色彩的世界，所以作者往往把光和色彩结合在一起。在《金色胡同》中作者写道："在房子与房子的间隙，有栅栏连接，常常能从栅栏的上方看见一轮又大又红的夕阳。那时，两边的房脊和房子的山墙都被涂上一层金色的光辉，淡淡的炊烟弥漫在空气里，落日从栅栏上方投下的一束束金色的光柱越发清晰，使狭长的胡同空间洋溢着一种脉脉的温情。"金色胡同是一个充满童趣的温情世界，作者富有色彩和层次感的描写，使这个世界成为一幅暖人的画面。他这样写荷兰的阳光，"看似阴云密布，但是云幔的中间好像故意留了几个天窗，时有一束明显的阳光从窗口照下来，就像舞台上的主光灯照在主角身上一样照在地上的某个景物上。"写出荷兰阳光"漏"下来的特点，形象而富有韵味。作者对光和色彩的敏感源于他绘画的素养，少时爱画，至今还和朋友一起去写生，时刻关注绘画艺术，谈现代派绘画和大众欣赏的距离（《艺术的尴尬》）。作者喜欢伦勃朗的画，写荷兰的阳光却想到和伦勃朗的画之间可能的联系。而在美国美学家鲁道夫·阿恩海姆看来，伦勃朗的画"是真正能把光线那感人的象征特征作用发挥出来的"，"伦勃朗绘画的一个最典型的特征，是由呈现于画面中的那种狭窄和黑暗的场景显示出来的。当一道明亮的光束射入这个狭窄黑暗的场景之中时，也就把它所携带的彼岸的生命信息带了进来，这种信息似乎带有一种神秘的和不可知的性质"。作者同样注意光的象征意义。他在绘画方面的涵养使不知情的人认为他是一个画家，他对绘画艺术的钟情也使我们无法权衡，在他的心灵世界里到底更喜欢文学还是更喜欢绘画。问题的答案无关紧要，重要的是艺术是相通的，绘画和文学的互动利于各自的审美意味的创生与文本的空间建构。

　　周昌辉对感觉多层次的细腻把握形成了文本的个性。诚如斯达尔夫人说："写作的首要条件是强烈而生动的感知方式。"作者在对世界的强烈而生动的审美感知中，凸显个人的情感和审美趣味。艺术味儿浓、敏感的作家都善写感觉，张贤亮写带有重量和体积的饥饿的感觉、莫言写观看阳光下透明的红萝卜的感觉、陆文夫写享用美食的感觉、余华写活着的感觉和卖血的感觉都在读者的心中留下很深的印象。虽然不能说周昌辉对感觉的描写已经达到非常高妙的程度，但至少可以说他的感觉世界是丰富多彩的，尤其是对光的敏感及其审美的把握富有鲜明的个性。但他又不是简单地跟着感觉走，而是在感觉中渗透着审美的理性，《感觉的坐标》就谈到了感觉的时空变化和感觉的文化差异。

　　在《拿什么滋养灵魂》中，作者多处写到光，但整个文本的底色是悲凉的。那是童年的金色胡同里的阳光，是星光和月光，"光阴者，百代之过客"在文中也多次出现。因而，弥漫文本的是作者的过客心态，是游玩时的乐趣与随之而来的作为过客的怅然（《过客》一）。乘车回家，却想到一个奇怪的问题："等我下车以后，谁能知道我曾经坐在一节卧铺车厢的窗边，怀着一种心情，看到月光下流动的景物？"所以，"一种生命过客的旅愁油然而生"（《过客》二）。每个人在宇宙中只是一个过客，他的生命只是宇宙的刹那，作者精神世界的深处充满了作为渺小的人类中一个更加渺小的生命个体而产生的悲凉感。史铁生认为人类有三种根本困境：一是人生来注定是他自己，人生来注定活在无数他人中间却无法与他人沟通，这意味着孤独；二是人生来就有欲望，人实现欲望的能力永远赶不上他产生欲望的能力，这意味着痛苦；三是人生来不想死，可是人生来就是在走向死，这意味着恐惧。与史铁生相同的是，周昌辉的悲凉感更多源于对生命个体的关注。此外，作者关人性缺失、环境恶化等现代性焦虑加重了这种悲凉情绪在文本中的渗透。

　　在总体悲凉的氛围中，作者特别设计了几组微笑的画面：蒙娜丽莎的微笑（《神秘的微笑》一），拿破仑临危之际的微笑（《神秘的微笑》二），世尊拈花时迦叶的微笑（《神秘的微笑》三），以及奶奶夸我地震中搀扶她时的微笑（《良心是安睡的枕头》），照片上的老卡"踌躇满志看着世界"的微笑（《永别已经开始》），大山里的小女孩"红扑扑的脸蛋上始终洋溢着善意的微笑"（《遗留在大山里的惋惜》）。微笑是一种心灵的释放，微笑是一种果敢的风骨，微笑是一种生命的感悟，微笑是一种善良的品格，微笑是一种韧性的力量。单纯欣赏这些画面好像在悲凉的底色上加上了一些暖色的调剂，过客无法把握自己匆匆而逝的心态好像在永恒的瞬间微笑中得以缓解，然而当这一切都披着神秘的面纱很难破解，或是永别的开始，或成为永久的惋惜的时候，微笑的画面却反衬出整个文本更加悲凉的意味。

感觉的意味和悲凉的底蕴成为文本的个性存在，作者用多种叙述方法建构文本。书写生活历程和个人精神成长史时往往采用时间顺序，如《人生的十字路口》、《青铜黄金白银》等，但构成作者叙述个性的不是时间顺序，而是联想中心象的空间转换和构想中以文章内在的情致进行谋篇。《拿什么滋养灵魂》中有的篇章的线索不是线性的，而是板块式的，作者从一事物到另一事物，是心象的转换递变过程。《长安探艺》以秦始皇陵的园林艺术、霍去病陵的雕塑艺术、唐朝陵的大地艺术三大板块结构全篇；其他如《啊，巴黎》、《文化与风景名胜》等也是以空间的转换谋篇布局。

另外，有的文本排斥了物理时空概念和耳闻目睹的线索，靠内在的情致把各种零散的材料组成一个有机的整体，这是一种审美构想。构想是把"各种知觉心象和记忆心象重新化合，孕育成一个新的心象"。叶朗说："在艺术创造中，构想的方向、范围都受制于主体的某种具体的目标，不论构想如何自由和奇特，都始终指向这个具体目标，并且始终把握住为实现这个目标所调动的各种'原材料'之间的某种逻辑联系。"在《孔子·索罗斯·真理》中，作者从孔子被前人的认识束缚导致的错误判断，谈到索罗斯突破传统理性逻辑分析而在国际金融界取得的成功，审视真理的相对性存在。《西晋三叹》中一写阮籍之叹："世无英雄，使竖子成名！"二写桓温之叹："木犹如此，人何以甚?"三写陶渊明之叹："我岂能为五斗米折腰向乡里小儿！"表面看来它们似无关联，而这三叹"虽发自个体，但它远远超越了个人的感情范畴，表达了人类社会中某个群体的共同心语"。《临终的眼泪》写祖母临终时和李叔同临终时的眼泪，暗含着作者对生死之谜的思考。构想的文本好像缺少一种连贯的叙述，但实际上，构想中的人、情、景、物都是随某种情感流或思想流而流出来的，呈现一种凝聚性和统一性。作者的这种叙述与结构方式与朱自清的散文《春》和《冬天》有异曲同工之妙。如果作者在内在的情致上更追求统一的审美趣味，会使这类文章达到一个更高的艺术层次。这种方式和绘画艺术讲究空间建构与内在统一也有同构的特点，是作者自觉不自觉运用绘画艺术的结果。

应该说，《拿什么滋养灵魂》文本整体是比较和谐的，文章的结尾也富有一定的情韵，增加了作品的审美表现力。《意大利惊梦》以"储存在记忆里的一座神秘的大理石建筑"结尾，联想自如，有余味；《啊，巴黎》的结尾写道："我不敢说巴黎，无法说，说不得，一说就错。"说明巴黎丰富的文化蕴藏。但个别篇章的结尾在处理上尚显不足，如《美食的渴望》、《五月的鲜花》和《豆沙色围巾》等有的结尾过于直白，有的未留下空白。如果把《美食的渴望》和《豆沙色围巾》现在结尾一段的最后一句话去掉，使《美食的渴望》以"可惜在我最想吃、最能吃的时候却无法达到；现在想要就有，却又不大想吃了"结尾，会给读者留下更多的思考空间；《豆沙色的围巾》以"它始终清晰地留在我的记忆里，短短的，薄薄的，豆沙色的"结尾，会使豆沙色的围巾成为特别的意象留在读者的记忆中，同时也会给读者留下更多的想象空间。

周昌辉对感觉世界的抒写，对过客心态的表现，那种悲凉的意味油然而生。绘画艺术的涵养丰富了内在情致的审美建构，多种叙述方式尤其是审美构想使《拿什么滋养灵魂》中审美意味的创生成为独特的文本存在。

2. 动感人生的审美之维

袁胜民的散文集《人生四味》虽然有与一般"人生四味"意义的同构性，但是作者的创作初衷显然不止于此。《人生四味》的整个文本结构似乎在彰显着作者动感的人生与审美的维度，那是一种动感人生的审美之维。这里的动感人生也不是一般意义上的人生轨迹的流动与地理空间的变换，而是内部的心灵空间和精神空间的流动，是思维的跳动，审美的跃动。我们看到作者拥抱人生的高远品味、享受人生的真情滋味、思考人生的哲理意味以及创造人生的审美趣味，这是一种真正的人生四味。

（1）拥抱人生的高远品味

喧嚣的年代，拥抱人生是一种奢望。拥抱人生，需要一种心境，是身心的投入与爱意的传递。作者的拥抱人生在与自然共处中完成，他追求人生的高远品味。在作者笔下，拥抱人生的高远品味有三个层次。

一是在自然中观照"自然之动"，相当于王国维所说的"无我之境"：

"以物观物，故不知何者为我，何者为物。"《现实的美是眼中的画》书写的是飞舞的白雪和飘扬的雪花的对话、与江河的对话以及它自身的美与快乐。这是一个自然的世界，雪花拥抱沃土、感受暖意、品尝喜悦，枕着大地入眠，是自足的动感人生。作者以雪观雪，主体完全对象化到雪之中，真不知何者为"我"，何者为雪，这是一种高远的人生品味。

二是在自然中观照"我心之动"，相当于王国维所说的"有我之境"："以我观物，故物皆着我之色彩。"《抱琴看鹤去，枕石待云归》中作者徜徉于大自然的怀抱，在浮躁尘世中寻找一种平静和清醒。周末远离尘嚣的独行成为作者的生活习惯，在涤除玄览中修身养性是隐藏在心底的人生况味。然而，这并不意味着作者是在自然中拥抱人生的独舞，而是在融入自然中品味另外一种人生。"我"在自然中，"我心"随自然而动。

三是在自然中观照"你我之动"，自然在"我"心中。无论是自然之动，还是"我"心之动，似乎都是生活在别处。但对于作者来说，生活在别处，不是一种简单的告别，而是为了更好地投入。所以，回到尘嚣中的他依然品味这样的人生：有过的幸福，是永远的美。作者回忆人生走过的幸福，那是"我"和"你"之间的爱恋，在雨中，在长白岛，在秋天、冬天里，在夜阑珊中暗香流动。"你我之动"，是现实的人生，是在自然中收获的幸福，是一种永远的美。

在自然中观照自然之动，重点是自然；在自然中观照"我心之动"，重点是"我"；在自然中观照"你我之动"，是一种主体间的互动。拥抱人生，就是拥抱自然、拥抱我与你的世界，在立体之维中追求高远的人生品味。

（2）享受人生的真情滋味

生活在别处，是"我"与自然的"故事"，也是"我"的精神圣地；生活在此处，是一种踏实的人生、现实的人生。《人生四味》是作者在动感人生中享受人生的真情滋味，它不仅仅是亲情、友情、爱情，更有超越性的人间至爱（这也是一种人生四味）。

作者对亲情的描写令人感动，《母爱是一首唱不完的歌》从人生四个阶段（"风华正茂年少时"、"蹉跎岁月插队时"、"峥嵘年代上班时"、"男大当婚长大时"）写母亲对孩子的关爱。唱出母爱是船、母爱是桥、母爱是画、母爱是灯、母爱是树，"母爱是一首歌，歌声悠扬，永远也唱不完"。作者深情地描述母爱在动感人生中的生命效用。更为重要的是，作者唱出的母爱非常具象化，并带有地域文化的滋味，"三鲜馅饺子"似乎能够唤起所有东北人对母爱的记忆。《天堂里留下的最后一滴眼泪》书写父亲在临终时对伯父的牵挂，最后一滴眼泪表达的是恒久之关心与爱；《夜凉如水，夜风如梦》是作者兄弟间亲情的回味。《推开那扇心窗远远地思念》写于 2011 年 3 月 12 日，日本地震和海啸之后，表达一个父亲对儿子的担忧与真诚的相思之苦，同时对儿子的生活又充满希望。作者朴素的语言中饱含着真挚的亲情，在惦念中回味，在回味中惦念，达到"朴素而天下莫能与之争美"的境界。

爱情虽美，但在无数的文学作品中我们似乎只看到它的短暂，也许这就是爱的原生魔力与永恒魅力。正因为如此，我们才更加追求爱，珍爱爱。在作者的笔下爱不是虚无缥缈的，而是实实在在的；爱无处不在，重要的是如何看待爱。作者对爱情的描写是在享受人生，阅读人生。《卧室里，我为你亮着这盏灯》是对妻子的赞美，把妻子比作一本人生的教科书，让"我"百看不厌。"阅后从中感悟人生平淡而绚丽，品味人生的苦辣和酸甜，凝结人生的幸福和欢乐，走过人生道路平坦和曲折。"妻子身上淡而有味，"桩桩件件的小事仍历历在目。"在审美的日常生活化和日常生活的审美化过程中，我们和作者一同体验爱情的滋味。

《琴声何来用一生去等待》是写友情的，作者把琴声与友情融合在一起，琴声的流动与友情的回忆充分一体化，友情就有了动感的味道。《琴声何来用一生去等待》这篇散文对友情的描写是单向的回忆式，而另外一篇同样是写友情的散文《一种相思，两处闲愁》却从空间的共时性角度出发，书写朋友间的相思。可以看出，作者一直尝试新的叙事策略、新的表达方式，这种努力实现了文本的再造性。

亲情、爱情与友情，是和我们的人生与情感发生内在联系性的"小我"情感文化圈，当然这些"小我"富含人生的普遍性真意，能够使人也容易使人徜徉于此。但是，作者的"人生四味"中的另外一味超越了这个"小我"，那是一种人间至爱的真诚滋味。它同样细腻，具有更加撼人心魄的力量。《回忆，是酸楚苦涩的》书写回去探访希望小学的深切感受。建成希望小学只是工作的开始，真正建设希望小学需要长久的努力，作者发现"文化教育的滞后，不仅是影响着下一代的成长，更影响着当地农村经济的快速发展"。可见他没有陶醉于公司投资建成的希望小学，而是在回忆中品味到酸楚苦涩，这是一颗真正的"大我之心"。作者真心希望希望小学把酸楚苦涩变成甜蜜享福，情感的转换中含蕴着使命感和责任感。

《人生四味》不单单是自我的人生四味，更是所有人的人生四味，是社会的人生四味。作者走出"小我"的情感文化圈，走入更加广阔的社会与人生，凸显一种"大我"的胸襟和终极的人文情怀。

（3）思考人生的哲理意味

独行是作者的习惯，是作者的爱好，是作者完成思考的方式。他喜欢独行，独行是一种寂寞与孤独，而在寂寞与孤独中却能够走进自我的内心世界，进行独立的思考。"我喜欢漫无边际的独行，努力去追寻失去如水的岁月，去燃起缠绵细语时的回忆，让片片的思绪点亮人生的轨迹，点亮幸福的日子。"（《有过的幸福，是永远的美》）所以，《人生四味》留下思想者的足迹，文本隐含着或张扬着作者思考人生的哲理意味。这主要包括四个方面的内容。

一是在哲理中升华。作者喜欢在文本中引述哲人名言，但并不是"照着讲"，而是如冯友兰先生赞同的那样"接着讲"。《现实的美是眼中的画》中作者引述哲人的话："石油流淌在地上平淡无奇，当人们点燃她时才知道她的绚烂无比。"从这句话中作者发现很深的哲理："能够慧眼发现千里马的是伯乐，能够慧眼发现生活中美丽事物的人是最可爱的人。""照着讲"只是观念的照搬，而"接着讲"则是思想的升华，作者的思维呈现动感之势。

二是从对象中感悟。作者在描写客观对象时，努力实现主体的对象化以及对象的主体化。主体与对象互化的过程中，作者对自我、自然、社会与人生都有所启悟。《现实的美是眼中的画》中作者多次重复写到飞舞的白雪对正在飘扬的雪花说"落下来吧"，文本在节奏的复沓中凝缩着这样的哲理：空中的飞扬尽管美，但是短暂而虚空的；落下来，是落到人间，落到民间，融入大地，是长久而踏实的。因而，这就不仅仅是关于自然的对话，更是关于人生的对话，在对象中感悟的哲理便获得超越性意味。

三是在抽象与具象中化合。哲理作为高度抽象化的存在，对其玄妙与高蹈的观照关涉文本与接受主体之间的距离。作者很好地处理了二者之间的关系，在抽象与具象的化合中表达哲理意味。作者在《幸福就像一碗清水》中说，幸福是享受与创造的和谐，物质与精神的融合，他把幸福这一抽象的理念具象化，"幸福就像一碗清水，只有在品尝它而不是用它来一解心头之渴的人才能体会到其中的甘甜"。面对这样的文本，接受主体在共鸣中思考，幸福起初是无味，它的甘甜需要耐心慢品。如今"幸福指数"成为时代的主旋律，"幸福密码"成为大家破解的关键词，作者的幸福观给我们的人生端上一碗清水，是无数幸福密码中最简单、最高贵的具象化存在。

四是在观看后沉思。《人生四味》中有很多文本是对影视剧的评价，从中可以看出，作者不是普通的观众，而是一个时刻在思考问题的思想者。对于他来说，关键的问题不是看，而是在欣赏中思考。《浅谈〈非诚勿扰〉2的困惑》指出，困惑成为人们的普遍心态，如何从困惑中走出、走向和睦与和谐，"品尝人间的喜悦和激动"才是最重要的；《还给大地》探讨婚姻与爱情之间的关系。在观后沉思，既入乎影视剧之内，又出乎影视剧之外，完成作者对文本与人生的双重思考。

哲理中的升华、对象的感悟、抽象与具象中的化合以及观后的沉思，都在为我们型塑思考中的动感的主体形象，同时凝聚着深刻的哲理意味。无论对创作主体还是对接受主体来说，这些都具有深远的意义。

（4）创造人生的审美趣味

创造人生，是指作者通过创作获得另外一种诗意的人生，表达自我独特的审美趣味。《人生滋味》的审美趣味表现在三个方面。

一是动与静的和谐。阅读文本，我们时刻感受到作者思维的跳动，但在灵动的语言中作者往往更追求一种静的境界，他喜欢远离尘嚣，他喜欢头枕大地入眠，他喜欢静静地思念。

二是远与近的和谐。《烟台山读海》由近及远开始，并不是自己直接谈对海的感受，而是先写海水不断冲毁儿子修的工事，接着透过儿子的工事，看到远处的海浪正"义无反顾地冲向防洪堤，一个个海浪在防洪堤上粉身碎骨，也不能阻挡后面的海浪勇往直前，粉碎的海浪带给你的是一片温馨，在温馨的后面你又看到她的顽强，她的生机，你就会受到她的感染，增添冲破一切的勇气"。在远与近的观照中，我们感受到结构与节奏的跳跃。

三是高与低的和谐。《现实的美是眼中的画》先是写雪在林间跳跃，而后笼罩着美丽的城市，城市空间从高到低，现实的雪在高耸的楼房、商业街的橱窗、霓虹灯上，然后写到雪在熙熙攘攘的步行街上。从高到低视角的转换实际上是自然空间到社会空间的转换，是自然美与社会美的融合。

动与静、远与近、高与低等构成作者创造人生的审美方式，也透出作者的审美趣味。这些对比存在的审美视角与叙述顺序使文本获得一种内在的审美张力，它们在对立统一中建构和谐之美。

《人生四味》书写的是"左手端杯，右手执笔"的东北人的大气与豪爽，是动感人生的审美之维。作者说："这种写作的方式，不仅培养了我豁达的人生品格，同时也陶冶了我豪爽写文的情操。不仅极大地调动了我的创作欲望，同时也激发了七分做人三分作文热情。不仅品尝了生活中的美酒，同时也表达了我对生活的无限热爱。"他的文本呈现的是开放性的格局，不是拘泥于自我的狭窄天空中自娱自乐，而是敞开胸襟，拥抱人生的高远品味、享受人生的真情滋味、思考人生的哲理意味以及创造人生的审美趣味，这是"高贵的单纯与静穆的伟大"。

3. 呼唤真诚的人生之路

张成伦通过《沿着这条路走来》呼唤真诚的人生之路。他沿着这条路走来，去追逐、去呼吸那永恒的真诚。路上铺满了他一生的苦难与辛酸、真爱与甘甜，这是用亲情、爱情、友情、乡情、爱国之情铺就的路。沉甸甸的情、沉甸甸的爱，一丝丝、一缕缕都写着那朴实而伟大的真诚。每当咀嚼着那涩涩的过去，我们更加珍爱这发自心底的真诚。一个文化人内心的真实、灵魂的剖白，使每一个虚假的伪装都自惭形秽、瑟瑟发抖。它正如秋天，"剥去的是伪装，露出的是果实"，是"去掉一切装饰真诚的收获"。作者张成伦与他的精神产品《沿着这条路走来》就这样用真诚紧紧地联系在一起。

他沿着这条路走来，这是他的人生之路。这条路显现着他传统的人生价值取向，它是真善美的融合与统一，具有鲜明的个性意识。

怀旧情绪。在作品中，有一股永远也无法挥去的情感，那就是对过去的眷恋与怀念。怀旧是人的本性，到了世纪末，怀旧情绪愈浓烈。但是张成伦的怀旧还有其他的内在原因。作品中无数次出现的是"小时候"，他的"小时候"比别人有什么特别的呢？特别就在于他有一个与他相依为命的寡母——一个平凡而伟大的女性。对母亲的崇敬与爱戴使他情不自禁地常常想起"小时候"，是母亲的关爱才使他有了有所作为的今天，所以他时刻不能忘记母亲，更不能忘记与母亲相依为命的"小时候"。

寻根意识。怀旧不是目的，它是一种倾向，一种情势，目的在于寻找，寻找那失落的东西，找到心灵的栖息地。他想寻找一种生存之根，生命之根，文化之根，具有鲜明的寻根意识。

在《母亲的纺车》中，他想寻找那战胜困难的勇气和力量；在《辽中岁月》中，他寻找在艰苦的环境中磨炼的坚强意志；在《草原行》中，他寻找牧民的勇敢和善良；在《傻者》中，他寻找无私奉献、不求回报的传统美德。作者不像寻根派作家那样把艺术笔触伸向遥远的历史时空，而是深刻挖掘在自己过去熟悉的岁月中，在日常生活里面点点滴滴存在过的美好的东西，它们可能不很雄浑、壮美，但它们真实、感人，别有一番情趣和魅力。正因为是在平凡的生活中寻找、挖掘，所以拉近了与读者之间的距离，更容易使读者在审美期待中感受到有意味的美的存在。

忏悔意识。一个作家善于解剖自己的灵魂，使其曝于读者的阳光之下，这需要非凡的勇气和魄力，更需要不加掩饰的真诚。张成伦面对自己的过去与现在的生活，他有一个清醒的头脑。在作品中，他多处展示了他的心灵世界，充满着一种深深的忏悔意识。在《悠悠南瓜情》中，忏悔对春花的无以回报；在《妻》中，忏悔自己对不起妻，欠妻太多；在《难以忘怀的纪念》中，忏悔自己对曹师傅的关爱不知如何报答；这么多的无以回报，是因为他把自己的一切都回报给了祖国和人民，他欠下的情感债务越多，他回报给社会的也越多；在他的意识深处，他对不起亲人，深感歉意，是因为他对祖国和人民永远不能说对不起；他对不起自己的亲人，但不能对不起祖国和人民。在《旧事》中，他忏悔自己年轻时代的无知与迷狂；在《旧影》中，代表那个时代发自内心的忏悔。

反思意味。忏悔不是目的，关键在于忏悔的同时深刻反思为什么会有现在要忏悔的过去。作者边忏悔，边反思，拓宽了作品的文化内涵，加深了作者的理性思考，使作品增添了含金量和思辨力。《重负》反思师生之情被"文化大革命"无情地粉碎，学生背上沉重的心灵十字架；《挚友》反思朋友之情被"文化大革命"无情地扼杀，更重要的是这两篇作品反思时代对人性的扭曲与摧残；《他被青春撞了一下腰》反思那个时代对青春的毁灭；《贫穷的错误》反思贫穷使美好的爱情化为泡影。这一切都是时代造成的，它警示着每个人如何向那个时代彻底告别，并使现在的时代如何向健康、富强的道路发展。

反思的目的是不想让故剧重演，认清过去，才会把握现在，开创美好的未来。

作者在怀旧、寻根、忏悔、反思时都带有一种文化意味。他不是作浅层次的表述，而是深刻挖掘隐含在对象深层中的文化内涵。所以，在阅读时，我们深深感受到它的厚重与沉重。《岳麓书院思絮》向我们展示了书院的历史变迁和文化积淀，《黄鹤楼漫话》描述了历史名楼与文人墨客的渊源联系，具有浓郁的文化气息。

他沿着这条路走来，带着他真诚的呼唤，让我们感受到心灵的真实、爱的诚挚、文化的厚重、美的意味。这条路，他走得艰辛，但走得实在，走得真诚。

三　艺术表现的自然生成

散文艺术创构的最高境界是一种自然生成，是创作主体心理机制的自然指向。这种自然表现在多个层面，如意象创造、时空转换与艺术风格等。

1. 红色意象的灵性创化

文畅的散文创作非常讲究意象的精巧设置，诸如火炬、白云、青衫等。意象承载着作者的审美情思和价值取向。在所有的意象中，文畅更注重红色意象的灵性创造，红豆、红叶、红云等。刘禹锡认为："境生于象外。"红色不仅成为文畅散文中主要意象的色彩标志，更重要的是红色构成意象的生命底色和文化底蕴。红色不仅是对朴素传统的张扬和对正义和平的追求与向往，而且意味着生命激情的抒写和火辣性格的彰显，是真挚情感的表达和相思之苦的外化，也是生活观念的通透和哲思之维的顿悟。透过其散文，我们可以看到红色之流泪汨流淌，看到其精神血脉中的红色记忆是一道抹不去的风景。

（1）朴素传统的张扬与和平正义的向往

"文艺是民族精神的火炬。"江泽民曾经指出，"发展和繁荣先进文化的一项极为重要的任务，就是要使我们的民族和人民在建设有中国特色社会主义事业的征程上，始终保持奋发有为、昂扬向上的精神状态；文艺是民族精神的火炬，是人民奋进的号角，在培育和弘扬民族精神方面可以发挥独特的重要作用；当代中国的文艺工作者，应该遵循先进文化的前进方向，自觉投身改革开放和现代化建设的伟大实践，努力推进我国文艺的创新和繁荣，努力创作出弘扬中华民族的民族精神和我们时代的进步精神的作品，用以教育人、鼓舞人、鞭策人，为繁荣祖国文艺的百花园，为培养一代又一代有理想、有道德、有文化、有纪律的社会主义新人作出自己的贡献。"我们知道，近些年，在大众文化的轰炸之下，作家的理性遭遇了前所未有的挑战。有的作家幽闭在自我空间中孤芳自赏，无病呻吟；有的作家一直坚持着知识分子的责任感和使命感，高举民族精神的火炬，保持着红色经典中的文学传统，同时创造性地表现现实生活。文畅属于后者。他认为："一个有历史责任感的散文家或想成为对社会有贡献的散文家，都应该使自己的散文作品有浓烈的时代感。越是有时代感的作品，才能越有价值超越历史时空。"他触摸时代的脉搏，但从未赶时髦，也从未动过赶时髦的念头。在近 30 年的文学创作中，他一直脚踏实地，兢兢业业。从这个意义上说，文畅是一位比较传统而又具有时代感的作家，也是一位经得起考验的作家。

时代在发展，然而有些民族传统与民族精神在一些人的记忆中却有些淡漠。读者在消费与喧嚣的年代容易产生一种飘忽、虚空的感觉。回归现代传统能够丰富人们的精神世界。《红岩》、《红日》、《红旗谱》等重现芳华便是很好的说明。红色经典的再版与改编已经成为当下文坛的热点话题，在新人文精神的观照之下，其蕴涵的民族传统与民族精神的现代性和现实意义明显增强。文畅在他的散文创作中极力张扬中华民族的朴素优良的传统，同时也显现了对和平正义的追求与向往，这是他创作道路的红色之旅。

艰苦朴素可能是一种久违了的话题，是一个"离现实较远"的话题，在"消费时代"谈朴素是一个不合时宜的话题。然而越是在消费时代，文本中的"朴素"越显示了它的民族底蕴和时代吁求，也正合于"朴素而天下莫能与之争美"的道家精华。文畅有两篇文章谈到朴素，一篇是《青衫泪》，写母亲的，一篇是《孙中山故居漫记》。这两篇文章分别写于 1992 年和 1993 年，在目录中的接连也许是作者的有意为之。

《青衫泪》从躺在箱子里的母亲的"青色条绒夹袄"入手，刻画母亲艰苦朴素的人格魅力。如果说，母亲过去的省吃俭用或许还是一种别无选择的选择，那么，后来则形成一种有意识或无意识的心理积淀。不管物质条件发生了怎样的变化，儿女给她买多少新衣服，她总是穿旧衣衫。作者理解母亲，尊重母亲："她，劳苦一生，节俭一生，食不求精细，穿不求华贵，并且安于斯而乐于斯。在生活中她对自己的确是太低求、太苛刻了。这就是她留给我们的永远难忘的回忆，流淌着眼泪的回忆。"

作者选取的意象是"青衫"，好像和红色没有任何关系，但是从作者的叙述中，我们却可以看到和感受到那浓浓的红色之意。一方面，作者把母亲的简朴放在消费主义时代的观照可见其深意。祖孙两代人的消费观念迥然不同，社会上也"倡导提前消费，主张一个花俩，似乎谁能花钱谁就有开拓精神，能花钱就是对社会有奉献。对这些理论，母亲是不晓得的，她既不晓得何谓超前消费，也不晓得何谓开拓精神，因为她是从苦难中跋涉过来的，只晓得应当过节俭日子，应当摸着口袋花钱，应当常将有日思无日。母亲常说：'居家过日子，不管到什么时候都得节俭，可不能追求奢华。'这就是她的生活信条"。在作者无声的叙述里我们可以听到一种声音，那就是对当下消费观念的困惑、质疑，对母亲简朴品格的尊重。另外，作者笔下的母亲虽然是个体化的，同时也是中华民族美德的化身："母亲，是我们这个民族中的一名普普通通又普普通通的老百姓。现在有很多人在对我们这个民族进行思索。历史与现在，传统与未来，沉淀与标新，毁誉不一，褒贬各异。我们都有自己的生活标准和生活崇尚。但不管怎么说，我们这个民族既然是一个伟大的民族，我们民族的优良传统是不会被各种混浊的潮水所泯灭的。我爱我的母亲，她在我的眼里永远写着伟大和纯朴，母亲的音容笑貌刻在了室内使用过的铁床、木箱和旧衣上，融进了外面的青山绿水中，对母亲的思念化作了我这绵长的青衫泪。"勤俭、纯朴正是我们重读红色经典、寻求传统品格的意向之一，我们欣喜地看到文畅散文对这种传统精神的自觉张扬。所以，文畅的文本可谓既传统又现代。

与此同时，作者不经意的叙述还流露出另一种可贵的精神。"母亲处于弥留之际，我正在辽河岸边防汛。洪水百年不遇，汛情异常严峻，每天都在大堤上察看奔腾咆哮的洪水流势。当我接到噩耗赶回来时，母亲已安详地躺在医院的太平间里。"严峻的汛情不容许顾及亲情，作者公而忘私的精神留在文本中。平静的叙述代替了眼泪，然而那种未和母亲话别的痛苦却依稀可见。流在《青衫泪》中的眼泪是缓缓的、绵长的。青衫是一种朴素的意象，青衫泪是对这种朴素精神的怀念、张扬，青衫泪本身也是一种可贵的红色精神。

　　如果说，《青衫泪》主要以情感人，在日常生活的细化中显现真情；那么，《孙中山故居漫记》则用一系列红色意象努力营造一种艺术氛围，表达一种敬仰之情。作者选择一个"荔枝红熟时节"瞻仰孙中山先生的故居——"一幢赭红色平顶二层小楼"，楼房"屋檐正中镶嵌着红日吐辉的光环"。从时间到空间，红色意象的转换逐渐聚焦。这种多层次的铺垫非常利于审美的表达。作者在描绘了外部环境之后，转向对卧室的关注："室内陈设简单。一张木床，上铺草席。靠墙放着一个短小的木柜。还有一个方凳。如此而已，别无其他。"句式简单，先生的生活简单，简单的句式表现简单的生活，这是一种形式和内容的高度统一，是一种特殊的"异质同构"。可以想象华丽的语言、繁复的句式用在这里的反作用力，所以作者有意回避这些，多用句号，尽量压缩句式，简单到不能再简单。空间叙述的连贯性自然得出令人信服的结论："就是这般简单朴素。据陪同我们的同志说，在生活上勤俭朴素，是中山先生的一贯崇尚。"从一开始的红色之象到后来的红色之意，作者实现了审美的转换与情感的表现。

　　文畅一向追求正义、向往和平，他善于用火炬等意象寄托情思。《火炬颂》歌颂张志新捍卫真理，文章充满一种悲壮与雄浑的阳刚之美。文中写道："张志新高高地举着这真理的火炬，不怕狂风雨骤，雷电轰击，她两眼炯炯有神，昂首挺胸，始终勇敢地呼啸着前进。"具象性的描写定格了张志新的精神，随之排比性的急促的叙述，使其形象更加高大："她是以中国共产党员应有的坦白胸襟，以无产阶级先锋战士应有的浩然正气，以忧国忧民的炽热感情，点燃了真理的火炬。禁区的藩篱被火炬点着了，魔鬼的假面具被火炬烧毁了，新时代先驱的英姿在烛天火焰的照耀下，何等矫健、挺拔、高大。"所以，"真理的火炬燃烧起来了，就必然越烧越旺，燃成一片火海，任何力量都无法将它扑灭"。作者紧紧围绕火炬，精炼地列举与点拨了哥白尼、伽利略、马克思等捍卫真理的事实与意义，至此火炬这个红色意象的总体象征性更加突出。

　　燃烧的火炬充满动感，作者的内心也涌动着一种神圣与激情。文畅用火炬表达正义，表达和平的愿望。《广岛漫步与沉思》对和平的火炬也有细致的描写。美国投射的原子弹夺去了广岛 20 万人的生命，如今在和平公园的蓄水池中"竖立着一个用不锈钢制作的火炬，叫和平火炬，每时每刻都在熊熊地燃烧着，光芒四射，鲜艳夺目，不论白天黑天。风天雨天，从不熄灭"。只要世界上还有战争，还没完全实现和平，这火炬就要燃烧下去。另外，和平木钟和旁边的红色木杵，也同样是红色的警示，表达人们对和平的呼唤之声。保卫和平，反对战争，是全人类的共同任务，文畅用痛楚的笔触书写切身的感慨和清醒的认识。《尼崎散记》、《赤田先生》等文中透出的中日友好情感或许对文畅是一个最好的心理补偿。

（2）生命激情的抒写与火辣性格的彰显

在中外文学的意象群中，红色有时意味着流血牺牲，意味着革命，但同时它可能也意味着爱（或性）。红色经典中的"红"更多的是指革命，而新时期以来，中国当代文艺出现了红色的多重象征或统一体，比如《红色恋人》、《红樱桃》、《红河谷》、《大红灯笼高高挂》、《橘子红了》、《红处方》、《红十字方队》、《红高粱》、《没有纽扣的红衬衫》等。其实有些文本中的红色带有一种媚俗的倾向。而文畅散文中的红写的是纯洁的爱（后面将有所论述），写的是生命的激情（和莫言有些相似，但不涉及性），写的是火辣辣的性格。

红色代表着一种活力，一种激情。文畅欣赏的是"内心燃烧着火一样激情的艺术家"，他的《铁笔丹青》写的是一位年轻人对烫画艺术的执著追求；《姊妹情影》的姊妹"红红的脸颊"，"粉红色小褂在风中抖动，益发像蓝天上飘浮着的彩云"，到她们家里，就"端上一盘刚从园中摘下的粉里透红的大西红柿"，"然后又给每人斟了一碗浅红色奶茶"。作者特别强调粉红色小褂的突出印象，其中的热情、活力格外引人注目。

基于对生活的热爱，文畅的心里也燃烧着生命的激情，欣赏那种火辣辣的性格，即他称为杜鹃的性格。《杜鹃的性格》中这样描写杜鹃："那一朵朵火红的大花簇生于枝条顶端，烂漫放飞，红艳夺目，简直像一盆燃烧着的火，给这庭院增添了激荡人心的艳丽和生机……可以想见，倘若在春天里遍山都盛开着火红的杜鹃，那将是一种什么样的绚烂景象啊！是否可以这样说，哪里盛开着杜鹃，哪里的春光就会分外火红，益发充满活力。"从杜鹃的风姿自然过渡到杜鹃的性格："火红，这是杜鹃的风姿，也可以说是杜鹃的性格，是一种火辣辣的性格。这性格的本质特征，就是热情奔放，充满活力。"所以，牡丹虽仪态万方，梅花虽高洁古雅，但因缺乏火辣辣的性格并不是作者写作当时的至爱。这篇散文写于 1981 年，中国和中国的文学处于又一个"青春期"，可以看出文畅散文的时代性特点。中国需要火辣辣的改革者，中国文学需要火辣辣的创作者，站在 21 世纪的角度回首过去，20 世纪 80 年代初期又何尝不是一个激情燃烧的岁月?!

文畅笔下的红色意象和十七年文学的红色还是一脉相承的，似乎可以看到杨朔《香山红叶》的精神留痕。生活的热情点燃了生命的激情，生命的激情触发了创作的热情，文畅带着责任感以火辣辣的性格在生活、在创作，如"长江大河，滚滚奔腾，充满豪放之气"(《序》)。

(3) 真挚情感的表达与相思之苦的外化

文畅的散文大气，充满阳刚之美，但这并不是他散文的全部。文畅是一个多面手，他的散文也有阴柔之美。其实《青衫泪》已经让我们领略了文畅的细腻与真挚。文畅认为，散文应该有韵味，"散文的韵味，是情感和语言的融合所产生的感染力或魅力。缺乏真情实感的散文，肯定缺乏韵味；语言不讲究的散文，也肯定韵味不足"。文畅自己力求情感表达和语言运用的融合，红色意象的创造富有韵味。

杨朔的《香山红叶》用北京秋色中的香山红叶比喻老向导"越到老秋，越红得可爱的"精神面貌，文畅笔下的红叶也有相似的意向，但又有所不同。他的《香山絮语》写的也是一位老人喜欢香山红叶，那是因为"霜叶红于二月花，一片秋天里的春天生机"。《枫叶情深》是文畅为年轻作家的作品《多色的枫叶》写的序，其中也是用枫叶表达一种生活的激情，"而这种激情，就像'多色的枫叶'一样，'霜重色犹浓'。实为可贵"。此外，文畅关于红色意象最为深沉、最为感人的一篇是《红叶诗情》。这篇散文中的红叶具有多重象征意义：第一，师生之情。陈老师离开自己心爱的学生时，送给每位学生一片红叶，上面写满励志之言。这时的红叶表达了老师对学生的爱。老师后来从北京寄给作者的红叶表达了师生彼此的惦念和对家乡的思念，而作者对红叶的细描表达的是对老师的一片敬意。第二，陈老师把红叶寄给远在台湾、曾经在国民党一个部队当军医的弟弟。这时的红叶洋溢着亲人间浓浓的相思之情。第三，陈老师把两片红叶夹在笔记本里，坚定地说："总有一天，这两片红叶会合在一起的，日子不远了。"祖国统一，是人心所向；骨肉团聚，是人情所需。这时的红叶象征着人民对祖国统一的期待。《红叶诗情》中的相思不断升华，韵味丰腴，意义愈发深刻。

红叶相思，红豆相思，文畅的散文还另辟蹊径，把相思之苦外化为彩石和红绫（《彩石恋》）。一对有情人用彩石盟誓，私订终身。然而，因战争和政治他们分居两岸，彼此只能对着彩石倾诉相思之苦。在两岸可以往来之后，她把一首相思之诗写在红绫上，装在首饰盒里，让女儿带给他。40多年的彩石恋情最后再次凝聚到红绫上，浓缩的相思之苦和惦念之情给读者的心灵带来巨大的震撼。

从文本的细密叙述与细腻抒情可见文畅是一个非常重感情的作家，红色意象是文畅散文真挚情感的表达和相思之苦的外化。文学像一把红色的钥匙打开他的记忆之门，顿时一座座意绪之城伫立在读者的面前。他向读者敞开心扉，把心交给读者，或"亲切絮语，有绵绵的人情味"，或"如泣如诉，动感伤怀"（《序》），读者看到的是一个真实的、可亲的文畅。

（4）生活观念的通透与哲思之维的顿悟

文畅认为，"写好一篇散文，关键在思想的深化和语言的锤炼上。语言也有各种各样的风格，豪放、激情、清流、流畅、质朴、淳厚、婉约、含蓄、幽默、风趣，等等"（《序》）。可见，文畅写散文十分关注思想的深刻性和风格的独特性。在风格方面的多样化自觉追求，使其散文异彩纷呈，豪放激情有之，温柔细腻有之，淳厚智性有之。文畅是带着对生活、现象的思考在创作，从这个意义上讲，读者看到的文畅是一个深沉的思想者。

快节奏、充满竞争的社会会把一些人抛向生活的另一个轨道，有的人可能被时代的大潮淹没，无法自拔，有的人则能在阵痛之后迅速崛起，造成这种差别的原因很多，其中重要的一点是观念的问题。《翠竹红袍》以独特的角度切入生活，表现生活，思考生活背后的文化渊源。一个团委书记在下岗之后，在公园里给人称体重。乍看不可思议（头戴乌纱、身穿红袍），又看饶有风趣（出口成章，说话"因人而异"），再看油然而生一种敬意（严峻的现实生活改变了他的生活轨迹，他能高兴地顺应时代开拓自己的新天地，他是生活的强者），最后深刻思考（面子文化是一堵墙，有些才能被这墙给堵住了）。红袍是这个人的装束，作者多次在文中强化红袍就不仅仅是外在的形态表现，而是从观念的角度进行的特别强调。这一红袍尽扫面子文化，张扬自己的个性，发挥自己的才能，关键在于生活观念的通透，不断地进行自我调整，顺应时代的潮流。生活中其实有很多越不过去的墙，有的人止于墙，有的人绕开墙，有的人推倒墙，不同的选择有不同的结局。文畅以一种开放的、豁达的胸襟看待生活和思考生活，所以他能找到面子文化作为文本表现的所指。

红色是吉利的象征，但是不是所有的红色都是一种吉利、喜庆？作为思想者的文畅在《红云悟》中以艺术性的语言表达了对这一问题的哲理性思考。小时候渴望看着"像火一样的彩云，犹如进入一个神秘的世界"。所以，他渴望看到红云，一旦红云淡下去，便怅然若失。他为自己在钢城能够经常看到红云而自豪过、赞美过："钢城的夜色，天幕的红云，多么瑰丽，多么迷人。"可是红云是空气严重污染的产物，后来的他知道自己喜欢红云是一场可悲的误会。然而，"对红云的误会恐怕不止一人"，"那些年，被我们误识的东西太多"。从红云误到红云悟，作者哲思之维的顿悟从红云始，又超越红云，从而达成对时代的整体性认识与思考。

因母亲、老师、个性气质、时代等多方面的影响，文畅的创作保持传统，又具有时代感。他认为："作为观念形态的文学当中的散文来说，应当真实迅速地反映时代的心音，时代的气息，时代的脉搏，时代的脚步，时代的风貌。"（《序》）红色意象承载了他的审美情致和艺术追求，是他散文风格多样化的集中体现。

2. 审美时空的自由转换

文学是生活的反映，但这并不等于说生活就是文学，生活时空就是文学时空。客观时空在进入作家的创作视野之后，经过主体的过滤、润饰和审美加工，就转换成一种主体对象化的时空存在，变成审美时空，成为美的存在。正如符号学家苏珊·朗格所说，审美对象只存在于虚幻的时间和空间之中。李成汉在《天堂无路》中较好地完成了从客观时空到审美时空的转换。他根据艺术表现的需要，有时把几十年的历史浓缩在一定的艺术空间里，有时把瞬间的现实或感受铺展成广阔的艺术空间，或淡或浓，或疏或密，或虚或实，或强化或弱化，构成特有的审美时空。

我们可以把客观时空分成历史时空、现实时空和未来时空，在《天堂无路》中，作者关注的焦点更多的是历史时空和现实时空。因为过去有"家乡的小河"，有"思念的滋味"，可以进行一次次的精神还乡；因为现在有繁华遮蔽下的贫困，有现代文明包裹着的落后愚昧，引起作者"心灵的撞击"，他一次次发出"绿色的呼唤",试图完成更高意义上的精神突围;因为未来的"天堂无路",所以他不企盼未来,而更加关注现在和现实人生,更懂得珍视人生的此在真意。他说:"我宁愿我的生命是一条小溪,清澈、宁静、悠长,它能缓缓地从属于我的空间常流过,而不侵犯别人的河界,也不会中途断流,而是一帆风顺地流入我生命的港湾。"每一次对现在的精神突围,都会带来一次短暂而意味深长的精神还乡。在不同的文本中,因为侧重点和叙述视点的不同,作者对历史时空和现实时空的描写呈现不同的审美态势。

《天堂无路》可以说是作者的精神还乡。当作者作历时性的叙述时,从过去到现在,关注的焦点是过去,如《家乡的小河》用五分之四写对小河的热爱和从前小镇的欢乐,用五分之一写如今小河的变化。在用墨上,作者并不是对所有过去的都平分秋色。如果我们把第一叙述人称"我"的过去分成不同的时间段,那么离现在越久远,笔墨用得越多;反之,离现在越近,所用笔墨越少。如《砬子山寻梦》中六分之三写小时候眼中的砬子山,六分之一写长大了的感受,剩下六分之二的篇幅写眼前的砬子山;《思念的滋味》中,作者写读中学前的十几年的思念占五分之四的篇幅,而读大学到现在的几十年的思念占五分之一的篇幅。也就是说,远离现在的过去,对作者来说更容易进行审美观照,更具思念的滋味和审美的意味。所以,作者的精神还乡是远离现在的过去。

为情感表达的需要,作者有时把现实时空和历史时空纵横交错在一起,建构成立体的审美时空。

《娘想儿,长、长、长》从母亲离开的那一刻写起,到母亲可能回到老家的那一刻结束,一共几个小时的时间,在8个小节的篇幅中,作者把对母亲离开后的担心、惦念与和母亲过去一起生活的追忆有机交织在一起。这样,把有限的、一定的客观时空铺展成广阔的艺术时空,作者对现在的感受进行细腻的描写,对能引起情感同构的过去进行钩沉和打捞:母亲离开后的飞舞着的漫天雪花,让他想到一个大雪飘飞的冬日的早晨母亲上山砍柴的情景,嗷嗷的北风让他想到一个狂风大作的夜晚母亲在风雨里盼"我"回归的情景。相似的自然环境引起对不同时空的追述,此时作者的惦念之情转向对母爱的追述,之后再次转向作者的内心深处:那无法挥去的忏悔之意。作者扩展客观时空,使之转换成审美时空,加大情感表达的密度。作者善于通过时空的转换表现永恒不变的人间真情，在《梨花情思》中，作者用"梨花"把两人现时的面对面的情境和过去的默默鼓励参加高考连在一起，接着再回到现实，含蓄地表现只可意会、不可言传的真挚情感。作者用七分之三的篇幅写整个难忘的过去岁月，用七分之四的篇幅写正在发生着的现时感受，强化过去的一切在现时心灵中的投影：时间变了，空间变了，而埋在心底的真情却永远不变。《愿生命的小溪长流》、《苹果花开》也是如此，把不同的时空组接在一起。在变与不变中，读者读到一种永恒，获得一种人间真意。

作者把艺术的目光一次次投向远离现在的过去，其实是一次次的精神还乡，也是对现在的精神逃亡。他想念草地，想念青苞米、嫩黄瓜，想"融入野地"。他说："似乎，人们都想对城市做一次小小的逃亡，于是就都到野地里去呼吸，去想些什么或者什么也不想，就是一心一意感受那野地。"在时空转换中，作者完成精神逃亡与精神还乡的历程，所以，即便在叙述视点着重于现在的文本中，他还会把目光暂时地转向过去。《绿色的呼唤》主要写作者在城市的生活，然而过去在农村的生活情景会不时地闯入作者的视野，在现在的城市与过去的农村的对比中，他想获得生命的顿悟，并寻求一种精神的价值和人生的意义。"我确实是从辽南那一片绿色的山野中奔跑过来的，所以我对开阔的山野和绿色的植物有着深深的渴望和怀念。""我在那一片宽广的田野间奔跑，我幼稚的生命已经张开了它的眼睛、耳朵和呼吸，没有现今这些自以为是的教导和闭锁，我们却完完全全听到了自己的心跳。每一个跳动的生命都是靠着绿色的赠予而合成的，在这一点上，绿色和生命息息相通。就像没有一片绿叶会去躲避阳光和风雨一样，也没有一个生命能躲得了风暴和哀伤的袭击。"可以说，绿色的呼唤不仅仅是呼唤大自然的绿色，也呼唤生命的绿色与人性的绿色，他在"诱人的瓜园"中找到了这种绿色。在这类文本中，客观时空转换成审美时空，与历时性的叙述完全不同，作者把主要笔墨用于现实时空，对过去时空的叙述却颇具深意，它是一种审美上的参照，成为作者精神逃亡和精神还乡的内在动力。

王国维说："诗人对宇宙人生，须入乎其内，又须出乎其外。入乎其内，故能写之；出乎其外，故能观之。入乎其内，故有生气；出乎其外，故有高致。"所以，客观时空必须转化成审美时空。但客观时空转换成审美时空不是随意的、漫无目的的、杂乱无章的，而是作者追求审美意蕴、富有逻辑的艺术创造。《天堂无路》把客观时空有机转换成审美时空，使作者更好地完成了在文本中的精神逃亡与精神还乡。

3. 幽默艺术的智性抵达

邹本泉把自己的散文集命名为《那街　那巷　那人家》，他在浓浓的无法言说的恋乡情结中"推销"自己的幽默艺术。作者说，平时有时自己也爱开开玩笑幽把默。他把生活中的幽默对象化到散文创作中，所以"有时被自己的描述感动得够呛，甚至在孤灯下被自以为的机智幽默的笔触逗得拊掌大笑，惊得妻急匆匆从卧室推门而入，瞧瞧我是否出了什么毛病"。在文本中，我们随处可以发现充满睿智的幽默，它由不同的主体姿态、不同的修辞方式、不同的话语表现来共同完成，得到了带有喜剧性的艺术效果，让读者品尝到了不同的幽默滋味。对作家来说，幽默是一种笔致，一种风格，也是一种旷达、淡泊、宽容的人生态度。

20 世纪，中国幽默文学可谓起起落落，鲁迅奠定了现代幽默的基础，40 年代，梁实秋、林语堂、钱钟书等把幽默文学推向高潮，颂歌年代又把幽默推出了文学艺术的轨道，新时期杨绛、汪曾祺和王蒙等作家创作了很多具有幽默意味的文学作品。20 世纪中国不缺少文学，缺少的是幽默文学。幸运的是，在辽宁的作家中除了原野的幽默外，我们从邹本泉的散文中不仅看到了幽默，而且是普遍的、带有诗性和智性的幽默，形成了自己的幽默艺术。

幽默的主体姿态。作者以不同的主体姿态观照创作对象，在轻重中权衡，或自嘲，或反讽，文本中渗透着幽默的意味。他表现对象的时候，主体态度往往与对象之间形成对比，举重若轻，或举轻若重，把住进普通的庭院说成是"在父子楼"中的"儿子房"中下榻，是住进"洞房"，表现在特定年代的洒脱；把普通的时间 1978 年严肃地说成公元一千九百七十八年，好像有什么非常重大的历史事件发生，而实际目的仅在于强调自己工作和居住条件在这一年发生了重大变化。在阅读文本时，我们发现，作者善于与表现对象拉开距离，让读者掉进他所设计的圈套中：说"我"的时候，是为了表现"他"；说"他"的时候，实际上是说"我"。《五层楼上即景》写到拿两包茶叶去拜访管分房子的同学的父亲，猛然悟到："我太对不住我的同学了，我太对不住他爸他老人家了。"这是反讽；《东北虎》中对火车上背肉的年轻人极尽描写挖苦之能事，最后竟写道："那个戴眼镜的年轻人，就是我。"这是自嘲。"我哪里是一只威武雄壮的东北虎？分明是一匹来自东北的驴？"更是幽默到了极点。

幽默的修辞实现。作者善于用比喻、夸张和排比等修辞手法强化幽默色调。为说明皇姑雪糕的影响力，作者夸张地讲了一个沈阳小伙在南方和别人吵架的故事，"他怕吃亏，高叫：'吃过皇姑雪糕的哥们帮帮我！'话音刚落，呼啦上来好几个沈阳人，连声说：'好使！好使！'"把沈阳味的一声声吆喝比喻成"一个粗壮的关东大汉手捧着一大碗六十度老白干一饮而尽"；用排比的手法强调五里河七层楼的新居除了高以外的优点，"突出的特点是拐把的阳台绝对地大，无遮无拦的窗子采光绝对地好，夏天的蚊子绝对地飞不上来"。通过这些修辞方法的运用，作者增加了幽默的表现力度。

幽默的语言表现。作者仔细研究汉语的特点，充分挖掘汉语的表现力，用最通俗、最原生的语言，在适当的时候加上点用汉语谐音的文字"游戏"与不和谐的词语搭配调制的五色味，构成多滋味的幽默作品。很多作品没有创作上的雕琢和修饰，俗语、俚语直接进入作品，稀烂贱、麻溜、打狼的、直不楞腾、毛焦火燎……原生的语言最富民间色彩，是最鲜活的，作者和读者好像一起在民间体验生活，在过自己的日子。这样的语言富有艺术感染力，所以也最容易抓住读者，引起共鸣。作者利用汉字大做文章，或以语词的谐音，王举章（王局长）（《狗人》），毛发脱落夫斯基，怕妻懦夫斯基（《理发》）等，或以词语不和谐的搭配，如可爱的人民币（《在海参崴下海》），不断增强文本的幽默色彩。但他不是为幽默而幽默，而是把幽默和人的性格特点、外在特征、特定情感、心理情绪有机融为一体。

幽默的喜剧效果。情景错位、情境错位，导致矛盾和不和谐，形成幽默的喜剧效果。在海参崴下海遭遇强盗，"我团年轻的两位迅速出击，连喊抓贼。情急之中，顾不上琢磨抓贼怎么用俄语表述，直不楞腾用汉语喊出，不过单凭那动作谁都能明白"。在俄罗斯和用汉语喊抓贼造成错位，但这错位恰恰能表现情急之态，富有幽默意味。《落地灯的懊恼》中写到，苦读变成甜读之后，自己在落地灯下不是看书，"而是甜甜地打着呼噜"，这一不和谐的错位说明"生命中不能承受之轻"。

幽默是邹本泉散文的艺术风格。林语堂说，最上乘的幽默自然表现的是心灵的光辉和智慧的丰富。从创作主体的角度说，幽默感来源于旷达的胸怀、冲淡的心境和宽容的态度。至此，读者才能品到文本的幽默之味。因而，幽默是邹本泉的文，也是邹本泉这个人。读邹本泉《那街　那巷　那人家》，我们学会了一点幽默。套用散文集的名字，我们可以幽默一把：那邹本泉，那散文，那幽默……

| 第四章 |

女性诗文的絮语别情

　　女性作家以"灿烂的感性"从事散文与诗歌创作，表达她们对历史、对自然、对生命、对女性、对自我的絮语别情。女真在历史映像中描摹多彩的生命景观，探寻生命与历史的内在联系。张大威在时光之水旁的诗意垂钓，定格成一个个美的瞬间；而康启昌长夜痛哭后的生命笑声，震醒一个个寂寞而忧伤的灵魂。也许，融入自然才能自然地疗伤，成为自然的女儿才能告别心灵的捆绑、实现精神的解放。王秀杰、金兰在自然中找到真正的自我，她们的审美姿态和文化人格在自然中生成。当然，这并不意味着她们的絮语别情只关乎"灿烂的感性"，实际上，在"灿烂的感性"之下，凝结着她们对世界的思考、对生命的顿悟、对人生悖论的追问。

一　历史映像中的生命景观

　　《篝火照亮夜空》（中国文联出版社）是女真的散文新集。女真，一个与女真族有着血缘关系的女作家，在"篝火照亮夜空"的历史映像中，书写民族、家族、女性以及个人的生命景观。历史、生命和女性，是她执著关注的焦点。"一个人的生命是偶然的，一个人的死亡是必然的……人类的历史，就是一部与死亡不断抗争的历史，大至种族，小至个体的生命，莫不如此"（《生命如花》）。历史永存她的心中，她与历史映像之间有着必然的联系。她在生命追问的历史之思、生命寻根的历史之缘、生命含蕴的历史之象以及自我映像的历史之声中建构散文的审美世界。它不是历史文化散文似的"大书写",而是"我"对历史的触摸、感悟、思索,对象化的历史文本到处充满了"我"的生命印迹。"审美对象不是别的,只是灿烂的感性。规定审美对象的那种形式就表现了感性的圆满性与必然性,同时感性自身带有赋予它以活力的意义。"① "我"的看历史、看生命和历史的看、生命的看,这些"灿烂的感性"别有一种真实、一种意味,是历史映像中的另一种生命景观。

1. 生命追问的历史之思

生命是历史的存在。个体的生命在历史的长河中是渺小而短暂的"瞬间",它无法脱离历史而存在,它无法真正聆听历史,历史制约生命;同时,历史是一种生命的存在,被历史制约的生命也成为历史的一部分,成为历史的见证。当历史睡在当下,没有被当下激活,历史便在一定程度上失去生命的活力,历史也被生命制约。历史和生命的互联性是一种充满张力的审美存在。女真敞开心扉,在宏阔的历史映像中追问生命,在久远的生命链条中思索历史。生命的历史,"我"在历史"心"中;历史的生命,历史在"我"心中。女真在充满思辨色彩的艺术与审美时空中实现对生命和历史的书写。

生命的历史,"我"在历史"心"中。任何生命只是历史的"一点",历史性的选择左右着生命的存在。"我"与国家、民族的命运紧紧联系在一起,国家的命运、外祖母的选择决定了"我"的生命。在《看不见的海峡》中,作者鸟瞰台湾海峡,这样追问道:"凝聚了太多政治风云、历史尘埃的那片海水,在我的内心深处,它一直还有着地理以外的特殊含义。不止一次,当我面对地图上那片蓝色神思飞扬时,我问自己,台湾海峡,你真的会跟我的生命有关吗?"② (《看不见的海峡》)"我"之所以有这样的生命追问,是因为"我"的命运和那片海水无法割舍。半个多世纪前"我"的母亲和外祖父、外祖母从大陆乘船经台湾海峡去台湾,而后"我"的外祖母又毅然决定和外祖父一起乘船经台湾海峡回大陆。因为去过台湾的特殊经历,"我"的母亲有"历史问题",不能上大学;而许多年之后,"我"以优异成绩进入北京大学。如果不是这个关键的决定,"我"不会存在。就是这样一个台湾海峡,就是这

---

① 〔法〕杜夫海纳:《美学与哲学》,中国社会科学出版社,1985,第54页。
② 女真:《看不见的海峡》,载《篝火照亮夜空》,中国文联出版社,2008,第3页。

样一段历史，使三代人的生命景观截然不同。如果当年"我"的母亲没有离开台湾，"我"是一个在台湾长大的女子，那么，因为"政治上的阻隔，她有更多的机会去欧洲、美洲旅游，却没有去过大陆。遥远的东北，对她来说更是可望而不可即"①。女真似乎淡化了那段历史的硝烟与浓雾，强化个体生命的变化。然而她的这种假设——一种空间的转换，仍可以把我们带到严肃的历史情境中，她用"厚厚的云层"、"无底的深渊"、"看不见的海峡"来形容无形的政治上的阻隔。"我"在历史当中，历史决定"我"的生命。戈德曼认为："单个人的情感和精神生活之客观含义具有历史性和社会性"；"一种思想，一部作品，只有被置入一个生命或者一个行为的整体中，才能显示出它的真正含义"②。女真对生命的追问暗含着她对历史的深刻思考，"为什么我沉思这段历史？因为历史在这里沉思"，因为"我"的生命的历史性具有普遍性的意义。

历史的生命，历史在"我"心中。女真珍视原生态的历史，她乐于融入其中，聆听来自宇宙的暗示与启悟。一方面，为了保持完整的原生态印象，她常常采取一种为了铭记的告别；另一方面，她常常以具有世界胸襟的历史与人文情怀观照保存原生态的神秘土地和在土地上生活的人们。然而，历史在"我"的心中时常是矛盾的，历史也会面对自己的尴尬。

女真喜欢真正的历史、原生态的历史，反对那种为了商业化的旅游而装饰历史、涂抹历史，反对商业化的影视剧戏说历史，因为这样无法真正聆听"祖先的声音"。当她满怀敬意去瞻仰心之向往的古长城时，并没有找到那种古老的感觉。"我好像一下子顿悟自己为什么如此冷静而挑剔了……我看到的长城都太整饬一新了，与行前设想的古老二字相距甚远。"③（《万里长城永不倒》）没有真实的历史遗迹作为看点，当古老被现代包装，其吸引力淡许多。所以，女真常常采取为了铭记的"告别"，例如，美丽而荒凉的圆明园近年有了一些新的变化，售门票，又可以划船，还有一些复古的新建筑，但"我"已不想去圆明园。"圆明园作为废墟的意义显然比它的美丽更有保存价值。"

---

① 女真：《看不见的海峡》，载《篝火照亮夜空》，中国文联出版社，2008，第7页。
② 转引自郭宏安、章国锋、王逢振《二十世纪西方文论研究》，中国社会科学出版社，1997，第78页。
③ 女真：《万里长城永不倒》，载《篝火照亮夜空》，中国文联出版社，2008，第44页。

"为了心中的那片废墟依旧，圆明园，我不去看你了吧"①（《告别圆明园》）。这种无奈的告别饱含着对圆明园浓浓的深情，告别本身正是为了刻骨铭心的记忆。

当女真把自己的目光投向遥远而原生的历史时，她更关注与土地亲密接触的人们。他们在镜头之外，他们是处于底层的弱势群体，他们"不在场"，而他们成为女真情感聚集的焦点，成为女真文本历史中真正"在场"的主人。镜头之内的澳大利亚有举世瞩目的黄金海岸、悉尼大剧院和热爱运动的澳洲居民。女真在陶醉于美景的同时，又逐渐产生一种深深的遗憾，因为在她的镜头之内没有发现澳洲的土著。他们从澳洲的主人成为多余人，女真这样追问："土著人会怎样躲过这个英国人当年登陆的日子？酒精会使他们忘记自己的历史和耻辱吗？"澳洲土著"被屠杀、被遗忘，迅速萎缩到社会的角落，成为这块大陆的历史和活化石"。而"在我的心中，尽管没能见到土著人，不能跟他们进行真正的交流，但我相信，当他们以西洋人发明的啤酒打发时光时，内心不会没有悲伤"。从文本的叙述中我们可以看出女真已经走进他们的内心世界。澳洲美景只留在女真的镜头之内，却留在其文本之外。女真的文本没有记录澳洲美景如何之美，美景只是一个叙述的短暂的铺垫，它只是一个一笔带过的"过客"，是一种历史"在场"的文本的"不在场"；澳洲的土著没有机会出现在女真的镜头之内，因为历史没有给他们这样一个机会，然而他们却成为女真文本叙述的核心，是一种历史"不在场"的文本的"在场"。他们生活在繁华澳洲的幕后，然而历史不相信眼泪，镜头之外的澳大利亚凝聚着女真深刻的思考，"一个落后、挨打甚至差一点灭绝的种族"，"他们的命运"向我们"阐释着一个弱肉强食的生存法则"②（《镜头之外的澳大利亚》）。女真的思维充满了一种辩证的色彩，澳洲的美景不能掩盖历史的残酷，同情也不能改变土著的命运。女真以广博的人类情怀和辩证的目光追问生命、思索历史。

而三毛和卡伦·布里莉克森这两位受世人瞩目走进蛮荒的女作家，女真则是从另一个角度审视她们。在欣赏两位女作家富有才情的写作、勇敢的流

---

① 女真：《告别圆明园》，载《篝火照亮夜空》，中国文联出版社，2008，第28页。
② 女真：《镜头之外的澳大利亚》，载《篝火照亮夜空》，中国文联出版社，2008，第24~25页。

浪和浪漫的爱情之后，她开始反思她们的行为："她们都是伴随着现代文明旗号的殖民主义走进那块大陆的，尽管她们较之一般的殖民者可能更多了一些人类善良的同情心，但是没有殖民主义她们就没有可能在那块大陆上完成自己流浪的壮举。卡伦·布里莉克森，一个来自北欧的女子，有什么资格取代当地土著成为成千上万亩土地的主人，成为某种程度上支配土著生活的女王？来自东方台湾岛的三毛也不必以文明人的眼光去挑剔那些早婚、肥胖而又绝少洗澡的土著哈拉威，要知道三毛赖以保持现代文明生活水准的荷西的工资，是西撒哈拉丰富的磷矿宝藏的一部分"①（《蛮荒·流浪·女人》）。女真的追问、质疑和审视表明她关注底层的人文情怀和叙事立场，她善于突破习以为常的既定思维，以怀疑的目光回望历史。她从两位女作家走进蛮荒中看到了现代文明中的殖民主义，从她们的写作中看到了文明人的优越感；她更善于在司空见惯的现象中发掘被历史湮没的"真实"，所以在历史中"沉默"的土著成为其文本观照的最终指向。

显然，历史的原生态是女真的至爱，"真正的历史是一首只能唱一次的绝版古歌，后来者的吟唱虽然可以沟通诸多回忆与猜想，而原汁原味的旋律和亲历者的酸甜苦辣，却是后人无法真正再现的逝去的永远，这既是历史的遗憾，也是历史的魅力所在"②（《长街如诉》）。不过女真面对原生态的历史也有自己的矛盾。一方面她喜欢原生态的历史，反对对历史的整饬，希望和祖先对话。不过个体在人类历史面前是渺小的，因为历史的强大和神秘，"我们无法和祖先对话"（《祖先的声音》）；而人类历史在自然、宇宙面前也是渺小的。"大自然有一种神奇的存储一切信息的功能，那些久远的历史信息能够为某种金钥匙一般的外力所激活，使得后人能够窥得任何宇宙变迁的真实，我们的祖先的历史只是其中很微不足道的一部分。"另一方面，具象的历史想得以保存，必须不断地得到修葺，然而修葺后的它又不是历史的真正的原生态，只是历史的一部分，历史的一些、一点痕迹而已。所以，历史也有自己的尴尬，如"一个有着悠久历史的城市对待自己历史的尴尬：它是历史的见证，是文物，所以不能拆除；但是它又太破太残，不像西安古城那样保存完好，

---

① 女真：《蛮荒·流浪·女人》，载《篝火照亮夜空》，中国文联出版社，2008，第165页。
② 女真：《长街如诉》，载《篝火照亮夜空》，中国文联出版社，2008，第31页。

稍加修葺就可以古为今用，成为旅游资源，成为祖宗留给子孙的遗产"①（《过太清宫》）。"它身处繁华中的那份落伍与寂寞却时常能够勾起人的怀旧情绪，让人感到沉甸甸的历史轨迹。"是的，历史如若不能被当下激活，那么历史的生命力似乎非常有限；然而，历史被当下激活，有时在某种程度上会对历史造成歪曲、扭曲，甚至根本就失去了历史。女真发现历史的尴尬，这实际上也造成女真自我对待历史的矛盾情致。

2. 生命寻根的历史之缘

生命之根扎于历史的土壤，生命之血脉在历史中承接和延续，生命在空间转换中成长。女真不仅在生命追问中思索历史，而且在历史中寻找生命之根。她注重生命（无论是个体的还是家族的）和时间、空间的历史机缘，试图在执著的寻找中实现生命的凯旋。然而，女性的无名使女真在寻根中产生了一丝困惑和失落。寻根的执著和无根的漂泊，也许这是一切寻根者无法逃避的悖论。不过，女真并没有纠缠于悖论中不能"自拔"，而是以一颗平常心和超乎寻常的宁静从困惑、失落和悖论中超脱。

从时间上说，女真的寻根找到了生命诞生之源——女真祖先和满族祖先。生命之根属于生命之树。女真要"寻找一棵树"，她说，在"熙熙攘攘的死者和汲取了逝者养分而茂密起来的林子中，找到一棵大树，不忘记我们的亲人祖先"②（《寻找一棵树》）。因为"我"是"某棵树上的一片叶子"，"我"要了解这棵家族之树，了解这片叶子，所以女真寻找家谱，寻找家谱中的"我"。当找到家谱，再翻阅史书，"史书上的记载与自己的出处联系在一起时"，"便有了格外的滋味"③（《某棵树上的一片叶子》）。那是找到生命之根的欣喜和激动。女真在居住的城市中随处可见祖先的痕迹，所以，这座城市就成了她的城市。

从空间上说，女真的寻根找到了生命栖居之地——"我的城市 我的村庄"。而这一切离不开生命的历史机缘。女真的生命寻根和 20 世纪 80 年代的文化寻根和 90 年代以来的城乡叙事都有所不同。寻根曾经是 80 年代作家的执著追求。在新启蒙的内在困惑、政治悲剧的文化沉思、改革阵痛的历史回

---

① 女真：《过太清宫》，载《篝火照亮夜空》，中国文联出版社，2008，第 40 页。
② 女真：《寻找一棵树》，载《篝火照亮夜空》，中国文联出版社，2008，第 82 页。
③ 女真：《某棵树上的一片叶子》，载《篝火照亮夜空》，中国文联出版社，2008，第 52 页。

眄、文化断裂的深沉忧患、中西碰撞的集体焦灼中，80 年代作家告别城市，关注乡村，把目光伸向更深邃的历史，在象征与神秘叙述中寻找中国文化之根，试图完成对中国文化的重建、完成与世界文学的对话。宏观的文化观照是他们寻根的策略，也是旨归。女真则是从个体生命的角度寻根，是"我"之生命之根，是"我"的生命的印迹，微观的生命观照是其寻根的出发点。她在个体生命颤动的"灿烂感性"中探寻生命总体的历史之缘与价值所在。此外，寻根作家只聚焦"乡土"中国，很少关注城市文化，而女真在生命寻根中不仅找到"我的村庄"，而且找到"我的城市"。

同时，女真的散文和 90 年代以来流行的城乡叙事也不同。后者是在对城市的精神突围中融入乡村、融入自然甚至融入野地，渴望在远离尘嚣中找到自己的精神家园。逃离城市、融入乡村几乎构成城乡叙事的基本模式。而昔日的乡村不在，"我"也不是昔日之"我"，所以，有些作家仍然陷入精神突围的困境。而女真眷恋乡村也融入城市，因为无论是城市还是村庄，都刻有"我"的生命痕迹，留有"我"生命的历史，那是"我的城市　我的村庄"。

女真无限眷恋"我的村庄"，"我"的"老家在东山"。"最后望一眼山坡上先人们的栖息地，最后望一眼与我生命相关的这个小村庄，我的眼眶湿润了。"①（《老家在东山》）女真的祖先在城乡间犹疑，他们的儿女渴望城市生活，离开村庄，然而现在的女真渴望村庄，那曾是她生命过程中的快乐驿站。"我的村庄"不是现实的村庄，现实的村庄虽然富裕却是干枯的河床；"我的村庄"也不是过去的村庄，过去的村庄美丽而贫穷；"我的村庄"是女真的梦想，是理想的栖居之地。"村庄"之于女真，如同"故乡"之于鲁迅。但"我"已经"不可能习惯村庄的生活，我这一生注定了只能在城市里流浪"。所以"村庄离我越来越远"，"村庄在我心中越来越美丽"②（《我的城市　我的村庄》）。

然而，在城市中流浪的女真依然找到了自己的家园，她相信她和城市之间的缘分。她说："一个失去了村庄和泥土无根可寻的城市人，如果他能在一

---

① 女真：《老家在东山》，载《篝火照亮夜空》，中国文联出版社，2008，第 59 页。
② 女真：《我的城市　我的村庄》，载《篝火照亮夜空》，中国文联出版社，2008，第 79 页。

座城市里找到自己生命的深处和历史，必将对这座城市生满亲切，视这里为自己的家园，正如我和我的这座城市。"奉天古城，"我的城市"，"和我有着不可抗拒的缘分"，"我的生活"注定要和它融为一体。"躲在城市的某一个角落，无需登高远眺也无需打开窗口，我就能嗅到这座城市里正在弥漫着的夏日的酸腐或者冬日呛人的烟雾，也能嗅到被高楼大厦和柏油马路压得实实在在的地层下面不肯消失的历史遗迹散发出来的霉味"①（《我的城市　我的村庄》）。虽然它不是最美、最富裕、最有文化氛围的城市，但"我"在这里找到"我"的女真祖先、满族祖先和"我"自己生命的"蛛丝马迹"，它是"我的城市"，"我在这座城市里找到了家园的感觉"。

女真多次强调"我"和"我的城市"的这种缘分："一个注定了要在城市里生活的人，他和最后选定并且真正在那里生活下去的城市肯定是有着某种缘分的，正如我和我的这座城市。"（《我的城市　我的村庄》）女真也相信她和城市中每一个居住地的缘分，"走进这座城市的生活，也便开始了我和一个家族密切交往的历史。""初以为和张家的缘分到此为止，没想到，走出帅府，却步入了张氏家族的另一处风景。"看到东北大学的正宗原址，"每每都会想起一个家族在这个城市历史发展上曾经留下的那些痕迹"②（《一个家族和一个城市》）。她从"我"和一个家族的缘分、从一个家族和一个城市的缘分揭示这个城市的文化血脉和历史变迁。

女真回眸和她生命息息相关的每一个历史机缘，从她对"我的城市"缘分的强化，可以看出她和城市之间的这种特殊关系，这个城市聚结着她生命的意义和价值。不仅如此，女真在文本叙述中多次强调她和其他对象之间的"缘分"，它可能只是一次偶然相遇也可能只是擦肩而过或转瞬即逝。比如，"注定了有缘与她谋面"，"注定了不可能与她有深刻的交往"（《谁听我歌唱》）；"也许我跟芦花真的是缘分不浅吧"（《剪一捧芦花》）；等等。这些缘分就好像是女真生命中的一个个约定，它们总是会在她生命中的某一时刻出现。女真之所以重视这些缘分，一是缘分和她的生命相关，如"我的城市　我的村庄"，是她生命的栖居之地，她重视生命；二是对象

---

① 女真：《我的城市　我的村庄》，载《篝火照亮夜空》，中国文联出版社，2008，第76页。
② 女真：《一个家族和一个城市》，载《篝火照亮夜空》，中国文联出版社，2008，第39页。

的内质激起了她对生命本身的思考，如歌唱之于女人生命的特殊意义（《谁听我歌唱》）；三是她的生命和某些对象之间有一种异质同构的关系，她从对象身上看到了生命的品质，如芦花的顽强和乐观（《剪一捧芦花》）。所以，女真从个体生命的历史机缘出发，达到对生命追求、生命本质与品格的形而上的观照，正如马克思说："人是一个特殊的个体，并且正是他的特殊性使他成为一个个体，成为一个现实的、单个的社会存在物，同样地他也是总体、观念的总体、被思考和被感知的社会主体的自为的存在，正如他在现实中既作为社会存在的直观和现实享受而存在，又作为人的生命表现的总体而存在一样。"①

女真从时间中找到了生命之根，从空间中找到了生命栖居之地，这比寻根或带有寻根倾向的作家幸运。更与众不同的是，女真的寻根明显带有性别文化的色彩，她的寻根还是作为一个女性的寻根，所以她有一个更加意外的发现。寻根作家找到了民族文化之精华或者民族文化之痼疾，而女真则从性别文化的角度发现了男权文化中女性的无名。这一发现竟使女真陷入了一丝困惑和失落：

　　作为这个家族的后代，一个女人，看到谱书上那些数不清的陌生的名字，更是别有一番滋味在心头……在我们这本张氏谱书中，如果说那些代表着一个又一个曾经有血有肉的男人们的名字是树上的果实的话，那些没有名字的女人，就是树干上一片又一片的叶子。果实还有机会传承后代，而叶子，落地为泥，成为护花的肥，成为别样的生命。谱书上的女人有两类。一类是张氏男人娶回来的的女人，这些女人没有名字，一律被记载为某某氏……谱书上的另一类女人也是没有名字的，她们是张氏家族一辈又一辈繁衍下来女儿，她们列在各自父亲的名下，列在她们兄弟名字的后面，然后是"长女"适某某，"次女"适某某，"三女"适某某。这些张氏女人像她们的母亲一样，没有名字，她们的待遇还不如她们嫁的男人——那些人倒是有许多留下姓名的。

　　一个女人，当她为找到谱书而奔走，以为找到了自己生命的源头，

① 《马克思恩格斯全集》（第42卷），人民出版社，1979，第123页。

当她为枝繁叶茂的家族的大树而欢喜，却被兜头浇了盆冷水。因为你是一个名符其实的"无名之辈"。这些是不是有些太不公平？① （《某棵树上的一片叶子》）

从性别文化的角度，女真的寻根发现了女人的无名史，发现了女人的无根，女人只是一片叶子。名字，表面看来是一个人的称谓，实际上它是一种权力关系的外在显现，表明一个人的社会地位。有名，意味着她可能成为历史主体；无名，意味着她处于历史的边缘，只是男性的附属。父亲、丈夫、儿子的姓氏永远掩盖了她们自己的姓和名，她是无我的，不能成为一个独立的个体。所以，寻根的女真从满怀欣喜中跌入重重的失落与怅惘：她以为找到了生命之源，然而那是属于男性的生命之源，女性只是生命之树上无名的叶子。女真从性别文化的角度审视人—社会—历史的生命链条，她强调的是人的文化承载。在这一点上女真似乎有与寻根作家一样的困惑与悖论：寻根的执著与无根的漂泊。

虽然女真有这样一种"这些是不是有些太不公平"的追问，然而，女真并没有深入"不公平"的压抑，并没有沉入无根漂泊的叹息，而是从自然中悟出生命的真谛："人活一世，草木一秋……有了名字并不能代表永生，有了名字也不代表活得就好。一片叶子，春天娇嫩可人，像花一样报过春，夏天遮盖阴凉，是知了的栖息之地，秋天由绿转黄转红，让多情的人悲秋惆怅，冬天，不与寒风抗争，随风而落，化作春泥更护花。也没什么不好。就做片叶子吧。做皈依自然的子民。"② （《某棵树上的一片叶子》） "人生不过如此，生生死死，完成上苍给你安排的这么一段过程，最后都将化作泥，去肥沃土地，滋养生生不息的后代。"③ （《老家在东山》） 从"不公平"的追问到如此平静的叙述，意味着女真并不想纠缠于一个既定的历史真实，而是转入对生命本身的关注。也就是说，女真改变了自己的思维方式，从人—社会—历史转入人—自然—生命，她强调的是生命的自然驰骋。如果说，社会和历史没

---

① 女真：《某棵树上的一片叶子》，载《篝火照亮夜空》，中国文联出版社，2008，第52～53页。

② 女真：《某棵树上的一片叶子》，载《篝火照亮夜空》，中国文联出版社，2008，第53页。

③ 女真：《老家在东山》，载《篝火照亮夜空》，中国文联出版社，2008，第59页。

有给女性以缘分，那么，女人的生命和自然之间一直就有历史的机缘。女人在男权文化中无名，却可以在自然中找到自我生命的回响。历史的不公在自然中消解，女真由此超脱了寻根的悖论与困惑。

女真以人—社会—历史和人—自然—生命两种方式进行寻根。前者使女真发现了生命的历史，后者使女真发现了生命的自然；前者发现了生命的厚重，后者发现了生命的超脱。这两种方式的转换与互补使女真的寻根在时空的延展中获得文化的意蕴与审美的升华。

3. 生命含蕴的历史之象

女真善于在一系列历史与自然之象中追寻生命的回声。她笔下的历史与自然之象不仅是富有生命的存在，而且留有"我"生命的印迹。这些历史与自然之象作为文本的主题意象穿起不同的时空，具有不同的生命含蕴和审美意味。

在女真的散文中我们到处可以发现有包含关系的历史与自然之象，即一系列的客观关联物：海峡与海、篝火与夜空、叶子与树、人与天堂、儿子与母亲、青山与佛、家族与城市、小女子与大历史、小号与暴雨、女孩与等待开海的码头、女人和蛮荒、主人和花园别墅、凡·高和"阿尔的阳光"等，后者是前者的背景、情境、源泉，是前者生命的舞台。但这里也有"我"的生命印迹或生命意向。历史在"我"的心中，那些物化的自然山水、人文景观，作为历史的映像，它们和"我"之间永远无法割舍，不是"到此一游"，而是"我"情、"我"感、"我"思、"我"想，到处充满了"我"的生命的印迹。在它们面前，"我"有自己的过去，或者说，"我"和它们之间在此之前有一段交往的历史。

艾略特指出："在艺术形式里表现情感唯一方式，就是通过找出一种'客观关联物'（objective correlative）；换言之，即是找出构成那种特定情感的一组形象、一种情境、一系列事件。"女真正是在一系列有关联的历史与自然之象中开掘生命的意蕴，表达自己的情感。《雨中小号》在暴雨仿佛要吞没整个宇宙的情境中，突然出现一个特别的声音："就在我将被雨夜驱赶到梦中的时候，一种声音划破了雨夜的单调。它来自雨的那端，或许因为穿过厚厚的雨帘的缘故，带着水的湿润，带着时空的悠远，带着淡淡的愁怨，为雨夜奏响了另一种旋律。""我知道，那是小号。"因为"除了小号，再没有任何别的乐器敢于向这样的暴雨挑战"。"我仿佛看见一个少年站在敞开的窗口，以他青春的胸膛和激情，面对无边无际的雨夜，正吹着他的练习曲。"① 暴雨—小号—少年，这宇宙中的风景，这富有挑战性的旋律给生活在城市里渐趋麻木的"我"以猛然的一惊和生命的冲击，所以"我"旧居的"雨中小号"成为"我"生命中"最明亮、最让我怀念的声音"。"我"的旧居因为雨中小号和"我"的生命就这样深深地联系在一起。

这样的形象、这样的情境饱含生命的情韵，女真特别强调"我"和它们之间的历史关联。比如，文本中时常有这样的叙述："我在那座山里的心绪系于花开花落叶绿果熟，系于少年的嬉戏和征服了某一高度的喜悦，几乎从来没有过平心静气驻足某一处凝视远山的时候"②（《满目青山处处佛》）；"我们家人眼中的千山"（《我们家的香格里拉》）；"我的城市 我的村庄"；等等。文本中的自然物象、地理空间和"我"生命的联系可能是直接的，它们是以前"我"去过的地方，"我"情感停留过的地方。如"每次走在盘锦的土地上，我的心中都会充盈着感念之情"，因为 20 世纪 70 年代父亲到盘锦下乡，盘锦知青的苦和累"激励"着"我努力读书，虽然最初的动力是不想当知青下乡，但最终的结果是改变了我的人生命运"（《盘锦是个好地方》）。这种联系也可能是间接的，也就是说，作者先前并没有到过此处的经历，这里却触动了"我"的心灵，让"我"回到从前。"我"走在"等待开海的码头"，看到许多在满足中露出渴望和焦灼的乘凉的渔人，被海蜇蜇得耐不住的游泳的人"一边揉搓海蜇蜇过的地方"，一边"接着乘凉人扔过来的戏谑和笑意"。这些都是富有意味的画面。然而最终让"我"驻足的却不是这些，而是在岸边角落里垂钓的女孩，她冷漠、孤僻，这是"我"喜欢她的理由，因为"我像她这么大的时候，也很孤僻"。女真由女孩的童年想到"我"的童年，"女孩儿，你让我心疼。就像心疼我自己的童年"③（《等待开海的码头》）。等待开海的码头因为这样一个女孩和"我"的生命有了联系。

在当代散文关于地理空间的描写中，我们看到很多空间和"我"之隔，类似简单化的游记文本。女真散文的意义在于，她笔下的空间融进了自己的生命，我们看到的不是"到此一游"的"过眼云烟"，而是实实在在地留下

① 女真：《雨中小号》，载《篝火照亮夜空》，中国文联出版社，2008，第104页。

② 女真：《满目青山处处佛》，载《篝火照亮夜空》，中国文联出版社，2008，第47页。

③ 女真：《等待开海的码头》，载《篝火照亮夜空》，中国文联出版社，2008，第101页。

自我的足迹和情感。杜夫海纳说："审美对象所暗示的世界，是某种情感性质的辐射，是迫切而短暂的经验，是人们完全进入这一个感受时，一瞬间发现自己的命运的意义的经验。"① 女真散文中具有包含关系的历史之象和地理空间，无论和"我"之间的联系是直接还是间接的，总是留有自我的生命体验和生命印迹。它们不是客观的存在，而是创作主体情感辐射的对象化存在，这些空间和"我"不隔，这也是女真散文和读者"不隔"的重要原因。

充满"我"生命印迹的历史与自然之象本身也具有生命的情致，双重的生命含蕴使这些历史之象富有内在的动感。《长街如诉》写道："我们生活的每一座城市都是有生命的，正如城市的建造者是有生命的一样。每座城市都有其萌芽、成长、兴盛、衰落的时期，城市甚至是可以死亡的。"城市有生命，有自己鲜明的性格。接着，作者把目光聚焦于城市里的街道："城市街道的变化往往能比个体的历史名人和凝固了的建筑具有更大的流动性，更能立体、全方位地把握着一个城市的历史脉搏。"最后，作者慨叹道："城头救过主的神鸦飞走了，因为主人已听不到它的聒噪。乱咬沈阳城的义犬也已不吠，老罕王不在，别人听不懂它为什么叫个不停。可是城里的那些街巷，它们飞不走了也走不动，只能任一代又一代的后来者在它们身上辗走，兴盛与衰落，它们是目击者，却跟失语者一般无法用语言言说。"② 无疑，街道见证了城市的历史变迁，成为城市最古老又最具说服力的无声的代言。城市是有生命的，其他如花园别墅、青山等也都是凝结生命的文化塑像。

同时，女真善用象征、比喻和拟人的手法使历史与自然之象成为生命的载体。在女真的散文中我们可以看见这样的文字："一个人的天堂"；月亮是个"贤惠的小女人"（《晒月亮》）；"暴雨是一位老年丧子的妇人，在夜海中以滂沱的泪、以撕心裂肺的呼号倾诉命运的不公"（《雨中小号》）；"剪一捧芦花"，它"既有女性的柔美又不失男性的刚毅"，充满着"乐观主义的绿"；等等。"我们常用明喻、暗喻来描述事物的本质，当我们对这些反复出现的比喻的媒介进行分析时，常常发现这些媒介物正是某个没有明说的类比的特性，我们也正是透过这个类比来观察我们所描述的事物的。"③ 女真眼中的自然之

---

① 〔法〕杜夫海纳：《美学与哲学》，中国社会科学出版社，1985，第28页。
② 女真：《长街如诉》，载《篝火照亮夜空》，中国文联出版社，2008，第29~31页。
③ 〔美〕艾布拉姆斯：《镜与灯》，北京大学出版社，2004，第44页。

象充分人化，富有鲜明的生命色彩，艺术化的表述方法透露出她敢于向命运挑战的乐观情怀。

这些历史与自然之象作为文本的主题意象，带有"结构主义"的特点，使文章成为一个整体。在同一篇散文中同一个意象穿起不同的文本，却都同样含蕴生命的意义。篝火照亮夜空，篝火不仅是对祖先的追忆，也是对自我青春的追忆。篝火燃烧的夜晚，年轻的我们陶醉与歌唱、温暖与抒情，在篝火的古典而浪漫中享受人生（《篝火照亮夜空》）。同一意象聚焦不同时空的历史，饱含凝重的生命意蕴。

4. 自我映像的历史之声

散文是作家心灵、情感与生活的真实表现，它是最能表现自我的一种文体。蒙田说，他的散文涉及家事和私事，是给朋友亲戚用的。他们可以从中窥见他旧日的声容和幽默，由此，他们对于他的记忆会更完全，更栩栩如生。脚注由此可见，散文是作家真实心灵的映像，它塑造的是一个真实的"圆形"的自我。萨特也说："我们在我们自己的作品中所能找到的永远只是我们自己，是我们自己发明了据以判断作品的规则；我们在作品里认出的是我们自己的历史，我们的爱情，我们的欢乐。"① 女真的散文真实地书写自我，不断地从地域、性别、家庭角色等多角度进行自我身份的建构，我们从中知道"她是谁"。这种毫不掩饰地自我暴露式与自我倾诉式的叙述之声，融合着一种底层的无意识与高层的精神性，凝缩成女真的一个自我映像，是那种微笑面对一切、快乐享受人生、执著追求阳光的生命品格，虽然有时她喜欢在"忧伤的倾诉中咀嚼人生的况味"（《你歌唱，我忧伤》）。

首先是自我身份的建构。

从女真自我暴露式的倾诉中，我们知道她是生活在东北奉天古城的曾经年轻、现在做了母亲的一个满族"小女子"。

第一，"作为一个东北人"的恋乡。恋乡，是 20 世纪中国散文作家的重要情结。周作人的"故乡的野菜"、"乌篷船"，鲁迅的故乡、百草园、三味书屋、风筝，沈从文的湘西世界，萧红的祖父的后花园，贾平凹的故乡的山石和明月等，在思乡的具象和情感的载体中我们都可以看出许多诗意。与这

---

① 〔法〕萨特：《萨特文学论文集》，安徽人民出版社，1998，第 96 页。

些作家相同的是，女真"老家在东山"，找到了"我们家的'香格里拉'"，也找到了"我的村庄"，这是生命的家园。而"作为一个东北人"和满族人的后裔，她恋乡的表现却有所不同。她爱吃酸菜、酸汤子，思念这种祖先就喜欢的酸的滋味，甚至"千里之外的酸菜"成了送给远离家乡的亲人最好的礼物："对远离家乡的人，想念的就是最好的"（《滋味》）。周作人的"故乡的野菜"给人以野趣和雅趣，而女真的故乡的"酸菜"却让人真切体会到思念的滋味。她把东北人的恋乡情结浓缩成小小的普通的酸菜，这种个性的表达鲜明体现了一种地域文化和民族文化色彩。

第二，"作为一个城市人"的期待。当女真的身份从东北人转向东北的城市人的时候，她并不喜欢东北的一切。"作为一个在城市里生活的人"，她喜欢"雨中小号"。当嘈杂声成为她生活的背景，只有夏夜中挑战暴雨的小号能把她从麻木中惊醒（《雨中小号》）。她并不满意于东北民歌"满足"的"抒情"，而是有对另一种生活的期待。她喜欢陕北民歌的苍凉，"作为一个生活在城市里的物质时代的人"，只有大西北的苍凉与悲伤能让她在喧嚣和浮躁中安静下来，"有勇气从容地面对现实、面对未来"（《你歌唱，我忧伤》）。无论是雨中小号还是陕北民歌，都是生命的另一种旋律，唤醒了城市里疲惫与麻木的人们。

第三，"作为一个年轻人"的经历。女真是一个"被未名湖水浸润过四年的北大学子"，燕园的山水与人文，夜访帝王葬身之地的危险与恐惧，圆明园的美丽、荒凉与神秘在她的心中都留下了永久的烙印。她希望聆听祖先的声音，与祖先对话。然而，她又说："对于一个天资愚钝、学识浅薄的年轻人来说，固执地去探讨尚未发明录音机机械时代的祖先说话的真实形态，无疑是不自量力的"（《祖先的声音》）。我们无法与祖先对话。从女真的经历中我们看到一个年轻人的勇敢探索与快乐追求。

第四，女真自我身份的建构突出表现在母亲和"小女子"上。

"作为一个母亲"的映像。女真从母亲在"我"心中、"我"在"我"的心中、"我"在儿子心中三个方面来表现。富有意味的是，母亲在不同人的眼中的映像竟然大相径庭。

"我"眼中的母亲，母亲在"我"心中。母爱"是女人生命的本能，是她们生命的需要和动力"，没有止境也不要回报（《白血球在战斗》）；"做母亲使女人安详"、宁静,这是一种巨大的定力;"母亲的歌声有一种特殊的魔力",它穿过岁月,从遥远的故乡城市若隐若现,让"我"心头的烦忧与躁动渐渐平缓下来,重新注入生活的信心与勇气(《谁听我歌唱》)。

"我"眼中的作为母亲的"我","我"在"我"的心中。我是"一个望子成龙的母亲"(《荒石园祭》);"我会把母亲的歌声传递给儿子,而多年之后,儿子想起母亲为他唱的歌是多么亲切和安慰"(《谁听我歌唱》);儿子"从凶猛的狼身上汲取反抗的勇气和力量","做母亲的怎么能够阻挡、又怎么能够阻挡得了这种成长"(《属狼的孩子》)?

儿子眼中作为母亲的"我","我"在儿子心中,我是像"后娘"与"萨达姆"、"老妖婆"一样专制的母亲。也就是说,"一个自认为是善良的、对儿子充满了奉献精神的母亲被她的儿子指责为萨达姆",这种巨大的反差促使女真扪心自问:"真是我这个当母亲的错了?"

从三种不同的角度看到三种不同的母亲形象,这形成了鲜明的对比:"我"眼中母亲的安详、儿子眼中母亲的凶恶、"我"认为自己是奉献和儿子认为"我"是专制,母亲形象的巨大反差不是个性认识的差异,而是历史变迁、时代要求、社会压力和文化语境所致。

"作为一个小女子"的想象。女真在散文中不断强化她作为一个女人、"作为一个小女子"的身份,如:

"身为女人,我对服饰非常敏感";"一个可能生活在两个不同地方的女子"(《看不见的海峡》)。

"一个普普通通的女人。自己快乐,也让身边的人快乐。不为名累,不悲不忧,欣欣然度过生命中的每一天"(《某棵树上的一片叶子》)。

"小女子不奢想兼济天下,只祈祷身边的亲人能够尽量享受人生的美妙。"

"一个小女子,你,很年轻的时候,也去游天堂";"一个人,一个有着七情六欲喜怒哀乐的凡人,一个小女子,你生活在这个地球上"(《一个人的天堂》)。

"小女子想象唐朝"(《小女子想象唐朝》)。

在她的叙述中,还有对自我身份的假设和想象:

"小女子设想自己生活在唐朝的模样,越想越毛骨悚然"(《小女子想象唐朝》)。

要"我"选择生活在古代，"我"倒宁肯待在《水浒传》里，"做'水浒'女人"，敢爱敢为，活得恣意真实（《做"水浒"女人》）。

"下辈子还想做女人"（《下辈子》）。

可能不会有任何一位女作家会像女真这样在自己的散文中如此强调自己的性别身份，尤其是多次提到自己是一个"小女子"。我们知道，有些女作家在写作的时候经常会隐藏自己的性别身份，一种是无意识，一种是有意识，有意识的隐藏除了叙述策略的考虑外，还有一个重要的原因是，她们认为，和男作家相比，性别的凸显会自动使作品降格，弄不好便会被扣上"小女人散文"的帽子。然而，女真在她的散文中不断地重复强调自己是一个女人、一个"小女子"，这是底层的无意识与高层的精神性的体现。

其次，底层的无意识与高层的精神性。

精神批评学家莫隆认为，任何一部作品都具有一个引力场，如同一张纸下面放一块儿磁铁，纸上的铁屑随着磁铁的移动形成同样的图案。这种引力场就是作者的无意识，而到达这种引力场的最直的道路是对作品进行音乐式的分析——找出反复出现的主旋律并对其变奏进行研究。[①] "小女子"作为一个重复的旋律出现在女真的散文中，如果说，起初的单篇的"小女子"的言说，是她的无意识，是她个人对这种言说方式的偏好，因而"小女子"的叙述是底层的无意识；那么，反复出现就从一种无意识到一种有意识，而当这种叙述已经成为她根深蒂固的叙事策略的时候，每当她动笔书写的时候，她又转入一种无意识。所以，小女子的叙述，即从无意识到有意识再到无意识这样一种转换的过程融合着底层的无意识和高度的精神性，这些"灿烂的感性"的叙述也转化为一种理性和知性。

在中国的文化语境中，小女人和小女子有着不同的含义。小女人似乎有一种贬义的色彩，小气、狭隘、斤斤计较，和大丈夫大气、豪爽、宽宏大量形成鲜明的对比。女真的散文强调自己的女性身份，她并不担心自己的散文被一些批评家放入"小女人散文"当中。一是对自己写作的信心，二是她的"小女子"身份在某种程度上给那些喜欢给女性作家的散文创作冠以小女人散

---

① 转引自郭宏安、章国锋、王逢振《二十世纪西方文论研究》，中国社会科学出版社，1997，第62页。

文的批评家以一定的"催醒剂",我们从女真"小女子"的自白中看到她的谦虚、坦诚,也是自卫和自信。"小女子"不是与大丈夫构成对比,"小女子"有独特的人生价值,具有与大丈夫一样的胸怀和气概。

"小女子"之"小",是"小女子不想兼济天下,只祈祷身边的亲人能够尽量享受人生的美妙"。这是"小女子"独特的生命价值观。然而,"小女子"的梦想不小,"小女子"要做的事情,更有"游天堂"、"想象唐朝"等"大事情"。"小女子想象唐朝",这是"小女子"对中国古代最辉煌历史的想象。在传统视域(即在女真叙述虚拟的潜台词)中,"小女子"想象大唐是自不量力的,而她偏偏去做这样一种想象。实际上,她是把女性放在中国最辉煌的历史中,审视女性的历史地位。然而,她并没有直接地去写唐代女人的真实生活,而是通过一种想象把现代女性置于历史当中。"小女子果真生在唐朝,该是何等模样?"父母之命,媒妁之言,传宗接代,侍奉男人,但内心充满苦楚。"小女子设想自己生活在唐朝的模样,越想越毛骨悚然。""小女子独坐院中,越想心里越冷。索性掩门而去。""小女子就这么从唐朝逃出来啦!"女真在"小女子"的巧妙叙述中,完成对女性命运的想象和思考。所以,如果让她选择,她愿意做"水浒"女人,敢爱敢恨。

"小女子"的文本叠合与重复叙述是女真散文的独特创造,融合着底层的无意识与高层的精神性,其从无意识到有意识再到无意识,充满着文化的与审美的意味。阿瑞提说,作家"一般都懂得,语词获得重要的意义常常不在于它们所讲出来的什么,而在于它们所没有讲出来的什么。没有讲出来的、有时是隐藏着的可能倒会产生有力的效果,发现没说出来的言外之意就能发现作者的一种创造性特质"[1]。"小女子"的创造性特质隐含在文本的重复叙述中,从而使她的散文成为与众不同的个性化存在。

最后,心灵的敞开与生命的绽放。

"小女子"的叙述指向实际上隐含着男权社会的文化语境。但女真举重若轻,她不是偏激的女性主义者,而总是以一颗平常心和超乎寻常的宁静面对人生;她始终在心灵的敞开与生命的绽放中品味生活,像晒太阳的渔人一样在自娱自乐中找到生活的美。

---

[1] 〔美〕S. 阿瑞提:《创造的秘密》,辽宁人民出版社,1987,第115页。

女真和伍尔芙一样，也渴望有属于自己的一间屋子。她说："作为一个把写作当做自己人生意愿的人，我，一个女人，曾经多么渴望拥有一间自己的屋子。"这是女真对自我身份的又一次建构。然而这一身份，并没有像其他身份那样多次重复提到。这一身份是显示给自己的，或者说是给自己的同行的，它是对自我的醒觉和忠告。而"小女子"身份的强调显然是给"隐含的读者"的。

女真并没有照着说"自己的一间屋子"有多么重要，因为伍尔芙对此有深刻的历史叙述，而且这个问题在当下对有些女性来说可能也不是问题。女真沿着伍尔芙的思路接着说，也就是，在女人有了这间屋子之后该怎么办？是不是该把自己锁在屋里潜心写作？"一个女人拥有一间自己的屋子固然重要，更重要的是，她必须拥有真正敞开心灵之窗的勇气，她必须发挥自己作为一个女人的长处，亦即女人特有的观察世界的角度、女人对人生对社会特有的感觉，只有这样，她们才能写出那种男性写作无法替代的文字，也才能真正建立他们在写作这一行当中的威信，成为一个书写灵魂的作家而不是文字匠。"所以，"很多年之后的现在，我坐在我自己的这间屋子里。我坐在我自己的屋子里这样想：只有当女人们不再喋喋不休地把一间自己的屋子当做写作的必需时，她们才有可能进入写作的自由王国。那是一种心灵上的自由"。"写作毫无疑问是一件必须敞开心灵的事业。当我们拥有了一间自己的屋子之后，我们还需要走出自己的那间屋子"①（《我自己的那间屋子》）。

就是这样一个"小女子"，却有着广博的视野、胸襟和深刻的思想。她实现了拥有一间屋子的梦想，还有走出那间屋子的勇气、魄力；她深知，在男权中心社会，女人的人生之路充满坎坷；她敢于质疑上帝是因为女人的祖先怂恿亚当偷吃智慧之果就受到诅咒；她敢于自审，"女人即使对男女不平有所抱怨，也既不在自身也不在男人身上寻找根源，而是将责任推给造物主"。虽然她对男权社会不满，但她并不偏激，而是在哀而不伤中微笑地面对人生。

女真"把人生难免的痛和苦看作是快乐的佐料。就像人们常说得那样，你微笑面对人生，人生就微笑面对你"。她有"厨房，想说爱你，并不是一件容易的事；想说不爱你，也不是件容易的事"的怅叹，也拥有作为儿子班级

---

① 女真：《我自己的那间屋子》，载《篝火照亮夜空》，中国文联出版社，2008，第155页。

中"最老的妈"最年轻的心态；她在"夜色温泉"中洗浴幸福，在"晒月亮"中品味友情，在平静的叙述中坦然面对自己未来的苍老，也就是说，无论何时何地她都在享受人生。她总是敞开心灵寻找生命的绽放，纵然生命如花，然而它生生不息；她满怀激情，执著于寻找凡·高似的"阿尔的阳光"温暖自己的心灵，进入真正的自由王国。

只有在作者的心灵上留下刻痕的东西对写作才是最重要的，"必要时，它们自己会直接地、从容地到作品中去，占据一个适当的地位。有时，正当作品需要的时候，某一个早已忘得干干净净的事件，或者某一琐事，会突然生动地浮现在脑际，这种情形常常使作家感到惊奇"①。其实，我们与作者同样惊奇，年轻的女真为什么总是会发现生命的快乐？为什么总是如此从容与平静？也许是自我的谦卑与平和，也许她想起了母亲的歌声，也许外祖母"活到老"三个字留下了永久的生命回声，也许是基督教文化和佛教文化深深影响了她，也许她想起了晒太阳的渔人：

> 我喜欢那个故事。故事说，一个路人问渔人，你为什么在这里晒太阳而不去打鱼。渔人说，我打的鱼够吃的了。路人说：你可以打更多的鱼。打更多的鱼干什么呢？卖许多钱，买大房子，娶漂亮女人，在海边晒太阳，享受人生。渔人看了看过客，告诉他：我这不是在晒太阳吗？②
> （《下辈子》）

女真用平静的心回望历史、生命与女性。自我身份的多重建构使文本含有丰富的文化意蕴和审美指向，它同时表明女真相信读者，把自己的心交给读者，而她的真诚也感动了读者。尤其是"小女子"这一身份是女真独特的艺术创造，具有特别的深意，是底层的无意识和高层的精神性的结合，是心灵的敞开与生命的绽放。

历史、生命、女性是女真散文的三个关键词。她属于那种"盖房子"的作家，总是围绕着这三个关键词建构自己的散文世界。她说："散文作家有两种，一种是盖房子，一种是搭积木，盖房子的散文作家，在某些题材方面有

---

① 〔俄〕康·巴乌斯托夫斯基：《金蔷薇》，长江文艺出版社，2008，第75页。
② 女真：《下辈子》，载《篝火照亮夜空》，中国文联出版社，2008，第70~71页。

深入的探索，数量上形成了一定的规模，一提起这位作家，人们马上能想到他是写什么的，比如余秋雨；搭积木的作家，写作题材广泛，写作手法丰富多样，写作数量可能不少，但要让读者想起他写了什么，真还一下子想不起来。就散文写作而言，搭积木的多，盖房子的少。积木未必不好，一篇篇文章单个看上去，可能也很漂亮，也有华彩，但毕竟是积木似的堆砌，一碰即倒，禁不起各种考验。盖房子的作家，可能留世的作品不够多，取材也比较单一，但是一座座完整的房子，有自己的独特价值。能够盖房子的散文作家是幸福的，哪怕房子很矮很小。"① 女真散文创作的整体意识表明她对自己散文创作的长远规划，那就是做一个"盖房子"的作家，用历史、生命和女性做框架，为自己盖一栋房子。

二 时光之水旁的诗意垂钓

散文是作家主体人格智慧的艺术表现，它更真切地逼近创作主体的心灵世界。通过文本，我们可以径直走进创作主体的情感天空，领略那一份独有的真实。散文集《时光之水》是张大威漫漫归乡路上的深情采摘，是其生命年轮中的智性挥洒，是时光之水旁的诗意垂钓。

时光之水旁的诗意垂钓是张大威独特的言说方式。孔子言"逝者如斯夫"成了对时间慨叹的千古绝唱。张大威说："在时光之水中垂钓，我愿坐在大河旁，静听逝者的足音咚咚，默想河的浪淘人物，岸的风雨沧桑和自己怎样一日一日的老去。"时光之水旁沉思默想中的垂钓就这样满载着浓浓的诗意和智性的灵光进入了作者的审美视界。它寄予了作者对宇宙的审美观照、对文化的深邃洞察、对生命的深切感悟及对人性的真诚的赞美。

1. 诗意垂钓的审美化境

时光之水旁的诗意垂钓是富有创造性的审美化境。作者"坐在唐诗中钓，坐在宋词中钓，坐在渭水边钓，坐在严陵滩上钓……钓了鱼，也钓了浓浓的诗意"。这些垂钓或隐或显，或超象或具象，而诗意却始终是审美的最终指向。作者在时光之水旁诗意垂钓、垂钓诗意，这是一种内在的互动。时光之

① 转引自吴玉杰《历史 生命 女性——读女真的散文近作》，《文艺报》2009 年 9 月 29 日。

水中究竟流泻过什么，流泻着什么，将会流泻什么，竟如此召唤作者内心涌动着的诗意呢？

在时光之水旁垂钓流逝的精神岁月，播撒一串串美丽而忧伤的故事。一个没鞋穿的小女孩，一个想穿红裙子的小女孩，一个想吃杏子的小女孩，一个渴望照镜子的小女孩……因为家境贫寒连基本的愿望都不能满足的小女孩，在她人到中年的时候，忧伤故事首先因为有了时空的距离而显得格外美丽，在作者的笔下流露出回忆时甜蜜的诗意。"我抱起爷爷的棉鞋飞出家门，在大门外，我穿上了棉鞋，脚立即陷入一片温软的海中，惬意，自在，舒适，鞋子给了我多么大的幸福感啊！"然而爷爷的鞋被看电影的人群挤丢了，母亲"赏给了我一个大大的耳光"。穿上鞋，就可以看看外面的世界，就会获得心灵的自由和精神的愉悦。"所以鞋对于童年时代的我，是一种奢侈，一种梦想，甚至是一种贪婪"（《关于鞋子的一串美丽而忧伤的故事》）。

然而，忧伤故事的诗意更因为流逝的岁月成为作者永远的精神故乡，那里有"无我"的母亲，那里有可以亲密接触的自然。无我的母亲，"犹如一轮和煦的太阳"（《无我》），给予人世间博大的爱，然而沐浴在母爱中的人却未"给母亲写封信"。不识字的母亲伫立街头等待儿女给她写信。她不能用眼睛读，而是准备用真心去读。母亲永远的无我之爱和作者永远的悔恨在其内心深处形成永远挥不去的情结。当年，穿上母亲的大脚一倍的鞋子，作者"踢踢踏踏去上学，踢踢踏踏地走进少年时光"。鞋子虽大，但有母爱的阳光，所以一路温暖踏实。当俗世的风雨袭来时，她仍然渴望回到土炕上，回到母亲的身边，因为母亲是她精神的港湾。正如冰心所说，"天上的风雨来了，鸟儿躲到它的巢里；心中的雨点来了，她将躲到母亲的怀里"。因为有母亲，才有了怀乡的诗意；因为失去母亲，才有了时光之水旁诗意的垂钓。

漫漫归乡路，是作者一次次的精神还乡。少年风景中美丽的忧伤、青春风景中生命的飞扬幕幕从眼前闪过。自然风景原生自在的诗意也是作者心底的诗。桃花、马兰、蝴蝶、云……她在自然中徜徉，品味自然，感悟生命。《我的马兰》一文"思考生命的内蕴、承载与重负，生存的美丽、悲壮与艰辛"，是生命韧性的赞歌；《看云》一文收藏着一个天真女孩自由而美丽的梦幻；《踏遍青山》描述石头沉默的伟大；《仰望土豆》用家族故事衬托家乡人土豆般朴素、谦虚和沉默的品格；《青青芦苇如云》描述芦苇朴素而高贵的品格。作者把自己生命的体验对象化到自然中去，同时又在自然中追问生存的方式和生命的意义。韧性、朴素、自由是张大威追求的精神品格。

2. 诗意人生的审美追求

张大威的散文执意在时光之水旁垂钓，实现了人与自然的和谐。中国文人历来关注人与自然的关系，尤其是一些文人更重视人在自然中垂钓的妙趣。苏轼说："苍涯虽有迹，大钓本无钩。"柳宗元说："千山鸟飞绝，万径人踪灭。孤舟蓑笠翁，独钓寒江雪。"诗人在那里垂钓，不在于具体的、明确的功利目的，而在于与大自然的对话，这是诗人对生命与生存的感悟，所以，大钓无钩，只是"独钓寒江雪"，独钓自然。当诗人超越具体的功利目的，把心交与自然时，他便获得一种意味，一种诗的意味。冰心在《春水162》中写道："崖壁阴阴处，海波深深处，垂着丝儿独钓。鱼儿！不来也好，我已从蔚蓝的水中，钓着诗趣了。"冰心在自然中钓诗趣，以诗人之心合自然之心。贾平凹在《钓者》中讲述了一位文人在自然中钓愁和钓文章的诗意故事。应该说，中国文人对自然的亲近和对自然的情感有着悠久的历史，与自然的和谐是他们追求的精神旨归。是他们精神的主动追求。但是，透过文本的表层叙述，我们可以感觉到自然在某种程度上是文人的精神退舍，自然已成了社会的对立面，在这个意义上说对自然的选择是被动的。天然的亲近、被动的选择就成了作家创作时复杂的心灵状态。

张大威是富有诗意的人，写富有诗意的文，追求富有诗意的人生。人，"诗意地栖居"，是她的梦想。所以她在时光之水旁垂钓诗意，做一个富有诗意的钓者。然而，作者说："科学的进步和昌明败坏了古典情怀、诗意精神和清寂之美。""对自然诗意的感受，已被我们烦躁的脚步踩烂。""金钱、商品、物欲……像正在肆虐的沙尘暴，障着我们双目，使我们无法真正地感受自然，回归诗意"（《花朵与饲料》）。没有了诗意，我们的作者何去何从？海德格尔说："凡没有担当起在世界的黑夜中对终极价值追问的诗人，都称不上一个贫困时代中的真正诗人。"张大威一方面通过怀乡垂钓诗意，另一方面向没有诗意的一切挥起利剑，然后在自己的心灵中独辟一块诗意的绿洲，撑起一片诗意的天空。

3. 反诗意的文化批判

如果说，在怀乡中，我们看到的是一个没鞋穿的小女孩讲述一串美丽而忧伤的故事，充满诗情画意；那么，在有关文化思考的文本中，我们看到的是一位大胆的质疑者和犀利的批判者。这种叙述角色和叙述方式的转换，为时光之水的诗意垂钓注入了文化品格。就像患上文化焦虑症一样，作者面对所有的文化现象，都要拿到自己心灵的天平上称量一下，拿精神显微镜透视一下，拿真文化的标尺衡量一下。《文化的尴尬》抨击了某些所谓的休闲文化，对高雅文化的尴尬处境表示了担忧；《书中自有千种水》是对写作中所注白开水、脏水与坏水的无情揭露；《喝的都是可口可乐》对美国全方位的文化入侵表达了担忧，作者反讽地写道："喝可口可乐，看《泰坦尼克号》，听《真棒》。"《细腰情结》、《说媚》、《饮酒的境界》、《假若没了麻将》是对媚俗等世俗文化的批判。她质问：人间的真情何在？人性之美何在？我的家园何在？

作者的文化意识不仅表现在对当前某些文化现象的批判上，还表现在叩问历史所显现出深邃的洞察力。她不附庸历史，而是有自己独到的见地，对历史重新做出思考，如《颜回的笑》、《狂士》、《沈三白的帐子》等。在她解读的中国古代知识分子中，苏轼是作者给予最多笔墨、最多赞词的一位，"人如美玉，文如锦绣"。对他们的解读，一方面哀叹中国知识分子苦难的精神历程，另一方面要唤起知识分子应有的责任感和使命感。苏轼般的知识分子不见了，鲁迅式的知识分子也不在了。面对中华文化，作者在时光之水旁能钓到她所要的一切吗？作者在焦灼地等待着，读者也在焦灼地等待着。

这种非常的焦灼使作者按捺不住内心的激动，所以文化思考的文本与怀乡本文的文风有了根本的不同。如果说，怀乡的文本是用情景交融的诗意表现诗意，而文化文本则用反诗意的方式达成对诗意的追求。作者用辛辣的讽刺、智性的比喻以及大规模的排比与对偶彻底摧毁了文本的诗意，构筑了独特的反诗意范式。《阅读衰颓》这样写道："哲人的诗思，只有为香软、哀艳、滑稽、无聊、琐屑、庸俗……博得小市民轻薄一笑，才算有价值，才算将胜利的屁股坐到了商品经济的金交椅上。"这类文本颇具鲁迅之风，《醉虾》很像《春末闲谈》，《梦中当大款》颇似《幸福的家庭》。外部的某些文化摧毁了诗意，作者用反诗意摧毁某些文化的羁绊，建构自己的诗意世界。她写道："我钓鱼兼钓月，飘然也，欣然也，陶然也。钓婆之意不在鱼，在乎满河明月，天地间之清风也。赞曰：世人钓利我钓月，真乃极爱精神文明之高士，精品闲人。"她在小屋中寻找诗意，在书香中寻找诗意，在月下独步中寻找诗意，这是时光之水中正在流泻着的诗意。

不仅技术破坏了人与自然的诗意，在男女共筑的两性世界中，男权文化也破坏这个世界的和谐，也使这个世界失去了诗意。作者的叙述角色在这个时候再次发生转换，她是一个敏锐成熟的女性，对女性的命运给予极大的关注。《远年的落花》描写唐代女诗人李季兰凄凉的命运；《远方》中的外祖母无处话凄凉，只有心向远方的命运；《夕阳桃花女孩》中的女孩的命运如梦般；《无名鸟》中草原之女寂寞的生命，女作家以女性的生命体验观照女性的命运，显示了主体的女性意识和对男女世界和谐与诗意的追求。

渴望穿鞋的女孩、敏锐成熟的女性、犀利的批判者分别在时光之水旁垂钓诗意。但综观整个散文集，我们发现，作者在文化批判中因为过多的议论导致宣泄有余，含蓄不足，这在某种程度上破坏了文本的和谐。尽管如此，诗意一直是作者不变的追求。作者写道："过去的时光不会重现，瞬间的思绪也会滑落，文字则是一种存在，是生命与时光的种种追忆。"不同的叙述角色和叙述方式使垂钓凝结成诗意的存在，从而使散文集《时光之水》呈现多元化而又统一的审美品格，在时光之水旁的诗意垂钓是作者创造的富有艺术个性的审美世界。

三　哭过长夜后的生命笑声

一位真情的散文作家，一位诗性的批评家，一位活跃的活动家，一位可亲可敬的老师，一个孝顺的女儿，一位慈祥的母亲，这是我对康启昌老师的全部了解。读完《哭过长夜》后，我深深地意识到，以前我对康老师的了解仅停留在浅层的身份和角色的认定上。而《哭过长夜》给我们展示的是她的内在宇宙：她在漫漫长夜里丰富的精神疼痛，她对古今中外许多文人及笔下人物的深切同情与理解及形成对自我命运的观照，以及在哭过长夜后她生命笑声的真诚绽放。另一个康老师向我们走来，那是经历过大悲痛之后的生命超越。

1. 漫漫长夜的精神疼痛

《哭过长夜》的书名最好地体现了作者的深意。在作者笔下，夜是书中很多人物行动的时间：父亲和母亲在夜间吵架、三舅爷在夜里死去、妈妈在夜里忏悔、"我"不能上学在夜里痛哭、失去老伴在黑夜的梦魇，等等。不仅如此，夜还负载着深刻的蕴涵。可以说，给作者造成精神疼痛的长夜有三个方面的含义。

一是作者自我的长夜。少年时代没有父爱的日子犹如漫漫长夜；12 岁视读书为生命的女孩大家庭不出钱让她读书，非不能也，是不为也；小家庭无力让她读书，非不为也，是不能也。"走投无路，我哭。不敢大声哭，晚上捂在被窝里哭。把嗓子哭哑，把眼睛哭肿，把月亮哭没了，把星星哭灭了。我把凤凰山哭倒，把草河水哭干，我要哭平命运对我的所有不公。最后，我把自己哭晕了，把母亲的心哭碎了。"（《考中学 穿黄毛衣》）没有父爱、不能考中学及不能上师范，对当时的作者来说都是漫漫的长夜，浓郁的悲凉和无尽的慨叹充溢在文本当中。鲁迅的《野草》、何其芳的《画梦录》等也多在黑夜描写灵魂的孤寂和精神的痛楚。作家的时间选择与要表现的情绪和谐一致，并进一步凸显情绪的鲜明特征。在这里，长夜中的哭泣不是懦弱的表现，而是向命运的抗争。

二是女性群体的长夜。女性的天空不仅是低的，是阴沉沉的，而且有时是漆黑的。作者采用的表达方式和写作姿态近乎张洁在《无字》中所呈现的那样：毫不掩饰地叙述父亲和他的女人们之间的故事，尤其是父亲的所作所为对母亲的极大伤害。笔致辛辣、无情。对于母亲来说，与父亲的其他女人在一起的日子就是漫漫长夜，就是痛苦。所以，母亲的脑海里曾经闪过出家当尼姑的念头。对于父亲败家挥霍的无奈，母亲想过投河自杀。前半生游荡于母亲头上的男权文化的漫漫长夜随着父亲的离去而结束，其实母亲的长夜同时也是女性群体的长夜，它可以在个体的身上结束，但暂时还不能在女性群体中销声匿迹。"母亲会像讲述别人的故事讲出一大堆她的不幸与灾难。她对自己涔涔苦难的述说如数家珍，仿佛在展示财富。与其说她借机发泄心中积蓄的愤懑，不如说她是张扬生命的凯旋。"（《清风吹散万般愁》）我们惊诧于作者的坦白，更欣赏文本所达到的深度。

三是民族同胞的黑夜。战争期间，"不知自己是谁"，虽然有采山葡萄叶子的乐趣，但是时过境迁反思"没有祖国的孩子"竟然没有一点民族意识也无不体现了一种悲凉情绪；海峡两岸的人民还不能近距离、自由自在地进行交流，然而隔船相望、互赠钱币礼物的感人场面如同一缕晨光穿过黑夜走向黎明。"五元的，十元的钱币，大把大把扔过来，带着台湾人的体温，带着台湾人的渴望，在阳光下闪过一条弧线，一片星云落到我们船上。我们的人忙开了，捡啊，捡。捡的不是有价的硬币，而是无价的情谊，是一颗你们好无法表达的心。我们也扔开了，我们要把大陆同胞的深情掷过去，要把五十年的骨肉牵挂掷过去。"海上邂逅的两条船上的人素昧平生，告别时的泪水却夺眶而出。民族同胞的黑夜已经过去，期待已久的黎明已经到来。

透过文本，我们可以触摸作者笔下的精神疼痛，梅洁说："我是蘸着伤口和拭着幸福深处的泪水来完成散文创作的；我说好散文是生命和词语碰撞发出的一种声音。"然而作者不是单纯地让我们去触摸疼痛，《哭过长夜》是自我的表现，但同时又具有群体的意蕴和普遍性的升华。正如蒙田所说，写的虽然是自己，"但每个人都包含有人类的整个形式，首先我通过普遍的自我同世界沟通"。

2. 文人情怀的自然随想

作者笔下的文人情怀表现在三个方面，一是写过很多作家，如《寻找郁达夫》、《百年凤凰》中的沈从文、《读你如我》中的徐志摩；二是关注作家作品与人物，如《巴黎圣母院》、《琼玛在我心中》等；三是古今中外名家名品与人物在《哭过长夜》的其他文本中经常出现，出现最多的是曹雪芹、鲁迅及其笔下的人物，其他的还有作家托尔斯泰、人物鲁滨孙等。如果说，在单一的文本中出现某个作家或某个作品中的人物并没有什么特别，而这些作家或人物在大量的文本中频繁出现就不能不引起我们的重视。作者绝不是在展览自己的文学知识，而是其文人情怀的一种自然流露。可以说，这些文学已经沉淀到作者的文化意识深处，写作的时候，它们会在适当的情境中自然而然地流出来、溜出来。弟弟逃学，"我"没看住、没汇报，祖父的耳光并没有让我屈服："我不服！一百个不服！我把不能辩解的愤懑变成鄙夷不屑的沉默，打死我也不说。那时，我尚未读过托尔斯泰的《复活》，如果我读过，我将用玛丝洛娃那种轻蔑的斜视表达我沉默的理由：不服！"（《少阳胆》）玛丝洛娃式的轻蔑是用成人视角对童年心态的形象概括。其他如林黛玉式的寂寞，维特式的孤独，于连式的欲望，比香菱、芳官还惨的命运，《家》中琴的独立以及鲁迅式的生存姿态，"用笑脸来迎接悲惨的厄运"等，作者从这些对象身上看到与之精神同构的自己，因此才有读徐志摩如同读自己的深切感受，并由此获得超越的力量，也正因为如此我们才听到生命的笑声。

3. 生命笑声的真诚绽放

"没有哭过长夜的人不足以语人生"，哭过长夜之后才会体味人生、知晓人生之路漫漫。如果说，在漫漫长夜的精神疼痛中，我们重点说夜、说疼痛，那么，现在我们要面对的是哭过的长夜之后。虽然在漫漫长夜中，我们感觉的是悲凉，但在长夜之后，我们听到的是笑声，是生命的笑声在真诚地绽放。

笑声来源于两个方面：一是作者和书中人物的笑声；二是作者的幽默留给读者的笑声。

作者写得最好的是妈妈的笑声。"妈妈哭过长夜，妈妈最有资格解读人生"。曾经想过出家、想过自杀的妈妈在哭过长夜之后"笑声朗朗，笑容如三月春花"。女儿对死去的父亲说："您能葬在沈阳，全靠妈妈的宽容。您要知恩守信，保佑妈妈平安健康。待妈妈百年之后再去与您团聚。"女儿的话说到妈妈的心坎里，所以，九十多岁的妈妈笑声朗朗，笑得甜蜜，妈妈是笑到最后的人。书中的插图让我们感觉母女二人的笑声好像跃出纸面，变成跳动的音符向我们"袭来"。母女之间的理解和爱是一座生命之桥，使彼此走过漫漫长夜，共享人生。女儿出差后对母亲的惦念和爱通过一个电话连接，母亲拿起电话，女儿假装别人的声音说是找女儿，母亲听着耳熟却不知道是谁，当女儿恢复原声原味，母亲才恍然大悟。嘿嘿嘿，"妈妈的笑声特甜特亮，带着蒙古草原的自然清香"（《不老歌》）。母亲的笑声不仅可以听到，母亲的笑声还富有质感，好像我们伸手能够接到；母亲的笑声也含有香味，好像我们用鼻子可以嗅到。不老的妈妈给别人带去的也是笑声。别人向九十多岁的老母讨教长寿秘诀，母亲"习惯地竖起拇指，习惯地是用夸张的修辞。话匣子一打开，如酒逢知己，滔滔不绝，信口开河。大家听得在理，便拍手叫好；觉得荒唐离谱，便莞然而笑。千金难买众人笑，笑一笑十年少"（《清风吹散万般愁》）。笑声荡漾，母女情深意浓。

作者在较多的文本中用幽默的笔法把笑声带给读者，这时我才能把文本中的作者和我看到的康老师合二为一，因为以前我所看到的康老师就是地地道道的快乐之人、幽默之人、睿智之人。满头银发证明她哭过长夜，但又何尝不是生命凯旋的表征！正因为哭过长夜，才能够有生命的顿悟以及对人生的超越表达。"时间老人能保留我生命中曾经拥有的欢乐，也能抚平我生命中一次次连绵起伏的忧伤。我把这忧伤与欢乐拧成一根哲学的藤蔓，那便是日有阴晴，月有圆缺，人生有离合的悲欢，历史有兴衰的演变"（《祝福澳门》）。也许正是这种悟性才使作者能够用一种幽默的情怀去写《哭过长夜》。

　　作者的幽默通过三种方式实现。一是政治话语与民间话语的潜在对比。作者这样写母亲和女儿之间观念的对比："妈妈的好日子是从我参加工作开始的。她让我感谢上帝的恩赐。我说：翻身全靠共产党，幸福不忘毛主席。她说，毛主席共产党也是主保佑的。"这样写三舅爷的人生观："即使在轰轰烈烈的翻身解放热潮中，他做了土地的主人，也不曾有过全人类的抱负与世界大同的境界。"作者的幽默在于没有站在政治立场上去审视母亲和三舅爷，不是对二人的观念作历史的批判，而是尊重他们的选择。二是用夸张的方式把小事大说，善用反义词和近义词。《凤城女高》中的学生做了"不少克格勃的勾当"：明察的明察，暗访的暗访，抓到了男女老师关关雎鸠的一些证据。"我们的小家庭五口人：祖母、父亲一伙是右派，保守主义者；我和弟弟是一伙是左派，理想主义者。我们的理想主义者以崭新的观念、雄壮的对阵、无可辩驳的言词在腐朽的保守主义面前显示了不可战胜的重量级的攻击力量。妈妈是中间派、骑墙派、和事佬、老好人，猪八戒照镜子里外不是人。"把一个家庭内部分成政治派别是夸张，对母亲的分类的多种概括富有情趣。三是内外的反差和对比。《哭过长夜》有很多这样的文字，写作者心里想的和实际做的两种情态的不同。《少阳胆》写到一位父亲找我说，他的女儿被拐跑。"要求组织严惩拐子，还他女儿。我一听，差点蹦高。大胆狂徒，竟敢血口喷人反客为主。但家庭的教养此时对我发生奇效。我毕竟不是十字坡的恶母夜叉。我是鉴湖女侠秋瑾。我稳住阵脚，用轻慢的语气对他说……"作者暴怒的心理一下子降到轻慢的语气构成巨大的落差，叙述的作者好像把自己按捺不住的笑声传递给读者，使读者在对比的夸张叙述中体味幽默的力量。

　　《哭过长夜》是作者曾经的生命歌哭，是正在绽放的生命笑声。《哭过长夜》敞开心扉，让我们走进作者的心灵世界，这体现了作家的真诚，也是作家对读者的信任。我们在走进长夜之后看到的黎明、在歌哭背后听到的笑声就是这样的一种真实。

四　主体对象化的自然之在

女作家和自然有着天然的亲近感，她们善于把自我对象化到自然之中。徜徉于自然，女作家在体味自然美的同时体味生命之美，在感悟自然中感悟生命。作为自然的女儿，她们在自然中欢歌，在自然中忧伤；一方面充满感性的体验，一方面渗透理性的认知。自然，成为女作家主体对象化的自为之在；女作家，成为自然对象化的主体之在。

1. 自然女儿的审美姿态

作为自然的女儿，几十年来，王秀杰把对自然的丝丝牵挂与惦念都融入那一片使她魂牵梦绕的湿地——芦苇荡，倾听来自大自然的精灵——水鸟的欢唱。她把这一切凝聚成浓浓真情，自由地与鸟同翔，撼人心魄的文字留下的是无尽的慨叹和美丽的忧伤。

王秀杰始终以一个女儿的姿态观照自然。在自然面前，她表达了一个女儿的真挚情感，除了偶尔流露出对自然带给人类的灾难（如水灾）的恐慌外，她给予自然极大的赞美：赞美辽河对生命的滋养，赞美芦苇的奉献、芦花的朴实，赞美天鹅的忠贞等。她一生都想守候在自然的身旁，真真切切地做自然的女儿。她甚至"想变成荷花中的一朵，与她们同呼吸，共命运"，"在不知不觉中把生命融入自然"。然而，因为身不由己，她不得不一次次与家乡的芦苇、红海滩和水鸟告别。每一次告别，都是恋恋不舍的凭吊，都有无尽的牵挂和对再次相聚的企盼。在她盈盈的泪光中，我们甚至埋怨那些让她离开自然的每一次"不得已"，这些"不得已"让自然的女儿被迫远离自己的至爱和大美，她与自然一起孤独、彼此思念。然而，当她发现至爱和大美也在于发现，至爱和大美已永存心中，是任何一种外在的力量也不能切割的绿叶对根的情意时，她欣然离开。也许距离产生美，也许一个女儿的博大胸襟和审美情怀使她在离开之后，更加文思喷涌，《与鸟同翔》、《水鸟集》等不断超越与升华。我们愕然，我们茫然：是埋怨"不得已"时的残酷与忧伤，还是感叹这些忧伤中的美丽？身的离开，是心的深切融入。也许曾经的记忆与现时的距离，使那些至爱和大美更加富有意味，更加富有韵致。

作为自然的女儿，王秀杰不喜欢那种清高的"精神白领"的独语。她喜欢的是一种和谐的"复调"。阅读王秀杰的自然文本，我们发现，她的文本表现的不仅仅是一个女儿的一个声音，一个脚步，一声叹息，不是孤独的爱，还有自然保护区工作人员忙碌的身影、焦灼的表情。在最美的自然面前，她"不敢独享其美"，而是"邀艺术家一同前往"，共同欣赏晨光中丹顶鹤的沐浴、夕阳中的鹭归等。当然，还有亲情的陪伴和读者的参与。她总是在与自然的对话中自觉地与读者对话。她善用第二人称的叙述方式，有时"你"是自然，更多的时候"你"是对读者的呼唤。所以，她不是心灵的独语者。她的审美视域中总是有他者，这与"融入野地"的独语者有着根本的不同。

其实，"自然的女儿"的审美姿态并不是单一的、固定不变的。王秀杰有时从自然的女儿过渡到人，以人类的身份表达对自然的崇拜、对破坏自然的忏悔、对保护自然的呼唤。作为自然的女儿固然精神愉悦，然而作为人融入自然又何其艰难。王秀杰也表达了她在自然面前的困惑，就像她看鹤一样：远看觉得遗憾，近看又怕扰乱了它们的平静（"总是怕惊动那些小鸟，屏住呼吸"这样的叙述时有所见）。人与自然就是这样矛盾地关联着，审美对象化地存在着。

王秀杰调动了自己全部的审美感觉全方位地架构文本的立体世界。《水鸟集》中古今中外各种水鸟的多种艺术形式（诗文、照片、刺绣、绘画、雕塑等）镶嵌并融入她如诗如画的文本中。她为我们展现的是家乡一年四季（春夏秋冬）、一日（晨曦、正午烈日、夕阳）、多种气象（晴空万里或细雨绵绵等）中的各种自然美景。我们羡慕她作为自然的女儿得天独厚的优越条件，也羡慕她作为作家对自然的优美表现。在感谢她为我们带来如此有意味的文本的同时，更加感谢她对人类与自然生态文化精神的张扬。正如尼采所言："我愈是在自然中觉察到那最强大的艺术冲动，又在这冲动中觉察到一种对于外观以及通过外观而得到解脱的热烈渴望，我就愈感到自己不得不承认这一形而上的假定：真正的存在和太一，作为永恒的痛苦和冲突，既需要振奋人心的幻觉，也需要充满快乐的外观，以求不断地得到解脱。"①

2. 自然女儿的文化人格

散文是"真"的艺术。

___
① 〔德〕尼采：《悲剧的诞生》，三联书店，1987，第14页。

与其他的文学样式相比，散文是需要用一种更加自由的心境和率真的态度去驾驭的一种文体。《金兰散文》即这样的文本例证，作者用真的态度、朴素的语言描写真人真事，抒发真情实感，阐述真知灼见。不虚美、不掩恶、不粉饰、不雕琢，是其个性所在。作者在谈对深圳的印象时说"美而内涵"，其实这也是《金兰散文》给读者留下的印象。从《金兰散文》中我们看到一条发自艺术心灵的思想和感情之流，它饱含着浓郁的、厚厚的真情。掠过这积淀已久的真情，我们可以窥见作者那东方人独有的文化人格，它使读者获得思想的启迪、情感的陶冶和审美的愉悦。

在《金兰散文》中，传统的文化人格与现代的文化人格是水乳交融的。

文化长时间的稳定发展构成一个民族的传统。儒、释、道传统文化影响着一代又一代人，金兰的精神血脉中也融入了中国文化的传统。

自然女儿的永恒之美。读《金兰散文》，不仅可以领略大千世界的林林总总，还可以感觉到一个浪漫女孩不停地按下照相机快门拍摄大自然美好的瞬间，让它转化成一种永恒的美，那是自然的女儿。

道家一向崇尚自然，向往天人合一的最高境界。苏雪林在她的《绿天》中为我们描述了徜徉于自然之中的一对夫妇，苏雪林也曾多次称自己是自然的女儿。几十年过去了，我们又从《金兰散文》中看到另一个自然女儿的形象。

热爱自然是自然女儿的天性。她在"冬园漫步"，到青山沟拜访美而韵的女神，欣赏巩乃斯之夜，品味琼岛的地域风光，抚摩太平洋；她在"野草人生"中写春草、小草、无名草，写花写树，写雨写雾；她与吊兰产生了"天人相融"式的交流，吊兰给她"清新和宁静"，她在吊兰的"净化、美化作用里得到启迪"，她还给吊兰"涓涓倾诉和对社会人生点点滴滴的领悟"（《大地·小草·人生》）；她在冬雪中把瑞雪与红衣少年天人合作的美收藏在这个陌生人的视野里（《冬园漫步》）；她静静地躺在沙滩上，"任凭同行者拍照"，记录下她与"大洋交融"的瞬间（《抚摩太平洋》）。在这里，她不是孩子的母亲，更没有饱经风霜的模样，而是"勇敢地将腿浸入水中"，"让浪峰打在身上，溅在脸上"，"不时发出惊叫"的快慰无比的自然的女儿。她在大自然的怀抱里，抚摸自然，亲吻自然，感受自然，与自然对话、交流，达到与自然融为一体的精神境界。

《金兰散文》给我们留下的印象之一是，作者多次写到她端着照相机，贪婪拍照，恨不得把看到的所有的倩影丽姿都带回自己的家，在大洋彼岸如此，在本国的南方如此，在西北边疆如此，在本省的风景区如此，在本市的公园里如此，她俨然是一个摄影专家，为我们提供一本本珍贵的照片。但对于金兰来说，说她酷爱摄影，不如说她酷爱自然，酷爱人生。她说："爱在自然，美在人间"，"若国人皆能爱大自然，大自然怎能不慷慨赐美于国人呢？"

她对大自然的那一份真情，除传统的道家文化熏陶着她之外，还与她少年时代的成长环境有关。她的故乡在黄海之滨的农村，那里有野花、有山冈、有苇涛芦荡，她从小就仰吸最自然的空气，跪闻泥土的芬芳，与自然紧紧贴在一起，她对自然从小就有一股说不出的眷恋。岁月在流逝，而那份爱却有增无减，渐渐地她与自然对话交流，具有与自然一样质朴而纯洁的文化人格。也许臻于此种意义，有评论家说："散文，是精神的假日。"①

知恩图报的短语长情。中华民族是闻名世界的文明礼仪之邦，一向重情重义，素来讲究受人滴水之恩，当以涌泉相报。这种知恩图报的文化传统在《金兰散文》中也有所体现。

《金兰散文》很多篇章打开记忆的闸门，向我们展示往事的风景。在这些风景中，我们看到自然的女儿回报泥土的养育之恩，双亲的女儿回报双亲的教诲之恩。铁凝说："散文是因什么而生？在我看来，世上所有的散文本是因了人类尚存的相互惦念之情而生。因为惦念是人类最美好的一种情怀。人类的生存需要相互的惦念，即使最高尚的文学也离不开最平凡的人类情感的滋润。在生命的长河里，若没了惦念，怎么还会有散文？"② 金兰怀念家乡的一草一木，惦念家乡的亲人，回报家乡的养育之恩，寻找自己过去生活的"根"，那个"头顶一个天，脚踏一方土"的大树，那个人间真善美的乐园。

在"故乡的山冈"上拜谒含冤九泉的恩师，回忆为社会主义建设献身的叔叔（《长白魂》），哀悼在抗美援朝中牺牲的虎子哥（《梨花·雪花·浪花》），追忆告诉自己"能吃苦有出息"的父亲（《父亲·苇塘·我》），还有待她比亲女儿还亲的大娘（《美哉，人间》），以及替她照顾自己儿子的母亲、

---

① 李震：《散文，是精神的假日》，《文论报》1995 年 3 月 15 日。
② 铁凝：《河之女·序》，春风文艺出版社，1994，第 2 页。

小妹等（《留给儿子的回忆》），这些人、这些事使金兰背上感情的十字架，真有点不回报枉为此生的感觉。"我暗暗发誓，有生之年，当以吾心吾力报之，当以儿心儿力孝之。为了让儿子们记住这份恩情，我常常教你们懂得做人'知恩图报'的原则"（《留给儿子的回忆》）。金兰的知恩图报不是小家子气，而写上了一个大大的"大"字，那便是在传统的文化印痕中融入了现代的文化意识，把毕生的精力都投入事业中就是向泥土报恩，向父母报恩，向家乡报恩。她勤政为民，奔波于大江南北，大洋东西，她不知疲劳，毫不倦怠，为的是辽宁的文化跨出国门，中国民族的文化与世界接轨。因为，她没有忘记，她是双亲的女儿，更是祖国和人民的女儿。可以说，《金兰散文》深衷浅貌，短语长情。

把根留住的文化心灵。金兰既是为民的文化官，也是多情的散文家，这双重的文化身份使其散文具有一种更加强烈而特别的色彩，显示了一个现代文化人对诸多复杂社会现象独到的思考和焦灼的文化心理。阅读《金兰散文》的文本，一颗跳动而炽热的文化心灵隐约可见，她似乎在寻找某种东西，这种东西是个人生命意义与价值之所在，是民族力量与希望之所在——我们谓之"根"。

现代的物质文明使年轻人在享受之余丢掉了许多宝贵的东西，物质的丰富与精神的匮乏在某些人身上矛盾地统一着。他们只想着自己的幸福不顾其他人甚至不顾父母的幸福，表现出极端的个人主义，因而有了葛茂源们的孤独（《葛茂源们的孤独及其他》）；现代青年人爱这行才想干这行，缺少父辈干一行爱一行的崇高品质和无私奉献的精神（《致倩如》）。青年人本该是未来的希望，却让作者担忧、焦灼，他们的根在哪里？金兰感到，在"新一代人丰厚的享受中缺少了些什么，而且是民族自立、国家兴旺必备的东西"（《秋风·秋月·母亲》），所以，她拼命地寻找这种东西，显示出一个文化人的历史使命感和责任感。

金兰为寻求人生的价值、寻找中华民族的根做了切实的努力。她赞美随风飘落最终回到泥土中的叶子（《叶子》）、根系凝聚与联合显示出巨大伟力的天山小花（《天山小花》）、在贫瘠的土地上扎根却俏丽依然的山川柳（《山川柳》）及始终钟情于洪荒之地的丹顶鹤（《苇乡丹顶鹤》）；她爱美而不离群的乐杜鹃（《啊，乐杜鹃》）、高大挺拔却不离群体的新疆杨（《新疆杨的风采》），金兰多次写到这些植物的精神实质，对它们寄予了更多的关心和偏爱，实在是一种执著和真诚的表现。金兰说："个人价值只有与时代的、大众的命运一致的联系中，才能得到充分的实现；相反，正如泰戈尔所说：'失去现实生活联系的分子，也就失去了自己存在的意义'"（《天山小花》）。

作为散文家的金兰把她文化官的文化品格诉诸笔端，凸显了文化的内在蕴涵。刘心武在谈到文学本性时说："文学的本性接近飞机。飞机的翅膀所带动的机舱中，有着往往比飞机自身更贵重的人的生命和特别紧要的物品……这使作家在所有文艺家中似乎有着更突出的光荣地位，但也常常使作家比其他文艺家尝到更频繁更巨大的痛苦。但一个时代的精神风貌，在其他文艺品中虽然也分别或隐或显，或强或弱，乃至与一个或几个方面有着十分强烈的体现，文学却总是集大成地，具体入微地，各侧面各层次都不可缺少地凝聚着民族魂。因此，作家又应当在文学的整体性贡献中，分享到崇高神圣的欢乐"（《关于文学本性的思考》）。这是文学的本性，也是文学的根。只有魂系土地，才会有生命的根；为官的只有心系百姓，才能有有价值的人生。金兰就有这种山川柳般朴实无华而又高尚的人生。在"散文媚俗"的时代，金兰恪守着文学的根，也留住了人生的根，弘扬了民族的根。

金兰用真情和生命，全身心投入钟爱的事业。她通过文学，寻求人生的价值，也找到了人生的坐标。从某种意义上说，金兰首先是一个散文家，其次才是政府官员。《金兰散文》是真情最自然的流露，从中折射出的文化人格犹如海洋中的朵朵浪花一样具有多层次的美。《金兰散文》是金兰文化人格的写照，而文化人格的底蕴直接反映金兰生命的真实意义。金兰的追求，是对真善美的追求。《金兰散文》呼唤人对生活的感受，把偌大一个世界的生僻角落变成人人心中的故乡，将相互疏离的人、社会、自然，将现实世界的种种景观变成富有文化意味的精神家园。在她的精神家园中，传统与现代水乳交融的文化人格径直闯入读者心灵，使读者获得精神的陶冶与审美的愉悦，从而使其散文具有一种永恒的魅力。

3. 大地之魂与生命之悟

太多的无病呻吟、太多的所谓"现代性"的晦涩和所谓"后现代"的拼贴使我们对有些诗歌产生了审美疲劳，而于金兰的诗恰带给我们明快的审美表达和健康的艺术品质。阅读她的诗歌，我们可以深切体会到她植根大地之魂的创作情怀和开启生命之悟的艺术追求。植根大地使她在喧嚣的尘世中能够以一份宁静和冷静超越自我、感悟生命，无怨无悔的生命抉择、从容平淡的情感诉求在文本中创化成朴素的花草，而文本中遥远、荒凉、偏僻却不为人知的空间意象承载着她寂寞而灿烂的生命光华。

大地，是于金兰诗歌最重要的空间意象。大地，是文本中各种花的生命土壤；离开大地，就意味着失去生命。"植根大地"，是其最重要的生命选择。诗集《人生杂咏60首》中的第一首是这样写的："你是花中之凰/同族之王/植根寻常泥土/月月绽放/为人间留下/永不逝去的/彩霞馨香"（魂·一）。"植根泥土"奠定了诗集第一首诗的基本格调，从整本诗集可以看出，诗人也非常善于用"植根"、"扎根"等词汇，所以第一首诗的格调也是整本诗集的格调，这一方面表明花和土之间的生命联系，另一方面也表现了诗人的情感诉求和价值取向。

植根大地，并不眷恋天空，这是花的选择，也是诗人的选择。"你向往大地/飞离天堂/尝过了几季风雨/请说说/天多高？/地多长"（魂·二十四）。其他歌者可能大写特写的天堂，却是诗人飞离的对象，由此可以看出诗人与众不同的生命抉择。"你娴雅高洁/馨馨向天/世人夸你美若天仙/你依然从容平淡"（魂·四）。"馨馨向天"在别人看来是值得炫耀的资本，而诗人却以"从容淡定"四字进行含蓄的否定，从而体现了作者对植根大地的肯定。因为，在大地之魂的滋养之下才会有扎实的脚步、真实的人生和奉献的价值。

植根的大地，并不是平坦而喧嚣的大地，而是偏僻荒凉的大地，是海角天涯，这是诗人空间意象的特殊设置。请看下面三首诗："你扎根荒凉山冈/拥抱一份荒凉/冬雪未消时/捧出紫气，紫光"（魂·二）；"容颜娇美性泼辣/海角野地你安家/风雨摧折茎叶碎/落红化作护新花"（魂·十五）；"荒山野坡/你安家/紫光红霞/凌寒满山崖/却从不与同类比高下"（魂·三十五）。荒凉但并不荒芜，却收获一份实有，在这种荒凉中捧出的"紫气、紫光"和"护新花"体现了宽广的胸怀和寂寞生存的伟大。在其他的诗中作者也有相似的话语表达："冰雪未消/你默默开放/在山脚"；"你生于炎热天涯/钟爱海角咸沙"等。这些寂寞的花是诗人向往自由生命的镜中之像，是诗人自我人格的真诚自勉和真实写照。在一定意义上，它们也成为照鉴别人的特殊之镜："开在山脚路边/阅历过客万千/或祝福/或规劝/使善良者感受温暖/让劣行人照照阴暗"（魂·六）。这些花的生活环境并不让人羡慕，然而花却具有善良而高洁的品格。所以，这里的"荒凉山冈"、"荒山野破"和"山脚路边"等空间物象转化为承载诗人情感和审美价值的空间意象，它们未受世俗的污染，却纯洁和自由，并滋养朴素而高贵的生命。

植根大地的寂寞生存，是文本中具象生命的真实景观，是诗人生命体验的一种执著。她从这些寂寞的生命中感悟到超越的生命意义，正像狄尔泰说："生命饱含着在意义表现中超越自身的力量。"正是这种因植根大地而获得的超越性力量，使诗人"出乎其外"，极力批判那些"从不脚踏实地"、"热心小道消息"、"光天化日下""堂而皇之造假"等离开大地的虚假行为，从而在真实世界的观照与审视中获得文本深层结构的审美张力。如果说，观照、书写每一种花使诗人获得了表层次的审美愉悦，把自己对象化到各种花卉之中获得一种中层次的心灵解放和自我确证，那么她对自己与世界重新审视和批判的感悟则进入了深层次的文本结构中。

植根大地，是诗人的文本选择，更是她几十年生活、工作和创作的生命与思想的无怨无悔的抉择。贫穷、疾病与恐惧，这些童年生活的主色调、这些深重的记忆并没有使她耽于情感的宣泄，而是格外看重生命的本质力量；在告别这些之后，她也没有忘却，而是升华为一种感悟生命的思考。正像她在一首诗中所说的："告别不是忘却／忘却才是／永久的告别"（悟·七）。在她看来，植根大地，是一种真正的记忆，是一种真正的生命创化。所以，在诗人自己做了领导之后，下农村、下基层等，这是与大地的真正的亲密接触，是她生命的真正价值之所在，她从而认定"土里土气的小站／才是我／旅程的起点和终点"。她说："少年立志／为民执笔／浪淘风簸／失掉的太多太多／曾动摇过／不惑而知天命／几经斟酌／还是认定原来的选择／失掉的可以不要／得到的却不可少"（悟·四）。应该说，来自民间大地的童年时代让她体会了生活的疼痛，也培养了她的使命感和责任感。

植根大地，而不是幽闭在自我的狭小空间里咀嚼痛苦，不仅成为金兰人生的选择，也成为她诗歌创作的审美取向。她那种植根大地的广博胸怀感动着每一个读者。植根大地，才有自我生命，才有自我生命的超越，才有真正的生命之魂，而这种生命之魂也是她的诗魂所在。

4. 忧郁之雪与悖论之境

阅读王旖欢的《流云浮笔》，竟然如此震撼。不仅仅是因为我第一次阅读辽宁 90 后作家作品的新奇，更重要的是诗歌所体现的现代情感和古典情韵。我惊诧于一个女孩生命体验的深刻、文学修养的深厚和艺术感觉的细腻。她善于用一系列的意象建构自我的艺术世界，在感觉化的审美情境中表现自我、思考人生。

流沙、玻璃心、落叶等是作者常用的意象，用以表达怅然、神伤与落寞的情感。我们能够看到她的忧郁，然而，她并不消沉，而是在丝丝沉重中发现另一种生命与心情。她从落叶中不仅感受到了寂寞，而且看到了"成熟"与"蜕变"。在北方长大的女孩，雪成为她生命中非常重要的一部分。她爱冬冰一般的冷，更爱雪的洁白；她说"飘飘白雪如我轻歌"（《话念》）；她喜欢倾听飘落的雪，欣赏化了的雪，"与阳共舞"，"稍而心飞翔"（《飘雪》）。

在雪中飞舞的女孩是快乐的，然而快乐并不总是生活的全部。我没有料到一个 90 后女孩对人生与自我的认识如此深刻。《过客》从自身的生命体验和最日常的经验出发，进行理性的思考，获得超越。无论是同学、父母，抑或是朋友，都不可能陪伴我们一生，每个人都是过客，"从生命的开始走向尽头的"就只有自己，"没有人能够分担自己的痛苦"，所以，"要坚强"，显现了一种生命的韧性。《死魂灵》是一首感伤的诗。"因背离痛苦"，"因冷落伤感"，世间太多太多。然而不再痛苦和伤感却成了没有魂灵的躯壳——"死魂灵"。所以，痛苦和伤感似乎是一个自我生命存在的最有力的确证。如果说，在痛苦和"死魂灵"之间做一个选择的话，无论结果如何，都是悲剧性的人生。从这个意义上说，《死魂灵》一诗充满了感伤的色彩。《行走在世界上的风》是两个"我"的征战，一个在"人前笑"，一个在"人后哭"，而"从此我们，各不相欠"，"如风行走在世界上"，可以看出，诗中有潇洒，更有凄伤的泪，那种无奈似乎写尽了生存的窘境与悖论。一个女孩用她稚嫩的心灵感受到了这个世界的真实，是一种深刻的残酷和残酷的深刻。

现实世界的失落促使作者愿意从童话中寻找"永恒的幸福"。她用诗歌的形式重新书写了《人鱼公主》、《白雪公主》、《灰姑娘》故事，但不是历史的重复，而是自我感觉的表达，她用"刀割的痛"、"浅浅的吻"和"闪闪的光芒"表现曲折的幸福。

面对世界，作者一方面进行感性的书写，另一方面进行理性的思考。《疯狂》是一首带有哲理意味的小诗。她把疯狂比喻成埋在灵魂深处的"不理智的种子"在"迷茫中发芽，失意中生根，失意后开花"。诗中接着写道："有人告诉你，/不要阻碍其他果实的长大。/你哭着告诉他，/你是多余的。"稚嫩的对话叙述显示创作主体的成熟，我们似乎也看到一个逐渐成长的女孩在真诚地告慰那些在疯狂中迷失自我的少男少女。

《流云浮笔》的时间意识也增强了文本的理性色彩。时间难以把握，就像是指间的沙子在一秒秒地遗失，千年等待，时光逆转，三载春秋，几年风雨，"昨日如今"，轮回，等等，这些时间指向的重复性叙述与强调，表明作者对时间的重视及对生命本身的思考。

特别值得一提的是，《流云浮笔》是现代情感和古典情韵的统一。有些文本如《百字令·昨日如今》、《钗头凤·元宵祝福》等是用仿古旧体诗词的形式创作的，显示了作者文学修养的深厚。这也表明作者追求形式和表达的多样化。

一个高中女孩在繁重学习的闲暇中"独饮一杯清茗，望白云奔腾舒卷"，提笔写成《流云浮笔》，让我感动，让我震撼。我希望自己也有这样一种心境。

第五章

小说艺术的审美表意

　　小说艺术重在虚构，然而虚构的文本世界却能表达创作主体对内外宇宙的真实感受，所以小说表现的是生活的真实、生命的真实与艺术的真实。辽宁的小说创作尤其是中短篇小说在全国占有非常重要的地位，孙慧芬《歇马山庄的两个女人》获得鲁迅文学奖（中篇小说奖），还有更多作家如中夙、周建新、陈昌平、津子围、女真、李铁、于晓威、石杰等人的小说入选各大选刊。这些作品从不同侧面表现历史转型期辽海大地多样的生命状态和复杂的文化心理。我们聚焦这些小说，看到取得的成绩，感受一份美丽；同时也意识到创作的不足，留下忧伤的怅叹。然而，作家不断地进行艺术探索，不断地进行自我超越。他们观照自然、政治、权力、欲望乃至死亡，塑造栩栩如生的人物形象。每一次书写都融入作家深切的生命体验，并进行形而上的理性思考。小说的话语表述富有张力，情绪记忆在文本中外化成主体性的意象，同时作家把它升华为具有审美指向的个性化所在。

一　中篇聚焦：美丽与忧伤的怅叹

　　中国当代小说在 50 多年的曲折发展中取得了很高的成就。中篇小说作为一种特殊的文体，不仅与小说一起潮落潮起，而且更具有一种锐不可当之势。陈建功在《新中国 50 年的中篇小说》一文中说："检阅 1949～1999 年中国的收获，中篇小说似乎较之短篇和长篇更引人注目。中篇小说尽管在'文革'

前的十七年间不甚发达，在进入新时期文学的 20 年间，却异军突起，成为了新时期小说家们最为得心应手的武器。"① 所以，可以说，中篇小说是新时期小说中最具生命力和艺术品位的文学样式。相对于长篇和短篇小说而言，中篇小说有独特的审美特征，具有"故事的完整性"、"结构的繁复性"和"对创作主体的艺术素养具有更大的包容性"②，所以，从创作主体来说，作家更容易选择中篇作为创作的文体；从接受主体来说，读者更容易接受中篇文本，可以说，中篇比其他小说形式更容易引起读者的共鸣。

　　在中国当代中篇小说 50 年的历程中，辽宁作家创作的中篇如何？当下发展状况怎样？有哪些成就和不足？审视辽宁中篇，可谓喜忧参半，一半是美丽，一半是忧伤。一方面，经过几代人的努力，辽宁中篇取得了很大的成绩，在全国获得了较大的影响力，如马加的《开不败的花朵》、刘兆林的《啊，索伦河谷的枪声》、邓刚的《迷人的海》等。当下，也有一大批从事中篇小说创作的年轻作家，如孙春平、刁斗、孙惠芬、中夙、津子围、白天光、于晓威、李铁、陈昌平和周建新等。他们的作品多次被《新华文摘》、《作家文摘》、《小说选刊》、《小说月报》、《中篇小说选刊》等转载。1998 年以来《中篇小说选刊》连续转载孙春平的小说《小站弥存》、《小村"总统"》、《真太阳》等。由于转载率高，所以辽宁中篇在全国的中篇小说领域享有较高的知名度。可以说，辽宁中篇小说的创作队伍整齐，整体实力较强，作家已从辽宁走向全国。中篇小说是辽宁文坛的一份美丽的收获，也给全国的中篇小说带来了亮丽的色彩。另一方面，通过查阅新时期以来的全国中篇小说最高奖获奖情况，我们看到，辽宁作家只有刘兆林和邓刚曾在 20 世纪 80 年代获奖，而 1995～1996 年、1997～2000 年的两届鲁迅文学奖（中篇小说奖）都与辽宁作家无缘。当然我们不能以不获奖为由否定中篇小说的创作实绩，但是获奖多寡在某种意义上能说明一些问题。所以，在感受辽宁中篇美丽的同时，忧伤又油然而生。

　　衡量中篇小说创作在思想和艺术上是否趋于成熟，不仅要看小说数量的多少，更重要的是应站在时代的高度，审视小说是否揭示了生活的真实性，

---

① 陈建功：《新中国 50 年的中篇小说》，载《中国当代文学作品精选 1949～1999（中篇小说卷）》，北京十月文艺出版社，1999，第 1 页。
② 洪治纲：《回眸：灿烂与忧伤》，《当代作家评论》1999 年第 3 期。

是否具有普遍的意义，是否塑造了丰富多彩而又有个性的人物形象，是否形成了多元化的艺术格局。我们以此作为参照点，把目光聚焦到 2003 年辽宁中篇小说奖的最后几部入围小说，对它们做相对细致的解剖，以点带面，力图对辽宁中篇的创作成就和不足做些探讨。

先谈创作成就。

一是题材的多样性。书写城市题材的有陈昌平的《第一次任务》等，农村题材的有李铁的《乡间路上的城市女人》等；军事题材的有中夙的《利斧之刃》；公安题材的有津子围的《说是讹诈》等；历史题材的有于晓威的《陶琼小姐的 1944 年夏》、白天光的《雌月季》；现实题材的有周建新的《无虑之虑》等。其中，周建新的《无虑之虑》题材具有很强的现实针对性，以一个县城的国有企业——霜花啤酒厂的转轨为中心，在是与非、正义与邪恶、美与丑的对比中描写中国改革之艰难。上述作品覆盖面宽，从不同侧面和不同角度反映了一定历史时期的生活真实。

二是人物的丰富性与个性化。上述几部中篇小说塑造了一系列性格各异的人物形象，丰富了辽宁当代文学的人物画廊。罗序刚（《说是讹诈》）是一个警察，被"讹诈"折腾得寝食难安，在惊慌失措中抓逃犯，他认识到自己灵魂上的污点，最后逐渐恢复自信；走在乡间路上的城市女人杨彤（《走在乡间路上的城市女人》），虽然在城里下岗，在乡间找到工作，但是在潜意识中有着对乡村文明的排斥，对城市生活的天然认同；1944 年夏的陶琼小姐（《陶琼小姐的 1944 年夏》），演绎了一段没有英雄观念支配的英雄故事，似乎在很多偶然性中充满一定的历史必然性；苏哨（《利斧之刃》）雷厉风行、沉着果敢、公而忘私，具有中国高级将领的独特风采。苏哨有独特的性格逻辑，他通过自己的行为方式、生活作风、价值观念等影响着周围的人。正如中夙所说："我只是命定了主人公的性格，至于他怎样的作为，是他的事，大抵与我无关。他有许多让我想不到和吓一跳的地方。许多时候我是处于旁观者的位置，有时甚至怀了幸灾乐祸的心理，看主人公如何在我预设的'陷阱'里艰难攀爬。"① 小说通过就职演说、建家属房、探访退休军人、组建快速保障旅等一系列事件塑造充满韧性和人性的苏哨形象。因为作家创作上的自觉与

---

① 中夙：《没话找话》，《中篇小说选刊》2002 年第 5 期。

不自觉，才使他笔下的人物获得性格上的丰满与独立。

三是注重心理刻画。上述小说在塑造人物时，并不是单纯注重外部环境的烘托，而是细致地刻画了外部世界在人物心灵上的投影，呈现人物复杂的内心世界。陈昌平的《第一次任务》在情感、两性关系、工作身份等多重错位中探索"我"的心灵世界；李铁描写走在乡间路上的城市女人和征服城市女人的乡间男人心灵对抗的过程；津子围用心理描写、心理分析和内心独白等多种艺术手法细腻地揭示了一个被"讹诈"的警察罗序刚的心路历程，在接到那个"讹诈"的电话后，他"心沉到了底"、"憋闷、压抑"、"愧疚与不安"、"愁绪如阴云"、"眼前一片黑暗"、"决定妥协"、"晕头转向"、"心情沉郁"、"强烈的恐惧"，在化险为夷之后，他考问灵魂，感觉自己"像翅膀受伤的鸟"。[①] 对人物心理的细描，使读者触摸到人物的灵魂，与人物一同感受世界，这是辽宁中篇小说取得成功的重要因素之一。

四是讲究叙事技巧。其一，故事性强，矛盾重重，悬念迭生，营造了一种紧张的艺术氛围。周建新的《无虑之虑》官场、商场、情场三条线索并进，既揭示改革之艰，又审视人性之弱点；白天光的《雌月季》具有传奇色彩，悬念迭生，如韩岐之伤残事件的真相激起了读者的审美期待。陈昌平的《第一次任务》情节紧张，"我"能不能追回逃跑的艺术家一直左右着读者的视线，若追不回"我"会怎样也一直让读者放心不下。故事是一篇小说的"内核"，从某种意义上说，读者是奔着故事去的，有故事才有读者，在这一点上辽宁中篇小说作家成功继承了中国小说的讲故事传统，获得了较好的反响。

其二，讲究讲故事的方法。这几部中篇小说叙述手法多样：首先，元小说的戏仿。戏仿式的元小说所作的，"不过是使小说叙述中原本就有的操作痕迹'再语意化'，把它们从背景中推向前来，有意地玩弄这些'小说谈自己'的手段，使叙述者成为有强烈'自我意识'的讲故事者，从而否定自己在报告真实的假定"。[②] 于晓威的《陶琼小姐的1944年夏》很好地处理了大历史和个人历史之间的关系，把中华民族的抗日战争史具象化为1944年发生在陶琼小姐身上的故事。作者以某人在某个时空中的历史意义作为切入点，深入

---

① 津子围：《说是讹诈》，《青年文学》2002年第11期。

② 赵毅衡：《当说者被说的时候——比较叙述学导论》，中国人民大学出版社，1998，第263页。

历史的时空隧道，在真实与虚构中，突出历史与人的时代性。作者以第一人称干预性叙述姿态叙述陶琼小姐的故事。小说的小引和尾声也别有一番意味。一方面，作者引领读者进入历史，使读者相信他所讲的故事；另一方面，作者又在解构故事的真实性。小说的结尾写道："我所讲的《陶琼小姐的1944年夏》，差不多就是这个样子。一般来讲，作者在一桩事件的所有叙述都结束之后，会极力声明和承诺它的真实性。我相反。以上情节的发生，差不多都是在我的想象中完成的。"作者从旧报纸的废角中虚构了故事，但又不甘心于此，"或许那个年轻的女子不叫陶琼。那么，虚假的也仅仅是名字而已"①。这是作者讲究叙事策略的结果。其次，注重从不同角度叙述同一个故事，同一件事在不同人那里有不同的说法，在同一个人身上又呈现复杂的状态。白天光的《雌月季》以肖济红为查清丈夫韩岐之被伤事件为中心结构全篇。肖济红从不同人那里得到不同的推测，韩岐之怀疑是半枝莲，警事局的局长高万甫也怀疑是半枝莲，半枝莲却说是大瓢把子和冯亦鸣干的，二瓢把子也说是大瓢把子干的。肖济红在混乱中一点点理清思绪，暗中找到与此事件有关的另一个重要人物陈六屏，终于弄清了事实真相：局长高万甫利令智昏，灭绝人性，是真正的凶手。作者把各条线索交织在一起，使情节错综复杂，使故事精彩纷呈。最后，用顺叙、插叙、补叙等多种叙述方式全方位、多侧面地讲全、讲丰满一个故事。津子围的《说是讹诈》用顺叙的方法写罗序刚抓捕罪犯的过程与其心路历程，同时用插叙和补叙的方式补充叙述"讹诈"的缘由以及罗序刚生活中的点滴事件，这样读者可以从不同侧面和角度了解人物，人物形象立体而丰满。辽宁作家故事讲得好，这是他们赢得读者的另一个重要因素。

辽宁中篇小说确实成就喜人，但也有其不足之处。

一是苦难意识比较薄弱。很多作品对人类的困境观照不够，总体来讲，使人心灵震撼的作品不多。刁斗在《自由在我》中说："同样是用文学写作这种行为填满生命箩筐的人，你往筐里装什么？"他崇尚在生命的箩筐里堆满痛苦与灾难。刁斗的苦难意识比较自觉。在创作上比较有意味的是陈昌平的《第一次任务》，主要揭示人的行为与目的永远无法和谐的悖论、人生存与存

---

① 于晓威：《陶琼小姐的1944年夏》，《收获》2002年第5期。

在的矛盾性。相比于其他省份的作家，有苦难意识的辽宁作家还不是很多。比如，广西作家鬼子的小说《被雨淋湿的河》获得鲁迅文学奖，他说他通过苦难理解人类；又比如余华的《活着》弥漫着一种浓厚的苦难意识。苦难在这两部文本中是挥不去的，是浓得化不开的、根深蒂固的。辽宁作家很少有苦难意识，有苦难意识的文本在叙述上又不是十分成熟，所以给人的总体感觉是苦难意识比较薄弱。

二是文化底蕴不够厚实。辽宁中篇总体给人留下一种"飘"的感觉，好像缺少一种使其沉下来的东西，文化底蕴不够厚实是其主要原因。没有像辽宁中篇中《棋王》、《爸爸爸》一类的作品，缺少应有的文化意味和超越时代的艺术魅力。陈思和说："80年代那些独特的、优秀的、最能激发思考的小说看不到了。"从某个角度来说，文化意蕴的缺失不仅是辽宁中篇的遗憾，也是全国中篇小说的遗憾。

三是缺少激情，缺少奔放与雄浑的气魄。除中凤的《利斧之刃》洋溢着英雄主义的情怀外，辽宁的其他中篇总体缺少一种气势，没有张承志的小说《北方的河》和《黑骏马》那样汪洋恣肆的叙事风格和充满激情的语言。

四是缺少艺术上的探索精神。艺术手法比较单一，先锋性不强。在讲故事和塑造人物时，除《陶琼小姐的1944年夏》和《第一次任务》颇有小说探索的意味外，其他的中篇一般都采用传统叙事方法。大部分作家的艺术思维还不够开放，所以，虽然故事讲得有一定的吸引力，但是真正的"趣味"不强，缺少灵动之美。

2003年的辽宁中篇，让人欢喜让人忧。当然，这美丽与忧伤只是一段记忆，而不是辽宁中篇的未来。

二　意象：情绪记忆的外化与升华

情绪记忆与机械记忆、理解记忆是记忆的三种形态。在这三种记忆中，孙惠芬的情绪记忆是最突出的，也影响了她小说创作中的意象创造。虽然我们没有在孙惠芬的创作谈中发现她运用意象的自觉性，但是透过她的文本创作，可以得知，她的歌者、舞者、两个女人等人物意象，台阶、舞台、房子、歇马山庄、上塘等空间意象，槐花、燃烧的云霞与岸边的蜻蜓等自然意象，绢花、狗皮袖筒、马车等物象意象，迷失、声音等精神与感觉意象，都与她的情绪记忆有着密切的关联。情绪记忆与孙惠芬小说意象之间的关系是复杂的，情绪记忆影响小说意象的创造，意象又反过来重建她的情绪记忆，从而创造出不同的意象。孙惠芬小说的意象源于情绪记忆又超越情绪记忆，使意象成为审美多义性的存在。

1. 情绪记忆：小说意象的创造资源

"情绪记忆是以体验过的情绪或情感为内容的记忆。引起情绪、情感的事件虽然已经过去，但深刻的体验和感受却保留在记忆中。在一定条件下，这种情绪、情感又会重新被体验到，这就是情绪记忆。"[①] 情绪记忆虽属于心理学范畴，但是它与创作、意象之间却有着天然的联系。韦勒克认为："'意象'一词表示有关过去的感受上、知觉上的经验在心中的重现或回忆，而这种重现和回忆未必一定是视觉上的。"[②] 文学实践表明，情绪记忆影响了作家的创作，也影响了意象的创造，比如，少时对冰的情绪记忆造就了马尔克斯《百年孤独》开篇的经典叙述，同时也造就了冰块这一特殊的意象。

孙惠芬偏于情绪记忆，而疏于机械记忆。对于过去的，她能记住"感动的情境"；对于正在发生的，她的主体情绪与小说创作呈现共时性状态。这样的情绪记忆使她擅长在文本中捕捉人物心灵的瞬间，并把微妙作为最崇高的审美追求。

（1）"感动的情境"与"机理"

孙惠芬在《记忆的奥秘》中谈到，她记不住人、记不住事，却能记住情境，无论这情境是悲伤的、绝望的还是欣喜的，这些情境可能是别人作品里的情境，也可能是她阅读时的情境，当然也包括她自己生活中的情境。让她心灵感动过的事物，她都难以忘怀。她说："我不但能够记住那些让我感动的情境，我还能记住我那感动中的细微感受，那感动的纹理和机理。"[③] 情境以及在情境中的主体情绪是孙惠芬记忆画幕上的主调，当她把"感动的情境"、纹理和机理赋予意象并加以艺术表现，即她以情绪记忆创造意象时，也建构了自己的小说世界。正像歌德所说："有什么必要下那么多的定义？对情境的

---

① 孟昭兰主编《普通心理学》，北京大学出版社，1994，第 177 页。

② 韦勒克、沃伦：《文学理论》，三联书店，1984，第 201 页。

③ 孙惠芬：《城乡之间》，昆仑出版社，2004，第 53 页。

生动情感加上把它表现出来的本领，这就形成诗人了。"

孙惠芬能够记住"感动的情境"与"机理"，源于她超强的感受力。孙惠芬在一些方面表现出自卑情结，但是在感受力方面却是非常自信的。她认为这种感受力在她的创作中显得尤为重要。她说："感受力，是我创作最重要的资源。"① 良好的感受力使她的情绪记忆积累非常丰富，可以说她是凭借良好的审美感受力打捞自己情绪记忆中的瞬间与碎片而进行文学创作的。当这些瞬间与碎片被对象化之后，它们就转变成小说中的意象。源于作者曾被束缚的情绪记忆，她才塑造了渴望激情与自由的徐老师留守在"十七岁的房子"里；源于作者对乡土眷恋的情绪，她才营造了"吉宽的马车"的浪漫与诗意等。从这个意义上说，情绪记忆是孙惠芬小说意象的创造资源。

"狗皮袖筒"的意象所指是母亲的温暖。母亲的温暖是平常的。虽然孙惠芬的少年时代可能并不缺少爱，但是她是被忽视的。或者说，至少她认为她是被母亲忽视的，她竟然认为，在她成长的岁月，被忽视是她的"宿命"。她被忽视是因为母亲处处为别人着想，她不是幸运的别人。因为被忽视，所以才格外渴望母亲的抚摸与宠爱、渴望触手可及的温暖。她把这种情绪记忆"转嫁"给《狗皮袖筒》中的吉宽和吉九兄弟，他们失去母亲，再也没有母亲的温暖了。孙惠芬却让他们发现母亲留下的"狗皮袖筒"，并重温温暖。这个意象不仅留下了母亲的温暖，而且这温暖又能触摸得到。

《狗皮袖筒》中冬夜的寒冷、身体的冰冷与母亲曾经给予的温暖形成了鲜明的对比。狗皮袖筒是母亲给他们兄弟留下的最珍贵的礼物，这并不是狗皮袖筒有多么昂贵，而是在他们心中占有重要的位置。吉宽找到它，就像一个孩子找到宝贝，母亲的身影会在眼前浮现，母亲的温暖就在身边，热乎乎、暖絮絮的。它会驱逐冬天里的寒冷。因为狗皮袖筒，他生发了从未有过的细心，为弟弟做饭；弟弟因为它，获得了温暖。以前弟弟在梦中重温母亲的温暖，现在哥哥的做法让他感受到母亲的温暖，而正是这种温暖使弟弟获得了活着的满足，可以坦然地投案自首。母亲和狗皮袖筒是一体化的，他们最想要的也是"像妈一样的温暖"。小说也渲染了二妹子酒馆的温暖，这种温暖虽然也带有母性的味道，但更多的是一种自然的屋子里的温暖，与母亲的无任

---

① 孙惠芬：《城乡之间》，昆仑出版社，2004，第54页。

何功利性的给予是不同的。二妹子的热情，实际上略微带有要吉宽多掏口袋里的钱的意思。狗皮袖筒的意象是一种温暖，作者越是强化这种温暖，越是让人感到这种无功利性的朴素而至高无上的温暖在现实生活中的匮乏，因为这种温暖更多的时候只是或只能在梦中出现。

吉宽和吉九在一个冬天也没有暖过的身体，在母亲的狗皮袖筒中暖了起来。他们的冷，是来自在外打工"漂游"的恶劣环境以及非人待遇。而这种冷，更重要的是心理之冷、人情之冷。这种人情之冷、人心之隔，在"歇马山庄的两个女人"那里也能找到。源于作者情绪记忆的渴望的温暖就这样在人情之冷的现实中失落，只能在狗皮袖筒中栖居（作家渴望的温暖在"歇马山庄"中寄居）。可以说，作家改造并丰富了自己的情绪记忆，狗皮袖筒因而也成为一个成功的意象。

（2）情绪记忆与精神意象的共时性

孙惠芬在人生的不同阶段有不同的感受，而不同的感受又形成不同的情绪记忆。她对情绪记忆的激活和文本创造有时有很长的时间跨度，有时二者又几乎是共时性的，情绪记忆呈现鲜活性与持续性特征。孙惠芬的小说创作与她不同阶段的主体情绪密切相关，而不同的主体情绪又寄予在不同的意象中，比如伤痛、迷失等精神意象。

孙惠芬的写作与主体情绪有时呈现共时性特征，她在《歇马山庄》之前以及写《歇马山庄》期间的作品多是如此。她谈到《四季》的创作："写的是乡村四姐妹，到小镇上开了一个饭店，她们到了小镇打破了小镇的平静。而小镇上又来了一个马车夫，带来了客人，到了这个小酒店，这又打破了四个女人的平静，这跟我在那个时期对女人、男人、男女之间的体验有关。在那个时期我自己恋爱结婚了，对人性有了新的感受，能够把握，我所以写了《四季》这篇小说。"[①] 对恋爱结婚的生命体验使她对人性有了新的感受，这新的感受成为新的情绪记忆，并因此使她能够走到别人那里。

作家的情绪记忆总是胶着于她的创作，并影响她的意象创造。她带着自己的"伤痛"与"迷失"走向文本世界，《伤痛城市》、《伤痛故土》等在伤痛中诞生，《歇马山庄》、《民工》等在迷失中诞生。"伤痛"与"迷失"由此

---

① 孙惠芬：《自述》，《小说评论》2007 年第 2 期。

成为非常重要的精神意象，这种精神意象与作家的主体情绪处于共时性状态。

《歇马山庄》是一部在迷失中诞生的小说文本。作者从城镇到大连，被恐惧湮没，找不到家的感觉，她在困惑中迷失。她在城里的家园迷失，回到了童年的家园。"童年的乡村的现实向我逼近了。乡村的现实一旦向我逼近，就成了搭救我的汪洋海域。"① "当我的身体离乡村世界越来越远，心灵反而离乡村世界越来越近了。"② 前者是一个真实的乡村，而后者是一个虚化的乡村。在现实乡村与童年乡村的双重观照中，她沉入了生命的底部，并从迷失中站起，并使文本在迷失中诞生。她带着自己迷失的情绪记忆走进歇马山庄，而《歇马山庄》的诞生又改写了她的情绪，从而成为新的情绪记忆，就是那种不再迷失的情绪记忆。

这种迷失作为情绪记忆和精神意象影响了孙惠芬后来的创作。她创作《民工》的时候，精神也处于一种迷失状态，她笔下的民工也处于迷失状态。民工离开家乡进城，城市不是他们的家乡，而民工回家奔丧，家乡也不是原来的样子。如果说，打工者回乡前把乡村当成自己情感的后方，那么，回乡奔丧却把这唯一的情感寄托也打碎了。即便没有这样的倏然变故，打工者对家乡的感觉也不是从前的了。对于民工来说，家在哪里？小说中，民工迷失于个体家庭的变故，这是文本的表层结构；那么，作者的迷失则是从精神的角度、理性的高度思考民工的家在何处，这是文本的深层结构。而作者的这种迷失正是创作《歇马山庄》期间迷失的情绪记忆的延续。对于作者来说，《歇马山庄》中的迷失是偏于感性的共时性情绪记忆，而《民工》中的迷失是偏于理性的连续性与疏离性的情绪记忆。

（3）"心灵瞬间的历史"与"微妙的形态"

"感动的情境"的多元丰富与记忆犹新显示出孙惠芬在感知力和情绪记忆方面的优长，她将自己的情绪记忆审美对象化，在文本创造中"打开人物心灵瞬间的历史"，在微妙中展现人物微妙的内心世界。

"文学的本质是有节奏的情绪的世界"③，感情在时序的延长中才能成为情绪。孙惠芬认为："小说最重要的可能性还在于如何准确把握心灵瞬间的波

---

① 孙惠芬：《城乡之间》，昆仑出版社，2004，第62～63页。
② 孙惠芬：《在迷失中诞生》，《当代作家评论》2000年第3期。
③ 郭沫若：《文学的本质》，载《文艺论集》，人民文学出版社，1979，第227页。

动，如何打开人物心灵瞬间的历史。"① "人物心灵瞬间的历史"是心灵的瞬间情感在时序中的延长，它是人物主体的特有情绪。丰富的情绪记忆使她创作时能够把撼人心魄的心灵瞬间描绘成瞬间的历史，雕刻成微妙的情绪之城，从而延展文本的审美时空。《燕子东南飞》的燕子老人是谜一样的人物，她几十年在门口朝东南望去，直到把自己望成了燕子老人。谁也弄不清为何她几十年从未回娘家，也不让自己的儿子回。当"我"在老人生命垂危之际走进她，在她生命的最后时刻和她一同走在回家路上的时候，才知道她是为了"守护着一个巨大的尊严"。结婚那天的途中，她被小日本强奸，她的儿子是小日本的后人。她觉得自己是娘家的"败类"无颜回家。孙惠芬一点点打开燕子老人的心灵世界，燕子老人几十年的望燕子，变成对家乡的坐望；她把儿子一次次抛弃，不是母亲的冷酷，而是想忘却以前的耻辱；她把儿子一次次推开，又多想一次次拥抱。她的一次次疯狂之举正是她的理性：她是母亲，她有天然的母性；而她是小日本后代的母亲，她有天然的尊严。在母爱与尊严之间徘徊与犹疑的燕子老人，心灵被撕成碎片。她的外在样态遮蔽了她的每一个心灵的瞬间，或者说她超常态的举止行为之下是一颗保有尊严的心灵。燕子老人用疯狂留住了理性，作者书写了燕子老人心灵瞬间的一次次震颤，而这些发生在别人看不到的微妙的世界里。

这得益于创作主体把自己的情绪微妙地融进了对象的生命之中。"微妙"是孙惠芬对"小说的最崇高的追求"。"只有从你的心情里长出来，风才有了风的心情，雨才有了雨的心情，它们的心情，也许不会以你的意志为转移，但这不要紧，你将自己化在它们的心情里，融在它们的生命里，也就有了微妙的形态。微妙是我对小说最崇高的追求。"② 作者的情绪记忆融进《燕子东南飞》，她捕捉燕子老人心灵的变化，这是创作主体与对象主体之间微妙形态的产生；同时，作者更善于通过自己的情绪记忆把这种微妙的形态推向对象主体之间，如"歇马山庄的两个男人"之间、"歇马山庄的两个女人"之间以及《歇马山庄》中月月与买子之间、《吉宽的马车》中吉宽与许妹娜之间等。他们之间的关系都在微妙地变化着，表面上可能波澜不惊，但不断的微

① 《小说的可能性与写作者的危机感——在鲁迅文学院的一次讨论》，参加者：李敬泽、徐坤、红柯、谢挺、荆歌、雪漠、孙惠芬、潘灵、金瓯、北北，《文学报》2003年2月20日。
② 孙惠芬：《城乡之间》，昆仑出版社，2004，第50页。

妙变化竟然可能使情感走向最初的对立面。

融进对象生命、化在对象心情中的这种微妙，在作者的情绪记忆中是训练有素的结果，而这种训练则是她无法逃脱的宿命：她和三代女性同居一室，观察与体察她们像是每日的功课、每日的生活。多年的训练使她善于"抒写人物心灵的历史，捕捉人物瞬间的情感变化"。[①] 可见，情绪记忆造就了作者与对象之间的微妙，也造就了对象与对象之间的微妙，小说文本从而获得了微妙的审美特性。微妙，正是作者的高妙之处。

2. 意象创造：情绪记忆的文本呈现

孙惠芬在小说中创造了大量的意象，这些意象多是她情绪记忆的审美对象化，是情绪记忆在文本中的具体呈现。意象是创作主体与人物主体的精神寄托，是文本欲望世界的敞开，是"乡下人"情绪记忆的回溯与印证。

（1）空间意象与主体的精神寄托

歇马山庄、上塘、房子等这些空间意象，是孙惠芬源于情绪记忆的艺术创造，尤其是歇马山庄几乎成为孙惠芬在文坛上的别名。孙惠芬在城乡游动与漂泊的心灵，终于栖居在歇马山庄和上塘，虽然它们可能是她的"葬花辞"（李敬泽语），但至少她可以栖居，是瞬间的栖居也好。

孙惠芬生活的山咀子和清堆子，是现实空间，并不是作者要回去的家园；她要回去的是歇马山庄、上塘等意象空间，它们才是她真正的精神家园。"上塘"是"是我必须到达的另一个村庄。是我多年来一直痴心向往的一个村庄"。[②] 它在她的心里已经存在十几年了，是她进城之后就在心中存在的村庄。她把自己的精神寄托在意象空间中，其实在自己找到精神家园之前她一直通过在文本中创造空间意象、描摹人物精神世界思考精神家园的重要性。

《十七岁的房子》书写十七岁的房子对于徐老师人生的意义。十七岁的青年男女在夜晚走进"一座无人居住的旧房子。他们在漆黑的屋子里谈着爱情，谈着未来。"正是这个房子成了徐老师每天的话题，人生的话题。他每天絮语，真像是一种精神病。他拥抱办公室的小方被看成是强奸未遂，实际上他是在拥抱青春，渴望激情。他的失踪不是羞辱和忏悔，而是一种告别和绝望。

① 张赟、孙惠芬：《在城乡之间游动的心灵——孙惠芬访谈》，《小说评论》2007 年第 2 期。

② 蒋楚婷：《孙惠芬：乡村生活进入我的灵魂》，《文汇读书周报》2004 年 8 月 27 日。

在政府机关工作越是束缚，对这个房子越是思念。十七岁的房子是青春，是无拘无束，是自由奔放。当十七岁的房子里所谈论的未来正在发生的时候，和他的想象产生很大的距离，所以，他再没有激情去憧憬未来。他当年是《组织部新来的青年人》中的林震，现在是《组织部新来的青年人》中的刘世吾。十七岁的房子寄托着他全部的人生与梦想，而现实却打碎了他的一切。

到了县城的孙惠芬觉得县城不如自己想象得那样好，后来到了城市的她也有同样的感觉，十七岁的房子、歇马山庄等意象的创造是她这种情绪记忆在文本中的反映。人们总是在畅想未来，而未来成为现在，却没有了期待。徐老师是生活在过去，生活在十七岁的房子里；孙惠芬生活在别处，生活在歇马山庄与上塘等。二者在一定程度上存在精神的同构性，总之，在别处的意象空间是他们的精神家园。

（2）多元意象与欲望世界的敞开

名欲、权欲、金钱欲、爱欲、食欲等，是人生存本能的欲望，欲望充满了整个世界。孙惠芬用多元意象，如燃烧的云霞、蟹子的滋味、一树槐香、岸边的蜻蜓等建构文本中的欲望世界。随着欲望世界的充分敞开，文本中的人物灵动地向我们走来。

在《燃烧的云霞》中作者用"燃烧的云霞"的意象形容农民离开农村进入城市的豪情，不过，在"我"看来，它并不是"豪情"却有一种欲望的疯癫；《给我漱口盂儿》中漱口盂儿是奶奶树立权威的欲望载体；《蟹子的滋味》是关于"控制欲望"的问题等。蟹子的滋味，是母亲闻过的记忆，是母亲的情绪记忆，而不是吃过的记忆。母亲吃蟹子的欲望在生活中被自我禁锢与控制。在女儿家，蟹子的味道让母亲心堵，因为她想吃。可是她不能吃，因为她一直说自己不爱吃。年轻时家里困难，舍不得吃说自己不爱吃。因为自己一直说不爱吃，等到有条件吃蟹子时，儿媳也就很少往家里买。到了女儿家里，每天面对女儿婆婆顿顿吃蟹子的情景，当然使她心堵。然而，女儿在心里却把母亲想象成不太善解人意。实际上，女儿并没有真正了解母亲的情感。小说的最后是女儿发现母亲画得像电线杆的竖线中上挂满了像蟹子一样的东西，"又像放着太阳的光芒"。作者原想写人如何解放自己的欲望，而到后来却是如何控制自己的欲望。①

　　欲望是多样化的存在，孙惠芬用多元的意象书写了不同的欲望。孙惠芬善于创造爱欲（性欲）的意象，如《歇马山庄》的姑嫂石篷是情人幽会的场境，是爱欲的自由敞开；《吉宽的马车》中的鸡山是肉体饥渴的民工寻求发泄的秘密场所，而对于民工来说，这是一个公开的秘密。她创造得最成功的爱欲意象是"一树槐香"。《一树槐香》有效地利用了通感，在写爱欲的同时体悟了女性身体的觉醒。二妹子和丈夫在一起，"她都感到子宫在动，那种五月槐树被摇晃起来的动，随着自上而下的动，她觉得槐花一样的香气就水似地流遍了她的全身"。这种美好的爱欲质感，也是一种幸福感。丈夫死后，二妹子经营小馆，在她仿佛又回到姑娘的从前的日子里，那菜谱里写进的每一种菜的料，都恍如槐花一样挂在了她的眼前，让她闻出一缕缕从小馆外面，从更辽远的世界飘过来的香气。而这些香气不再是身体里的香气，是外在的香气；内在的香气是过去式了，"她真正从身体里告别过去"。孙惠芬把槐花和香气两种意象融合在一起，在视觉、嗅觉与触觉中获得灵动性，从而使"一树槐香"的意象成为诗性的爱欲景观。

　　（3）声音意象与"乡下人"的情绪记忆

　　声音是情绪的寓所，不同的声音包含着不同的情绪。孙惠芬的情绪记忆有时留在那些富有质地的声音当中，她小说中的声音意象是创作主体或人物主体情绪记忆的影射。而对于声音意象的执著与孙惠芬作为曾经的乡下人的敏感、自卑、压抑、困惑等情绪记忆有关。

　　命令，作为一种声音，是一种话语权力，"给我漱口盂儿"是奶奶饭后对晚辈的命令。奶奶曾是有钱人家的大小姐，饭后漱口是多年的生活习惯，是她在家庭中地位和威严的象征。"给我漱口盂儿"中带有权威性的命令，这种声音不仅是一种文本形式，更是一种话语权。这种类似的声音似乎在童年的孙惠芬耳边时常想起，并导致她的压抑；普通话与乡音，作为两种不同声音，在作者看来是文明与否的象征；讲故事，这种声音作为一种能力的象征，是一种炫耀的资本。然而，孙惠芬说不好普通话，不会讲故事。她很自卑。不仅如此，"不能像别人那样将爹叫成爸，是我童年里又一桩苦恼，它常常让我

---

　　①　孙惠芬：《城乡之间》，昆仑出版社，2004，第56页。

在众人面前生出羞怯和自卑，就像曾经因山咀子的叫法而自卑"（《街与道的宗教》）。

与前面所谈到的联系起来，可以看出，孙惠芬的自卑情结源于乡音、不能记住故事、不会讲故事及被忽视。听别人说一口流利的普通话她很羡慕，也很自卑，《歇马山庄》中月月对买子说普通话的羡慕就是作者这种情绪记忆的反映。她的自卑使她对声音格外敏感，对声音有特别的记忆。《街与道的宗教》记述她在东山岗看到大哥骑车回家的快乐，她并没有向家人报告她看到大哥，而是欣赏等待，她等待的是一个声音。"有一个声音，他们是无论如何都能听见的，那就是大哥放自行车时咔嚓的一声。那一刻一旦降临，我便挨个去看大人们的脸。这响脆的一声，是我后来听到的所有音乐合到一起，都无法达到的一种美妙。奶奶和父亲一样，性格外向，一瞬间，笑爬满了眉梢，而母亲和大嫂比较含蓄，没有表情，但干活的脚步却嗖嗖地快了起来，我的心底，顿时汪出了一罐蜜。""当声音通过耳畔震动了草垛、院墙，一种为天地所接受的响彻云霄的震撼，会使我浑身的毛孔瞬间耸立。"在母亲看来性格很好、安安静静的女儿，渴望的是声音的世界，因为对声音的感受成为自我生存的确证。她不善于说，她觉得自己说不好，但她善于听，善于感觉声音。

然而，孙惠芬必须得说，她通过文本中的人物去说。这是"间接的言说"，也是"直接的言说"。《吉宽的马车》中的吉宽说："有一种生活，你永远不懂。"这不是一般的语言表达，它更是生活宣言，一种心灵之声，一种生存哲学。吉宽心底的歌声一次次涌动："林里的鸟儿，/叫在梦中；/吉宽的马车，/跑在云空；/早起，在日头的光芒里呦，/看浩荡的河水；/晚归，在月亮的影子里哟，听原野来风。"文本的第一章开篇不久吉宽就唱响这首歌，文本以吉宽在醉梦中听到这首歌结束。这些声音意象是孙惠芬自我情绪记忆的转化与升华。

现实中，孙惠芬必须得说。"我是在农村长大的。"在一般情况下这是孙惠芬在陌生人面前介绍自己的第一句话。这一方面是自卑，或者是喜欢一种有意识的疏离；另一方面说明她的坦诚与自信。在她创作早期，自卑的成分多些，后来是自信的成分多些。这也与她喜欢的沈从文一向以"乡下人"自居有关。

乡下人身份是成为城里人的孙惠芬的执著固守，也是作为乡下人的不断地逃离。她小时候的梦想是成为小镇的女人，她笔下的人物也都有对乡村的逃离。"外面"的声音成为他们的宗教。《民工》中回家奔丧的鞠广大和鞠福生父子在送葬之后，"不知道过了几年，几十年，几百年，咆哮的声音被窗外的目光裹了去，嘶哑的声音被窗外凉凉的秋风裹了去，燕子在树上喳喳叫着，鸡鸭在窗外叽叽咕咕叫着，鞠广大和鞠福生平静下来，他们听到了外边的声音，那声音很近，很亲切，可是在他们听来，却像梦。父与子静静地听着这梦幻般的声音，一点点的，脸上有了色彩，日光的色彩，他们的脸被日光映红，仿佛两片秋天的瓜叶，在丝丝的血红中灿烂无比……"外面的空间意象和声音意象连在一起，实际上，这外面的声音来自自己的想象，或者它来自主体的心灵深处。

外面的声音具有超强的吸引力，外面是孙惠芬家乡人"信奉的宗教"。因为她的家乡"地处沿海，有港口，很早就通着烟台、朝鲜、上海等地，是一个很早就开放，很早就接受了外来文明的地方"。它因为很早就开放，她的祖辈、父辈以及乡亲们"很早就信奉外面，凡是外面的，就是好的，凡是外面的，就是正确的，从不固守什么，似乎只有外面，才是他们心中的宗教"①。

孙惠芬的意象创造是她情绪记忆的反映或折射，主体情感寄托于空间意象，欲望世界在槐香等多元意象中敞开与绽放，而声音意象的建构则更多源于她作为乡下人的情绪记忆。这些意象在文本中的呈现与创作主体或人物主体的情绪记忆紧密相连，鲜明地打上了主体性印迹。

3. 超越情绪记忆：意象的审美多义性

2000 年之前孙惠芬小说意象不多，也不是很成功（如生命梧桐、一束绢花、燃烧的云霞等）；而 2000 年之后的意象构建却比较成功，如燕子东南飞、天河洗浴、一树槐花、狗皮袖筒、吉宽的马车等。而这些意象的成功在于她源于情绪记忆又超越情绪记忆，使意象获得了诗性与哲性的统一，获得了审美多义性。

（1）从情绪记忆到"想象的历史"

情绪记忆是自发的，而艺术想象是自觉的。从情绪记忆到"想象的历史"，是孙惠芬艺术创作、意象创造的审美超越。

---

① 孙惠芬：《城乡之间》，昆仑出版社，2004，第 28 页。

孙惠芬在最初创作的时候，几乎都是写自己的心绪，关心她自己的心灵。其实 20 世纪的女作家大多都有这样的特点，冰心、丁玲、萧红、张洁、铁凝、王安忆等莫不如此。情绪记忆是孙惠芬的创作资源，从孙惠芬笔下第一人称"我"的故事中几乎都可以看到她自己的故事。这一方面表明，孙惠芬非常善于捕捉与抒发自我，而自我本身具有非常丰富的内涵，有待她的开掘与表达，这导致她无暇或无意识关注自我外面的人与世界，多呈现宣泄型审美特征；另一方面显示，在创作初期，她无力顾及外面的世界，这主要是因为想象的匮乏与表达的制约。后来的她发生了很大的变化，她说："我从一个只知关心个人心灵历史的抒发者，成长为还知道关注别人心灵历史的创作者。"这种"想象的历史"，"这对我可是太重要了，它让我获得了想象的自由和快乐"①。如果说，她最初的创作更多源于自发的情绪记忆，小说在"心情里疯长"，那么，后来的创作是一种自觉的艺术想象。意象的创造也是如此。

孙惠芬从自己的情绪记忆中走出，用想象走向两个人、走向世界。在同一期间创作的《歇马山庄的两个女人》和《民工》都有着自己独特的思考，孙惠芬和主编、评论家产生了分歧。发表在《人民文学》上的《歇马山庄的两个女人》，小说原名是《两个女人》，因为她认为"两个女人"隐含着"生活的哲理"。②《民工》发表之后，有评论家说孙惠芬关注弱势群体，孙惠芬并不认同这种说法，因为"它表现的是人的心理和精神，而在精神上没有什么弱者和强者"。③ 这种分歧虽然原因不同，但归根结底是源于她对人物意象与精神意象的珍爱。在孙惠芬的字典里，几乎很少有"意象"一词，但如果用意象来解释她对自我的辩解可能更具说服力。两个女人是人物意象，两人建构的是两个人的世界，她们之间的关系是所有人与人之间关系的缩影。《民工》关注的重点不是他们生活在底层，而是他们的迷失状态。迷失是一种精神意象。评论家的解释忽视或者窄化了迷失意象的意蕴。

超越了自我情绪记忆的孙惠芬走向了想象的历史，走向了"歇马山庄"的世界、"上塘"的世界和"吉宽"的世界。但这并不是脱离了情绪记忆，

---

① 孙惠芬：《城乡之间》，昆仑出版社，2004，第 55 页。
② 孙惠芬：《城乡之间》，昆仑出版社，2004，第 55 页。
③ 孙惠芬：《自述》，《小说评论》2007 年第 2 期。

而是深化、升华了情绪记忆。

（2）从"精神苦难"到"灵魂自救"

孙惠芬早先采用的是第一人称叙事，一般来讲，"我"和孙惠芬之间几乎是没有距离的，创作主体与人物主体的经历具有鲜明的同构性。创作《歇马山庄》前从自我情绪记忆中走出的孙惠芬走向别人的心灵，完成想象的历史，这时她和笔下人物的精神具有一定的同构性，如伤痛与迷失等；创作《歇马山庄》之后，尤其是《吉宽的马车》之后，她不再迷恋于"精神的苦难"，而是关注"灵魂自救"。

孙惠芬这样说到《吉宽的马车》的创作："我写民工，是因为我的乡下人身份。我其实就是一个民工，灵魂上经历着一次又一次'进城'。不同的是，一开始写民工，写的是民工在这样的突围中遭遇的精神苦难以及肉体的创伤，如今写民工，是写民工在苦难历程中灵魂的自救和思考。"[①] 吉宽和《民工》中的鞠氏父子同是民工，文本的结局似乎有些相似，后者在梦幻中听到外面的声音，吉宽在醉梦中听到歌声。然而，那时的鞠氏父子不知身在何处，家在何处；而吉宽经历过迷失之后在自己的内心世界建构"马车"的梦想，因而马车意象的创造意味着作者关注的不是苦难而是灵魂可能获得的自救。

在《吉宽的马车》中孙惠芬依然采用第一人称叙事，但是创作主体和作为叙述人的人物主体性别不同，这一转变不是单纯的性别变化，它更意味着创作主体驾驭生活、艺术想象和创造能力的提升。所以，《吉宽的马车》不再是单纯的情绪记忆，不再是单纯的精神苦难，它更是"想象的历史"与"灵魂的自救"。

（3）从意象单一性到审美多义性

超越情绪记忆，一是能够创造出与此前不同的意象；二是意象摆脱了单一性的存在，而富有审美多义性特征。这些与意象在文本中的设置有关，与作者的诗性和理性有关。

意象应该是多义的。黑格尔说："象征一般是直接呈现于感性观照的一种现成的外在事物，这种外在事物并不直接就它本身来看，而是就它所暗示的一种普遍的意义来看。因此我们在象征里应该分出两个因素：第一是意义，

---

① 杨鸥：《孙惠芬：关注民工的精神世界》，《人民日报》（海外版）2007 年 12 月 14 日。

其次是意义的表现。意义就是一种观念和对象，不管它的内容是什么，表现是一种感性存在或一种形象。""象征在本质上是双关的或模棱两可的"，这也就是象征意象的"暧昧性"。① 意象的暧昧性能够产生多义性，但是因为创作主体在意象创造中没有处理好情绪记忆与理性之间的关系导致意象的单一性。

孙惠芬小说早期意象的意蕴一般比较单一。如《舞台》，从动与静的角度考察，舞台似乎是一个不错的意象。舞台本身是静态的，而因为有了舞者，舞台就获得了动感。萧伯纳一向过着优越的生活，对于她来说，这时候的舞台是鲜亮的；那么，待她下岗、丈夫下岗之后，她却有明显的跌落。在汽车修配厂，她成了唯一的女工。在男人的世界里，她重新找回了自己生活的舞台。作者让萧伯纳这个形象承担人生舞台的全部意义，好像并没有获得审美的动力。人生舞台的普泛性和萧伯纳之间缺少内在的联动性，也好像是创作主体的先验预设，干预人物主体的情绪。

《一束绢花》也是如此，梅川保持着自我的高雅和脱俗，在高雅和脱俗的绢花中看到了自己。"它充沛、厚重和丰满，它是独自默默的那一种，不需要外人的喝彩和呵护，它有一种绝不随波逐流的贵族气息，像人的理想和意志，是高悬在前的，是精神的而不是现实的，就像它不像真花却比真花更给人高雅的享受。"应该说卖绢花却和梅川自己高雅的追求背道而驰，不过她在花店里遇到知音之后，觉得"卖花不是向利益低头，而是为了寻求沟通"。后来想到人与人之间很难沟通（这是作者一贯的主题指向之一），心情黯淡、怅然。读者阅读之后，感觉作者在绢花与梅川之间找到同构性具有主体的先验性特点，虽然我们不能否认，作者的某一意象带有自己的"预设"，但是如果这种"预设"在意与象之间没有化合，那么，意象就会显得生硬与牵强。

舞台、绢花、生命的梧桐等，并没有构成真正的审美意象，因为作者过分强调其理性的含义，从而使意象的审美性不足。燃烧的云霞等只是在小说的最后才出现，并没有贯穿文本始终。在小说最后出现的意象似乎说明作者想画龙点睛，曲折地表现自己的审美理想，然而，不仅意象的突然出现显得突兀，就是意和象之间的联系也显得突兀。这似乎和十七年散文是一个套路，似乎是为意象而意象。也就是说，在意象与所表达的对象之间，并没有更好

---

① 〔德〕黑格尔：《美学》第 2 卷，朱光潜译，商务印书馆，1979，第 10～12，第 15 页。

地实现艺术上的切入与融合。或者说是一种"隔",而不是一种"融"与"化"。所以读者在一定程度上会觉得生硬。这种直奔主题的意象因为缺少故事和情节的铺垫而没有实现"化"的结果。

这些意象同样是作者源于生活的情绪记忆,然而,作者在艺术创作中却过分强调其理性成分,或者说她用自己的理性干预了情绪,情绪记忆被一种先验的理性支配,导致意与象之间的简单对应,使意象呈现单一性。

超越情绪记忆最重要的是使孙惠芬创造的意象呈现审美多义性,而审美多义性的实现方式是不同的。

首先,审美的多义性在动与静的和谐中实现。早期的《台阶》中的"台阶"意象是相对成功的意象,在于它具有审美的多义性,这种多义性在流动中实现,或者说文本较好地处理了静与动之间的关系。台阶是静态的意象,而作者却让它富有动感:"看米米从七十二层台阶跳下去,看米米又走上九十八层台阶,这上下台阶的过程对老钟就像每天站在家里阳台看老伴的月季花。"罪犯在台阶上喜欢上了米米,米米在台阶上跳跃的样子有青春的朝气,同时也体现了生命的活力、跳荡。台阶上米米的跳动让罪犯在忘情中犯罪,也让老钟在动情中追忆"似水年华"。后来的《一树槐香》更是把意象推至动和静的极致状态。因而,凝固的静穆与流动的震颤使意象获得审美的多义性。

其次,审美的多义性在诗性与哲性的统一中实现。关于《吉宽的马车》的创作构想,孙惠芬说,女孩等待城里小老板来娶她,但是她在等待中可能爱上别人,"这女孩爱上的人一定就是马车夫,因为他在拉她办嫁妆时马车在乡道上走实在太富有诗意了"。孙惠芬是带着对生活的思考和灵魂自救的哲性思维去书写其中的诗意的,马车获得了审美的多义性。

马车意象审美多义性的实现在叙事策略上与马车的意象贯穿文本始终有关,但起决定作用的是诗性和哲性。这里面涉及了马与人的关系、车与人的关系、马车与人的关系,以及由此引发的人与人之间的关系等。最初吉宽与许妹娜之间是赶车的与坐车的关系,当二人在马车上发生了浪漫的事之后,这种单纯的关系发生了改变。吉宽与马的关系,作者这样写道:"我跳上它的背,整个身体匍匐在宽阔的脊背上,这时,我的身体突然就开始了震颤。我的震颤,自然来自它的震颤,而它的震颤,绝不紧紧来自它的身体,而是来自它身下的大地，大地深处某些波涛汹涌的地方，因为它是那么持久、那么缠绵、那么敦厚，以至于我一趴在它的背，竟再也不想起来，永远的不想起来。"马连接了他和大地。所以，他从马背上爬起来，扔下马车，就是离开大地，与大地失去了联系。许妹娜不会嫁给赶马车的，这对吉宽来说，是一个绝大的嘲讽和触动。他下决心留在城里，并对许妹娜说："但有一点，我必须告诉你，这么些年俺赶马车，不是窝囊没本事，绝不是，有一种生活，你永远不懂。你们这样的人，永远不会懂。"赶马车，在吉宽看来，是一种生活，是一种与大地一同震颤的生活，与大地共同呼吸的生活。而当吉宽到了城里之后，梦中很少出现马车，许妹娜的梦里却有马车。她怀念与吉宽在马车上的浪漫，吉宽却在生活的奔波之中。吉宽曾经懂自己赶马车的生活，然而进城之后却有所忘却；许妹娜曾经不懂赶马车的生活，而城市的生活却让她对马车所有怀念，这是一种情感上的错位。她对马车浪漫地怀念及诉说促使吉宽的梦中出现了马车和车上的浪漫。他的梦中也会出现他以前经常吟唱的歌。在策划装修黑牡丹的饭店时，他灵感突至，装修风格——大厅的墙壁上一匹老马拉着一辆马车奔跑在稻穗和苞米之间。这个创意受到了槐城媒体的关注，产生了轰动效应。因为马车，多年不回老家的黑牡丹第一次敞开恋乡的心扉，并鼓起重新做人的勇气。至此，马车承载的不再仅仅是曾经赶马车的吉宽和在农村待嫁的许妹娜之间的浪漫与诗意，也不再仅仅是进城的吉宽和进城的许妹娜怀念的浪漫与诗意，它承载的是城乡人共同追求的浪漫与诗意。

马车上的浪漫成了吉宽和许妹娜的回忆，许妹娜让吉宽给她做辆马车，并挣一大笔钱带她回家，这成了吉宽的梦想。然而，在母亲后来的逼问中，许妹娜思考那个晚上到底是浪漫还是强奸，进城之后的她问吉宽她到底是一个被爱的人还是一个妓女。这些思考和追问让二人之间的关系发生了根本性的变化。马车上的浪漫似乎离吉宽远去，吉宽看到的是人类像屎壳郎一样的生活，不是诗意的浪漫而是一种哲性的悲凉。回乡的他知道老马已死去，马车还在，他想睡在自己的马车上，他听到了自己编的那首歌。《吉宽的马车》就这样在诗性与哲性的统一中实现了审美的多义性。

《吉宽的马车》中意象审美的多义性和意象的文本贯穿有关，文本具有内在的连贯性与整体性。文本的贯穿有利于实现审美多义性，但并不是审美多义性存在的必然条件。"绢花"的意象贯穿始终，并没有获得多义性；"天河洗浴"的意象在小说后半部出现，但仍有多义性。问题的关键不在于文本的贯穿性。

再次，审美多义性在感性向理性的过渡中实现。《天河洗浴》中作者通过吉佳的心理写到天河这个意象所包含的意思："这字怎么就像是为自己写的，进了一趟城，她和吉美就到了天河两岸；进了一趟城，歇马镇，家，什么什么都觉得陌生了。"前一句是天河意象的第一个层次，是说城像天河一样，把人分在两岸，两个人过着不同的生活，从而很少沟通，不再是以前无话不谈的姐妹与朋友了。这个意象是感性的；后一句是天河意象的第二个层次，是说过去熟悉的一切变得陌生。这种陌生一方面源于一年的别离，一方面源于她对歇马镇人观念想象的失落。这个意象介于感性与理性之间。吉佳以为人们从吉美的外在可以看出卖身变坏的内里，从而说明吉佳自己的清白与清贫；然而，歇马镇人羡慕的是吉美的衣锦还乡而不问其源。天河的意象显然又不止于此，如果说，最初吉佳是带着自信与清白回到歇马镇的，那么歇马镇人的反应在一定程度上击垮了她。她在城里唾弃吉美的肮脏，但又羡慕甚至嫉妒吉美美丽而有诱惑力的身体；她甚至把自己想象成吉美，渴望的同时又负有罪恶感。但是回乡之后，没有了罪恶感，不能不说歇马镇人的反应对她产生了绝大的影响。甚至在洗浴时看到吉美的身体，她却对自己感到耻辱和难过。至此，天河的意象便有了第三层深意，天河把一个吉佳分在天河两岸，这个意象是充分理性化的。天河对吉美具有同样的"效用"，正当吉佳羡慕吉美之时，吉佳看到了吉美身上的伤痕，而吉美心灵的创伤更是在惊恐中流露出来，吉美不愿意回到城里，然而妈妈又让她回去。姐妹二人相互羡慕彼此的生活，却处于天河两岸。这也是一个理性的意象。所以，我们看到，天河意象从对象主体的感性逐渐过渡到创作主体的理性。

洗浴作为一个意象也有多义性的特点，对于吉美来说，洗浴不仅会洗去身上的灰尘，更像是她要洗掉自己的过去。在洗浴中姐妹二人有了机会，尤其是吉佳有了了解吉美的一个机会。洗浴似乎在一定程度上洗去了二人的隔阂（小说写到吉佳并不想弃吉美而去）。天河似乎是把对象分隔，而洗浴似乎把对象连在一起。天河洗浴这个意象构成了内在的张力，更凸显了审美的多义性特征。

最后，审美的多义性在意象的并置与对比中实现。

孙惠芬小说中的意象有的是多种意象的化合，如一树槐香、天河洗浴、吉宽的马车等，这种化合利于审美多义性的产生；有的意象是个体存在的意象，但是，作者在创作中把多种意象并置或对比，也能够实现审美的多义性。

《岸边的蜻蜓》实现了风筝意象与蜻蜓意象的并置与对比。小说的标题便凸显了蜻蜓意象，读者也会对蜻蜓意象进行先验式的误读，但实际上蜻蜓的意象直到小说的最后才出现，在文中先于蜻蜓出现的意象并与蜻蜓构成对比的是风筝。风筝代表了宁静与高远，有一种生活在尘世而又不拘泥于尘世的洒脱，是一种忘怀尘世而又能回到尘世的沉实，有一种超越现实的梦幻感，又有一种扎根大地的情怀。所以，吕家人的生活方式是"我"最为崇拜的，"我"最喜欢看"被村人们说成是央子的他在那儿放风筝"，也迫切想走进吕作平的家门。然而，梅花的介入引起了婚变，"我"并未如愿以偿，但"我"并没有停止对那种生活方式的羡慕。现实击碎了很多人的生活，"钱"几乎让所有的人都发生了变化。为给重病在床的父亲治病，吕作平默认并利用妻子梅花和老姨夫的特殊关系而频频报销白条，他表面上为妻子的背叛而懊恼，实际上却担心妻子公开她的秘密而让他失去赚钱的机会，此时的他不再是在空中自由飘飞的风筝，而是一只"落地的风筝"，没有了高远的梦想，不再高傲地飞翔，整日"失魂落魄"。小说最后写道："我用力瞪着眼睛，企图透过迷雾，望到河岸远方的上空。河岸远方的上空，曾经飘动过无数只风筝，它们在蔚蓝的背景下被一根线牵着，一蹿一蹿，扑朔迷离……可是，现在，我的眼前没有风筝，只有蜻蜓，它们仿佛是那些断了线的风筝，它们扑闪着翅膀，在长满艾蒿的河岸上，狂飞乱舞。"蜻蜓意象是与风筝意象相对的，蜻蜓虽然也在飞，但它的飞是没有秩序的"狂飞乱舞"。与蜻蜓一样不停追逐的人们离开了大地，离开了尘土，失去了朴实和本真，多数人似乎都是为"钱"而活着。小说中设置的蜻蜓意象与风筝意象的对比，其实是两种生存理念的对比。

作者对蜻蜓的认识来源于童年的情绪记忆：夏季蜻蜓在粪场上空飞扬，"它们为那些比他们弱小的蚊虫而来的。它们之所以乱了阵脚，是跟蚊虫瞎转的结果。哪里的蚊虫多，它们飞向哪里。蚊虫聚到哪里，它们就聚到哪里，他们原来仅仅是为了热闹，为了向蚊虫显示自己的硕大和美丽"。"我们追逐蜻蜓，蜻蜓追逐蚊虫，蚊虫追逐臭气，粪场便形成了一个巨大的迷魂阵"（《街与道的宗教》）。如果我们对此进行互文性解读的话，我们就会知道，这里的蜻蜓—蚊虫—粪场与《岸边的蜻蜓》中的人们对金钱的追逐形成同构性关系。因此，可以说，童年经验作为一种情绪记忆转化成作者对成年生活的观照与审视。

超越情绪记忆，不仅使孙惠芬走向广阔的外部空间，也使她走向更加广阔的心灵空间；超越情绪记忆，能把感性、理性、诗性有效地化合，创造富有审美多义性的意象，也创造丰富的艺术空间。

孙惠芬的创作实践表明，情绪记忆和意象创造的关系十分密切。情绪记忆，是意象创造的资源，意象创造是情绪记忆的文本呈现；然而，拘泥于自我的情绪记忆，必然缺乏想象，疏离于情绪记忆，导致意象的单一性；只有源于情绪记忆而又超越情绪记忆，意象才能获得审美的多义性。一树槐香、吉宽的马车、天河洗浴、狗皮袖筒等意象在动与静、诗性与理性、感性与理性中充满张力，又充分统一，体现了审美的多义性。正像辛·刘易斯所说："小说家运用意象来达到不同程度的效果，比方说，编一个生动的故事，加快故事的情节，象征地表达主题，或者揭示一种心理状态。""我们越来越多地发现诗的真理更多的来自意象的碰撞，而不是意象的协调。"[①]

孙惠芬小说意象的成功既源于情绪记忆又超越情绪记忆。完全离开情绪记忆，那就失去了孙惠芬的个性。孙惠芬认为，好小说的标准是"它有着朴素的外貌，一就是一，二就是二，作者的能力是发挥在一和二之间，是如何使一和二有着奇妙的联系，或奇迹般的转化。奇迹般的转化，并不是指跌宕起伏，在我这里，好小说不是跌宕起伏，大起大落，所谓奇迹般的变化，是指润物细无声那种，类似和平演变"[②]。这里，一和二没有具体化，是虚指，所以具有多义性，它们可以是两个人物、两个心灵、两个事件、人物与事件、人与物等任何可以构成对立关系的两个存在体。如果我们把它们想象成情绪与意象、意象与所指或表层结构与深层结构之间的关系，那么，二者之间"奇妙的联系"是作者追求的最高目标。从孙惠芬的创作实际来看，也确实如此。当意象创造与情绪记忆建立起奇妙的联系并超越情绪记忆时，便会处于微妙的形态，从而获得很高的美学价值。

---

① 辛·刘易斯：《意象的定式》，载《意象批评》，四川文艺出版社，1989，第108页，第110页。

② 孙惠芬：《城乡之间》，昆仑出版社，2004，第55页。

三　欲望：生命之船的搁浅与超拔

石杰是一个年轻的学者，从事中国当代文学研究，尤其是在新时期文学与宗教关系研究方面颇有建树。然而，在搞理论的同时，她又不甘寂寞，进行小说创作。短篇小说集《小村残照》是她带给文坛的第一份礼物，也带给文坛一份意外的惊喜。贾平凹先生惊诧于石杰的双向才能欣然为她作序。石杰以敏锐的目光观照生活，以深邃的思想审视已经发生和正在发生的现实，用艺术之笔为我们描绘了一个又一个充满欲望的世界。

欲望是一种与生俱来的东西。在石杰的笔下，无论是她以前生活过的小村里的男男女女，还是她现在所在的高等学府里的知识分子，他们都被欲望所困扰。他们满载着欲望航行在生活的海洋里，然而，他们的生命之船却常常搁浅。石杰说："命运之神似乎总是故意同人开玩笑，从不肯让人的欲望顺利实现。而欲望的不可实现反过来又刺激了欲望的更加膨胀，人便在希望与失望的痛苦中不断挣扎。"[①] 不过，与众不同的是，石杰并没有无休止地去表现痛苦，而是集中笔力从两个方面寻求文学创作的特有意味：一是表现不同人追求不同欲望而呈现的不同样态；二是着力表现因欲望而搁浅的生命之船的超拔，由此获得心灵的宁静和精神的飞跃。可以说，前者是石杰创作的表层意蕴，后者是其创作的深层意蕴，也是她创作的最高旨趣。很有意思的是，石杰的研究方向是新时期文学与宗教的关系，而她的小说创作恰带有宗教的色彩。这不是一种巧合，而是心灵的契合。

石杰从多角度全方位展现欲望中的男男女女。这些人渴望占有金钱、渴望性的满足、渴望名利场的丰收……在人的生命历程中，人们无法摆脱物质、生理和精神的欲望。石杰非常善于把欲望与不同性别、不同年龄的人连在一起，她对不同人的不同的欲望有不同的审美观照。

1. 年轻女性无望的欲望

女性在男权社会中始终处于第二性，她们没有自由，因而就没有实现个人欲望的权利。年轻女性在受压抑的社会环境和家庭环境中，正常的欲望难

---

① 石杰：《栖居与超越》，百花文艺出版社，1996，第6页。

以得到满足和实现，由此产生了巨大的痛苦，并在痛苦中挣扎着。她们没有权利选择一切，永远处于被选择当中，被选择是她们别无选择的选择，因而她们的欲望永远是没有希望和可能得到正常满足的欲望。

石杰在《小村残照》中给我们讲述了一个疯女人和狗的故事。疯女人兰儿婚前美丽温顺，只是到了二十五岁，还没有找到意中人。母亲急于把她嫁出去，她就在冬天被迫结了婚。然而新婚之夜，她用麻绳把裤子扎得紧紧的。新郎只好抱头坐了一夜。第三天，新郎上山砍松枝，不幸失手身亡。给丈夫烧完七七，兰儿就疯了。家里人都劝她不要过于伤心，村里的女人们却经常让她讲新婚秘闻。女人们大笑，她也大笑。女人们笑她又疯又傻，她笑女人们笑她又疯又傻，她也笑自己命运的无常和注定的悲剧。她家的黄狗成了她永远的唯一的朋友。

疯女人的悲剧有三：一是无从选择自己的意中人，最初的欲望无法实现，这是家庭的专制使然；二是新建立的家庭迅速坍塌，按理说兰儿应该庆幸才是，她可以获得解脱，而事实上并非如此。石杰的深刻之处在于把兰儿处理成疯子，因为兰儿从冥冥中看透了自己无法摆脱的命运的悲剧，她如果再嫁也必然重演悲剧命运，所以她宁可讲那些不存在的莫须有的新婚秘闻，也不愿意故剧重演；三是兰儿在她周围的环境中感受到彻头彻尾的孤独，没有人真正地了解她和理解她，狗成了她唯一的倾诉对象。她把狗当成知心朋友，甚至当成男朋友。"疯女人走累了，就在随便什么地方坐下来，黄狗就卧在她的腿间，用舌头柔柔地舔她的脚，舔她的裤子，疯女人就用脏脏的瘦瘦的手一遍又一遍地抚摸那牲畜的毛茸茸的脊梁，呆呆的直直的眼里流露着柔和的光。那神情，那动作，活像是在抚摸一个男人。"① 狗是她的朋友，也是她欲望的对象。她对爱与被爱的渴望只能在狗身上得以实现。当疯女人在街上走来走去的时候，黄狗一直跟在她的身后，对别人充满了敌意，对她充满了无限的柔情。疯女人和狗成了小村里一道悲凉而残缺的风景，石杰却在我们心灵上投下一道挥不去的阴影。从这儿切入石杰的小说文本，或许能更好地悟出她把小说集命名为《小村残照》的深层意味。石杰的这篇小说和张洁的散文名篇《拣麦穗》有着异曲同工之妙。《拣麦穗》中洋溢着一种淡淡的却不

---

① 石杰：《小村残照》，中国社会出版社，2000，第11页。

易抹去的哀愁。这哀愁来自两个方面，一是对拣麦穗姑娘们理想幻灭的怅叹，二是对人与人之间关系冷漠粗糙的敏感。疯女人也似一个拣麦穗的姑娘，她们的情感经历大致相同，心态也有着惊人的相似之处。所不同的是，张洁用诗化的语言、精巧的构思营造了娓娓道来的气氛，石杰以快速的语流不动声色地为我们讲述了一个意味深长的故事。面对相似的文本，张扬的女性意识使她们有着相似的情感指向，但却有着不同的叙述方式和不同的审美情趣。

石杰作为一个女作家，对女性的命运给予了深切地关注。她描写女性在男权社会中的挣扎，尽管女性在挣扎中有可能违背世俗眼中的常理，但石杰却给了她们无限的同情和深深的爱。如果说，疯女人作为一个特别的意象，是女性群体一生命运的写照；那么，我们从《花开花落》中的奶奶这个人物身上便可以看到女性命运的具体写实。奶奶是十岁那年被太爷爷用五斗谷子换来的，后来嫁给了弱智的爷爷。爷爷只知道玩，无法了解也没有能力了解奶奶的甘苦。奶奶作为一个"已婚"年轻女人的欲望只好寻求另外的实现方式，她暗地里找了相好的羊倌，并有了孩子。太奶奶百般怀疑，却没有证据。三爷爷偶知内情，神不知鬼不觉地一把火烧了羊倌的宅子，羊倌死活不知。奶奶只好在夜间祭奠她和羊倌的过去，那如泣如诉的哀怨永远飘荡在羊倌老宅废墟的上空。奶奶活得十分艰难，她生活在两个世界里，和爷爷的生活是一个外在的世界，她装得无所谓；和羊倌的生活是一个内在的世界，她充满了留恋与怀念。现实生活中的奶奶有着无法言说的凄苦。奶奶没疯，而夜间的奶奶、内心深处的奶奶谁又能说清她到底疯还是没疯？奶奶的欲望是合理的，它符合正常的人性，但是她没有权利选择实现欲望的合理方式。奶奶的选择是别无选择的选择，她没有使生命消失殆尽，而是让正常的欲望为生命增添光彩，所以，她实现欲望的方式是在无望中的挣扎，是不合理中的合理。在《山魂》中，石杰把另一个女人与汉子的偷情描绘成一种天合，在石杰看来，这个女人的欲望同样是合理的，而且，石杰以审美的眼光去欣赏和表现这一切。

石杰的作品注重审视年轻女人在男权社会中欲望的搁浅，揭示其悲剧命运的必然性。女人在男权社会中没有实现欲望的自由。在男人的眼中，女人是性的代码和生育的机器。《白光》中的五奎看小姨子时只剩下这样的感受："一瞬间，仿佛触电般，浑身呼地着起来了。他已经不知道自己在什么地方，眼前只有一个女人，女人。呆愣了几秒钟后，便鹞儿扑鸡般地压过去，做出了一项前所未料的举动。"① 这时的小姨子作为女人只是五奎性欲的对象，而老婆在他的眼里又是什么呢？"原先那个女人也叫女人？操！结婚六七年，连个崽也没生，还不如圈里那头老母猪呢。老母猪还一配一个准，她倒好，光开花不结果。"② 这时的老婆只是生育的机器，如果不能生育，那连牲畜都不如。因而女人在五奎看来就是性和生育的机器。

女人在男权社会中是无名的，没有自己独立的地位和价值的体现，她们仅仅是男人的附属品。石杰笔下已婚的农村女人几乎都没有自己的名字，如《小村残照》中的冯寡妇，《花开花落》中的太奶奶和奶奶，《远山残阳》中的闫二奶、黄寡妇、李四娘，《晚照》中的二嫂，《白光》中的老婆和小姨子，《夙怨》中的老女人和年轻女人，《暮》中的朱大姑等。鲁迅说，女性有天然的女儿性和母性，妻性是造成的。石杰小说中的这些女人多是以某个男人妻子的身份活动在小村的生活舞台上。石杰小说对女人无名的命名包含着深刻的意蕴：一是表明作者笔下这些故事中的人物和作者构成一定的时空距离和审美距离，已经成为虚远的历史；二是表现故事中的女人被迫失去自我；三是作者不单单强调一个有名的女性个体，而是关注无名女性在共名中的普遍命运。

2. 老年女性残缺的欲望

石杰从两个角度审视老年女性的欲望：从女性意识的角度，男权社会逐渐把女性改造成男权意志的执行者，老年女性的欲望失去了年轻时代的合理性，变得怪异畸形，石杰似乎在不经意的叙述中流露出一定的批判色彩；从家庭伦理的角度，老年女性有着普通的合情合理的欲望，她们渴望与亲人团聚，与家人生活在一起，然而，亲人深藏的冷漠和家人明朗的拒绝使她们的欲望被击得七零八落，作者的同情似一股暗流充溢在文本当中。或因不合理性的怪异，或因合理性的不能满足和实现，老年女性的欲望呈现一种残缺状态。

女性意识使石杰把造成老年女性欲望畸变的原因指向了男权社会。老年

---

① 石杰：《小村残照》，中国社会出版社，2000，第206页。
② 石杰：《小村残照》，中国社会出版社，2000，第217页。

女人从年轻走来，而年轻时代所受到的男权社会的压制使她们的心态日趋不正常。多年的媳妇熬成婆，当她成了男权社会的一员，或男权意志的执行者时，她的欲望就不再是合理的和正常的欲望，而是畸形的欲望。石杰在《凤怨》中通过老女人和年轻女人之间的矛盾（婆媳矛盾）有力地揭示了这一点。老女人不问任何原因地谩骂年轻女人，骂得"血淋淋的，咬牙切齿的，是刻骨的仇恨。累了，歇口气，再骂，直骂得天昏地暗，骂得鸡躲狗逃，骂得人人噤了声气"。面对老女人的谩骂，"年轻女人不曾反抗，她知道反抗也没有用。年轻女人不明白老女人为何这样仇视她"①。但年轻女人就想老女人的婆婆活着才好。后来年轻女人做了婆婆，用同样的方式对待更年轻的女人，随之感到一种彻底宣泄后的畅快和讨回"尊严"后的"扬眉吐气"。读这篇小说，使我们想到张爱玲《金锁记》中的曹七巧。老女人和曹七巧一样，导演着自己年轻时代的不幸，使悲剧在下一代身上重演，她们好像通过这种宣泄的方式转嫁自己的不幸。实际上，她们已被畸形的欲望所控制，曹七巧被金钱的欲望控制，老女人被骂人的欲望控制。这些畸形的欲望最终导致她们心理变态、精神"失常"。然而，无论是老女人还是年轻女人，她们都是男权社会的牺牲品，是男权社会使她们之间有了代代相传的凤怨。

从家庭伦理道德的角度出发，石杰对正常和合理的欲望难以得到满足的老年女性充满了无限的同情。《远山残阳》中的黄寡妇、《佛缘三记》中的寡妇都希望与儿子生活在一起，然而儿子们毫不掩饰地表示对她们的厌弃；《暮》中，朱大姑只有侄儿一个亲人，在生活中，她没有太多的欲望，所以她把去侄儿家里当成是生命中最重要的事情之一。然而，侄媳妇对钱的暗示、对朱大姑深藏的冷漠使朱大姑感受到从未有过的孤独。"暮"中，朱大姑在回家的路上，孑孓前行，犹如饱经风霜的乡土中国，又好似从远古走来历经沧桑的人类，构成了一幅写意的暮归图。石杰的创作始于伦理道德、始于一个普通人的普通欲望，但把它升华为对人类生命生存的深刻文化思考。

3. 年轻男性膨胀的欲望

石杰对年轻男人的生存样态和欲望呈现给予了全面的审视，尤其是揭示了源于膨胀的欲望的腐朽生活和人性沉沦。这些年轻的男人大多是离开土地

---

① 石杰：《小村残照》，中国社会出版社，2000，第247页。

发了家的男人，如《白光》中的五奎和《人孽》中的球儿小子等。离开土地，他们渴望占有更多的金钱；发家之后，他们对女人的占有欲更强烈。强烈的占有欲使他们偏离了正常的生活轨道，而他们自己也变成了欲望的奴隶。石杰用白光形容年轻男人的欲望之火已烧到白热化程度。五奎多次见到和梦到白光，算命人告诉他这白光是神光和财光。后来五奎到外地去寻找财路，干起了倒卖化石的非法生意，不过他着实赚了一大笔钱。对金钱的大量占有使他的欲望不断膨胀，致使他和小姨子远走他乡，留下老婆独守空房。接着他到镇上开了歌舞厅，又沉溺于女色当中，过着富裕而腐朽的生活。直到小姨子弃他而去，白光才渐渐熄灭。只有欲望膨胀的人才能经常看到白光，白光是欲望之火，它不存在于外部的宇宙空间，只存在于人的内心世界。石杰在小说的结尾处写到更多的人看到白光，暗示着这个时代已是一个欲望膨胀的时代。欲望无限膨胀，甚至逐渐溢出生命之船，使之严重超载，导致人性沉沦和生命失衡。

作家对农村年轻男人离开土地的描写充满了一种矛盾而复杂的心态。一方面，男人离开土地去闯荡世界，追求物质的富足和欲望的满足，这本身有着合理的因素，也是时代发展的必然；另一方面，物质的富足没有给他们带来精神的富足和欲望的满足，恰恰相反，却带来精神的空虚，甚至是腐朽和堕落。实际上这不仅仅是石杰一个人的矛盾，它也是时代的矛盾。其他的作家在写农村年轻人时也有同样的心态。郑义在《老井》中让孙旺泉留在了老井村，张炜在《古船》中让隋抱朴固守在老磨坊，路遥在《人生》中让高加林离开又归来、在《平凡的世界》中让孙少安守着砖窑。对土地的眷恋、对根的眷恋使他们在创作时让这些人留在了土地上。他们对离开土地的人采取了另一种处理方式：隋见素离开了土地却身染性病而亡；贾平凹在《高老庄》中让离开土地过着城里人生活的子路时时刻刻感到精神的困顿，时时刻刻寻求精神的突围，然而又时时刻刻感到精神挣扎的失败，所以他跌跌撞撞地从城里回到农村，又跌跌撞撞地从农村回到城里。从作家的这些描写中，我们可以看出，作家没有让农村的男青年轻松地离开土地，离开土地的人也没有轻松地活着，或者没有真正地好好活着。从深层的心理结构看，作家如此眷恋土地与中国的乡土文化有着密切的关系，在中国的传统文化中，土地是人们的生存之根，也是作家的文化之根和精神之根。作家固守着根，所以让完全离开土地的人过着一种无根的生活。与此同时，如此眷恋土地也间接地表现了现代的物质文明对人的精神世界的负面影响。

石杰的特点在于从欲望的角度切入年轻男性的生活。欲望使农村年轻男人离开土地，膨胀的欲望使离开土地的年轻男人偏离了正常的生活航向，生命之船沉于欲望之海；他们的结局共同指向死亡，如球儿小子死于他杀，五奎死于自杀。也许石杰在创作的时候是无意识的，并没有十分明确的情感指向，即设计这些人物都"不得好死"。但透过《小村残照》的文本，我们可以看出，在石杰精神世界的深处，确实还存在着对这些人物的潜意识的惩罚，同时也表明她的内心涌动着对土地浓浓的割舍不掉的情感，或许土地是她过去和现在的精神家园。然而，她与其他作家的不同之处还在于，石杰从欲望的角度观照了留在土地上的年轻男性。正常欲望的不能实现导致这些男性非正常的欲望得到膨胀，从而走向变态和沉沦，如《小村残照》中的四儿和《人孽》中唬丫的大哥。有意味的是，他们的结局与离开土地的年轻男性"殊途同归"，四儿被蛇咬死，唬丫的大哥跳进河里被淹死。这不是一种巧合，石杰笔下年轻男性的欲望一般都非常强烈，乃至非正常的欲望无限膨胀，致使生命之船屡屡搁浅。

4. 老年男性淡泊的欲望

石杰笔下的老年男性大多没有过多的欲望，虽然在生命中的某一时刻可能有过。这些人的共同特点是"无家"，如《小村残照》中的瞎三爷、《花开花落》中的二太爷爷、《晚照》中的驼爷及《岩葬》中的看山人等。他们都有居住意义上的家，但仍然可以说他们是"无家"的。表面上看来，他们都没有成立家庭，是孤家寡人，但他们却很豁达，过着一种近似无忧无虑的生活。石杰在《晚照》中这样描述驼爷："六合村里，驼爷是个最会过日子的人。每年一拾掇完秋，就弓着背，一根扁担担了炉子杂具，颤悠悠，颤悠悠，走街串巷地去做爆米花生意了。光棍腿子的日子，走到哪儿哪儿是家，一张嘴巴也就蜜罐般地甜⋯⋯"[①] 驼爷的潇洒和快乐着实让人羡慕，甚至可以说，"无家"的感觉真好。然而，这并不是石杰小说创作的全部。从深层的意义上说，石杰写的是一种无奈的豁达和无奈的快乐。这与石杰对家的看法有关。

---

① 石杰：《小村残照》，中国社会出版社，2000，第 124 页。

到底什么是家？在石杰看来，有家的空间，并不说明就有精神上的家。驼爷走到哪儿哪儿是家，但实际上哪儿也不是家，他仍然是孤零零的一个人。

石杰通过对老年男性淡泊欲望的审美观照，表达了一种孤独感。她在《岩葬》中这样描述那个看山人："这看山人是不曾有过家室的，五十多岁了，独自在一间石屋里住。黑瘦幽冷得如铁铸般，整日不说一句话，只提了猎枪在山林里转。累了，便在十八个脚印的岩顶上坐一会儿，寸步不离的是那条大黄狗。"① 看山人对一切无所求，一个人独来独往。大黄狗发现了他的死，以特有的方式告知他人。虽然在他死后，整个山坳的人都来为他送行，但是真正陪伴他的只有这条忠实的狗。石杰表达的不是看山人融入山林的惬意，而是独处中的孤独。

5. 佛文化的精神寄托：生命之船的超拔

人与人之间无法沟通的孤独感使石杰的小说充满着一种"凉意"。透过年轻女性无望的欲望、年老女性残缺的欲望以及老年男性淡泊的欲望等，我们可以触摸到这种"凉意"。如果说，石杰笔下的诸多人物因欲望而产生诸多人生之苦，那么，在苦中我们可以感受到石杰精神世界的孤独。揭开欲望的表象，呈现在读者面前的是一颗孤独的心灵。石杰说，《小村残照》"安慰我的灵魂，整合我的灵魂。我用它们诉说我的痛苦和欢乐，爱和恨"。"当我承受孤独和痛苦的时候，我发现更多的人也一样孤独痛苦。当我遭到人格侮辱的时候，我知道更多的人也丧失了人的尊严。我用'小村残照'作为书名，就是出于这种体验。"② 正像史铁生所说，人生来注定只能是他自己，人生来注定是活在无数他人中间但却无法与人沟通，这意味着孤独；人生来就有欲望，人实现欲望的能力永远赶不上他产生欲望的能力，这意味着痛苦。通过小说文本，我们可以感到人生之苦和作者的孤独，但石杰并没有止于此，而是暗示着因欲望遭到搁浅的生命之船的超拔。

石杰是一个能够享受孤独和超越孤独的人，《小村残照》源于她个人孤独的情感体验，也是她超越孤独、寻求更高精神寄托的文本表征。同样，石杰也真诚地希望，《小村残照》中的人物在充满欲望的世界里，在充满苦难的人

---

① 石杰：《小村残照》，中国社会出版社，2000，第236页。
② 石杰：《后记：我为什么要写小说》，《小村残照》，中国社会出版社，2000，第304页。

生中能获得超越。她观照欲望中的男男女女，然而，她期待的是以一种平常和淡泊的心态对待欲望。人应该不断地与欲望抗争，追求心灵的宁静。在这一点上，佛家文化成了石杰的精神重心。所以，在小说中出现了目睹和经历世俗欲望后出家的道行高超的和尚（《花开花落》），悟到生死、心无杂念、一心向佛的黄寡妇（《远山残阳》），虚心向和尚学习打坐的李四娘（《远山残阳》），唱佛诗的狗剩爷（《佛缘三记》），与妻子生活不和谐、见到和尚后悟到一切皆空的书生（《佛缘三记》）等。佛，在《小村残照》中不是单纯的题材指向，而是欲望中人摆脱困扰的心灵之路。佛家文化因此成为石杰更深层的精神寄托。

如果说，石杰1992年最初创作小说时着重写欲望之苦（《小村残照》），1993年写作中佛家文化的因子初露端倪（《花开花落》），那么，1995年之后的创作表明她对佛文化的追求更加主动和自觉（1995年的《远山残阳》、《佛缘三记》和1999年的《暮》等）。《佛缘三记》中叙述寡妇与儿子之间关系的僵持与化解。寡妇到处絮叨儿子的不孝，后到寺院求佛，老和尚告诉她佛家的一句话：欲知前世因，今生受得是；欲知后世，今生做得是。寡妇恍然大悟，顿觉天高地阔。回家认儿子打骂说是补偿前世欠的债，儿子听后如梦初醒，忏悔自己的不孝，自此脱胎换骨。佛淡化了寡妇的欲望，化解了寡妇心中的积怨，最终也化解了寡妇和儿子之间的矛盾。《暮》中的朱大姑从侄儿家回来后，没有情绪上的任何波动，而是在"静静的夜晚睡着了，睡得很安稳"①。寡妇的变化有外在的触动和佛的导引，而朱大姑内心的平静和安稳却直接通向佛的内核。这正是石杰追求的境界。

石杰小说的佛家文化不仅仅是一种题材上的选择，也是她对人生的理解，更是她自身修养要达到的精神境界。石杰对佛教意识在作品中的体现有一段精辟的论述，佛教文化的参与"可能是主体意识不到的，是一种不由自主的不知不觉中的渗透。然而，正是这种不由自主不知不觉，越发显示出主体对佛教追求的自觉，以及主体主观上的佛教思想意识作用于文学创作的自觉"。②石杰小说体现的佛教意识也是一种不自觉中的自觉。这与她研究新时期文学

---

① 石杰：《小村残照》，中国社会出版社，2000，第266页。
② 石杰：《栖居与超越》，百花文艺出版社，1996，第11页。

和宗教尤其是佛教之间的关系有着十分密切的联系。因为独特的个人体验，她对佛家文化有着特别的感悟，所以她能够捕捉到其他作家创作中体现的佛教意识，并能深邃地分析文学中佛教意识发生的深层原因；与此同时，她在研究时阅读体现佛教意识的文学文本和触摸创作文本的作家心态在无形中影响了她的创作和对生活的理解，更重要的是，阅读大量的有关佛教的文本深化了她对佛文化的理解。她的研究和她的创作产生一种良好的互动。在石杰这里，研究、创作和精神生活与佛教文化达到了高层次的契合。

日出日落，花开花落，时间的车轮不停地转动，欲望中的男男女女在充满欲望的世界里疲惫地生活着，生命之船屡遭搁浅。这些在石杰心目中已折射为小村残照、远山残阳的苍凉意象。石杰说，写完《小村残照》有一种宣泄后的平静。《小村残照》表明石杰实现了内在的超越。石杰借他人欲望之苦抒写自己的孤独，她希望搁浅的生命之船能够超拔，她更希望她笔下的人物和她一同获得心灵的宁静和内在的超越。

四 自然·权力·死亡：情结的创生

于厚霖小说集《这一片海》给我们带来的是一种震撼，这源于两个方面，一是对自然（大海）的激情书写；一是超越自然的思想深度。作者饱蘸深情地对大海进行全方位的观照，同时，把审美视角从自然转向权力和死亡。可以这样说，自然是作者文本切入的焦点，然而，构成文本的不仅仅是自然，还有自然中的权力和死亡。《这一片海》中的 11 篇小说都涉及自然、权力和死亡。作者的审美的目光如此执著地专注、聚焦，一方面表明作者的审美偏爱，另一方面说明审美专注已成为作家的无意识，当他拿起笔进行创作的时候，自然、权力和死亡就会成为他的表现对象，这种专注已成为审美情结积淀在他的心理世界中。"情结，虽然是心理的无意识的积淀，但它却是审美心理构成的一部分，并且是审美心理构成中最具生命创造力的非自觉的缘起，但又最后可以被纳入自觉创造范围的心理机能。"① 自然、权力、死亡扭结在于厚霖的文本中，共同创生雄浑、悲怆、神秘的小说世界。

---

① 《向峰文集》第四卷，辽宁大学出版社，2002，第 103 页。

1. 自然情结的审美回归

新时期文学出现了一种回归自然的倾向。作家通过对自然的描写，表达自己对大自然的爱慕及对人与自然关系的重新思考，或是表现人在征服自然中的伟大精神。① 在这种文化语境中，于厚霖的《这一片海》集中笔力描写自然，描写大海，赞美海的胸怀和硬汉的坚韧精神。但他思考问题的角度和其他作家又有所不同，他不仅描写人与人之间的冲突在自然的洗礼中消融，人们的心灵在自然的涤荡中有所升华，而且还描写搭乘欲望之船的权力之人的心灵如大海一样深不可测。因此，作者对大海充满寓意的描写暗含着悲怆与苍凉。

海一样的胸怀。大海是渔民生活的舞台，作者描写渔民的生活，表达对渔民海一样宽广的胸怀的爱慕。《冰封不冻港》中的石丛山虽然与渔业公司经理王巴掌之间有些冲突，但在险情面前，说服自己的儿子，先救渔业公司的几十条渔轮，结果自己家的小客船却被冰排划破、缠摆。"石丛山回头望望，几十条渔轮井然有序地布满南港。一条小客船牺牲了，几十条大渔轮得救了，不是很值得吗？"从理性上说，确实值得，石丛山有这样的思想境界也很难得。但作者写得比较真实，没有一味地把他塑造成"神化"的英雄，而是从情感的角度写他的无奈、失落与悲凉："石丛山没有言语。他太累了，就坐在山包的一块石头上，双眼死死望着无边冰排中那只正在下沉的小客船。"多年的心血毁于一旦，石丛山自然心痛。作者从理性和感性两个方面真实地描写了人物的心灵世界。作者关心渔民，更热爱具有大海一样宽广胸怀的渔民。

自然的洗礼。《这一片海》中善于设置人与人之间的冲突，包括父与子的冲突、船长与船员的冲突、船员与乘客的冲突、乘客与乘客的冲突等，在不涉及权力的情况下，这些冲突在自然、在大海的洗礼中都会有所缓解。《黑白石》中的父子冲突在自然的洗礼中冲淡。石小成和父亲石中信关系紧张，父亲挣昧心钱，财大气粗，娶新妻，用一万元打赌取乐，石小成赌气应赌，准备爬黑白石。可是当石小成付诸行动时，看到父亲的"惊恐"，他"可怜"父亲，一声"爹"让父亲"心头一热"，父亲这时考虑的不是自己的面子，而是儿子的安危。石小成成功爬上黑白石，父亲开始"为儿子的这次行动感

---

① 曹文轩：《中国八十年代文学现象研究》，作家出版社，2003，第 159～163 页。

到骄傲了"。作者详细地描写了父子内心情感的变化，父子之间的冲突因黑白石的强大逐渐淡化，并开始向和谐的方向转化。石小成的认识在升华："赢了父亲与否此刻在他看来已没有任何意义，他此举的真正价值在于他是攀上黑白石的第一人！这就已经足够了。"他之所以有如此境界，是大自然洗礼的结果。在爬黑白石的艰难险境中，石小成面对的唯一对象就是黑白石，他的目的是爬上黑白石，战胜黑白石，黑白石不仅是他眼前的目的，在某种意义上说也是精神的、人生的目的。所以，强大的自然此时此地和他发生最直接最重要的对象化关系。他专注于黑白石，与父亲之间的冲突逐渐淡出他的意识深处。《风暴从这里经过》着重从风暴到来前乘客之间矛盾冲突的产生（乘客为小孩购买船票时的争吵、卖桃子小贩的漫天要价、胡总和美桃的隐性冲突）到风暴到来后矛盾的淡化或消解（大家较少斤斤计较，大多数人能够齐心协力共渡难关，只有胡总一直狂吼不已，因为是比较有权力的人，作者对权力的批判态度在下文中有所论述），揭示自然对人的心灵和精神的洗礼。人与自然的关系足以让人抛却尘世的恩恩怨怨，或者说在人与自然的关系面前人与人之间的关系显得非常渺小。这是自然净化的伟大力量。

　　生命的体验。于厚霖之所以对自然尤其是大海如此熟悉、如此痴迷，与他的生命体验尤其是童年经验是分不开的。他说："从童年时起，黄海的滚滚波涛以及行驶在波涛之上的浩荡船队就给我留下了极深的印象。我的爷爷曾驾驭风浪半个世纪，是石城岛上最闻名最优秀的船老大，一生富有传奇色彩；我的父亲我的弟弟也都出过海，虽然闯海生涯比较短暂，但不缺少对海的体验和感悟；我本人也曾乘坐过渔船，经历过惊涛骇浪。那些发生在大海上的惊心动魄的故事，更是深深地震撼过我。只有文学能最好地表达我对大海对渔民的感情。"[1] 他记忆中的大海就是"滚滚波涛"，"浩荡船队"不断经过，他经过的是"惊涛骇浪"，所以，小说集《这一片海》给我们留下深刻印象的是海，海虽有时风平浪静，然而更多的时候汹涌澎湃、惊涛骇浪。《海深处》这样描写："狂浪从左后斜刺里掀来，如千万条钢鞭猛烈地抽打船身，一次次把船体抬偏过去。渔轮吃力地跃起，沉重地砸落，巨响如雷。空中飞扬的浪丝水沫一如骤雨狂飙席卷而去。扑上穿皮、甲板和舵楼的密集浪流已次

---

① 于厚霖：《〈这一片海〉后记》，载《这一片海》，远方出版社，1998，第245页。

第冻结，渔轮被逐渐增厚的冰层包裹着如同披了一身坚硬的冰袍。"狂浪的力度显示了大海的威力，它们和作者生命的记忆叠加在一起。

于厚霖的生命体验与童年经验有着密切的联系。尼采认为："在涵养深的人那里，一切经历物是长久持续的。"正像伽达默尔阐释的那样："一切经历物不是很快就被忘却的，对它的吸收是一个长久的过程，而且它的真正存在以及意义就恰恰存在于这个过程中，而不只是存在于这样的原初经验到的内容中。"① 和冰心一样，大海构成于厚霖童年生活的舞台，是他生命中最刻骨铭心的体验。不同的是，冰心是站在远处（或近处）欣赏大海，冰心对大海的赞美之情让人羡慕。于厚霖更多的是深入大海，触摸大海，感受大海的"原生态"，熟悉大海的秉性。所以，冰心笔下的海是温柔的女性，于厚霖笔下的海是刚烈的男性。童年经验是历时的动态过程，因而作家的表现有所不同。"一方面童年时的某种经验被纳入整个人生经验的长河中，其自身的意义和价值被不断地变换、生成；另一方面，这种经验融入到生命运动和心理结构的整体后，参与了心理结构对于新的人生经验和行为方式的规范和建构。"② 所以作家的体验生成总是与他的童年经验有着千丝万缕的联系。正因为如此，《这一片海》才呈现与众不同的创作个性。

大海养育了作者，影响了作者，大海作为童年的记忆和成年的生命体验已经深深地印在作者的脑海里，成为一种审美情结积淀在他的心理结构中。新时期回归自然的文化语境和地域文学（如邓刚的文学创作）的影响也有助于激活他的审美情感，所以自然（大海）情结的审美创生在《这一片海》中成为必然。

2. 权力情结的批判指向

《这一片海》的深刻性在于，作者对自然的描写不仅"入乎其内"，生动逼真，而且"出乎其外"，"故有高致"。除了人与自然的冲突，于厚霖还善于设计人与人之间的冲突，在这个冲突中，作者把批判的矛头对准权力冲突。有的文本重点揭示的就是权力冲突，而有的文本虽然主要不是写权力冲突，但仍然有权力批判的指向。因而，也可以说，对"权力"的书写已经构成作

① 伽默达尔：《真理与方法》，辽宁人民出版社，1987，第95页。
② 童庆炳主编《现代心理美学》，中国社会科学出版社，1993，第95页。

者显性意识和隐性无意识的创作追求。

权力的陷阱。官本位思想的影响使更多的人向往权力，而一旦拥有权力，一些人就会无限制地利用权力，为自己扫除"障碍"、铺平"坦途"。《夜海》主要描写头船船长宁胖子和跟船船长石乐业之间的冲突。宁胖子曾经拱筏，用公款赔款 6 万元。这次夜间行船和对方勾结，设置陷阱，让石乐业误闯筏区，幸好石乐业及时调整。石乐业明白所发生的一切，寂寞孤独包围了他。作者通过人物之口表达"人心最难测"的慨叹。头船船长没有尽到船长的义务，而是利用手中权力让跟船陷入窘境，为自己牟私利。如果说，宁胖子为石乐业设置的是一个有形的陷阱（筏区），他想得到无形（金钱）的回报；那么，《五垒刺参》的何短腿给石方汉设置的就是一个无形的不易察觉的陷阱，他试图得到无形的（金钱、权力）和有形的（女性）双重收获。小说主要描写副站长石方汉和站长何短腿之间的矛盾冲突。何利用站长的身份和权力逼石方汉上坨—放置干参—提供信息—安排录像……让石方汉逐步进入圈套，有口难辩。因录像播出他捞到刺参，石方汉上岸后没有解释，所以被停职。为何如此？在何短腿权力欲望、金钱欲望甚至是性欲望（对林茵）的征途上，石方汉是最大的障碍。所以不惜一切代价扫除这个障碍，就成为何短腿最大的欲望。权力的使用和争夺背后都有巨大的利益、巨大的欲望。

膨胀的欲望。权力欲望的蔓延滋生了更多的欲望。《这一片海》中的村支书吴天发利用手中权力私自把海区承包给何永怀，肥了自己的腰包，结果损害渔民权益，导致渔民收入锐减。这一片海留下了沉重的叹息，表明了作者对历史理性和人文关怀的思考。从历史理性的角度来说，承包海区是历史发展的必然性要求，但承包海区会给非承包渔民的生活带来不利的影响，尤其是承包过程中的暗箱操作更加大了它的负面影响，作者对这一事件的关注恰是其人文情怀的体现。

冰封的心灵。当权力欲望和金钱欲望无限膨胀的时候，一些人就会偏离人性的轨道，心灵就像被冰封一样，不再有热情、温暖，有的是冷酷和肃杀。《冰封不冻港》中的石丛山先救渔业公司的几十条渔轮，而当自己家的小客船缠摆时，渔业公司经理王巴掌却置之不理。作者对手中握有实权的人物进行了心理解剖，"冰封不冻港"又何尝不是冰封"心灵的港湾"！在大自然的洗礼中，一颗平常心能从冰冷中溶化，而掌握权力之人却依旧冰冷。王巴掌

（还有《风暴从这里经过》中的胡总）冰冷的心灵世界没有什么改变，作者写到，石丛山的"心像被冰排封住了，满满的冷冷的"。《海深处》中描写头船船长石子高和捕捞公司吴经理的冲突。吴经理利用手中权力给外甥办了船长票（石子高的儿子石小彬考取船长票，但吴经理的意思是让自己外甥将来接石子高的班）。这次出海，本应由经验比较丰富的头船徐大副做跟船船长，但吴经理却把跟船交给了自己的外甥，跟船偏离航向，一船人的性命危在旦夕。石子高决定回去救跟船，结果头船被海浪吞噬。"怪谁呢？吴远山沉思良久，觉得石子高的判断失误（说跟船已经……）是根本原因。石子高死了，徐官庆死了，一切，只有天晓得了。吴远山经理轻轻地松出了一口气。""轻松"一词真实地揭示了吴经理的心态。一船人死不足惜，重要的是知道自己秘密的人已不在人世，他还可以继续拥有权力，继续"呼风唤雨"。权力的欲望不断膨胀，他只关心自己手中的权力，却不再拥有良知，面对一船人的死亡，没有丝毫的痛心、悔意。吴远山的内心世界犹如深海一样不可测。

作者对权力充满了批判意识，甚至通过一些丑陋的肖像描写（如何短腿、宁胖子等）强化这种批判。权力导致人偏离了人性的轨道，导致了欲望的极度膨胀和心灵被冰封。文本中所涉及的都不是发生在高层的权力冲突，而是最底层的权力冲突，而这些冲突与百姓的生活密切相关，真实地反映了改革开放后渔民的生活实况和最基层权力制约下的心理状态。

3. 死亡情结的文本表达

与自然情结和权力情结比较起来，死亡情结是于厚霖最重要也是最具艺术个性的审美情结，小说集《这一片海》充满着一种死亡的气息。作者不仅把死亡与自然、权力"纠缠"在一起，而且通过营造神秘的氛围，表达了对死亡的审美，使文本获得崇高的美感。所以，死亡情结是文本形式和内涵意蕴的双重吁求。

一是死亡文本的权力渗透。作者把对死亡的表现和对权力的思考融在一起，彼此纽结，互为渗透。权力的滥用可以导致一船人的死亡（《海深处》），而权力也可以在死亡"事件"上大做文章，做大文章。权力有时能够制约死亡，或是达到对死亡的强制性认同。《海底》表面上描写妻和子认夫认父、送夫葬父的经过，而实际上文本暗含着对另一种强大力量的批判，那就是文本还着力塑造一位村长的形象。作为农村最基层的领导干部，他有着无限的权威，包括对死者身份的认定。在大家面对无头尸体不知所措时，村长"慢条斯理"地走过来。文中这样形容村长："在这夏末秋初时节，也戴一顶深色帽子，有一种偏僻小村主宰者的威严。在平常的日子里他与普通村民一样平常。只有出现人们意想不到的事，才能把他村长的威严显露出来。"[1] 村长离尸体好几十米，就断定是何中得。"没人敢说是，也没人敢说不是。"丈夫的死对何妻刺激很大，记忆有些模糊，说不像，而村长说了一句："都这样了，还能像吗？"何妻沉默，何妻所记得的丈夫何中得的任何一个记号现在都已模糊不清，村长说："这事，还用开会讨论吗？还用举手表决吗？"何妻愕然。之前的"假葬"，何妻和儿子已经损失极大，这次真葬当然要比假葬隆重，更不用说又是一笔巨款。村长当然格外热情。村长有自己的算盘："这么大的一个场面没有主事不行。村长威严的脸上现出一些灿烂的笑意。回浪湾能多有几次这样轰轰烈烈的事情，他这个村长在众人面前就会更重要一些。"[2] 村长通过操办隆重的葬礼树立自己的威严，通过践踏别人的痛苦找到自己幸福的权力感，而这一切都被他忙忙碌碌的为别人办事的行为掩盖着。作者细致地描写了村长谋私的龌龊的内心世界，当然作者也把批判的锋芒指向培育这种权力欲望的社会和文化的温床，即人们害怕权威的奴性心理和看客心态。

　　然而，这仅仅是小说的开端，更具深刻性和艺术性的是情节的发展与高潮。在真葬之后的某一天，又有一具无头尸体漂到海滩上。村长断言只是个碰海的，随便埋了。可是人们从尸体上看到了何妻所说的标志，尤其是在尸体上发现了何中得的身份证。可以想象村长"差点背过气去"。按照常理，村长会觉得自己很没面子。而作者打破常规，这样写村长的心理："心头抖了一下。何大孝倒是个孝子。发送一个假爹，花了六七千块，这回是真的，不花更多，何中得会挑理的，回浪湾又可以山吃海喝一顿了。"等待何大孝的又是一场需要花费巨款的真葬礼。当读者还沉浸在对何大孝的担忧时，作者对何大孝已经做了安排："就在何中得的尸体借着暗流轻飘飘地扑过来时，何大孝惊得呛了水，就留在了那个礁洞里。"[3] 作者设置的情节既在意料之外，又在

---

①　于厚霖：《这一片海》，远方出版社，1998，第79页。
②　于厚霖：《这一片海》，远方出版社，1998，第86页。
③　于厚霖：《这一片海》，远方出版社，1998，第90页。

情理之中。

《海底》的故事发展与死亡有关，也因死亡而起。作者四次写到死亡：假葬、真葬、发现何中得、何大孝呛水。如果说，假葬之假还在情理之中，那么真葬之"假"就完全是一种对权力的强制性认同。和创作指向相一致，作者对假葬的描写采用的是追述方式，而对真葬则是精雕细描，突出村长的权力欲望和村民对权威的无条件认同。小说以何大孝之死作为结尾，"惊"、"呛"、"留"，写得如此简单，如此"冷漠"。然而这样的结尾却富有深意和力度。何大孝之死具有一定的必然性，作者是从心理学角度考虑的，因为正沉浸在捞海参（捞钱）的愉悦中时，突然父亲的尸体向他扑来，所以"一惊"：因无头尸体的恐惧而惊，因父亲的尸体而惊，因证实母亲的疑虑而惊，因埋葬假父亲的"真葬"而惊，或许还因村长将为真父亲的真葬操办而惊，为村民再次山吃海喝而惊，为自己又要被挥霍一笔巨款而惊。这"一惊"实际上是多种"惊"的复合体。"惊"，当然属于心理学范畴，而造成"惊"的却远远超越心理学的范围。如果不是假的真葬花费巨款，何中得不会碰海，当然就不会有这一"惊"。假的真葬和将要有的真的真葬的"挥霍"根源在于村长，而村长代表着权力。所以，作者实际上是假借心理学的"惊"对权力进行了社会的和文化的批判。也许有人认为，不写何大孝之死，读者对何大孝的命运充满期待，可能给读者留下的悬念和想象空间更大，作者用一个"留"字实际限制了读者的想象。其实不然，作者写何大孝之死和王安忆在《长恨歌》中写王琦瑶之死有很大的相似性，皆是看似偶然实属必然。王琦瑶之死宣告了"一个城市古典的摩登时代的终结，一种文明的终结"。何大孝之死同样是一个终结，但这种终结只是暂时的，它可能还意味着另一种开始。《海底》从一个人的死亡（何中得之死）看到权力的滥用，而权力又导致另一人的死亡（何大孝之死），恰恰这个人的死亡是对权力的终结（何大孝不能发送亲爹，村长等着操办丧事的欲望不能实现），同时又是权力滥用的另一次契机（村长又有可能要大做文章）。何中得与何大孝之死仅是文本的能指，文本的所指是村长的官僚作风、管理压制、权威的欲望、不停让人花钱的支配欲，这一切犹如大海一样深不可测，甚至会要了人的命。类似的死亡叙述还有《这一片海》中老成叔的死，也是权力压制下的死亡。渔民为了保护自身利益，联名上告，结果杳无音讯，老成叔彻底绝望，含恨而去（当然，权力欲望的膨胀有时导致自以为是、命丧黄泉,如《灯误》中的柴才)。从这些看似"冷漠"的叙述中,我们看到作者深沉的焦虑和悲愤。

二是死亡氛围的精心营造。作者把死亡作为叙述的起点,文本的开篇即弥漫着死亡气息。如《五垄刺参》开篇写到令人生畏的银白色 V 型流带:"尽管石方汉是海碰高手,在水中可以升潜自然,气量又大,也不敢闯进飘荡着死亡气息的流带之中,他不过想试一下。"《海底》的开篇也写道:"一具尸体被混浊的海面托着,不声不响地漂上来。"从这种叙述中我们可以看到,作者把死亡作为起点是刻意营造一种神秘的氛围,制造悬念,为情节的展开做一定的铺垫。

死亡成为情节发展和小说叙述的动力。"在动力的形成过程中,有两个重要的因素值得注意。一个是'触媒'事件,它好比导火线,一经点燃,故事的动力就轰隆一声释放出来……另一个是人物的愿望……构成了动力形成的内因,而'触媒'事件仅仅是外因。"① 两个因素相互作用,导致了动力的形成。《五垄刺参》把吴大胆之死作为叙事的起点和动力,在发现五垄刺参后,石方汉探寻吴大胆之死和五垄刺参成为统一的动力。

同时,作者不停转换叙述的对象,类似悬念小说进行推理与解密。在《五垄刺参》中作者的叙述焦点先对准石方汉。"石方汉在光秃秃的野马坨上详细察看,没有发现与吴大胆失踪有关的迹象,只是觉得这片海过于神秘。"吴大胆的失踪使这片海有一种神秘和死亡的气息。吴大胆下落不明,"野马坨的气氛就神秘而恐怖起来","给野马坨留下一个谜"。渔政派石方汉到野马坨,石方汉意外发现干的五垄刺参,五垄刺参和吴大胆失踪有无联系、野马坨到底有无五垄刺参,这一切勾起石方汉探寻的欲望,果然在 V 型暗流的海底礁洞里发现了五垄刺参。"他惊诧无比,下意识地朝洞的深处扫了一眼,发现被海参们遮盖的一根根灰色条状物酷似认股。他惊得忙把眼光离开地面,从洞的上方垂悬下来的两只长臂猝然闯入他的视野……"巨大的惊喜伴随着巨大的恐惧,文本悬念迭生,死亡气息更加浓郁。他推测悬在洞里的尸体是吴大胆。可是作者的叙述对象突然转向何短腿,通过何的言行读者知道了一些秘密,尔后,当石方汉知道这一切是一个彻头彻尾的圈套时,石方汉无从

---

① 傅修延:《讲故事的奥秘——文学叙述论》,百花洲文艺出版社,1993,第78页。

选择：不说出秘密，不能洗刷自己；说出秘密，更多的人会葬身洞里；证实自己的话，需要再次潜入那充满死亡气息的深洞，拿上来五垄刺参和人的尸骨。"一想起礁洞里的白骨和悬尸，他就不寒而栗。那是一张索命的巨口……他已十分打怵再碰那充满死亡气息的礁洞了。"① 接着作者的叙述视角转向吴大胆，吴大胆酒后现身无疑使情况更加复杂，也使一些事情更加明了。最后，作者把吴大胆和石方汉放在一起叙述。当吴大胆重登野马坨看护（实际上是偷窃）五垄刺参时，石方汉的突然出现让他垂头丧气。这种揭秘式的叙述方式增加了文本的神秘感，使读者在阅读时充满了期待。

小说通过情节的对比和重复凸显死亡的悲凉、神秘或恐怖。《天海苍茫》讲述了三个故事，一是父亲的新婚，一是石力的爱情，一是母亲的死亡。第一个故事和后两个故事发生联系，父亲有钱后就不再有以前的温情，说没钱给母亲治病，而母亲的葬礼却办得气派，父亲在母亲去世几天就娶后妻（石力恋人的表妹），因伦理关系造成石力爱情和婚姻实现的不可能。作者按照时间顺序叙述前两个故事，用石力的视角叙述了死亡故事。尤其是采用对比的方法来写婚礼和葬礼，更加鲜明地突出了母亲葬礼的悲凉。虽然葬礼办得隆重，但那是父亲交上的一份堂皇的答卷。而以石力视角叙述母亲的死亡故事，也透露出石力的悲凉心境。

情节的重复有时会造成文本的冗赘感，但是新时期的作家更倾向于把情节的重复当成一种审美追求，其中不仅有着文本形式的呼应，而且重复中会形成一种节奏感和音乐美，更是深化文本内涵的重要路径。余华的《活着》和《许三观卖血记》就是情节重复美的典型文本。于厚霖也通过情节重复建构文本世界。《海底》四次写到死亡情节，《黑白石》的开头和结尾也是关于死亡的重复叙述。但这些都不是简单的重复，而是作者的精心设置。重复的情节体现了作者对文本形式和内涵所指的双重考虑。

死亡的气息一直笼罩着全篇。《黑白石》的开篇即写到死亡："工作队进岛那天晚上，全岛首富石大坤突然失踪。"接着第一段叙述：在黑白石附近水域，"白色帆船在游荡着恐怖气氛的波浪里徘徊良久，发现了一具随波逐流的尸体。是石大坤。石大坤为什么要死？为什么要到这里来死。伴随着这个无

---

① 于厚霖：《这一片海》，远方出版社，1998，第27页。

法破解的谜，黑白石直到多年以后还笼罩着恐怖的阴影"①。作者转而讲述石大坤儿子石中信和孙子石小成爬上黑白石的万元之赌。其实这些都与死亡有关，石中信设赌："他要看人们为 1 万元而不顾生死，从中品尝居高临下扬眉吐气的快感。"富有意味的是，最早的唯一的挑战者却是儿子，因为儿子怀着对父亲的怨恨（继母目光冰冷，父亲把他赶出家门），看穿了父亲"希望有人去送死"、"找点刺激"的心理，而自己正需要 1 万元做本，光明正大挣钱，他更需要在精神上战胜父亲，所以与父亲赌一场。石小成主动送死，是父亲始料不及的。爬上黑白石，发现八块金砖也是石小成始料不及的，他发现了爷爷的秘密，也破解了爷爷的死因。如果作者接着叙述儿子拿着金砖与父亲重归于好，这篇小说的艺术魅力就会大打折扣。出人意料的是，作者接着叙述石小成精神失常、神秘失踪，最后人们在黑白石附近海面"找到了石小成随波飘荡的尸体"，人们不明白"他为什么要死，为什么要到这儿来死，为什么腰上缠着那样的绳子……"② 这一情节与小说的开头呼应，充满了神秘的色彩。表面上看，祖孙二人都为财死。然而，作者在这里着力表现的不是这种浅显的东西，而是对死亡本身的一种思考。我们不否认文本有一定的宿命色彩，冥冥中似有一种力量是人所不能战胜的，一个人可以一次或几次登上黑白石，但永远不能来去自如，最终都会葬身大海。一般来讲，读者不会沉湎于祖孙二人的死亡，而是会感慨祖孙二人登上黑白石上所领略到的一切。情节的重复一方面凸显了文本的神秘性，一方面也强化了作者超越死亡的形而上思考。

三是死亡结点的崇高体验。于厚霖的小说有时把死亡作为叙述的起点，有时作为叙述的动力，有时又作为叙述的终点，当然有的文本也以死亡叙述贯穿。在这些死亡叙述中，除了对权力的批判和对艺术氛围的追求外，作者还通过塑造一些经受死亡考验的硬汉形象，表达崇高的审美体验。

以硬汉形象出现的男主人公都姓石，石方汉、石子高、小石老师、石刚正、石大坤和石小成祖孙二人等。在险境丛生的大海里这些硬汉有的死里逃

---

① 于厚霖：《这一片海》，远方出版社，1998，第 52～53 页。
② 于厚霖：《这一片海》，远方出版社，1998，第 64 页。

生，如石方汉、石刚正等，有的葬身大海。尤其是对于后者来说，死亡作为生命的结点并没有显示它的威力。他们没有被自然打败，没有被死亡打败，而是被自然毁灭。正像海明威在《老人与海》中所说的："一个人不是为失败而生的，一个人可以被毁灭，但不能被打败。"从这个意义上说，于厚霖小说中的硬汉带有海明威式打不败的英雄意味。

这些硬汉大都有非常丰富的出海经验，"有限的躯体内积蓄着无限的力量"，具有超越死亡的生命意志。《海深处》中的开篇讲述的就是硬汉石子高与大海的较量。他经验丰富，了解大海的脾气，收听不同省市的电台了解天气变化。"他驾船如同庄稼把式使牲口，摸透了脾气，风浪再大也不慌。"跟船船长蔡大海手忙脚乱，慌里慌张，没有驾船经验，结果跟偏航向。石子高面临选择：不救，良心不允许，与自己的人格不符；救，也不一定能成功，也许还搭上自己和全船人的性命。但"他唯一的念头是使出浑身解数，战胜风浪，创造一生当中最后一个也是最大的奇迹"。石方汉也是如此，冒着生命危险到 V 型漩涡的深处找海参，揭示真相，捍卫正义。

作者善于通过对比的方法塑造硬汉形象，如硬汉与权力人物的对比，硬汉与弱小者、卑微者的对比等。《海深处》通过小远子的紧张和恐惧反衬石子高的冷静沉着。"小远子紧张恐惧得眼睛溜直面无人色，牙齿得得得直碰。他的感觉是被几个壮汉紧紧地围住，把他狠狠地推过来，重重地搡过去，腰、腿、背、后脑、前额，无一处不受到猝然而至的撞击。他牢牢地攥住门把手，双脚跐住地板的缝隙，脊背上让门框的棱子硌得疼痛难忍，却也难以保持平衡。怕是活不到家了……这个念头一闪，他就垮了。"[①] 作者越是描写小远子的恐惧越是说明当时暴风雨中的惊险，在这样情境下石子高们的不动声色越是能突出硬汉的本质。《黑白石》中塑造祖孙两代硬汉，在石小成的脑海里爷爷是"一位倔强的汉子"，"他尊崇爷爷，也就看不起父亲"。父亲在这里与硬汉构成鲜明的对比，或许作者有着和莫言在《红高粱》中一样的情感寄托，对父辈不满，试图通过红高粱和黑白石寻找一种生命的强力。

与石子高、石方汉不同的是，《风暴从这里经过》中的小石老师是另一种类型的硬汉。小石老师没有石子高、石方汉样丰富的驾船或"碰海"经验，

---

① 于厚霖：《这一片海》，远方出版社，1998，第 36 页。

没有他们外显的硬汉造型和刚直的性格，但具有敏锐的观察力、书生气，关键时刻冷静沉着，鼓舞士气，指挥若定，更具一种"大将"风范。小石老师为了船上人的安危，冒着生命危险把缆绳拴在缆桩上而"小石老师水淋淋的身影飞起来，落入山峦般骤起骤落的狂涛之中"。小石老师用自己的生命拯救了全船人的性命，他是一个打不败的硬汉。

这些硬汉被作者置于非常人格化的自然环境中，此时的自然（大海）富有个性："它强暴、凶狠、恶毒，它又那样美丽、热情洋溢，富于情感。它吸引着征服者，又把征服者弄得伤痕累累、血迹斑斑，以致它大而无边的力量将征服者吞噬。然而对于征服者来说，这样的下场却也是美丽的——他从大自然而来，现在，他又重新回到了它的怀抱，在那里静静地长眠了。"① 因而，"追求得勇敢，毁灭得痛快"成为一种模式。此时征服者的死亡对读者来说是一种心灵上的巨大震撼，是一种超越死亡的崇高。

海明威在《午后之死》中说："一切故事，讲到相当长度，都是以死结束的；谁要是不让你听到那里，他就算不上一个真正讲故事的人。"于厚霖可谓是海明威的忠实追随者，死亡无时无刻不在他的小说中显现，他是一个真正讲故事、比较会讲故事的人。

与作品的总体风格相适应，《这一片海》中较少涉及爱情，即使写到爱情也轻描淡写，文字不很细腻。有关爱情的描写有《五垄刺参》中的石方汉和林茵、《风暴从这里经过》中的小石老师和美桃、《这一片海》中的何永怀和吴淑萍等。其中吴淑萍是塑造得比较成功的一位。原因可能在于大海的背景更适合于塑造男性形象，正像海明威小说中女性的缺席现象一样。

大多数读者久居陆地，整天被黄土、钢筋或混凝土所包围，生活有时自然变得枯燥，也许会失去些许诗意和激情。而《这一片海》中的惊涛骇浪可以冲刷掉观赏的闲情，带给读者一种恣意的激情和强大的心灵震撼。自然情结、权力情结和死亡情结在文本中的成功显现，会让习惯于平静生活的读者不再平静。

---

① 曹文轩：《中国八十年代文学现象研究》，作家出版社，2003，第164页。

五　政治话语的艺术化成

《大江东去》是刘志刚创作的一部反腐倡廉的现实主义力作。它取材于东北某大案，但是它并不是把大案原原本本平移到小说中，而是对其进行艺术和审美的加工，使其原生的政治话语有机地转化成艺术的、生动的、个性化的文本存在。创作主体以强烈的忧患意识关注社会，以敏锐的艺术感觉观照现实，以恢宏的气势建构文本，以细腻的笔致触摸人性。所以，作品不仅再现社会生活的广度，揭示反腐倡廉的深度，而且充满了审美表现的内在力度，达到了一定的艺术高度。《大江东去》政治话语的艺术化，显示了作者独特的审美气度。

1. 题材选择的现实针对性

反腐倡廉是时代的主旋律，也是《大江东去》的主旋律。《大江东去》题材重大，生动揭示奉阳市高层领导腐败堕落的内幕：黄金地段的权钱交易，副市长差额选举的暗箱操作，商业城失火的真相隐瞒，澳门赌博的巨额挥霍，国外考察的高级享受，领导家属的狐假虎威，二环建设的回扣转移，与黑道人物的相互勾结等。作者带着深广的忧愤，以饱蘸着怒火之笔为我们艺术地再现了这触目惊心的一切。这一边，市长住一晚总统套房消费 1 万美元，副市长一夜赌博扔进 2000 多万元；那一边，大批工厂破产倒闭，工人下岗，在寒风中静坐街头。一夜豪赌输掉的巨款可以作为 15 万下岗职工一个月的活命钱。作者敢于揭示官与官、官与民、权与权、权力与欲望之间的重重矛盾，不回避现实，直面官场，揭去某些高层领导的层层面纱，暴露其全部真实，给人以酣畅淋漓之感，显示了作者大胆干预生活的勇气和魄力。

作者描写高层领导的腐败，给社会和读者敲响了警钟，但作者带着警醒意识冲破了沉闷压抑的气氛，使作品充满着另一种力量。省委领导的高度重视，市其他领导的勤政廉政，公安干警的忘我工作，纪检干部的铁面无私，所有这些构成巨大的凝聚力彻底粉碎了腐败者的幻想，给读者以信心和力量。所以，作品也洋溢着一种昂扬向上的气氛。清朝末年的讽刺小说《官场现形记》等，用讽刺夸张的手法描写官场，极尽挖苦之能事。《大江东去》与此不同，它不仅具有犀利的批判现实的力量，同时也善于挖掘那些美好的存在，闪烁着希望之光。

2. 人物塑造的丰富复杂性

恩格斯说，现实主义小说，除了细节的真实外，还要再现典型环境中的典型人物。《大江东去》遵循现实主义的创作原则，一方面再现了 20 世纪末的典型环境，另一方面塑造了形形色色的人物：有体现作者强烈批判意识的反面形象，沈培林、贺远鹏、陆天宇等；有寄予作者政治文化理想的正面典型，如罗大群；还有那些让人难以忘怀的女性，郭岚、肖楠、朱安娜等。作者用对比方法反衬人物鲜明的个性，用心理描写手法增加内在的真实，用人性观照的方法凸显性格的复杂，所以虽然人物众多，但每一个人物在读者心中都留下了极其深刻的印象。

对比方法反衬人物鲜明的个性。沈培林和罗大群同是副市长，又曾是小学同学，经历大体相同，但二人的表现却迥然不同：前者自私，被权力和欲望控制，腐败堕落，践踏爱情，人格沦丧；后者无私，富有责任感和使命感，勤政廉政，对爱情忠贞不渝，人格完美。肖楠和朱安娜一个是大陆奉阳市的大牌主持人，一个是台湾的名记者，二人同是沈培林的情人，同是现代白领女性，但又有所不同：前者有东方古典之美，迷途知返；后者更有西方现代的自由和开放精神，情迷其中。同是主持人，肖楠和后来成为市长夫人的林慧姗也不同。其他如企业家陆天宇和褚省三的对比，市长夫人唐丽华、方若梅和何碧云的对比等也体现了人物鲜明的个性。作者用对比的方法塑造人物，使每个人的个性鲜明，栩栩如生，成为不可重复的"这一个"。

心理描写手法增加内在的真实。作者走进人物的内心世界，深刻挖掘人物言行的内在动因。作者把更多笔墨用于那些身居要位的高官，细腻地刻画了他们堕落的心路历程。沈培林面对良辰美景的惬意、拥有一切的感慨与知足，让我们看到一个权力欲望、金钱欲望和性欲望过度燃烧的灵魂自白："地位有了，权柄有了，金钱有了，美女有了，还差什么呢？什么也不差了。凡是人间能够拥有的，我沈培林都有了。"待他做了阶下囚，明白了自己一切的努力与挣扎都是徒劳之后，作者和他一起反思堕落的根源："今天走到这一步，不怪天，不怪地，都怪自己放松了自律，放松了学习，放松了思想改造，远离了群众，远离了党，把党和人民赋予的权力，当成了谋取私利的工具，因而一步一步地堕入了罪恶的深渊。"这人人明白的道理，唯有面临死亡时才

体会得如此深刻。

人性观照手法凸显性格的复杂。反腐倡廉是刘志刚小说贯穿始终的主题，是时代的政治话语和公共话语，作者从人性的角度去塑造人物，刻画性格，一方面可以找到把政治话语转化为个人话语的有效途径，另一方面又符合读者的期待视野，容易引起共鸣，使作品具有普遍的审美意义。朱安娜为爱而活着的痴迷、贺远鹏对女儿的疼爱有加、沈冰冰孤独而无辜的心灵创伤、陆天宇对小娟的真诚表白感动了作者，也感动了读者。陆天宇是威震奉阳的天宇集团的当家人，是大企业家，但作者没有把他写成简单化的黑道人物，也有人性化处理，描写他对美好的追求。就像作者所说："陆天宇何曾落过泪？从打记事起，他就没哭过鼻子。他属于那种宁折不弯的主儿，属于男人无泪何曾弹的主儿。可是今天他在小娟面前，却泣血般地流泪了。可见他诚心诚意地要小娟做他的终身伴侣。情到真切处，方见得沧海横流！"但陆天宇的真诚是有条件的，是在他者没有使自己动摇的基础上的真诚，当他得知小娟做了一些事威胁到自己未来命运的时候，还是利用别人的手要了小娟的命，这表现了他人性中恶的一面。作者刻画陆天宇的复杂性格使他成为一个圆形人物，突破以往写黑道人物外表凶恶、头脑简单、肌肉发达的概念化和扁平化倾向。

3. 情节结构的宏阔完整性

《大江东去》有两条线索，一是奉阳市总统大厦发生枪杀大案，一是奉阳市高官腐败大案。作者以枪杀案开篇，进而引出市领导对此案的态度，同时重点描写高层领导的腐败。随着公安干警调查的步步深入，发现枪杀案非同寻常，嫌疑人和著名企业家陆天宇有着千丝万缕的联系，而陆天宇又与高层领导关系密切。作品的第一章到第十六章一直是双线并进，第十七章写到沈培林在澳门的豪赌输2000多万元后，给陆天宇打电话以解燃眉之急，嫌疑人古剑奇在此时此地的出现把两条线索连在一起，直到第十九章一切才水落石出，发生枪杀案是为了确保沈培林在副市长的差额选举中获胜，一为转移人们的视线，二为搬掉横在前面的绊脚石。

从双线并进到双线合一，这种情节结构的设置一方面利于展开广阔的叙述时空，拓展作品的再现领域，使作品呈现内在的统一性，另一方面给读者留下一个个悬念，激起读者的欣赏情趣。作品结构完整，得益于双重线索的设置，也得益于作者采取传统小说提前交待的叙述方式，写沈培林享受天伦之乐时，就为后来的结局作了铺垫："只可惜因为后来的一系列变故，沈培林没有把握住自己，让不断膨胀的贪欲无情地击碎了这人世间至亲至爱的和美家庭！最为不幸的是未成年的孩子——冰冰，她将孤苦伶仃地只身一人面对着坍塌的世界。"类似的叙述较多，如"于是由陆天宇任编剧兼导演，由林慧姗任女主角的一部多集连续剧，不久就粉墨登场了"；"后来沈培林果真让朱安娜开了眼界，而且是惊世骇俗地让世界也都大开了眼界"。提前叙述作铺垫，后面在叙述此事时与其照应，加强结构的完整性，同时因读者急于阅读而取得很好的审美效果。

作者巧妙设计情节，犹如在宏阔完整的结构中播撒分外的幽香。陆天宇导演的林慧姗和贺远鹏之间的爱情剧，以及众导演合导的道士算命及唐丽华只有与贺远鹏离婚才能免灾的离婚剧，"导演们"煞费苦心导演的情节成了作品中颇具艺术魅力的情节，作者意在通过这些情节揭示偶然中之必然，揭示人性之复杂。

《大江东去》用质朴与生动的语言表现严肃的政治主题。作品中句式较短，并常用歇后语，语言贴近百姓的生活，拉近作者与读者之间的距离，使反腐倡廉的主题化成富有意味的存在，走进读者的审美视界。所以，作者通过对人物的多层次塑造、情节结构的精心设计、通俗语言的巧妙运用使作品不仅具有磅礴的气势，而且颇具艺术魅力。作者把政治话语艺术化为个人话语，达成内容与形式的有机统一，使作品成为具有审美气度的个性化艺术文本。

六　话语表述的张力结构

《幸福与汗水》的话语表述充满多种张力结构，具体表现在表层结构与深层结构、底层叙事与性别叙事、叙述话语与人物话语之间的关系等。女主人公的保姆身份、知青身份与女性角色在历史与现实的双重时空中与多个他者形成历时性与共时性的关系或矛盾，小说由此模糊了叙述主体与人物主体的话语痕迹，并逐渐展开女主人公充满创伤的心灵世界，在"幸福"与"汗水"富有张力的结构中创造性地形成后知青时代的性别叙事。

1. 表层结构与深层结构的统一

《幸福与汗水》话语表述的张力结构之一是表层结构与深层结构的统一。表层结构是身体的外伤，现实生活中摔了一跤，汪霞想方设法地出汗；而深层结构是心灵的创伤，指向多年前自己的心摔了一跤，"身上的汗是看得见的，心呢？受过伤的心也会出汗吗"这种心灵的重创是文本深层的全部所指；前者能够通过汗蒸蒸出汗来，而后者是不可能的，受过伤的心不会出汗，只有生活的滋润才可以。

小说的标题是"幸福与汗水"，然而在小说里我们并没有发现"幸福"一词。如果说读者对作者所要写的"幸福"有所期待，那么，所有读者的希望都会落空。作者为小说取了一个充满诱惑力的标题，激起了读者的审美期待，然而作者却没有把"幸福"作为一个显在的语码进行破解，而是把它沉在文本的深层。如果说，幸福与汗水有关联的话，那是知青时代发生在她和他之间的故事，那时有汗水，有幸福，那汗水是自然的、发自内心的，是经生活的滋润才会有的汗水。这汗水是心灵温暖的自然流淌，是一种幸福。然而，在现实生活中，对于汪霞来说，幸福是不在场的，这也是小说通篇没有出现"幸福"的深意所在。汗没有了，幸福就不在了，似乎汗水和幸福是一体化的。然而，汗水可以被动地蒸出，而幸福是不可能被动出现的。幸福需要心灵的主动与互动。但是，主动流出的也不一定是幸福的汗水，幸福的汗水是温暖的。在小说的结尾，汪霞汩汩地流汗，但却是冷汗，是发自内心的冷汗。所以，有了汗水，并不一定有幸福。幸福的汗水是自然的、温暖的。汪霞受过伤的心是在这种情境中是不会有温暖的汗水的。

身体外在的伤痕是文本的表层结构，而心灵的伤痕是文本的深层结构。幸福在哪里？幸福在汗水中，然而幸福又不在汗水中。"幸福"与"汗水"之间的矛盾与纠结形成的张力把文本的寓意从表层结构移向深层结构。与这种张力结构相适应，作者在叙事策略上也采用底层叙事与性别叙事互融的方式。

2. 底层叙事与性别叙事的统一

《幸福与汗水》话语表述的张力结构之二是底层叙事与性别叙事的统一。这篇小说初看起来属于底层叙事的范畴，女主人公曾经是知青现在是保姆，但这只是文本的叙事线索之一；它的另一线索是性别叙事，我们可以说是后知青时代的性别叙事。

底层叙事，指的是小说以一个下岗职工为主人公，她靠做保姆维持母女的生活。小说围绕汪霞做保姆时摔了一跤，把汗摔没了，去汗蒸室蒸汗，遇到前夫、犹豫再去还是不去等展开情节。作者写了汪霞做保姆的不易，虽然雇主家人待她非常好，但她时刻也没有忘记自己的身份，早起做饭、陪雇主唠嗑、为孩子免于受伤而自己受伤等，她的生活十分琐碎。同时，又描写了她在有限的休息时间里看望自己的父母和女儿，并做大量的家务，以补偿平日里不能照顾的缺憾。但是，所有这些并不是作者叙述的重点，重点在于"她"和"他"的故事。

底层叙事是这个时代文学流行的叙事方式。作者的与众不同之处在于她假借底层叙事把我们带到后知青时代的性别叙事当中。说是后知青时代，是指作者写了汪霞的知青时代及与他的故事，而且现在要展示的重点是回城多年之后她生活和心灵的创伤。更有意思的是，汗蒸室的老板娘也曾是知青。在后知青时代的叙事中，性别叙事是暗含其中的，开篇写摔跤不出汗，接下来就写到知青时代的爱出汗，用三句话、三个段落浓缩"她"和"他"的故事。第一部分的叙述节奏是比较快的，包括她（汪霞）和他（汪霞前夫）的知青生活、她的下岗等。但是从第二部分开始作者逐渐放慢了叙事节奏。第二部分写汗蒸，汪霞从胖刘的裸蒸想到新婚、新房与蜜月，这种叙述是别具匠心的。可以看出，汪霞过去的生活一直深深刻于她的内心世界中，它总是不时地光顾，挥之不去。她因为婚姻的失败而在女儿面前失语；第三部分写他的汗出得快，而汪霞马上想到他过去不是这个样子，想到他们过去在青年点令人羡慕的生活，想到回城之后他的背叛、与她离婚、不给女儿赡养费等。这时，现在和过去或交错或平行。作为保姆的她因为前夫的突然出现激起情感的荡漾与犹疑。作者也写了胖刘对男人的怨恨等。小说中女儿约会前后母女关于男人的对话不仅显现出观念差异，更加真切地反映了汪霞对男人的认识："帅男人可能是婚姻之外女人的春梦，让别人家的女人惦记，对婚姻当中的妻子来说却可能只是虚荣，甚至可能是噩梦！"而汪霞又时刻揣摩他拿出的5万元钱是他的良心发现还是另有他意（复合或什么的）？后来她终于明白，"原来却是要救他的儿子！凭什么她养大的女儿要经受皮肉之苦去救那个抢走她男人的女人的儿子？！"此时，性别的叙述与冲突从底层叙事中逐渐剥离出来并占有主体性地位。

性别叙事在文本中最具情感冲击力。汗蒸室女人无所顾忌的"放声说笑"、"没有男人独自把女儿抚养大的女人"之间的"共同语言",这些女人的话题更多的时候围绕男人展开。实际上,作者通过汪霞的故事粉碎了女人的幻想,"男人总是有目的的"。

在叙述的过程中,作者一直是双线并进,一是现实的线索,底层叙事——保姆生活;一是过去的线索,性别叙事——知青生活;然后把两条线索融在一起,保姆身份、知青身份与女性角色(曾经的妻子、弃妇、母亲、女儿等),女主人公与众多他者构成复杂的关系,在这些关系中占主要地位的是性别关系。所以,文本采用的是底层叙事和后知青时代性别叙事架构的双重叙事手法,而后者是主导。如果说,在做保姆的过程中,汪霞感到了生活的温暖(雇主待她很好,让她去汗蒸、在雇主家可以永远住下去等);那么,作者用这种底层的温暖反衬出性别(男女)世界的无情与冷漠;但是从另一种角度考虑,我们还会发现别的含义,在男性话语世界里,女性也是弱者。所以性别叙事在这种意义上也是一种底层叙事。这样,底层叙事与性别叙事就不是单一的存在,而是相互依存的,所以文本更形成一种张力结构。

3. 叙述主体与人物主体之间的话语张力

《幸福与汗水》话语表述的张力结构之三是叙述主体与人物主体之间的话语张力。女真总是习惯于模糊二者的界限,读者在浑融中感受到张力之美。

这篇小说非常讲究叙事的艺术,一开篇就是对传统时空叙事的反拨,它从人物内心开始,却蕴涵着特殊的审美情致。小说开篇:

> 自从摔了那跤,汗就少了。怎么热、怎么累都难出。也是怪了,摔跤能让人骨折,也能把汗摔丢。不亲身经历谁会相信?

显然这像是第一人称叙事中人物的自言自语。但读到下一段,我们就知道,它是自言自语,却不是第一人称的叙事。在这里,作者模糊了叙事话语(主体)与人物话语(主体)之间的痕迹,所以文本的审美蕴涵更加丰厚,正像热奈特所说:"现代小说求解放的康庄大道之一,就是把话语模仿推向极限,抹掉叙述主体的最后标记,一上来就让人物讲话……内心独白这个名字不够贴切,最好称为即时话语","关键的问题不在于话语是内心的,而在于它一上来（'从一开卷'）就摆脱了一切叙述模式，一上场就占据了前'台'"。① 女真在小说中采用这种间接引语的叙事方式，使人物的内心世界呈现出一种对话的开放性，有四种对话性的存在方式：一是人物与自我的对话，人物一上场就与自己说话，类似舞台上剧中人物的内心独白；二是人物与读者之间的对话，读者在阅读的时候，就感觉到这句话是对自己说的；三是作者与人物之间的对话，我们分不清是叙述的话语还是人物的话语，就是说叙述主体与人物主体是一体化的；四是作者与读者的对话。因为小说模糊了叙述主体与人物主体的痕迹，开篇既然是人物与读者的对话，也是作者作为一个叙述主体与读者之间的对话。其实，在这篇小说中，这种自由性的间接引语与即时话语所产生的多重对话性普遍存在。间接引语叙述节奏急促，是人物内心世界情绪的真实表露。

阅读小说，有时我们很难分清这是人物主体的话语还是叙述主体的话语，作者时而模糊二者之间的界限，时而从叙述主体滑入人物主体，或从人物主体滑入叙述主体。比如，"年轻时的汪霞挺有模样的，不比那些涂脂抹粉的小姑娘差。没钱受憋分分角角算计的滋味不是一般的不好受，是相当地不好受。思想每活动到这一层，很快她就会在心里骂自己"。这三句话中叙述话语与人物话语交错在一起。第一句的前半部分更像是叙述主体的话语，而在一定程度上也带有人物主体的发音、俚语和情绪色彩，而后半部更像是人物的话语，作者模糊了两种话语的痕迹；第二句是人物话语，是她的思想活动；第三句是叙述主体话语。而接下去的文本又是人物话语。两种话语的彼此交错与相互滑入，使文本叙述在总体上呈现叙述主体与人物主体的共融状态。作者以汪霞的视角展开故事，并把自己真正对象化到人物身上，以汪霞的言说方式（浓浓的东北味儿、沈阳味儿）在讲故事，以汪霞的心理世界为追踪对象，就好像是汪霞在讲自己的故事，读者获得一种与人物之间的亲近感。同时，因为作者采用第三人称的叙述方式，又会把读者带到另一种情境当中，是"她"的故事，不是"我"的故事，读者获得一种距离感。叙述的熟悉与陌生，亲近感与距离感，这种张力结构使读者获得特殊的审美感受。

此外，小说话语表述的张力结构还在于小说中那些富有意味的话语，它

① 热奈特：《叙事话语、新叙事话语》，中国社会科学出版社，1990，第117页。

们或者是经过作者的深思熟虑或者是灵感而至的随意挥洒。比如，"像她这种男人胸前早已另有他人倚靠的女人"，这句话没有简单地重复叙述丈夫与她离婚这一事实，而是说"男人胸前早已另有他人倚靠"，这样的表述使文本的内蕴异常丰富。文本的表现主体是她，没有男人依靠，需要自食其力；但同时文本对男人的表述很特别，"他的胸前早已另有他人依靠"，暗含着过去她和他之间他的故事，最初是他背叛，这为后来关于他背叛的叙述作了铺垫。这种叙事方式显示了一种张力，但是它们和文本的表层结构与深层结构、底层叙事与性别叙事、叙述话语与人物话语等共同建构了丰富而复杂的张力结构。

女真在深层结构中思索幸福与汗水的关系，幸福的汗水犹如一条生命的河流，是自然的、温暖的；无汗水则表明生命之河的干涸，是生命激情的减缩。这里关于保姆的叙事不是一般的底层叙事，而是充满强烈性别色彩的叙事，她用底层的温情反衬性别冲突中的冷酷。底层叙事与性别叙事的共用则使文本超越了一般性的底层叙事，叙述话语与人物话语的模糊与滑入反拨了传统的叙事模式，可以说，话语表述的张力结构丰富了文本的蕴涵，并构成小说鲜明的特质。

| 第六章 |

文化场域的诗学批评

场域表示的是"各种位置之间存在的客观关系的一个网络，或一个构型"（布迪厄语）。社会空间中存在各种各样的场域，而文化场是文学生产的重要场域。辽海文化的时空构型产生了特殊的文化场，成就了具有鲜明个性的文化景观。我们进行文化场域的诗学批评时，赫然发现：无论李仲元等诗人从事旧体诗还是新诗创作，他们都一直畅游于诗的故乡，他们的诗是古典与现代的和鸣；无论是赵华胜富有关东情韵的绘画，还是崔凯创作的张扬北方幽默品格的小品，抑或是辽宁干预现实的话剧等，都以特殊的文化场照亮艺术的殿堂；无论是画家、作家还是批评家，他们审美的目光都指向和谐——艺术创作与艺术批评的标尺，是生命与美的交响；徐光荣和他的传主、齐世明和他的圈点构筑大地的梦想，试图在喧嚣的时代开辟一片净土，在更加广阔的场域中实现心灵与精神的突围。

一 诗的故乡：古典与现代的和鸣

在通常的印象中，旧体诗词似乎离我们较远。这一"误读"源于我们离旧体诗词较远，就像郭沫若所说，文艺女神离他越来越远，不是文艺女神远离了他，而是他远离了文艺女神。在我们成长的大地上，实际上还有一些诗人以饱满的古典情致执著地进行旧体诗词的创作，在有和无的诗学辩证法中，彰显素心傲骨。在古典与现代的和鸣中，他们梦回诗的故乡，以月夜之梦与晨阳之思书写生命的慨叹；他们坚守祖国的边防，以大爱无疆抒写祖国的形象。

1. "有"和"无"的诗学辩证法

李仲元的《缘斋吟稿》由"辽海行吟"、"胜迹游踪"、"题咏赠答"三部分组成，按照水平域分析，似乎每一部分都有自己的特点，作者也都有所指。但是如果我们换一种思路，从文本中抽炼出相似的能指链，我们会发现这样一些与人有关的物化了的空间存在：陵、墓、祠、庙。当我们以"生"和"有"的个体，面对这些特殊的古迹、特殊的文化、特殊的空间时，是面对"有"，也是面对"死"和"无"。万物实存为"有"，逝之为"无"。在《缘斋吟稿》中，"有"和"无"不是单纯的"有"和单纯的"无"，而是"有"中有"无"，"无"中有"有"。面对历史文本，诗人以审美之维在"有"和"无"的思辨中，达成诗、思、史的艺术创化，形成自我的诗学辩证法。

（1）有无互化的历史文本

人的存在是一种"有"，而人的"会死性"则证明"无"的存在。在海德格尔那里，"有"和"无"即是生和死。人的故去、历史的远逝，是"无"，然而，人、历史总是想通过物化形象留下点什么，于是我们在人的最终归宿地陵、墓、祠、庙上看到了，这又是"有"。这些空间不是普通人的归宿，而是较有影响的历史人物的归宿，但是我们从中可以看到具有普遍性的东西。《缘斋吟稿》中的三部分对此都有所表现，诗人喜欢用"有"与"在"、"无"与"空"等范畴表达自己对历史的智性思考，这种思考是对有和无的思考，是对生和死的思考，也是对国家、民族命运的思考。

陵、墓、祠、庙，埋葬着、供奉着、纪念着死，即无，实际上它是一种"有"。诗人写《福陵》、《秦始皇陵》、《唐乾陵》、《西夏王陵》等，其中只有《福陵》表现努尔哈赤的英雄气概："身从鸡堡不临轩，一世英雄百战烦。天柱山头高设塌，翠微之上望中原。"其他几首诗都是在"有"和"无"中思考着历史。

作者有三首写秦兵马俑和一首写秦始皇陵的诗，我们进行互文性阅读，就可以看出作者在历史文本中的有无观念。《参观秦兵马俑感赋（三首）》写于1992年10月，第一首诗写的是"有"："四海高传一统歌，秦皇兵马壮山河。陵前浩荡陶军阵，犹见当年苦战多。"该诗写出了秦统一六国的雄壮，虽然秦已不在，但是从秦始皇陵的陶俑军阵依然可见曾经的苦战与辉煌，这是赞秦从无到有，与《福陵》的基调相似。而第二首开始转向"无"，"帝业空怀万事功"，"败如风"；第三首则以"功成业败祖龙哀"进一步写向"无"的态势，最后以"虎贲纵有三千将，未免阿房一炬灰"两句写出有和无的历史真实。第二首和第三首是写从有到败与衰再到无的过程。诗人 2007 年写的《秦始皇陵》也进一步强化了"有"和"无"："骊山高起冢，泉下有仙乡。灵药终难觅，祖龙空断肠。秦兵列陶俑，焚炬毁阿房。国玺知何在，无人问昊苍。"

作者观秦始皇陵，遥想秦始皇终生寻找灵丹妙药以葆长生不老，然而最后只能空断肠。有的是兵俑，而阿房宫却不存在了。"骊山高起冢，泉下有仙乡"是写有；"灵药终难觅，祖龙空断肠"是写无。"秦兵列陶俑，焚炬毁阿房"，前一句写有，后一句写无。"国玺知何在，无人问昊苍。"又是一个向"无"。最后这两句是对从有到无的慨叹，不仅仅是对秦"无"的慨叹，更是对历史的慨叹。

如果一个朝代的历史和文化只有王陵或皇陵，表面看起来是实有，但实际上是虚无。一个陵能否承载所有的文化？如果一个朝代的文化仅在一个王陵或皇陵上体现是不是民族的悲哀？而这是诗人在"虚无"中获得的对历史思考的"实有"。

（2）有无互动的深层结构

诗人跨越时间的长河，观照千年的华夏文明。如果说，诗人在写王陵时，观照从"有"到"无"，那么，他在表现文人贤士、英雄志士的墓、祠和庙的物化空间中，却特别重视对"有"的深层结构的开掘。可以分为以下几个层次。

第一，在"万斯年"和"千秋"的历史视域中歌颂贤德。《箕子墓》："朝旭生光白色先，山帮海国万斯年。牡丹峰下千秋冢，芳草幽花伴古贤。"诗人几乎以最美的诗句抒写古贤灿烂的生命光华。

第二，对英雄志士的赞美与思考。诗人针对不同的观照对象，对"有"的开掘不同。有的诗从远景的墓写起，接着写墓中之人，复活历史人物，赞美英雄的壮志豪情，然后再回到近景的墓，如《霍去病墓》："郁郁祁连墓，高标势望斜。匈奴时未灭，壮士不为家。石马雕神骏，丰碑沐绮霞。当年英气在，树树锦添花。""当年英气在"是以"有"的方式肯定英雄，也表达了诗人内心的丰满与愉悦，这种观照方式具有时空交叉的立体感和历史感。有的诗并没有直接写到外在的空间如何，而是直接从历史人物入手进入历史思考，如《谒岳庙》："栖霞岭下辨奸忠，风雨千秋史最公。论罪当年莫须有，奇冤大狱古今同。"诗人从岳飞"莫须有"的罪名看到古今历史的同构性，似乎也是主体的同构性，而"史最公"则是对历史人物心灵与创作主体心灵的告慰。

第三，对文人人品与诗品的赞赏。如在《陶渊明祠》中以"柴桑君子清风在"等诗句写陶渊明的人品：徜徉于自然中保持自我的高洁人格；在《杜甫墓》中以"老马秦川诗盈路"等诗句写杜甫的诗品：沉郁与丰盈；在《和张本义谒郏县东坡墓有作》中以"诗传雅士琛"写苏东坡的诗品与人品。

诗人面对文人贤士、英雄志士的墓祠，思接千载，称颂与欣赏他们的气节、人品或诗品，因为他们构成了历史文化中重要的方面。然而，在历史中活动的，更有普通的非名人，他们的墓在诗人的笔下充满另一种情思和深意。大连旅顺口有一个旅顺万忠墓，"清光绪二十年（公元1894年）十一月二十一日，中日甲午战争中，日本侵略军攻入旅顺后，进行三昼夜大屠杀，我同胞除36人之埋尸队幸免外，二万余人被害"。诗人在《旅顺万忠墓》中写道："苌弘沥血惨妖氛，含恨苍岩瘗万骸。白玉山前松有语，编篱勿忘御狼豺。"这不仅仅是个体抑或两万人的悲剧，它更是中华民族的悲剧。尤其是"白玉山前松有语，编篱勿忘御狼豺"颇具深意，它是历史的回响，更是起到了警示的作用。诗人借"松有语"表达这样一种意向：祖国的山河不会忘记，祖国不会忘记，人民不会忘记。

诗人在墓、祠和庙的空间中，从不同层面观照"有"和"无"，观照"生"和"死"。"'无'保留着'有'的秘密，'死'埋藏着'生'的秘密。所以，埋着'死'的'坟墓'，也可供人瞻仰。瞻仰包括古墓在内的文物古迹，不是叫人消极，而是教人深沉、深刻——叔本华似乎也有这种体会，他在一个什么地方说过，面对'死人'，你会严肃起来——看到被古物、古人'死'、'无'所掩盖着的'有'和'生'——体味那'生命的脉络'，那绵延不绝的'命脉'。"① 诗人以诗的语言在"生命的脉络"中对"有"和

---

① 叶秀山：《世间为何会"有""无"？》，《中国社会科学》1998年第3期。

"无"进行辩证的思考，这种思考超越了个体生命，是对民族命运的思考。

（3）有无表现的审美距离

《缘斋吟稿》的文本含蕴着"有"和"无"的诗学辩证法，其艺术形式同样如此。诗人以"无"写"有"或以"有"写"无"，审美主体与审美客体之间的关系呈现不同的方式。

诗人写王陵或皇陵时，审美主体与客体之间呈现了远距离的观照，我们称之为"疏离式"，主要以"有"写"无"。《西夏王陵》写道："豪华曾忆旧嶙峋，剑气沉销八百春。孤阙荒丘残照里，馆蛙宫殿已成尘。"奢华已去，荒冢空余，诗人的慨叹中似有历史的虚无感。另一首诗《唐乾陵》写道："则天敢称帝，千古奇妇人。伴寝多男宠，临朝擢智臣。迎宾来万国，守墓立双麟。莫讶碑无字，缘君是女身。"前六句都是写"有"，而这些都是为了突出"无"，因为是"女身"，所以"碑无字"。诗人在这里注重的是历史的客观性，因而审美主体似乎有意与审美客体保持一定的距离。

诗人抒写英雄志士时充满一种壮志豪情，审美主体与人物主体之间的关系若即若离，如《岳飞庙》写到古今与主体的同构性等；而诗人在写文人贤士的墓与祠时，审美主体与人物主体之间的关系则是一种融入式，主要是以"无"写"有"。《陶渊明祠》写道："篱畔南山醉意长，门前五柳郁苍茫。柴桑君子清风在，秋老花黄满地香。"这最后一句是写景，是能指，表面似与陶渊明无关，而实写即所指是陶渊明的诗品与人品。以"无"写"有"，表面上并没有直接写到某个对象本身，却是用象征或比喻的方法间接去写对象，这在《缘斋吟稿》中非常普遍，作者讲究"余味曲包"。

诗人写文人，是一种主体情感的主动融入，这些诗突出一种"寂寞"、"凌寒"以及"苍茫"的氛围。《杜甫墓》写道："迤逦行来觅阙门，乡翁指点到前村。荒丘蝶续庄生梦，啼鸟声招蜀客魂。老马秦川诗盈路，孤舟湘月酒空樽。可怜万岁名垂史，风雨千秋寂寞园。"这里清晰可见审美主体或抒情主人公的行踪、情感，抒情意味较浓。写苏东坡的诗也是如此，《和张本义谒郏县东坡墓有作》写道："瓣香久慕深，松柏不凋心。骨化青山土，诗传雅士琛。君游寻胜迹，我夜和清吟。请看东坡竹，凌寒岁岁森。"这些诗的情感基调以寂寞与凄凉为主，源于审美主体了解人物主体的诗文、理解人物主体的人生，是主体间性的对话生成。

以"有"写"无",更突出其"无";以"无"写"有",更突出其"有"。"古人为诗,贵于意在言外,使人思而得之,故言之者无罪,闻之者足戒也。近世诗人惟杜子美最得诗人之体,如'国破山河在,城春草木深。感时花溅泪,恨别鸟惊心。'山河在,明无余物矣;草木深,明无人矣;花鸟平时可娱之物,见之而泣,闻之而悲,则时可知矣。他皆类此,不可遍举"(宋司马温公《续诗话》)。可见,在诗歌创作中"有""无"互化的重要性。

恩格斯在马克思墓前看到马克思的伟大,茨威格在托尔斯泰墓前看到"世间最美的坟墓"、世间最"伟大的朴素"(王向峰《伟大的朴素》)。坟墓是让人冷静和思考的地方。《缘斋吟稿》书写历史人物的陵、墓、祠、庙,充满"有"和"无"的诗学辩证法。我们徜徉于诗人所营构的世界,与诗人一起品味"有"和"无",一起思考"有"和"无",这样也许到我们化"无"的时候,会留下点什么,成为"有"。《缘斋吟稿》的"有"就在这里。

2. 素心傲骨与气韵流香

林声的艺术创作是诗、书、画的共同体,其中《林声自题画诗》是绘画意境的点醒与延伸、深化与升华,是审美情感运动的延续与上扬,是其人格力量与生命情韵的集中显现。题画诗是整个画面的一部分,与画面构成一个有机的整体,诗画相融与和谐才能构成整体美。所以,题画诗不是可有可无的摆设、装饰与点缀,而是画面的内在需求,有了它,画面才完整、灵动,更加富有神韵。正如拼图上的一个小小模块,所占空间并不大,但"神通广大"。林声凝神观照松、竹、梅、菊、牡丹、鹤等多种艺术对象,表现创作主体素心傲骨、气韵流香的书画人生。素心傲骨,是指题画诗在审美内质方面具有的静态特征;气韵流香,是题画诗在审美内蕴中的动态特征,是一种动态之美,是形式美与内蕴美的统一。

(1)创作主体的上扬与接受主体的点醒

郭熙在《林泉高致》中说:"诗是无形画,画是无形诗。"中国古典美学强调诗与画的相通,而莱辛在《拉奥孔》中强调诗与画的不同。林声作为深谙中国文化传统的学者,更加重视诗与画的互动共生,可谓"诗中有画,画中有诗"。而且他的艺术创作直接把二者交汇于一个内在整体中,相得益彰。

从创作主体的角度来说,林声的题画诗是艺术创作过程中创作主体审美情感运动的延续与上扬。也就是说,绘画的完成并不意味着艺术创造的最终完成。审美情感运动的整体性要求创作主体用另外一种艺术形式完成对艺术的创造。"以诗情渲染画意，又让画意激发诗情，情泻千里一气呵成，画就诗成。在那一刹那燃烧的激情中，能律则律，能古则古。"① 而这种创造使创作主体的角色发生了变化，他从绘画者转为题画诗的作者，同时成为画的评论者。所以，这种艺术创造实际上是多种艺术角色的共存，创作主体"身兼数职"，是个艺术多面手。从这个意义上可以说，这种艺术创造对创作主体的要求很高，通晓各种艺术门类，达到较高造诣。林声的文学创作对他的绘画与题画诗都产生了非常重要的影响。

画面并不能把作者的情致完全表达出来，需要用另一种艺术方式来补充与丰富。清代方薰的《山静居画论》说："高情逸思，画之不足，题以发之。""发"即是生发、创生，是对画面内涵的深化与扩展，是对画意的点醒和延伸。正如宗白华先生说："在画幅上题诗、写字，借书法以点醒画中的笔法，借诗句以衬出画中意境，而并不觉得破坏画景（在西洋画上题诗即破坏其写实幻境），这又是中国画可注意的特色。"② 林声的题画诗与画面浑然一体，既有形式的建构，又有内涵的丰富。

林声说："题画诗有其互补性。它要根据画意、画面的章法来选定诗之主题，诗为画抒，达到借画生发，诗画交融的艺术境界。其独特性则表现在诗画对话，互为感应，互为补充，成为一个整体。诗为画用，以诗立意。诗人在画中题诗的目的是，进一步完善画意，诗情自然浸透画的意、境、笔、墨、色、貌、格七个方面之中，为画尽情，为画添彩，为画补美，为画包装。"③ 丝瓜是自然的存在，作者对丝瓜寄予了情感指向和价值取向。但是，画完丝瓜，作者意犹未尽，题诗以补："满架绿阴朵朵黄，炎炎夏日送清凉。丰秋累累收成果，无假无虚真心藏。"第一句只是一种自然的描摹，第二句是对画面的补充，后两句则把外在和内在统一起来，是对画面的深化和升华，正体现了形式美与内蕴美的统一。如宋代梅圣俞所说："诗有内外意。内意欲尽其理，外意欲尽其象。内外含蓄，方入诗格。"

从接受美学的角度来说，林声的题画诗也是对接受主体的点醒。接受主

---

① 《〈林声自题画诗〉自序》，沈阳出版社，2004，第4页。
② 宗白华：《艺境》，北京大学出版社，1997，第118页。
③ 《〈林声自题画诗〉自序》，沈阳出版社，2004，第4页。

体对文本对象的认知与审美有一定的差别，从当下的文化语境来说，并不是所有的接受主体都能够通晓创作主体（画家）的深蕴，尤其是绘画方面的一些"门外汉"可能无法从画面中获得较为直接和丰富的审美感受，触摸不到创作主体的心灵世界。而创作主体的自题画诗便可以为接受主体提供审美补充，对接受主体来说较为模糊的东西经过题画诗的点醒，一下子变得清晰而跃动。

这时才能产生接受主体和创作主体的共鸣。

（2）素心傲骨：审美内质的静态之美

素心傲骨，是指林声的题画诗在审美内质方面所具有的静态特征。林声的绘画注重对象的外在审美和内在审美，而题画诗则在内在审美方面着墨更多。素心便是涤荡灰尘，保持纯洁和本色。受道家思想的影响，林声追求朴素之美，喜无不喜有、喜素不喜彩、喜淡不喜浓，赞美菊花的"素心"、丁香的"淡妆朴美素中鲜"等。即便是对象的外在可能彩、浓，他依然会穿过表象直抵对象的内理，开掘其尚素的特征。林声对牡丹的外艳内素情有独钟，《赠国色天香》中写道："人道牡丹花富贵，细品姿韵冠群芳。究竟美处云何现，富丽堂皇寓淡妆。"《题牡丹有感》写道："寒门自古多才子，富贵场中本色难。牡丹娇冶不娇气，风韵不妖别眼看。"在大众的审美视域中，牡丹因其娇美与富贵傲然于世，但林声却注重其不娇气、保持本色的品格，从而引发对人的本色的思考与忧虑。

林声平淡的人生观念影响了他的创作，他在《题菊感岁暮》中说："忽忽已步古稀寿，老伴共对一枝秋。且喜菊花常护绕，平淡生涯百寿楼。"他在人生的练达中，通晓岁月百味，但留下深刻印象的却是平淡生涯，正所谓平平淡淡才是真。平淡是人生的常态，素心是心灵的本原状态。林声执著于平淡人生，所以素心永驻。然而，在喧嚣的年代，浮躁的人很难拥有或保持这样一种素心。这也正是林声所忧虑的。

素心并不是一种柔弱。恰恰因为素心，才有一种内在的抵抗力，才会有铮铮傲骨。如果说，素心是一种静态的优美，那么傲骨则是一种静态的壮美。林声的题画诗呈现的是优美与壮美的统一。与傲骨有关的诗句在作者笔下可谓俯拾即是，如"骨有傲严霜"、"无骨花姿乃见骨"、"铁骨迎风立"、"竹空骨节坚"、"顶天一身骨"、"未曾出土培傲骨"、"劲骨盘空寒气转"、"傲骨寒英超百花"、"野菊傲霜霞"等。正像清代郭敏在《题芹圃画石》中赞颂曹雪芹的那样："傲骨如君世已奇。"

"写菊赠傲骨"，其实作者对对象素心傲骨的观照源于自己对"素心傲骨"的追求。他在《题七十唱菊》慨叹："七十生辰三秋色，疾风苦雨熬黄花。素心耐就晚香节，独立西风望落霞。"从中可见他人生态度的高远。在《题白菊》中，作者把素心和傲骨连在一起："写菊增傲骨，素心固耐寒。菊中白尤贵，无色更好看。"这首诗集中体现了林声的价值取向和审美追求。

（3）气韵流香：审美内蕴的动态之美

气韵流香，是指林声题画诗在审美内蕴中的动态特征，是一种动态之美。

"气韵生动"是古典美学中一个非常重要的范畴。六朝时期的谢赫在《古画品录》中提到绘画批评的六个方面："六法者何？气韵生动是也；骨法用笔是也；应物象形是也；随类赋彩是也；经营位置是也；传移摹写是也。"谢赫的"六法"，是中国美学史上非常重要的一笔，"气韵生动"的影响更为突出。

林声题画诗的气韵源于画面的气韵。题画诗点醒画面，使画面充满生气，富有灵动之感，意蕴溢出；同时，画面的生动使题画诗超越具象，也充满动感。明代谭元春认为："诗人以一二语点缀（画面），或用其境，或用其意，或旁及其他，而画之神气，反得从中而察之；画之气韵，反得从中而回之。"林声在《题写意荷花》中写道："泼墨荷塘叶生潮，微着墨色花自娇。更突葶绿两三点，激活池水舞花腰。"这首诗写活了荷花，尤其是"舞花腰"更有一种气韵和动感。荷花作为一种无意识的生命在作者的笔下突然间在荷塘跃动起来，仿佛从画面中走出，走到观赏者的面前。"所谓气韵生动也，意即在草木、山川、江河之中，都有与人类相同之心灵。气韵是主要的音调，万物之通灵，犹如诗歌之互相和答。"[①] 荷花的气韵源于其生命的律动与人心灵的相通。宗白华先生的《美学散步》认为，"气韵"是宇宙中气的节奏、和谐，有了这种节奏与和谐，就会有鲜活而流动的生命情韵，在对象中显现生命的流淌和律动，只有这样才会叩响人的心灵之门。气韵流动之美，始于具象而超越具象，超以象外，得其环中。

---

① 金梅：《傅雷传》，湖南文艺出版社，1993，第45页。

流香，是说林声题画诗的审美趣味和审美意味。林声善于写"香"，甚至可以说"香"已经构成他的审美情结，如"暗中香"、"画外香"、"半坡香"、"幽香"、"清香"、"馨香"、"冷香"、"怀香"、"沉香"、"独香"、"苦香"等。作者观照的对象富有香味，在绘画中很难表现出来，所以，在题画诗中作者加大了这方面的表现。流香作为动态之美其产生有三个方面的因素：一是"香"味是人的嗅觉的对象，所以香能够调动作者和欣赏者的审美感觉，这本身是一种动感；二是作者善于把形容词"香"作动词用，如"独香百草园"等；三是作者在充满动感的"风"中写"香"，如"香远溢清风"。

气韵流香是一种无，也是一种有，是有和无的统一。它依赖于主体对它的把玩和品味。

题画诗也是表达自己艺术观的重要文本，徐渭的题《画梅》诗写道："从来不信梅花谱，信手拈来自有神。不信试看千万树，东风吹着便成春。"他追求开放与求变的创新性。透过林声的题画诗，我们也可以了解林声的艺术观念：作者不仅珍爱素心傲骨，而且也珍爱"真"，追求"真风韵"、"真风雅"和"真国色"等。林声认为："以真为诗得画道。"正因为有了"真"的真谛，林生的题画诗实现了素心傲骨和气韵流香的统一。

3. 月夜之梦与晨阳之思

除了和风细雨之外，月、夜、梦，日、晨、思是都本伟《和风细雨集》着力表现的审美对象，具有丰厚的审美意蕴。他总是写月夜之梦与晨阳之思，有时甚至把夜和晨、月和日连在一起。一方面构成了独特的审美意象创造，另一方面则显示了作者鲜明的时间意识。月夜之梦表现的是感性的自我，浓缩着都本伟的艺术人生；晨阳之思显示的是理性的自我，饱含着都本伟在现实人生中的审美理想。他的生活感悟、自然感怀、思古幽情不仅在细腻的情感中融合着积极的现世情怀，而且还透露出他对艺术人生的执著追求，成为寂寞、凄清的孤寂心灵特有的内在补偿。

（1）寻梦者：凝结情思的月夜之梦

夜和晨对于整日忙于公务的都本伟来说，是真正属于自己的时间。告别了一天的繁忙与烦扰，在夜深人静的月色中沉入自己的梦乡，如《梦春》、《春梦》、《正月十五》、《咏夜》、《夜语》、《夜巡》、《夜醒》、《午夜思》、《冬夜情》、《昨夜梦》、《梦》、《夜雨》、《西湖夜色》等是直接观照夜和梦的诗词。"明月高悬，/淡冷清光在天上。/与谁共赏？/千里话凄凉。/群星满天，/正可入梦乡。/空惆怅。/帘卷遮窗。/忍把夜色来挡"（《咏夜》）。从中可以看出，在月夜他是一个喜欢入梦的人。

月夜之梦凝结着中国文人的浓浓情思，都本伟把"月夜"化成审美的载体，在梦境中追寻诗意的人生。他是一个地地道道的寻梦者，人生的每一个驿站，一年的四季，他都有梦，无论是成梦还是不成梦，无论是圆梦还是空梦，无论是好梦还是残梦，无论是入梦、追梦、盼梦、寻梦、留梦，还是梦醒、梦断、梦回，总之，他喜欢梦。梦，成为他生活中不可分割的一部分。

他回首昨夜之梦，"昨夜细雨伴我春之梦"；渴盼今夜之梦，"但愿今晚梦一宿"，"梦里回故乡"；"寻梦到天边"，"单凭魂梦在太湖"；然而"天渐远，梦无期"，"人间久别不成梦"。他的梦和鲁迅"野草"中的梦一样多，而他比鲁迅多些"好的故事"，没有鲁迅那么多的噩梦；他有徐志摩《再别康桥》中"寻梦"的执著，但没有像徐志摩一样"满载一船星辉"，而是像"静夜思"中的李白和"月夜"中的杜甫一样满载着乡愁和情愁；他有张若虚《春江花月夜》中"昨夜闲潭梦落花，可怜春半不还家"的慨叹，更有朱自清《荷塘月色》的"颇不宁静"中的烦闷与孤独。

作者之所以对梦有这么多的渴盼，其一，"双亲梦断红山东"，成了作者永远无法挥去的创痛，梦回故乡就成了梦的主旋律，他拥有与香妃、王昭君、蔡文姬、李清照一样的情感，写梦是一种情感宣泄与心灵补偿；其二，团圆之梦（亲情之梦、爱情之梦）诱惑着他，"昨宵夜梦好"，"今朝喜事生"，"梦一宿"，"再度良辰美景"；其三，他希望在友情中享受人生，然而生活中有相聚就有分离，所以告别朋友的夜晚他渴望在梦乡中重温旧梦，而"夜不寐"、不成梦的苦恼总是缠绕着他，不成梦和渴盼入梦似乎成了一个关于"梦"的矛盾循环；其四，自然是他诗意的梦幻栖居之地，自然常常是梦的开启，也是梦的停留，他愿意睡在自然的梦里。亲情之梦、爱情之梦、友情之梦以及自然之梦，这些梦建构了他的梦幻世界。

月夜之梦，是都本伟感性化的自我表现。然而，都本伟并不是一个一直规避现实、沉湎梦幻的人。他总是会从梦幻中醒来，理性地面对世界。"昨夜"是梦的世界，昨夜是他叙述与抒情的对象，即他的审美对象；而他开始叙述的时间是今日，所以，当梦成为过去式，而不是现在进行时，梦就不仅

成为他的审美对象，也成为在审美距离中观照与反思的对象。虽然他也渴望
将来式的今夜之梦，但他时刻不忘追问自己："明朝梦醒去何处？"因此，他
的梦，是清醒之梦，是反思之梦。在自己的梦完成了情感宣泄和心理补偿之
后，都本伟更注重的是梦醒之后，晨阳之思由此形成了他诗集的另外一种审
美意蕴。

（2）思想者：超越梦幻的晨阳之思

《和风细雨集》中的《晨曲》、《晨观》、《晨遇》等是关于晨阳之思的集
中表现。晨，是开始，是冷静的思考与执著的寻找的开始。晨阳之暖，是都
本伟寂寞心灵的渴望，也是他诗意的审美理想。

对于渴望在梦中停留然而又深深懂得不能生活在梦中的都本伟来说，每
一个清晨都是对自己过去的告别，是一个崭新的开始，是一个在阳光中不断
追求才能实现和谐人生的希望所在。思考与寻找，就成了都本伟超越梦想的
现实行动。

晨阳之思，一是在晨阳中思考光阴的故事。"晨风起落青草茵，/曙光初
映繁花锦。/中秋已过天渐冷，/尤惜岁月难舍今"（《中秋有感1》）。作者从
自然之季过渡到人生之季，感叹岁月，不舍今日之流逝；二是在晨阳中思考
人世间的变化无常。作者从"枯藤挂枝冷，寒雀鸣园静"，"后院有亭无常
客"中联想到"时事无恒定，天气有阴晴"（《晨观》）。这是作者在自然感悟
中的思考，又何尝不是对梦中故事清醒的自我告慰？

晨阳之思是都本伟理性化的自我显现，思考之后的寻找是这种理性的具
体化。晨阳之春与晨阳之暖是他寻找的对象。"寻春之心耐不住"是都本伟的
第一首"晨曲"："晨起轻衣去散步，春光洒满路。桃园花初茂，逢拂细柳，
绿荫悄悄住。梨杏依稀暗香透，正欲拈花嗅。忽闻人语声，无约寻春，有客
紧随后"（《晨遇》）。春意悄悄，暗香潜涌，无约寻春，然而却晨遇寻春之
客。一句"正欲拈花嗅"不仅道出了作者不满足于寻春，而是渴望探春的有
意识，也道出了作者已融入春意的忘我的无意识，若不是忽闻人语，他已融
入春天。实际上，他正是春天的一部分，是紧随其后的游客眼中的风景。晨
遇，是与寻春人的相遇，是与春天的相遇。寻春之后，作者从弄春，"庭前晨
阳照园暖，持锹弄土种蔬菜"（《春到》）、恋春"何日再现春光暖"（《园中
情》）到再次盼春"待到春暖花开日，枯独一扫净"（晨观）等多角度书写自

己对晨阳之春的爱恋与渴盼。

晨阳是都本伟思考与寻找的情境，也是他寻找与追求的对象。"曙光初上"（《园中闲》），"晨阳送暖"（《园中情》），作者渴望晨阳之暖，一是反映自己内心世界的孤独与寂寞（"寂寞孤人影"《晨观》）；二是表明他试图建构自己的审美理想："庭前阳光暖，孤翁藤下坐，清茶沁心间。乐音绕耳旁，诗韵著成篇"（《园中闲》）。虽是孤翁，然而有清茶、乐音和诗韵相伴，这纵然是孤独人生，也是诗意人生，也不失为美妙人生。

（3）感性的自我与理性的自我

晨阳之思中的都本伟是一个积极的、理性的自我。当他把夜之梦和晨之思连在一起的时候，这种心态就体现得更加明显。这时的都本伟喜欢采用"昨夜"与"今晨"、"夜归"与"晨起"、"傍晚"与"早上"以及"儿时"与"而今"等的对比叙述，这不仅完成了时间的转换，而且完成了空间和情感角色的转换，也就是从感性的自我到理性的思考的自我再到感性的自我。

忙于公务、奔波仕途的都本伟比一般的作者多些复杂的人生体验，"昨夜"有"春之梦"，"早起卷帘窥究竟？"作者的情感经历从昨夜的梦到早起的思考，"欲想前路该何走？"然后是自我真实情感的自然流露，"渴望歇一程"。这也是许多仕途人的共同心声。在《和风细雨集》中，都本伟并没有纠缠于这种"探路"之苦，也许月夜之梦可以折射出他对另一种生活的热望。唯一一篇的蜻蜓点水式的情感流露戛然而止，另一个思考的、理性的也更加阳光的都本伟向读者走来。

请看《春梦》："昨夜幻曲睡中听，/今晨醒来醉未醒。/梦春春来几时迎？/隔窗棂，/窥外景，/树在眠中院空静。/檐下双鹊相向鸣，/日破云霞初现影。/园中草色已露青。/风轻轻，/鸟嘤嘤，/今日春光映满庭。"

追梦春天的都本伟在清晨醒来，思考着何时迎接春天。一句"梦春春来几时迎"的追问道出的是一种模糊的情感，具有一种模糊之美：似乎是不知春天何时来到也不知何时迎接春天，然而在后面的叙述中可以看出作者正是在不知"几时迎"的困惑中迎春与赏春。迎春与赏春，在不知不觉中同时完成，可以说是一种"无为之为"。正是这种"无为之为"，使他与春天融为一体，"昨夜幻曲睡中听"变成"今日春光映满庭"，圆了春梦。这时的都本伟从一个理性的自我又回到感性的自我，但他不是沉醉在昨日月夜的梦幻中，而是徜徉在今日的阳光中。如果文本止于理性，可能会理性有余而感性不足，从而失去审美的魅力。

时空和情感的转换不仅拓展了文本的叙述空间，而且丰富了主体的情感世界，尤其是增加了文本的审美表现力，也能够使读者与作者一起走出月夜、走进阳光，走出梦幻、面对现实。

（4）精神家园：艺术人生与现实人生的融合

月夜之梦，浓缩着都本伟的艺术人生；晨阳之思，饱含着都本伟在现实人生中的审美理想。成梦的夜晚，有梦相伴；然而，不成梦的夜晚，有"饮文斋"（作者的书房名）中的书、音乐和词相伴，它们成为他的朋友，成为他告别孤独的"秘密武器"，从而使他跌入艺术之梦。所以，夜晚是属于他的，饮文斋是他的精神家园；清晨，也是属于他的，他在庭前的"园中情"中感受四季，在"园中闲"时思考人生。"园"，是他的现实家园，是对象化的审美家园，也是他的精神家园。饮文斋和园，是他情感的栖居之地，是艺术人生和现实人生的融合。

和风细雨能够冲淡都本伟心中的孤独与寂寞；当然，也许正因为内心深处的孤独与寂寞成就了现在的《和风细雨集》。孤独寂寞并不消极，而是一种高贵的情感，许多大文学家和大哲学家都是孤独者。当然，都本伟并不自赏孤独，他更善于摆脱孤独，向往与追求双鹊相鸣、双燕双归、佳侣相依相偎的幸福（《避雨》），享受"等你，在雪中"、"寂寥不再"的欢愉。我们和都本伟一同走出夜之梦的孤独、走向晨之阳的温暖，获得丰富的饱满的人生。

月夜之梦，我们看到的是一个感性的都本伟；晨阳之思，我们看到的是一个理性的都本伟。现实的狂风暴雨使都本伟更喜欢自然的和风细雨，他以《和风细雨集》作为诗集的名字可以看出他对和风细雨的偏爱。和风细雨不仅仅是都本伟观照的对象，和谐更是他追求的风格和审美理想。他的关注点是月夜之梦的艺术人生和晨阳之思的现实人生，这是否也意味着作者试图获得艺术人生和现实人生的和谐呢？

4. 大爱无疆：祖国形象的诗性创造

在这个写诗比读诗多的年代，无精打采的苍白、无可奈何的表白、无病呻吟的做作、无足轻重的矫情、无动于衷的麻木、无滋无味的空洞固化了我们的艺术思维、消减了我们的审美情致。王子江创作的《雪塞歌》可以说是这个时代难得的佳作好诗。诗人的庄严与浪漫在雪岛上绽放，透过文本，我们知道在一个地方有一个群体，他们守护着祖国的疆土，他们和祖国在一起，祖国永在他们心中，有他们才有我们安逸祥和的生活。祖国不会忘记，我们不会忘记。

界碑是祖国边防的大门，因而界碑的形象和祖国的形象密切连在一起，戍边哨兵与祖国疆土的安全连在一起。在诗中，我们没有看到任何空洞的政治性表述，我们看到的是充分主体化的诗意性存在。所以，诗歌的政治性是一种不在之在，它高扬着捍卫祖国的真挚情怀，而这一切尽在不言中。保卫边境的战士在孤独与寂寞中坚定保卫祖国，我们似乎可以从界碑中看到"大爱无疆"四个大字，而这四个字也深深地刻在战士的心里。诗人在夜与昼、黑与白、动与静、孤独与信念等对立关系以及界碑—脚步、界碑—眼睛、界碑—钢枪、界碑—哨兵、界碑—哨所、界碑—雪岛、界碑—远方等对立关系中以童话思维的方式诗意刻画祖国的形象，并写满"爱"。

（1）界碑：祖国形象的傲然屹立

"界碑"一词在诗中出现频率较高，界碑所在地是一个特殊的空间，它关乎祖国的安危。诗人在多重对立关系中满怀深情又执著地描述界碑，诗中界碑的形象就是祖国的形象。界碑"如一尊白色的雕像"，它孤傲、挺拔，静静地而又有规矩地"时刻列队在不是天边的天边"（《我过界了》）。在所有的对立关系中，核心是界碑与哨兵之间的关系，而其他关系都围绕这个核心展开。如《脚印如一行鸽子飞向远方》写道：

> 穿过风雪
> 心停在界碑旁呼吸
> 隔着千年的沉寂
> 山与山在天边窃窃私语
>
> 异国的风相互挽着手
> 在苍老的树林间平和地散步
>
> 树影竖起耳朵
> 在听月亮开门的动静，蛰虫的呼吸

以及地心的跳动

收视环视的目光
标准而虔诚地向界碑敬个军礼

之后
脚印从界碑旁
如一行鸽子飞向远方

　　其实这首诗里，并没有直接出现哨兵的形象，但哨兵却一直存在，诗中省略动作的发出者，直接从动作（穿过、收视、敬礼）入诗，所以这首诗的内质有一种动感与紧张感，"树影竖起耳朵"一节以自然之动与静书写哨兵之警觉，"收视环视的目光"一句也可以看出哨兵的警觉。但作者举重若轻，用多种方式缓解了紧张的氛围，一是以"异国的风"相互挽着手在"平和地散步"缓解了紧张的心情；二是写夜间的静寂，用"心"和"脚印"引出文本背后的实施主体，心与界碑共呼吸，心找到了坚强的后盾，有了精神的依靠，似乎有一种力量之源。"标准而虔诚地向界碑敬个军礼"是获得安全之后对祖国的交代；"脚印从界碑旁/如一行鸽子飞向远方"则是把安全的信息传递给远方，意味着请祖国放心。所以，"脚印"即是哨兵忠于职守的明证，也如同哨兵对界碑的承诺。这首诗书写哨兵与界碑的关系，在动与静中营造了一种紧张与舒缓相融的氛围。

　　界碑是祖国的敏感地带，经常发生的是没有硝烟的战争。正是这样的环境考验着我们的战士，磨炼我们的战士。紧张是边境的实态，诗中舒缓的笔调与紧张构成一种内在的张力，使文本获得审美意味。但诗人并不从紧张到舒缓，他时常转换诗性的笔触，从舒缓与浪漫转向紧张。在《放牧一片云》中诗人用象征的手法成功地实现了这样一种转换：

我和我的云爬上×号界碑
前边的前边
突然刮起了一阵狂风
昏天黑地中
胆小的草儿都趴在了地上

飘忽的鸟声粘在了树上

我抱在了界碑上

诗中"我和我的云爬上×号界碑"写出了我和云之间的浪漫，突然这种浪漫被狂风卷走。诗人通过自然环境的变化实写政治环境与国际风云，用草儿和鸟的惊吓与退缩凸显哨兵的勇敢与无畏。任何风吹草动都逃不过哨兵的眼睛，"我抱在了界碑上"表明哨兵誓死保卫界碑的决心与大爱。祖国神圣不可侵犯，捍卫界碑是哨兵的庄严使命。诗人的高妙之处在于诗中没有夸张的动作、没有夸饰的语言，它似一幅自然的图画，又是一幅缩小的烽烟图。也如同诗人在《雪岛之歌》中所写的那样："打败白毛风的风/颜色与哨兵穿的衣服相同。"

无论是从紧张到舒缓还是从舒缓到紧张，紧张一直是文本的内在构成元素。如果文本一直在紧张中进行，那么会影响文本自身的审美动力，削弱文本的审美表现力。但诗人不断改变叙述的视角，营造不同的抒情氛围，从而使文本在紧张与舒缓中获得内在的审美张力。

（2）大爱无疆：黑色的孤独与白色的信念

《雪塞歌》谱写的是战士戍边的大爱之曲。为了祖国的安危，他们离开自己的故乡，进入一个白色的雪岛，在孤独与寂寞中完成戍边的任务。诗歌在夜与昼、黑与白的意象世界中书写战士孤独寂寞的情感以及捍卫祖国的信念。

《雪塞图》是黑色世界与白色世界的交响曲，这里黑与白的色彩意象饱含着丰富的意蕴。诗歌充满了一种黑与白的辩证意识，体现在几个方面。

首先，夜与昼——全天候的守望，而夜更是需要警醒的时刻。《雪塞歌》是以雪来命名的诗集，却有五首专写《黑夜》诗，其他涉及夜的诗也非常多，全诗对夜的书写占有很大的比重，可以说诗中充满了一种黑夜意识。黑夜表现了边疆形势的紧张，"黑夜之所以成为黑夜/是光的短缺/又不是光的短缺"；在黑夜中，战士更加紧张，黑夜中战士的眼睛格外亮："哨所门前伫立的眼睛/在黑的世界里看墨"（《夜下的哨兵》）；"哨所的目光"也是如此："哨所的目光/是一束射出的子弹/将藏在树叶背后的蚂蚁/一一击落"。对于哨兵来说，他们对在黑夜的熟悉甚至超过对白天的熟悉，因为"白天和黑天/相同的是都在变/只是白天有别人看/黑天和白天我都在看"。

　　在黑夜中守望的警醒意识使戍边的战士对声音特别敏感，诗中塑造的诸多声音意象正是主体的对象化。无论是风吹草动还是鸟声牧歌，无论是月下的笛声、思乡的琵琶声还是熟悉的脚步声都为读者带来不一样的审美感受。这些声音来自自我，来自自然，来自远方，因为静与孤寂，所以哨兵对声音敏感；因为爱与信念，所以哨兵对声音警觉。同时，这与诗人的艺术追求有关："诗歌，作为语言的时间艺术，以声音和字意间接地塑造形象，具有阅读想象的时空性，追求意象与情感相互观照的最大张力，给人于听觉和思维上提供韵律和想象之美。"

　　其次，黑色的孤独。孤独（或孤寂等）是诗中出现频率最高的词，这是戍边战士情感的真实写照。孤独是黑色的，黑色是孤独的，"有一个黑色的影/在孤独地欣赏着黑色的孤独"。诗人书写战士的孤独，有三种方式：一是直抒胸臆，直接写我的孤独。"孤独的我/站在孤独的峰顶/打着孤独的阻击战"（《雪夜战歌一》）。

　　二是写他者之孤独照鉴我之孤独。如《雪男人》：

> 雪男人就是男人
> 整日整夜地站在门外
> 孤零零的
>
> 雪男人是老班长杰作
> 是他回家前留下的
> 曾相约
> 等他回来之后雪男人再离开
>
> 有光
> 挤进门缝
> 爬进我的耳朵说
> 雪男人瘦了
>
> 我渴望老班长早点回来
> 更渴望雪男人不死
> 毕竟雪男人的生命只有一次

忧郁使我不知所措
爱又使我的双脚荡起

站在门外的雪男人
已是泪流满怀
在渴望与我相拥而泣

黄昏
在春风晃动的灯影里
一双熟悉的大脚
从流泪的雪男人身边走过

这首诗写雪男人在老班长离开之后的孤独，"雪男人瘦了"是雪自然融化的现象，但文本指向因思念与孤独而瘦；雪男人"渴望与我相拥而泣"，是在孤独中寻找精神的依靠。全诗的中心是雪男人的孤独，而雪男人的孤独正是"我"的孤独。诗中雪男人作为"我"眼中的他者，实际上我与他融为一体。表面上"我"为雪男人孤独、焦虑而忧郁，而那正是自我的忧郁，因而表面上"我"与孤独"无缘"，实际上处处写满"我"的孤独。

三是逆向思维的方式，反衬出"我"的孤独。诗人不说在黑夜里的孤独，而说"夜"和"我"是朋友。"夜下的哨兵"，因为有夜的陪伴，既孤独又不是孤独，"夜搂着我的肩头/我倚着夜的肩头/并排站在哨位"，我与夜融为一体，夜像我的战友一样；不说孤单和寂寞，而说"我领养了一片云"、"放牧一片云"，在自然中自娱自乐。然而，作者越是写亲密的友情、怡然的闲情，越反衬出孤独的实情。

在夜中虽然孤独，但"夜下的哨兵"却能战胜孤独：

深夜
随意扯下一片云片
把眼睛连同钢枪擦亮
在孤寂的哨所
自由地仰望夜空

用云片把眼睛和钢枪擦亮，是因为有信念的支撑；与孤独作战，是因为以前"守望者"的故事帮助戍边战士拾起"千年的孤寂"，让"信念在雪原上拔节"，而这个信念在诗中是一个白色的信念。

最后，白色的信念。

黑夜中的哨兵时刻保持着清醒，诗人还在睡着的大自然与醒着的军营的对比中写出哨兵在黑夜中的警醒意识，山在睡，水在睡，树上的鸟儿在睡，军营醒着，哨所醒着，哨兵醒着，祖国醒着。而这样的清醒与警醒源于战士捍卫祖国的白色信念，《积雪漂出的白色心情》这样写道：

> 我发现这是一幅最值钱的国画
>
> 一张硕大的白纸
>
> 画着白色的远村和近树
>
> 一个白色的人后面是一垄白色的信念
>
> 红色的太阳印章
>
> 端端正正地压角在东边

这是一幅立体的白色守边图："一张硕大的白纸"既是白雪覆盖中的空间环境（表层结构），又是对祖国地图的隐喻（中层结构），更是祖国疆土的写意（深层结构），具有静态的平面感，从空间位置上说是具象中的低位；"白色的远山和近树"是白雪中存在的自然景观，又是祖国地图上的地貌，是每一寸疆土的缩影，从空间位置上说是具象中的中位；"一个白色的人"是在白雪的人，是祖国的子民，是戍边的战士，也处于具象中的中位；"白色"的信念则是从多重能指中指向一个所指——保卫祖国的安全、疆土的完整，聚焦并放大其在文本中的诗眼地位，诗歌从具象到抽象；"红色的太阳印章"是宇宙景观中的存在物，守边战士的赤诚，更象征着祖国光辉的照耀，诗歌的外在表现再次从抽象到具象，处于文本中的高位。这幅画从平面到立体，错落有致，动静结合，三重的文本结构具有一种内在的凝聚力。所以"积雪漂出的白色心情"，是"最朴素和最简单的心情"。戍边图是爱国图，是爱的大写意。

白色的心情是一种白色的信念，是"洁白的永恒"。"信念在雪原上拔节"，雪虽然能够覆盖雪原的一切，但是却不能覆盖"守望者的信念"，"一天天地望，一夜夜地望"，守望祖国的信念永远"刚毅而丰硕"，信念在雪原上"拔节"，长成"一棵课信念之树"，这是说更加坚定保卫祖国安全的信念。守望—守约—守护—守候—值守—信守作为戍守之歌，核心是"守"，写出了战士的信念与情怀，"披着白斗篷的战士走出营门／一溜直通界碑的脚印／是他们播下的脚步"。诗人在《绣在白袍上的脚印》中写道：

> 清晨
> 太阳起来敲门
> 静静的屋中没有声音
>
> 门口有一串清晰的脚印
> 绣在大地所穿的白袍上
> 向国门延伸

诗中写到脚印与国门类似绘画中的对待关系，从一方存在的情状可以看到二者之间的关系。脚步与脚印是战士行踪的呈现，它们总是通向界碑，是战士"守"与"信"的写照。每一个脚步都是战士对祖国的承诺，所以战士的巡逻富有庄严感：它比散步庄重，比寻觅仔细，虽然每一天都是一种重复，而这种重复却关涉国家的安危、祖国的形象。

黑色的孤独与白色的信念统一在"我"的身上。"我"因为有白色的信念战胜了孤独，而孤独磨炼了"我"的意志，使我的"信念"更加坚定。

（3）童话思维的审美要旨

《雪塞歌》是一个文本中几乎没有直接关涉"爱"却处处写满大爱的诗篇，是无中之有，是有中之无。它是主旋律的红色诗篇，但与一般主旋律诗歌不同的是，诗人把大爱写在心底，从诗意的角度书写了"我和我的祖国"，用童话思维的方式建构了属于自我的审美世界。这正是诗集获得审美意味的要旨所在，主要表现在两个方面。

第一，童话式的抒情包含着庄重的主题、庄严的使命。如《星星要娶我》写道：

> 尘世间
> 该睡的都已熟睡

　　而星星没有睡

　　星星的没睡是在陪我
　　而我的没睡是在陪我的眼睛

　　我亮在一个山峰
　　星星亮在另一个山峰
　　怕彼此害怕

　　其实
　　尘世间没有可怕的东西
　　包括猛兽、毒蛇和寂寞
　　只有最可怕的是燃烧不起来的激情
　　假如星星的激情不再燃烧
　　那么黑暗中就不会有她未睡的身影

　　我很清楚
　　我是星星的仰慕者
　　一个山峰和另一个山峰也很清楚
　　星星要娶我

　　诗人似乎有与顾城一样的童心，顾城的童心包裹着宇宙情思，而诗人的童心还包含有祖国的使命感，把"我和祖国"嵌入宇宙的和谐。"星星的没睡是在陪我"，是星星与我的心心相知，这是宇宙的大和谐；"我的没睡是在陪我的眼睛"是我的心和眼的心心相知，是个体生命的和谐；诗作为一种召唤结构，文本中有许多空白，等待着接受主体的填充。诗中暗含着这样的深意：眼睛的没睡是在陪界碑……这是大爱中的和谐，正像诗人在《我嫁给了黑夜》中所说的那样："融入黑夜的黑没有黑/因为爱/——黑夜总是明亮的。"

　　其次，童话世界中充满童趣。《吵架》一诗写道：

　　傍晚
　　半红半紫的夕阳

裹着一片云纱

悄悄地回了娘家

说刚才与山吵了架

山

空落落地站在那里

满脸的无奈和颓丧

风

四处传播着这个消息

声音有些嘶哑

树知道了

鸟儿知道了

月亮也知道了

在山脊连成的城墙上

我早就知道了

然而除了我

又有谁知道原因呢

　　诗人以一颗稚嫩的心观照大自然，所以自然在他的眼中富有趣味。《雪塞歌》全诗到处都可以看到这样的童心和童趣。紧张是文本的一种内在构成，而童话式的思维缓解了全诗的紧张感。对于一颗诗心来说，最重要的品质可能不是理性与成熟，而是感性与童心。能够保持童心的诗人，某种程度上说最可能获得长久的艺术生命力。在一定程度上可以说，童心在，诗意便在。我们不知道，在喧嚣的尘世中还有多少人有这样的童心？我们更不知道，在红尘滚滚的当下，哪一个诗人能够把捍卫祖国的庄严的主题包裹在一颗稚嫩的童心中？《雪塞歌》以真诚与大爱实现了艺术上的完美表达。

　　因为有耐得住孤独与寂寞的人，在没有硝烟的战争中祖国才安然无恙。因为有表现这些孤独与寂寞的诗人我们才知道这些戍边的战士，以及他们与界碑的故事，他们与祖国的故事。祖国的形象与他们连在一起，与我们连在一起。虽然我不知道还有哪一种爱可以称之为无疆之大爱，但我知道，他们对祖国的爱一定是一种大爱。读完所有的诗，我们知道诗人离开了哨所，拥抱着当哨兵时渴望回归的远方、"远方的远方"、"远方的远方的远方"，可见当时远方之远，回归之渴望；然而，当哨所成为远方的时候，才有了我们今天看到的《雪塞歌》，这是一种大爱的结晶。也许这样的情境会一直留在我们的心中：夜与昼，雪岛上，哨兵走向哨所，雪上留下清晰的脚印；哨兵走近界碑，倾听界碑的呼吸，界碑聆听哨兵的歌声。这是一个通过想象能够达到的境界；而诗人以童话思维方式完成对大爱无疆的书写、对祖国形象的诗性创造则把《雪塞歌》推向更高的审美境界。

二　艺术的殿堂：生命与美的交响

艺术之谓美，是创作主体审美对象化的实现。创作主体、对象主体与接受主体，任何两个主体之间的关系直接影响艺术的创造。在保持各自主体性的前提下，互为知音的理解与对话，达成艺术整一性，是艺术创造的较高境界。理解与对话，在本文中有时并不直接显现，而是通过象喻系统达成主体间深层次的交流。主体间性的存在，印证着主体之间关系的和谐，而和谐成为艺术批评的标尺，奏响生命与美的乐章。

1. 主体间性中的艺术创造

序跋是一种特殊的批评文体。它与本文一同存在，然而以怎样的方式存在造就了不同个性的序跋。在所有的文体中，序跋所涉及主体间的关系最丰富，也最复杂，序跋中不仅包括其他文体所涉及的主体关系（如创作主体、对象主体、接受主体之间的关系等），而且就批评文体而言，它还包括批评主体与上述三个主体之间的关系。因为序跋作为与本文一同存在的特殊的批评文体，批评主体与上述三者之间的关系就更加复杂化。一般的文学批评不涉及批评主体与创作主体认识与不认识、熟悉与不熟悉、了解与不了解等，而序跋的作者作为批评主体，他面对的或是自我的文本创作或是他相对认识、熟悉、了解他人的创作。序跋与本文一同面世，与本文同时面对接受主体，序跋是本文最早的文学批评角色，这些因素决定序跋承担的不是一般的文学批评，批评主体为创作主体、本文、接受主体等多方考量。也就是说，一般的文学批评可以是一个"背对背"的批评，而序跋的批评则一定是"面对面"的批评。然而，如何做好批评，不是外在的背对背或面对面，而是内在的背对背或面对面。而真正的批评是背对背与面对面的有机融合。序跋的"面对面"的方式，表面看来，容易达成主体间的平衡。实际上，若缺少"背对背"的方式，则会造成主体间关系的失衡。对于序跋来讲，主体保持各自的主体性是非常重要的，换句话说，主体间性是序跋批评的成功所在。

主体间性这一概念来源于胡塞尔的现象学哲学，是20世纪西方哲学中非常重要的一个范畴，它所观照的是一个主体在整体性原则中怎样与作为主体运作的另一个主体相互作用。它们相互融合、相互投射、共同参与、共同创造，不断达成主体间的新的意义生成。林声先生的《散穗夕拾》所集序跋，是他感应对象主体的文化之旅，是期待接受主体的欣慰之举，是体味创作主体的由衷之语。然而，林声的序跋不是本文的附属性存在，而是镌刻批评主体的生命印记，含蕴自我诗学的素朴之玉。所以，《散穗夕拾》是林声在主体间性中完成的艺术创造，构建新的意义生产。

（1）感应对象主体的文化之旅

《散穗夕拾》所涉绘画、书法、诗歌、散文、建筑、摄影、交通、文化等，批评主体于"多时空、多领域、多学科"中纵横驰骋，这些对象成为批评主体的对象化存在，同时又以对象主体的形式存在。林声观照多文体、多艺术、多文化，"投目新世界、新时代、新人群、新成就"，他与所涉对象都建立起内在的精神联系。在感应对象主体的过程中，他把自己融入其中，塑造自我主体的形象，由此他进行的是感应对象主体的文化之旅。

对象主体是林声生命的伴侣，他从对象主体那里"发现"自我的主体性存在。为自己的书写序，往往阐明自我与本文的关系及本文存在的缘由。他这样描述他与诗词的关系，他在《诗贵在真情，贵在写我心——〈灯花吟草〉跋》中说："我爱诗，诗词是我生活的重要内容。特别是在过去坎坷岁月里，言志之诗给我力量，激励我逆境中向前。那时虽然头顶沉重的'帽子'，但诗词悟我以人生哲理，激发以理想追求，陶我以革命情操。诗的艺术形象和美的享受，为我在寒冷的逆境中，保留了一块春光明媚的小天地。"虽然在这里诗词和特殊年代的林声建立起的是一种具体化的特殊关系，实际上它包括他生命过程与其他对象主体的普泛性关系。他感应对象主体，在文化艺术中感应自我的生命。

林声感应对象主体呈现的整体性特征，是自我内在主体间性的达成。在《〈林声自题书诗〉自序》中，他说："以画喻己，以诗自勉。""题画诗的独特性则表现在诗画对话，互为感应，互为补充，成为一个整体。"诗画的感应，是写诗主体与绘画主体的感应。"以诗题画，以诗情传达画意，又以诗意去延伸、补充画中未尽之趣，诗画联袂合璧的过程，就是艺术的过程，就是艺术的升华。"诗画联袂的过程是两个主体合一的过程，是写诗主体与绘画主体的合一，体现出内在的主体间性，创造出超过诗画简单相加的新的意义，是艺术的升华。

（2）期待接受主体的欣慰之举

批评主体写序跋感应对象主体，进行自我的文化之旅。与此同时，序跋与本文在同一时刻面对一般的接受主体，序跋对本文的介绍、说明、解释或多或少、或隐或显会对接受主体产生影响。在本文中，考虑到创作倾向自然而然的流露与表达，创作主体一般不会直接说读者如何。而序跋，是对本文的批评，是践创作主体的心灵之约，当然在一定程度上更是为读者铺就理解本文的"前理解"。所以，序跋和读者（接受主体）的关系更加密切。为当好"读友的向导"（《跋》），林声在序跋中以真诚之语召唤接受主体、期待接受主体的感应与共鸣，由此获得自我欣慰，从这个意义上说写序跋成为林声期待接受主体理解的欣慰之举。

读者教正的期待。每一个人都希望在创作中实现自我，然而真正的自我实现往往带有乌托邦性。外部语境的规约、主体的力不从心、语言的有限性等都会影响创作，影响主体的自我实现，也就是说，完成的作品几乎不可能是完美的作品或者是主体百分之百满意的作品，缺憾是必然的。如果说，在本文中这些缺憾是一种自在的存在，那么在自我的序跋中有的缺憾就成为一种自觉的存在。《〈林声诗书画集〉跋》中说，这本诗书画稿"是我离休后的作业。作为中期小结，我把它捧送老师和读者教正"。其实，他的很多序跋在最后都有"尚候专家、读者不吝赐教"，"殷切期待各位老师和读者指教"等表述，这是对读者教正的期待。类似的表述成为序跋写作的"模式"，这样的表述不仅是对读者教正的期待，也是对自我的交代。因为先有本文，后有序跋，自我作品的完成才会有这样一个对读者的期待。因而，对读者教正的期待暗含着与本文暂时"告别"的欣慰。

抛砖引玉的欣慰。如果说读者的教正主要是对主体个体而言，具有个体性与针对性；那么本文、序跋等抛砖引玉的文字则更期待接受主体形而上的分析与阐发，更具理性与普遍性。林声从不满足于序跋对本文与自我的"说明"，而是希望从接受主体那里获得更多的价值。在跋中，他说，"很不成熟的见解，作为我的《灯花吟草》的陪送嫁妆，奉献给读者，如果能够起到一点抛砖引玉的作用，自感欣慰"。从这里可以看出，作者虽然完成了作品，但作品实际上还处于未完成状态，因为它还作为文本进入接受主体的视野当中。批评主体抛砖引玉带来的欣慰是批评主体、创作主体与接受主体共同作用的结果，是主体间性的体现。

主体共鸣的欣慰。林声在序跋中表现出对作者（创作主体）和读者（接受主体）的互动与共鸣的欣慰。在为钱振中写的序中，他说："与读者进行真诚的情感交流，进行心灵的鲜活互动。他向读者捧出的是真实的故事，是真话、真情、真心。"不仅如此，林声在序跋中时常真诚召唤读者，为鲁野等主编的《血泪的回忆》写序说道："小朋友，你知道吗？作为中国人，却不能理直气壮地说声自己是中国人，那是何等的不幸啊！""小朋友，你能体会出孩子回到祖国母亲怀抱的幸福吗？"这样写意在召唤读者，实现主体间的心灵互动和共鸣，共同创造文本的意义。正像他自己所说："如同当年向函授学院提交学期作业，要把自己的作品提交给读者了，假如读者能够从中了解一些我的往事，并能从中得到一些关于人生的感悟，关于社稷的安危、民族的兴衰之共鸣的话，那我将十分欣慰。"

林声序跋之文召唤接受主体，鲜明体现出他对接受主体的期待，渴望读者教正、实现共鸣。实现由此带来的欣慰源于他的真诚，对自己、对对象主体、对创作主体以及对接受主体的真诚。

（3）体味创作主体的由衷之语

为他人写序似"进京赶考或逼上梁山"，是"苦差事"与"快乐事"。苦差事自不待言，而快乐事则是感受对象主体的文化之旅，期待接受主体的欣慰之举，当然还来自体味创作主体的由衷之语。在《跋》中，林声说，为写好每一篇序，"反复体味作者的创意，寻讨入情入理的评点，力争准确地'画龙点睛'，当好读友的向导"。这句话看似简单，实际上包含着写序跋的四个重要方面。体味创意是针对创作主体而言，入情入理的评点是针对对象主体而言，画龙点睛是对自我批评主体而言，读友向导是针对接受主体而言。林声从整体上把握创作主体的创作，体味创作主体的甘苦，理解创作主体的心路，以简约、诗意的由衷之语画龙点睛，为接受主体当好向导，是本文的升华与创造。

在体味中理解。一般来讲，作为批评主体的写序者与创作主体是相对熟悉或了解的，有的经常交谈，而且"投意"。对于不同的创作主体，林声的体味有所不同。对于年轻人，林声在体味与理解中表露喜悦之情，如为张中华《改革大潮中的思考》写序，他这样说，他"邀我作序时，我对这个年轻人的成长感到由衷的喜悦"。对于朋友，林声在体味与理解中嗔怪，林声说："兴余之后，郎英同志留下考题，便扬长而去。"对于师者，林声则在体味与理解中寄予崇敬之情，为王前先生写序，他说，"我亦爱书法，实感形质功力不足，又缺乏情性的涵养与表达能力，自觉长无大进，而先生对此卓然有见，使我颇受教益"。"我与先生以文相会，亦师亦友，时相往来，以诗商榷。""当先生多次邀我为书作序时，我亦有向广大读者推荐之意，就草迹了这些由衷之语。"对创作主体的体味与理解，写出发自内心深处的由衷之语是序跋写作的关键。

从整体上观照。写序需要书写者对创作者及其作品有深刻的体味和感知，这是林声进行入情入理的评点的前提。无论选择怎样具体化的评点方式，林声在序跋中时常从整体上观照创作主体的创作，例如对于创作多部作品的创作主体，对本文在整个创作历程中的特殊性进行阐发，在给李爱真写序时便如此。对于他非常熟悉的作家，他经常在他们整个的生命历程中观照作品的产生与意义，如给钱振中写的序，林声写道："通过他咏雪、爱雪，日常的散步，以及对人到中年所生发的种种感慨，我们在看到他旷达、质朴品格的同时，也深为他发出的'要好好度过中年'的感叹，更被他'人生短暂须惜时如金'的忠告所警醒。"林声深入创作主体内部，关注主体情感表达和建构主体形象的多样性，在为张英华《煤苑返思》写的序《诗路延伸征途远》中他说："在他的百余首诗稿里，我仿佛看到了一位老同志刻苦自学、努力攀登的深深脚印。""一个青年农民，经过抗日烽火洗礼，建设年月的锻炼，以及文革中风风雨雨的严峻考验，能坚持自学成才，离休后写诗集书，陶冶情操，开阔情怀，充实头脑和精神世界，并为北国山花烂漫的诗苑增加花草，这是很值得学习的。"林声从整体上观照本文有助于作家反观自己的创作，使他们在最早的读者的批评中确证自我的存在。

画龙点睛的诗意升华。林声为他人写序，涉及具体批评对象时，力求简约凝练，画龙点睛。很多序用诗一样的句子作为标题，如"诗路延伸征途远"、"破土新绿当惊春"，"诗魂醉染秋菊黄"等。这些标题既符合写作者的身份，又符合作品的风格，这是在理解创作主体和本文基础之上凝练出的精华。固然，林声常常诗情涌动，但若没有自我内部审美图式在理解中与之"同化"，又怎能有勃发的诗情与诗意呢？

有些序跋林声几句话就勾画出本文的鲜明特点，在为徐光荣的《烹饪大师》写的序中说："大处落墨、细微处工笔勾描，在全力展现主人公在事业上的不倦追求的同时，又从他的爱情、兴趣、爱好等多方面立体再现人物，读来觉得血肉丰满，虎虎有生气。"这几句评语涉及创作主体的选择视角、人物主体的立体化以及接受主体的接受效果。不仅如此，林声也经常以简约的语句，实现对本文画龙点睛的诗意升华。为《中国改造日本战犯始末》写序，他说，日本只有日本政府的历史，没有日本国的历史。林声所做的感慨和思考，是他借他人的纪念之作说的自己的话，是对历史形而上的思考。为于金兰《人生杂咏 60 首》写序时，他肯定了于金兰诗歌创作的阳光和力量，并说："哲人览大千以察秋毫，诗人赏一叶而悟广宇。"林声在体味创作主体的基础上理解本文，而在理解中渗透自己的思考，是批评主体生命体验与人生智慧的显现，在一定程度上是对本文的创造与升华。

序跋是批评主体体味创作主体的由衷之语，有助于创作主体回望自己的本文，在本文与序跋的对比中观照自己，从序跋的能指与所指中审视创作。序跋是对本文的告别，也是期待新本文的开始。序跋对于创作主体而言十分可贵。

（4）镌刻批评主体的生命印记

序跋是依存于本文的，然而，在林声写的序中，序不是作为本文的附属品，而是具有自我独立品格的存在，深深镌刻着批评主体的生命印记。

为自己的作品写序跋，镌刻自我生命的印记似乎是自觉而自然的。林声在《〈林声散文〉后记》中说："读者可以看到我大半生的脚印，实际上已形成我部分自传散文的篇章。"读者从林声的后记中，一方面可以看到关注文教事业的领导干部形象，另一方面他喜欢诗、绘画、书法，首先听到的是来自"绘画艺术的呼唤"。通过他的序跋，我们不仅可以看到他的大半生，而且可以看到祖国半个多世纪的历程。

为他人写序，不是为了写序而写序，而是为了自我的创造而写序。也就是说，序，虽然与本文同在，但是序是"我的"，林声依然"固执"地在为他人写的序中镌刻自我的生命印记。他的"固执"，是他的执著，是他独立品格的体现。有的序采用这样的叙事顺序：看到文稿，"我"的回忆，再回到对本文的观照中。如为马成泰、康起昌主编的少年散文《春苗集》写序开头即写道："窗外大雪纷飞，灯下书稿喜人。灯下篇篇小作者散文和窗外片片鹅毛大雪，把我引入少年时代的回忆当中。"为常家树《青年运动与青年研究》写序，青年的话题则引起林声青年的回忆，"共青团是我的启蒙学校，是我的政治摇篮"。关涉少年则引起他的少年回忆，关涉青年即引起他的青年回忆。他是一个多情善感之人，这是主体能动性的显现。由此表明，林声没有在本文中沉没，他在序中张扬批评主体的能动性，进而塑造自我的形象。

林声所写的序的深刻之处在于，他不仅在本文中镌刻自我生命的印记，更是通过本文自我镌刻中国历史的印迹。为张青榆书写的序中，林声回忆与张青榆相识，以及在一起编稿的经历，这是两个人的生命印迹，同时记录了中国特殊的历史岁月。为鲁野等主编的《血泪的回忆》写序时，他以"我是中国人"作为标题，讲述了自己作为亡国奴的屈辱与抗争。所以，血泪的回忆不仅仅是书中许多历史见证者的回忆，也是作序者——我的血泪的回忆，更是中华民族屈辱史的记忆。他在为《国难当头》写的序《永远不能忘却的国耻》中说："我要告诉读者朋友：我当过亡国奴，深知一个人如果被抽去了祖国的魂魄，就会如同活生生地被从生命中抹去了一样，历史在他身上也就失去了正常人生的意义。"序与本文形成互文性，形成对话与"复调"，升华了本文，形成主体间性中的艺术创造。

（5）含蕴自我诗学的素朴之玉

无论是为自己写序跋的"陪送嫁妆"，还是为他人写序的"由衷之语"，林声虽然自谦为这些是"不成熟的见解"，但是这些见解表明林声的诗学主张

——朴实、真诚。因此,《散穗夕拾》是含蕴自我诗学的素朴之玉。

对真的追求,是他的诗学主张,也是他批判本文的标准。他说:"对诗的追求必须是真,必须是真心实意地吟写自我"(诗贵在真情,贵在写我心——《灯花吟草》跋)。关于散文,他认为:"只要把自己的真情写进去,以情见长,表现个性,就基本上可以交卷。""要写自己的真情、真爱、真喜、真忧"(《〈林声散文〉后记》)。批评本文也以真为标准,为郭庆雪写的序,说本文"无伪无饰,心也坦坦,思也堂堂"。为李爱真《阳光家园》写序《大真大情大爱》中说:"一个'真'字,写出了她内心个性,写出了美。"从这些表述中,我们可以看出,"真"是林声自我创作的内在追求,是他批评标准的重要范畴,是他自我诗学的核心所在。在"真"的基础上,加上"作者灵魂和血肉的投入,思想的升华,智慧的火花"才可能创作出美文。所以,"真"是表达个性、抵达美的唯一路径。在弄假成真、以假乱真的"众神狂欢"、"众声喧哗"的年代,林声对真的追求显得何等珍贵。

林声的《散穗夕拾》是他追求"真"的诗学理想的具体化。作为批评主体,林声没有淹没在本文之中,而是通过序张扬自我主体性的存在。同时,他对创作主体、对象主体和接受主体都显示出应有的真诚、理解和尊重。《散穗夕拾》主体间的关系处于平等与和谐的语境之中,它们共同创造出新的意义。主体间性中的艺术创造为序跋构建了富有意味的写作范式。

2. 知音同行的生命情韵

知音千载难寻。对大多数人来说,与知音同行成为人生的一种奢望,然而在《江山琴操》(程义伟著)中,它却是一种生命的写照。与知音同行,主要包含四个方面的意思:一是书中李荣光、王敬致夫妇的文化行旅,都是与知音同行的过程;二是程义伟与李荣光夫妇同行,不仅记录李荣光夫妇的文化行旅,而且与他们一同进行文化追寻,可以说,程义伟与李荣光夫妇彼此也是知音;三是三人驻足于人文山水间,琴声把他们带到遥远的历史时空中,他们似乎在寻找与之精神同行的知音;四是人文山水间的古代圣贤等待了几百年、几千年,等待着理解他们、通透他们心灵世界的知音,当李荣光奏响古琴的时候,他们似乎知道,等待的知音来了。与知音同行,能得到一种精神的自由与愉悦,是生命的酣畅与张扬,是情韵的涵咏与自然的流淌。

与知音同行,叩响历史之门,追寻生命的情韵。《江山琴操》中以《文人与琴》开篇奠定了全书的创作基调，作者把文学艺术及其形象的载体作为自己主要的审美观照对象。在真实的历史情境和浓郁的艺术氛围中，审视文艺的命运和历史人物的命运，书写李荣光夫妇与历史人物的心灵对话。在这一过程中，作者关注的焦点是他们生命的意义与价值。正如作者在《情寄醉翁亭》中所说："李荣光用琴与欧翁对话似乎读懂了欧翁内心深潜着巨大的悲愁和情境中吟痛的心灵，进而叩问个体的有限生命在原生态的自然山水中升华了呢？还是以一种更为高远旷达的眼光来审视其生存价值和意义呢？当个体生命因山壑林泉之美得到了空前的肯定和张扬，这样，李荣光的感悟徜徉在山壑林泉中，艺术创作的思绪得到了沉醉。"可以说，作者赞美的是个体生命的升华，是个体生命在历史时空存在的意义与价值，这样的生命是富有情韵的生命。

生命情韵是一种自然的流淌。有情才能感人，才能动人；有韵呢？范温说："有余意之谓韵。"所以有韵才能有回味，才容易引起共鸣。生命情韵是说生命"行于简易闲淡之中，而有深远无穷之味"。作者与主人公看重的是"纯朴雅致"，"抱朴含真"，是豪华落尽后的真淳。当他们三人背起行囊，携着古琴，拿着笔墨，拎着相机，远离尘嚣走向山水的时候，他们追求的是生命的意义。诚如李荣光在《幽谷乐琴》中写道："林深山静脱红尘，环视群峰陶我心。淡化蹉跎岁月事，只身幽谷乐鸣琴"；当他们驻足、抚琴、挥墨、按下快门的时候，生命的瞬间迅速定格为永恒。一切是那样简单古朴，一切又是那样富有情韵，可谓"心明神旷饮清凉"（李荣光）。与此相适应，作者关注的历史人物多有悲剧的人生，如沈园中的悲歌、徐渭的悲剧人生，李白的悲剧性格、项羽的悲壮一生（《霸王祠》）。或是对生命的超越，如安于陋室的刘禹锡、结庐在人境的陶渊明。不管是人生的悲剧还是超越，他们三人一同去体味生命的情韵，"面对不舍昼夜奔流的大江，悲凉野寂的霸王祠，仰天长叹，痛惜项羽之失机"。生命情韵在历史的长河中流淌，程义伟、李荣光和王敬致在他们的文化行旅中真诚体味人生。

作者如此关注生命，在文本中个体生命、生命意识和生命体验等词经常出现，以至于他在一些评论文字中也频频使用生命这样的词，如用"艺术：生命轨迹的延伸"评论画家王盛烈，说李荣光"用生命亲征江山琴操"等，所以，生命构成文本的关键词，而生命情韵成为作者建构文本的内聚力。

《江山琴操》的文本建构有很大的难度，因为，《江山琴操》是不同于《文化苦旅》等历史散文的写作。余秋雨以自己的审美视野观照历史文化和自身，而《江山琴操》中的"我"不仅是一个叙述者，而且还是一个倾听者和观察者，也是一个被表现者，所以，如何处理这几者之间的关系，就成为一个艺术难题。文本在更多的时候对它们的表现是成功的。作者抓住了生命的情韵，又表现了李荣光夫妇互为知音。李荣光在俞伯牙和钟子期的雕塑旁弹奏古琴曲《流水》，弹者何想？听者何想？作者何想？作者之想是否是弹者所想？作者写道："我猜想着，《知音》的故事，那一天的春风，依稀如暖和的手掌一样轻轻抚着李荣光的心头，四月阳光的热力也似乎解除他所有的疲倦，熨帖着画家每一根思绪的飘带。""这是他生命里一种多么不同寻常的体验。"李荣光的诗《知音》表白了自己的这份体验："子期静领伯牙心，扬子江边琴铸魂。允我重弹流水曲，感怀今古少知音。"程义伟从琴声里听到李荣光跳动的生命音符，"带着艺术实现的那一份满足，还有那一无坦途的翘盼，更有他那一份潇洒与豪情"。真可谓"子之心与吾心同"。

作者进入了李荣光的心灵世界，所以才感受得如此细腻真实，以能与知音同行。作者以"他者"的眼光观察，虽然他多次说到他不知道李荣光与历史人物对话的内容，但是从文字中我们可以确信，作者的不知道是一种叙事策略，其实他是最清楚主人公的内心世界的。作者这样书写李荣光与徐渭的对话，"这个对话使我感到的不是散步式的悠闲，而是一种难言的沉重"，"以个我生命之思去揭示生命的意义，在理解中获得艺术思想的追问和自我生命追问的双重解悟"。

《黄山行旅》最能体现与知音同行的生命情韵。程义伟认为，"李荣光不是一个在自然风光中乐而忘返的感受者，而是一个追求生命意义的精神漫游者，一个以有限生命求无限境界的行吟者"。他们游黄山，沉醉其中，生命的本体得到张扬。在一组摄影图片中，我们确实看到了一种真实的境界，而李荣光的诗让我们再次体验到这种境界："独坐磐石上，青松伴我旁。鸣琴望淡云，吟唱慨而慷。"程义伟的文，李荣光的诗，程义伟镜头中的李荣光的弹姿和黄山的美景，可谓相得益彰，是《江山琴操》中最完美的创造。那一首"漫游黄山伴瑶琴，烟霞流云拂我身。莫道人寰识韵少，光明顶上逢知音"的诗句是这一组的高潮；"知音何必曾相识"的摄影图片为这一组画上一个完美的句号。《黄山行旅》是《江山琴操》这一书写方式的最佳体现，恰到好处地处理了关于"我"的多者之间的关系，有"我"的存在，有"我"眼中的黄山和李荣光夫妇，有李荣光夫妇眼中的自我和黄山的存在，实现了多种对象化关系的审美转换。

但是有的文本在处理这种复杂关系时还显得不够成熟，作者可能进入了人文山水中，但未完全进入李荣光和王敬致的精神世界里，对二人的语言、动作和情态等观照不足；中篇的《辽沈文英》，如果以李荣光夫妇与这些辽沈文英的交往中获得对书画艺术和古琴艺术的诸多启悟作为切入点，整个文本会更加和谐，成为一个更加统一的整体。

读完《江山琴操》，感受这种特殊的写作和接受方式，李荣光夫妇看人文山水，程义伟看李荣光夫妇，我们看《江山琴操》，也突然会想起卞之琳的《断章》，产生一种多层次的美。

3. 象喻系统的艺术建构

在影视媒体控制话语权的时代，几乎很少有观众还记得话剧这种艺术形式的存在。在一般人看来，到剧院看话剧已经成为历史。话剧是孤独的，话剧工作者也是孤独的，然而他们为话剧倾注了毕生的热情与精力，做出了种种改变现状的努力。话剧《温柔的"特洛伊木马"》渴望着一种对话剧仅仅是话剧的彻底超越。它建构了整体和局部的象喻系统，在日常的戏剧情境中，设置重重的矛盾冲突，以对比的方式设计人物关系，在庄严与诙谐中完成意义的开掘。观众沉浸在现代舞台艺术营造的氛围中，思考着"特洛伊木马"带来的强烈警示，甚至流着泪品味着人生的悲剧，发出对生活的无限怅叹。可以说，《温柔的"特洛伊木马"》实现了对传统话剧形式的超越，完成了一个新的艺术形式的创造。

《温柔的"特洛伊木马"》具有鲜明的现实针对性，即反腐倡廉，然而它的成功不仅仅在于这样的主题，更在于它把话剧的舞台艺术与主题有机地融为一体，否则它只能是电影《生死抉择》、电视剧《大江东去》的翻版。象喻系统的建构使《温柔的"特洛伊木马"》拉开了与一般文本的距离，从而成为富有创造性的个性化存在。编导不是直接表达自己的审美意识，而是用整体象征和局部象征的方法暗示和渗透着他们对社会、人生以及生命生存的深切体悟和深刻思考。黑格尔说："象征一般是直接呈现于感性观照的外在事物，对这种外在事物并不直接就它本身来看，而是就它所暗示的一种较普遍的意义来看。因而，我们在象征里应该分出两个因素，第一是意义，其次是这意义的表现。意义就是一种观念或对象，不管它的内容是什么，表现是一种感性存在或一种物象。"也就是说，象征的感性存在暗示了它所指向的理性内容，象征就是感性表现及其暗示的理性内容的有机结合。

"特洛伊木马"作为全剧的象征，内蕴深刻，总体上奠定了富有意味的警示基调。"特洛伊木马"从特洛伊战争时的高大神奇到现代电脑病毒的疯狂直至巨额授受中的温柔，只是外在形式的变化，它作为原型的意义并没有改变。话剧开始前的旁白已经对此作了深刻的暗示："特洛伊木马"以成功的经典战例告诉人们——堡垒最容易从内部攻破。周平凡作为建设局的常务副局长，廉洁奉公，拒斥贿赂。然而，建筑商张士豪却从周平凡的家庭打开了缺口，一次美容、一条项链、一张订单不仅讨好了周平凡的妻子及内弟，而且为敲开周平凡的心灵之门奠定了坚实的情感基础，所以后来 60 万元现金的密码箱像特洛伊木马病毒一样潜入家庭就成为偶然中的必然。话剧的创新之处是多次把电影《特洛伊》中有关特洛伊木马的历史画面精彩地呈现在观众面前，它不是简单地回忆历史，而是营造一种艺术氛围，把观众带到紧张的戏剧情境中的同时，带给观众心灵的震撼和理性的思考。"特洛伊木马"的电影画面和话剧的情节发展进程是同步的、统一的，它总体上的象征意义与情节上的同步统一相得益彰，显示了编导的匠心独运。不仅如此，话剧中还多次谈到特洛伊木马这一电脑病毒破坏用户电脑程序致使电脑瘫痪，艺术地强化了警示的主题。

为使总体的象喻系统更加坚固完整，更有利于达成形式与内容的统一，《温柔的"特洛伊木马"》还采用局部象征和总体象征的方法相互辉映。"枣树"和"布鞋"是两个非常特别的意象，枣树自始至终都在舞台的后部。周平凡母亲每次都带着一袋枣和一双布鞋出场，引出了一系列与枣树和鞋有关的话题。她讲打枣树富含的哲理，经常打枣树，枣树才不至于生虫子。周平凡在心灵的焦灼中，两次似乎也听到了母亲打枣树的声音。然而，这种声音在他的心灵天空中划过之后转瞬即逝。周平凡忘记了经常在思想上敲打自己，母亲打枣树的声音不能在他的心灵中定格。母亲亲手做的一双布鞋和周平凡脚上穿着的 2000 多元钱的意大利皮鞋构成鲜明的对比，是两种生活作风和思想作风的对比。布鞋象征着艰苦朴素、踏踏实实、是不忘本的表现，更是体现了走人间正道的正气与豪迈。编导的审美倾向在母亲打枣树的声音和手拿着的布鞋中逐渐凸显出来。其他如"金运酒店"对周平凡命运的暗示，座右铭"公生明、廉生威"在墙上的正与斜对周平凡思想天平的暗示等，应该说，编导注重每一个局部象征细节和总体象喻系统的和谐。

建构一个象喻系统对话剧来说是难度非常大，因为不是诸多意象的简单堆积就能够完成。话剧是舞台艺术，需要在有限的舞台时空中把现实时空转化为审美时空，而这一切需要通过人物之间的对话来实现。与堡垒容易从内部攻破的警示主题相适应，编导不注重官场等外部环境的展现，而是在日常生活情境中设置人物关系和矛盾冲突。除了个别的场景设置在青年大街、酒店、监狱外，剧情的展开大多是在家里。戏剧以周平凡为核心，矛盾冲突纷繁复杂，包括周平凡与张士豪的较量，与李效松、李效竹的战争，艾莉对李效竹的"狂轰滥炸"，李效竹对艾莉的排斥与模仿，母亲对周平凡的谆谆教诲，纪检干部淘沙对周平凡的引导，每一个人物都与周平凡有着这样或那样的关系。在人物设置上，编导采用两两对比的方式，在复杂的矛盾中凸显鲜明的个性。周平凡与淘沙、张士豪与李效松、李效竹与艾莉、周母与周娜，他们或是在思想上或是在人格上或是在性格上或是在年龄上形成对比关系。这样的对比关系很容易让我们想到《雷雨》中的八个人物，然而它不是简单的模仿。应该说，《温柔的"特洛伊木马"》强调在日常生活情境中设置人物关系、矛盾冲突，揭示重大的主题，远远超越了其他类似的影视文本。

《温柔的"特洛伊木马"》所象征的主题是严肃的，然而编导并没有局限于单一氛围展开情节。它在庄严与诙谐中完成了主题，并且让观众在审美的愉悦中完成对话剧的再创造。剧中不乏轻松与幽默，编者设置了许多精彩的对话构成对社会黑暗现象的讽刺，也是对观众的真诚告白。从某种意义上说，《温柔的"特洛伊木马"》藏庄严与诙谐于内，寓绚丽与素朴其中。

然而，话剧本身还存在一定的不足，比如对周平凡内心世界的刻画力度不够，故事结尾让陶沙单独牵着周娜的手走向光明的未来，似乎有点夸张，而周母不来给孙女过生日，又导致情节的某种失真和主题揭示的淡化。

4. 和谐：艺术批评的审美标尺

和谐是中外美学家的共同追求，毕达哥拉斯认为："美是和谐与比例"；

柏拉图、亚里士多德也都主张美是和谐。中国传统美学也多以中和为本。和谐成为美学领域的一个重要范畴。沐浴在东方审美文化精神中的麦风，把和谐作为自己舞蹈批评的重要审美尺度。他关注表现形式与舞蹈内容的和谐，外部动作和内心世界的和谐，具体细节与整体内容的和谐，传统与现代的和谐以及编者和舞者的和谐。在广阔的中西文化视野中，他敏锐地捕捉舞蹈的每一份和谐因子，挖掘其美的内涵；而对于破坏和谐的任何一个环节，哪怕非常微小，他也毫不留情。如果说，"芭蕾和谐于上天，安之于大地，自由地表现运动"，那么，麦风则以和谐为中心建构自由的舞蹈批评世界。他使艺术批评摆脱当下或"捧杀"或"棒杀"的两极，向中肯和思辨努力，从而使批评真正成为批评。

舞蹈内容与表现形式的和谐。内容与形式的和谐统一才能构筑真正的艺术世界。麦风说："最能充分表现内容的形式，才是好形式，才是自然的形式。因为在自然中寻求最美的形体并发现这些形体内在精神的动作，才是舞蹈的动作，也就是说，技巧作为语言，必须通过有意识的整理，在一种客观化的非理性的逻辑符号形式（艺术）中实现。"麦风并不像艺术至上的批评家那样，把形式看得高于一切，而是注重在形式与内容的和谐中审视舞蹈的整体性。他这样批评沈培艺的舞蹈："她喜欢用简洁的舞蹈语言形成像一条不断的流水般的一系列动作，组成整个舞蹈，靠中正平和的中和之美，靠舞蹈的整体性动作去打动观众，她将自己童年时代的磨难与书画世家出身所受的中国传统文化教育融为一体，在具体审美过程中，强调人对审美对象的感觉，使在主体和客体对象融合无间的和谐关系中进行。"而对于大家一直看好的杨丽萍，麦风认为她大多数的舞蹈其形式美都在内容美之上，舞蹈不是杂技，人为地割裂形式与内容的关系，就会使舞蹈失去特有的审美特点。

外部动作和内心世界的和谐。"舞蹈不是单纯形式的自我发展，而是由人的内心冲动而出现的外在的表现形式。"舞蹈主要通过人的外部动作揭示主体丰富的内心世界。麦风从内与外的和谐中审视中外舞蹈。他认为，芭蕾舞剧《祝福》的成功在于"通过外部动作语言成功地完成了人物的心理刻画"；而《大红灯笼高高挂》在这一点上做得不够，演员足尖上的动作非常少，肢体语言也少，没有芭蕾的基因。剧中太多涉及京剧，加入大量的对话，没有为舞蹈留下更多的表现空间。尤其是一些动作没有更好地揭示人物的内心世界，如二太太撕碎红灯笼一段，"撕碎是可以的，但对于舞剧来说这是个起兴而已，真正表现人物内心情绪情感的变化揭示的不够"。在舞蹈的审美活动中，从来就没有单纯的外部动作表现，动作只有符合主体性逻辑，与主体内心世界达成和谐关系，才是成功的舞蹈动作。

具体细节和整体内容的和谐。麦风的批评注重对舞蹈的整体把握，他用和谐整一性原则建构批评世界，如对沈培艺的"孤独灵魂"的探询、对金星个人零散经验的把握等。同时，他非常重视对细节的审美批评，把细节是否与整体和谐作为一个重要的标准。"舞蹈本身是一种精神生活，而不是其他，细致地强化生活细节的创作，创作出来的作品才能最耐人寻味。"麦风认为，金星的舞蹈《红葡萄酒》表现了一个年轻女性提着高跟鞋的细节，并与整体上张扬女性意识的美达成有机融合。麦风从细节入手分析了金星的独特之处："在红色的酒精迷醉下，她提着高跟鞋，也忘不了展示妖娆。从日常生活的角度看，女为悦己者容。一个年轻的女性吸引异性的方法之一就是选择一双高跟鞋穿在自己脚上展示自己的性别美。而绝对不会提着高跟鞋展示自己的。这实际上是海边沙滩上及河岸泉边随意的一幕被金星敏锐地感受到并体现在他的作品中，甚至将其独立成篇。站在异性的角度对望往往能发现许多生动有趣的事物，尤其对一个创作者来讲。而同性之间对对方的观察却未必能观察体验到如此细致的程度。虽然这个舞蹈很短，其中创作者在无意识地表现人的有意识心理或者有意识地表现人的无意识心理之间的创作形态，表明了中国现代舞创作的金星现象。这种现象就是抓住生活中的真实感受进行艺术创作，从一个非常落实、非常具体的人物事件起点投射出一定的情绪性和观念性的因素，尽管金星现象中包含的不止是这些。"麦风通过对细节的解读实现了对金星舞蹈观念的深层透视。这使笔者情不自禁地想起王向峰教授写的一篇关于文本解读类型的文字：人们在接受作品的解读中，以意义的发现为审美愉悦后的第一追求。这种追求使人从作品中必得看出点什么，即使不从中直接看出点什么，也难免以追求为动力，从中挖掘点或者以解读的方式向作品中投注什么。其中一种是投注的东西是作品的形式能指所有，但并不突出，并不明显，但解读中淋漓尽致地加以张扬，变成突出、明显的意义所指，把星火扇成了巨火，这是因势利导性的创造。应该说，麦风对金星的解读就是一种"因势利导性的创造"，对"有意识"、"无意识"的分析显示了他的敏锐与深度。如果说，海德格尔从凡·高的《农鞋》中看到"劳动步履的艰辛"、"窒息生命的沉重"，它"激荡着大地沉默的呼唤，炫耀着成熟谷物无言的馈赠"，"隐含了分娩阵痛时的颤抖和威胁下的恐惧"，那么，麦风则从金星的"高跟鞋"中看到了女性的迷醉与妖娆，炫耀着上帝对女性的特别青睐。因为注重对具体细节的分析，所以麦风的批评没有流于空泛，而是富有说服力。如果麦风从中还能看到"女性生命的沉重、女性精神的空虚，隐含着女性心灵的孤独以及对理解的渴望"，那么，解读也许会更逼近意义的所指。

传统与现代的和谐。麦风的舞蹈批评世界是一个传统与现代和谐的世界。他在多篇文章中探索传统与现代的关系。他之所以欣赏何晓佩的《女人　情感　生命》是因为舞者把"传统的中国舞的表现方法拿来，进行肢解，重新组接，用现代舞的形式进行精致的包装"达到中和，使哲学成为"舞蹈的核心"。如果"只注重传统的表达，却忽视了使其与现代人文思想相结合"（《芭蕾舞剧的东方审美精神》），那么必然失去艺术的和谐之美。同样，过分追求现代性，而忽视传统的内蕴，也会破坏舞蹈的和谐。麦风详细分析了《梦白》的现代性及其不足源于作品对李白其人其诗的不理解。他认为："舞蹈的现代性首先是能让人沉入其中就能领略其中的奥秘，而不是以让人看不懂来显示其价值。"从麦风的论述中，我们隐约感到麦风崇尚古典与传统，但他决不排斥现代。相反，他很关注现代，尤其关注中国舞蹈的现代性。他在中外舞蹈的开阔视野中审视中国舞蹈的过去、现在和未来。希望中国舞蹈能在传统与现代的和谐中走出一条属于自己的路，并走向世界的舞台。

编者与舞者的和谐。舞蹈是编者与舞者的共同创造。"一个好的舞蹈成为人们历经久远的记忆，这就需要编者与舞者平等的对话，以此寻求一个双方都能体会到的心灵感应，完美的舞蹈作品才能由此产生……舞者与编者之间应该通过觉醒与创造的瞬间建立一种特殊的关系，这种活动本身必然具有崇高的仪式性质深藏其中，舞蹈的设计和情绪的表达才能得到高度的统一。"编者和舞者之间的和谐，通过心灵的感应共创完美之艺术。也许因为麦风的想法过于"完美"，而真正的舞蹈世界又有太多的不完美，所以在他的视野中，《云南映像》、《塌棺》等舞蹈在某种程度上因为编者和舞者的不和谐影响整部作品的艺术表现力。

和谐是麦风舞蹈批评的审美尺度。他从多个角度去解读和谐，建构自己的批评视界。"只有极为发达的思想能力同极为发达的审美感受结合在一起的人，才可以作艺术作品的优秀批评家"（普列汉诺夫语）。麦风用形象化的语言把外行很难理解的舞蹈动作进行文本形式的转换，就像当年我们读到的徐迟用富有情采的语言撰写的富有抽象意味的《哥德巴赫猜想》一样，显示了极强的审美感受力和艺术表现力。同时他用富有思辨的语言分析舞蹈的形式与内涵，尤其是他目光敏锐，对任何一个舞蹈都作辩证的分析，对沈培艺、杨丽萍、张艺谋等赞赏与批评都表明他敢于批评的勇气和对艺术的严肃态度。诚如鲁迅所说，批评应该坚持坏处说坏，好处说好，才与作者有益。麦风的批评犀利而深刻，没有流于形式，真正使批评成为批评。我想任何一个舞者与编者看到麦风的批评文字都会在心理重审自己的作品，无论他表面接受与否。

　　然而，如果用"完美主义者"的眼光审视麦风的舞蹈世界，我们还会有一些不满足：有的文章个别地方缺少一定的层次感和逻辑性，个别语言会造成阅读上的障碍，个别文字的校对还有些疏漏。我们知道，完美的要求是一种苛求，然而，正因为苛求才可能使麦风的舞蹈世界和未来的艺术世界接近完美。

三　大地的梦想：心灵与精神的突围

　　在喧嚣时代，人们更容易浮躁与烦闷，产生孤独感、寂寞感和无根的悬浮感。在文学艺术领域，无论作品数量如何倍增，都不能掩盖精神贫困的现实。作为作家、艺术家和批评家的知识分子，如何"向公众"、"为公众"，既批判又重建至关重要。文化冲突的心灵选择、精神成长的别样表达、喧嚣时代的经典追求，这是时代给予作家、艺术家的使命，要求他们做和谐文化的建设者。为此，他们需要进行心灵与精神的突围，实现大地的梦想。

1. 文化冲突的心灵选择

　　小品在中国可以说是一种特殊的文化品类。小品带着"如此竞争"的"十三香"的味道，吮吸二人转的乳汁，把观众从开放的广场又吸引到电视机前，也使辽宁成为小品大省；同时，它又从戏剧学院的课堂和课后练习走向中央电视台的演播大厅，成为观众不可或缺的审美对象。小品力压群雄的态势大家有目共睹，但小品界却有很多幕后英雄：小品成功了，观众（包括我自己在内）只记得演员的名字，只是说某个小品是某某演员演的小品，却不知道这是哪个作家创作的小品；而当没有精品出现时，观众（也包括批评家）又抱怨小品创作跟不上。小品作者的头上没有闪耀的光环，如果没有一种淡泊宁静、平和清寂的心态有时真难实实在在地创作小品。然而，创作小品又需要作者有敏锐的艺术感觉，别林斯基说："喜剧主要的是描绘日常生活的平凡方面，它的琐碎事故和偶然事情。"作者抓住日常生活中能让人产生心灵震颤的瞬间，这又是一种不宁静、不平和。也就是说，小品对创作者提出这样一种要求，用一种淡泊的心态激情创作。

小品的一度创作确实是小品成功的关键，就像剧本是一剧之本一样。辽宁之所以成为小品大省，与小品创作密切相关。在小品创作领域，崔凯、张超和何庆奎成为佼佼者。综观崔凯的小品，我们发现，他具有把根留住的乡土情结，这使他用一种"乡下人"的目光审视这个世界，他善于站在民间文化立场在多重文化冲突中揭示人物的心灵，善于利用误会、错位、突转、说口、文字游戏和音乐等方式增强小品的喜剧色彩。

崔凯曾经说，文化是什么？文化是人化，也是化人。一种生活造就一种文化，一种文化也规范一种生活。崔凯的小品总是把人物放在大的文化冲突背景下探寻心灵的真实，比如《叔嫂情》和《桥》体现了人物在传统观念和现代意识的冲突中的心灵选择。《叔嫂情》中的亮子和月儿从小青梅竹马，但月儿爸妈看不上矮小的亮子，月儿嫁给了亮子的哥哥。亮子和月儿都是封建家长专制意识的牺牲品。哥哥死后，二人的叔嫂关系又使月儿艰难选择。在传统观念中，嫂子和小叔子走在一起是不符合伦理道德的。所以月儿总是处于心灵的徘徊中。从传统的伦理道德出发，月儿压抑自己的情感，用嫂子的身份包裹住内心的真实情感；在她内心深处，无时无刻不渴望着和亮子生活在一起。她一直没有迈出一步，始终生活在嫂子身份的羁绊与束缚中。如果不是亮子假装到城里看对象刺激一下月儿，月儿恐怕很难吐露真情，迈出关键的一步。她不断重复一句话："是啊，我是你的嫂子……"从整个小品来看，思想成熟后的亮子超越传统的道德观念，最终用现代意识战胜了传统观念。《桥》中高月结过婚的经历也使她望而却步。在这里，观念的冲突是隐形的，显在的是人物的心灵。《老伴》写生活富裕后的一对老夫妻现在只是一个字一个字地说话，全然没有过去的热情洋溢和长篇大论式的感情交流，体现传统生活方式和现代文明之间的冲突。《如此竞争》揭示的是在市场竞争文化和传统道德观念之间的冲突。《红高粱模特队》涉及的是民间文化和庙堂文化之间的冲突，高级专业模特教练范老师讲世界名模，讲闪光灯；氓牛屯模特队领队讲劳模，讲红高粱地。实际上，这也是城市文化和乡村文化的冲突。这一冲突构成崔凯小品文化冲突中最重要的部分。

崔凯的小品大部分涉及城市文化和乡村文化的冲突。如果说，《宝座》中的董二叔用一种新奇的眼光打量并体验转椅、打火机等城市文化的象征体，那么，《儿子长大了》《年前年后》和《反客为主》等则是作者以"乡下人"的目光审视城市文化。这些小品基本采取这样一种方式：一个外表老土的乡下人来到城里与他有关系的某个办公室或某个家庭，从而产生乡村文化和城里文化的冲突。《儿子长大了》中的父亲为父老乡亲向在城里号称腰缠万贯的儿子借钱，而儿子却是借国家的贷款不还，所以才引出父亲那堪称小品经典的一句话："800万哪，破折号，欠款！"还有另一句发人深思的话："你是我爹！"《年前年后》中的父亲从乡下到城里的儿子家正遇儿子愁眉不展，儿子可能会因用公款吃喝玩乐而被收审。审问儿子得知，一宿花2万多元的玩乐相当于把东方红拖拉机给挥霍掉了，父亲的心疼和儿子的无所谓构成鲜明的对比。到城里，儿子就忘了根，忘了本。崔凯用父亲的象喻体系呼唤把根留住，正像小品中的主人公"刘老根"的名字所预示的一样，这个根是真诚是朴实，是踏踏实实做人，是老老实实为乡亲做点实事。

在城乡文化冲突中，每个人物的心灵选择暗含着作者的价值取向和审美取向。可以看得出来，崔凯以乡下人的视点，站在民间文化立场上给城里人画像，城里人似乎只对两种东西感兴趣，一是权，如《宝座》中的刘秘书和前去攻关的女性对权贵的攀附；二是钱，正如《老拜年》中老香水唱的"谁有钱给谁拜年"。而一有钱人就学坏，《儿子大了》中的儿子欠国家贷款不还，《年前年后》的儿子吃喝玩乐，父亲说是"花钱找挨揎"，《寇知县巧断双夫案》中前夫有钱就娶二房。钱使城里人丧失真性，从这个角度说，崔凯的创作充满文化批判意识。

但崔凯对有了钱的乡下人采取的是另一种态度，《反客为主》中城里食品厂厂长以貌取人，而农民企业家却说出"找市长不如找市场"的至理名言，并准备与食品厂合作从而救活食品厂。《关东妹》中的妹妹送哥哥去读书，哥哥带上山妹子火辣辣的情，忘不了山妹子的叮咛，捧上家乡土。这一连串的唱词不仅是哥哥的，也是崔凯的。在崔凯的内心深处，有一种挥不去的恋乡情结。"东北的黑土地不仅肥沃，也生产快乐、幽默。对我来说，黑土地不但给我很多的营养，同时也给了我非常丰富的创作资源。"① 早年与乡土的亲密接触，使来自黑土地的他在创作时总是有意识或无意识去表达自己的那一份无法割舍的思念和眷恋，所以才有乡下人对城里人的一种本能的排斥。这与当年自称乡下人的沈从文是一样的心态。

崔凯作为小品作者与从事其他文学样式的作者有相当程度的不同。面对这样一种文化冲突，散文作者、小说作者和一般的戏剧作者很愿意把它们写成悲剧，路遥《人生》中的高加林离开土地抛弃巧珍，到县城进行个人的奋斗，而结局是被城市遗弃，必须重新回到土地，留下一个孤寂的奋斗者。2004 年获鲁迅中篇小说奖的"孙惠芬的《歇马山庄的两个女人》更是体现出一种城乡文化冲突的困惑。当小说一开始两个美丽的新娘出场，就暗含着这种冲突，从未走出乡村的潘桃对城市怀着向往，而从城市回来的李平似乎要把城市记忆埋藏在心底。两个女人对于城市的不同想象决定了她们的友谊难以长久。对于乡村女人来说，城市既是梦想开始的地方，也是梦想破灭的根源"② 。小说家倾向于以浓郁的悲剧意识塑造城乡冲突中的人物形象。崔凯却用一种喜剧的方式完成文化冲突中的心灵选择，提升了中国的喜剧文化精神。在中国文化传统、文艺传统到戏剧传统中，最薄弱，也最缺乏的是喜剧文化精神。在整个人类文化的发展进程中，最受压抑的艺术天性，也是在喜剧精神上。人类的诗性智慧具有悲剧和喜剧两个方面。但是，人类的悲剧意识、悲剧精神和悲剧艺术得到很好的发展，人类的喜剧的诗性智慧被遏制了。③ 喜剧小品的出现着实让中国人会笑了许多，英国文艺批评家赫斯列特说："解释笑和泪的本质，乃是阐明人生的实况，因为人生在某种程度上，原是这两者的结合！"④ 崔凯作为喜剧小品创作的先驱者之一无疑具有相当重要的意义。

① 郭春旭：《崔凯：新型东北喜剧已成风格》，《沈阳日报》2005 年 3 月 24 日。
② 贺绍俊：《简评第三届鲁迅文学奖中篇小说奖》，《人民日报·海外版》2005 年 3 月 21 日。
③ 田本相：《关于发展喜剧小品的几点思考》，《中国电视》1997 年第 5 期。
④ 转引自蓝凡《中西戏剧比较论稿》，学林出版社，1992，第 620 页。

他的喜剧小品，采用多种方式增强喜剧色彩，让观众在开怀大笑中获得审美的愉悦。

崔凯善于用误会和错位。误会是误解某人的言行，从而造成双方的冲突，如《叔嫂情》、《宝座》、《歪打正着》和《过河》等。《歪打正着》中的女清洁工因心情不好扔东西正好打在一个男的头上，男的误以为是其故意所为，造成二人的唇枪舌剑。小品《过河》运用了喜剧手法和音乐把中国音乐小品推向高峰。误会在这里起着非常重要的作用，前去迎接高峰的女孩子不相信站在眼前的这个人是真正的高峰，所以对眼前的高峰说出许多贬斥的话，引起二人的冲突。在用误会建构的小品中，误会的过程是最富有喜剧性的，而误会的解除往往是小品的尾声。误会是作者甩下的一个包袱，误会的解除就是包袱的打开，如让观众一目了然就失去了喜剧性。所以，误会越深，包袱裹得越严，越能激起观众的欣赏情趣。苏珊·朗格说："喜剧情感是一种强烈的生命感"，"它是紧张、迅速、夸张的，生命力的显现形成一个爆发点，引起欢乐和笑声"[1]。崔凯小品一般会由误会引起冲突，当冲突时达到高潮，便形成一个爆发点，引起观众在紧张中的审美期待。

作者用得比较多的是错位。错位又分多种，身份错位、动机和结果错位等。身份错位是作者让人物有意或无意改变自己的身份增强喜剧性的一种方法。《对缝》中倒卖彩电的经理为吸引大量顾客，又担心自己的皮包公司露出马脚，所以在接电话时主动扮成女秘书迷惑顾客；《年前年后》的儿子和父亲分别扮成按摩小姐和儿子；《反客为主》中的农民企业家装作到城里打工的乡下人试探食品厂厂长。在身份错位中，比较有喜剧意味的是《牛大叔提干》。牛大叔为学校的窗户能装上玻璃去找马经理，结果秘书让他扮成马经理招待客人。牛大叔从包的拿法体验当经理的滋味，说客人要来，他说话时秘书与服务员都比较客气、恭敬，而牛大叔却显得非常紧张；得知客人不来时，牛大叔还把自己当成经理，而秘书却突然变脸，对牛大叔一点也不客气。然而这一次从错位到复位，使牛大叔明白马经理等人只会扯蛋（扯淡）、不会做任何对百姓有益的事。《红高粱模特队》把身份错位和动机与结果错位结合在一起，农村专业户当模特是身份的错位，领队当模特教练也是一种错位，专业

① 苏珊·朗格：《情感与形式》，中国社会科学出版社，1986，第399页。

模特教练给专业户讲猫步，学基本功，而专业户无法理解、听不懂，是动机和结果之间的错位。有趣的是，农民穿着自己设计的服装，按着田里干活的姿势走出来的模特步，却获得了成功。这一错位符合真正的生活，农民穿的是地，披的是天，他们的模特表演源于生活，源于劳动，所以真正错位的不是这些没有模特经验的专业户，而是披着模特教练外衣、远离劳动、远离生活的范大师。就像领队说的："你们的服装是穿上给人看的，我们的服装是冲上干活第一线的！"劳动者是最美的人。崔凯小品错位的喜剧效果不是闹剧，而是导向一种更为精深微妙给人智慧的享受的微笑。

获得央视 2004 春节联欢晚会一等奖的小品《送水工》在很大程度上也是因为采用了身份错位的方式赢得观众的喜爱。一位送水工临时成为爸爸，国外归来的儿子和他关于古尸（木乃伊）的谈话为小品增加了许多笑料，儿子给爸爸的一身牛仔装扮增强了喜剧性，儿子把送水工当成真爸、亲爸的真诚使临时爸爸感慨万端，错位中的送水工复杂的心理和表情使小品脱颖而出。在中国小品中，还有两部作品在运用错位时有独特之处，一是表现动机和结果错位的小品《张三其人》，张三越好心，结果越不被理解，使其陷入相当尴尬的境地；另一个是身份错位的《主角与配角》，这里主角与配角主动交换角色，当他们进入角色时，却不自觉地再次发生错位，实际上两次错位的结果是主角与配角的复位。第一次错位已经埋下了喜剧性的因子，第二次错位使喜剧性达到高潮。误会和错位中的人物会使观众发笑，莱辛说，"喜剧的真正的普遍功用就是在于笑的本身"，所以，误会和错位本身是切近喜剧性的。

小品一般时间较短，所以增强喜剧性有较大的难度，不仅人物入戏要快，而且在几分钟内就要有情节的突转，误会和错位可以达到这种效果。崔凯在小品中还巧妙地运用电话使情节发生突转，推进情节发展，拓展审美空间，揭示人物的内心世界。小品《宝座》设置三次电话响，最后一次电话响起时，董二叔接电话，使攻关者明白坐在宝座上的是董主任的二叔，而不是董主任；《反客为主》和《儿子长大了》中的电话催债，引起了剧中人物剧烈的心理变化，《对缝》中三次接电话不仅给观众带来舞台时空以外的信息，而且也促使人物迅速采取应对措施，观众由此得知皮包公司的真实情况；《牛大叔提干》中用电话通知不来参观，错位中的牛大叔迅速归位，情节转向另一个高潮；《请你别怨他》中姐夫的一个电话使姐姐明白姐夫的身不由己，不仅不怨恨他，而且开始理解他，支持他，关心他；《老拜年》中的师傅模仿大徒弟打电话的样子，师妹的一个电话使老香水的矛盾得以解决；《年前年后》中的儿子一出场便误把门铃当电话铃，惊出冷汗，对父亲的训斥也唯唯诺诺，接到一个电话后，又趾高气扬起来，因为这是一个告诉他升迁的电话。电话在崔凯的小品中有时是一个非常重要的道具，有时又如一个信使，有时又像一个魔术棒，接电话后剧中人物都会发生一系列外在关系的变化、态度的变化和内在心理的变化。

歇后语、俏皮嗑、疙瘩话来自民间，又通过崔凯的笔回到民间。崔凯喜欢在文字上下功夫，喜欢玩"文字游戏"，刘姨—刘怡—刘快乐，可是—可但是，刘总—肿瘤，攻难关—攻男关等；或利用二人转的说口增强小品的节奏感和喜剧性。但是，他不是为游戏而游戏，在文字游戏下暗含着深意，暗含着他的审美取向。"我就说自己的作品'俗'，是通俗，而不是庸俗。只有通俗才能更接近群众，才能更真实地反映群众的生活面貌。"① 崔凯小品说的是老百姓的话，唠的是老百姓的嗑，演的是老百姓的事，抒的是老百姓的情，和老百姓"不隔语，不隔音，最要紧的是不隔心"。如果为应时而作，虽抒百姓之情，但不用百姓之语、百姓之音，也不会得到观众的喜爱，《我要参加春节晚会》在所有的小品中是不太成熟的一部。

崔凯的小品高扬喜剧文化精神。黑格尔说："喜剧高于悲剧，理性的幽默高于理性的激情。"崔凯在文化冲突中揭示人物的心灵，在文化冲突中流溢着自己的价值取向，调动一切艺术手段、运用多种表现方式增强小品的喜剧性，使他的小品获得非常大的成功。

2. 精神成长的别样表达

刘国强在《世纪丹青·赵华胜画传》中以别样的表达方式叙述了中外驰名的中国画、人物画画家赵华胜的精神成长历程。他打破了传统的成长文学历时性的叙述方式，聚焦于赵华胜艺术之旅中最重要的亮点或转折点，把看似散在的原生材料巧妙地融为一体，整合为赵华胜富有华彩的人生印迹。

（1）精神成长的内在诉求

巴赫金认为，成长主人公不是静态的统一体，而是动态的统一体。时间

---

① 郭春旭：《崔凯：新型东北喜剧已成风格》，《沈阳日报》2005 年 3 月 24 日。

进入人的内部，主人公总是要经历种种磨难和考验才能成长和成熟起来。《世纪丹青》中的赵华胜在 50 多年的寻找、发现和追问中，在社会熔炉对其的全方位考验中，逐渐从画小人书的男孩成长为画坛"小东北虎"，最终成长为代表关东画派旗帜的世纪丹青。

一个人的成长需要外在的助力和内在的动力诉求。赵华胜执著于追求中国画的中国气派，在启蒙老师引导、恩师点拨提升和自我的不懈努力以及天降大任于斯人的重压下，逐渐成长起来。赵华胜对绘画的内在诉求成为他永不枯竭的创作动力，他逐步明晰并制定自己的创作计划，以"时代"、"民族"和"地域"为创作背景，以中国画、人物画为审美聚焦，创作出显现自己个性的艺术作品。从《中华儿女》到领袖人物形象系列，赫然表明赵华胜走向成熟和精神成长的佳境。

在人生的诸多十字路口中，赵华胜坚定自己的方向，无悔于自己的选择。他说："我一生都在从事中国画民族艺术的研究和实践，中国画艺术，只有在中国的文化氛围里存在、发展、提高。在西方，她将是不完整的艺术。"艺术上的多种选择可能意味着多种诱惑，抑或是多种困惑。但是，从赵华胜的每一次选择中，我们都看到他的坚定与执著。

赵华胜精神的成长源于他生动的生命故事和深切的生命体验。到本溪深入生活，才有初展艺术锋芒的《白手起家》；三上长白山，两上大兴安岭，才有撼人心魄的《中华儿女》；到鞍钢锻炼，才能产生大题材、大思路；去长征路上考察，才有领袖之栩栩风采。少年的苦难和中年的遭遇沉淀在他的精神深处，才有"九一八"中母亲的那一声呐喊，才有画境中的悲壮与苍凉。

同时，赵华胜不断刻苦攻关，中国画渐入化境。一方面，"情魂合一"，他把自己对象化到对象中去，谋求精神深处的对话交流与共鸣。正像他自己所说："在心里交这个人，让他同自己融在一起。"我们强烈地感受到他把自己融到画中后带给观众的那种强大的冲击力。《破碎的大地——为国殉难的杨靖宇将军》是"情魂合一"的最典型代表。另一方面，他不断总结自己的创作经验，思考中国画的未来与发展。每一幅巨制，都是对自我的挑战；每一次总结，都是为了超越。而每一次思考，都有意外的收获。所以，赵华胜在寻找、发现、追问与思考中，攻破一个个难关。《世纪大潮——一代伟人邓小平》获"'祖国万岁'1995 年华人书画艺术作品大赛"唯一大奖，是他献给

时代的最好礼物，也是时代给予他的最佳褒奖。1997年伟人画系列，浓缩地表现了中国近百年来的发展历程，也奠定了其在美术史上的地位。

（2）精神成长的顺逆叙述

成长文学一般会采用历时性的顺时叙述方式，巴赫金也强调线性时间对人物发展的极大影响。《世纪丹青》从全篇结构来看，采用的也是线性叙述的方法，然而在内部构成中并不是按照顺时的线性时间来叙述赵华胜的精神成长。刘国强总是能捕捉到成长主人公生命历程中最具特点的"点"，并按照此"点"光照主人公人生某一阶段，然后追述此"点"的形成。所以，主人公生命历程中的那些闪光点或亮点在《世纪丹青》中构成动点，成为主人公精神成长的动感之线。《世纪丹青》是在总的顺时叙述中加入逆时叙述，使文本获得曲折的流动性。

刘国强不想做一个"老老实实"的记述者，他试图在文本中强化"我"的主体性存在。与赵华胜相关的材料，被他舞动起来，好像每一个生命的"点"都能在生命之线中找到合适的位置，恰有一种信手拈来的感觉。《世纪丹青》第一章从赵华胜的青年时代写起，第二章叙述悲情时代的苦难童年。第一章的开篇写的是主人公在东北美专的生活，然后追述长春的初中生活。作者之所以选择东北美专作为70万字画传的开端，是因为"小东北虎"是赵华胜初展才华便被认可的第一次确证，为叙述他后来作为关东画派的旗帜作了最有力的铺垫。关于《世纪大潮》的叙述也是如此。作者首先叙述较能代表赵华胜成就的《世纪大潮》获奖，然后再叙述创作之源。从《潮》、《大潮》、《世纪潮》到《世纪大潮》，这些不断清晰和不断深刻的思考，为读者构制了赵华胜获奖巨制背后的艺术思维之旅。这种写法在《世纪丹青》具有普遍性。这是一种艺术上的创新，是作者在创作前涵咏材料、苦心经营、精心建构的结果。

这样的叙述方式冒着很大的艺术风险。它需要在创作前做好严密的"宏观调控"，要求每部分之间既相互独立又相互补充。前文叙述有意留下的空白需要后面的叙述不断加以补充完整。这让我想起两部特别的长篇小说，一是阎连科的《日光流年》采用的是逐层后退回述的方法，是逆时线性的方法，被称为开放的现实主义；二是张洁的《无字》，打破了时空顺序，以主体"我"自由组接历史。《世纪丹青》与二者有共同之处，采用的都不是简单的历时性叙述。然而，《世纪丹青》作为传记性的成长文学，毕竟不是一部普通的探索性小说，所以它不可能采用《日光流年》和《无字》的写法。《世纪丹青》把顺时叙述和逆时叙述结合起来，在传统中创新，打破顺时叙述的静态和沉闷，使文本获得凸显主体个性的动感。

但是，采用这种办法的冒险之处是，一旦宏观调控有疏漏，就会造成叙述的断裂和重复。刘国强有意识留下叙述空缺，唤起读者的审美期待，在情节高潮时戛然而止。如，母亲爬卡子失踪、弟弟走丢等都是空缺，后来的叙述补全了这两个空缺，充分调动了读者的期待。运用在叙述空缺和补叙的方式，显示了刘国强非常高的驾驭能力，他懂得如何收敛，如何疏放。

（3）文中有画的别样表达

如果说，顺时和逆时的结合叙述从宏观的角度上调动了读者的审美积极性，那么，文中有画的别样表达则显示了刘国强从微观层面上强化文本的细腻审美表现力，使文本获得独特的审美韵致。它包括文中有画、细节魅力、意象建构和动词妙用等多个方面。

文中有画有五个方面的含义：一是文中所涉对象是一个画家；二是文中配画，文画并茂；三是文中所写作家一边实地考察，一边速写作画；四是文中有的叙述讲究空间的立体构图，构成一幅幅画面，如写到儿时的赵华胜，设置了多个孩子要他画画的场面等；五是文中电影蒙太奇画面的组接，如叙述赵华胜"凝视华君武，老师那张脸变成了母亲的面孔"，接着转述母亲对赵华胜的关爱。

在《世纪丹青》中最让人难忘的是刘国强对画家"手"的关注与叙述。一是"文化大革命"中赵华胜看望老师，艺术家的手变得如此粗糙。"就是用这副曾创作了《八女投江》等轰动全国艺术界作品的双手，再次手把手辅导赵华胜。"二是看望郭策老师，郭老师"艰难地伸出四个手指，表示他同眼前这位当年最钟爱的学生已经有四十多年的友谊了！"三是赵华胜看望临终前的王盛烈老师，"当年创造过那么多优秀作品、让世人震惊的手，如今瘦得皮包骨头了。这只当年曾手把手指导赵华胜画画的手，这只十分有力的手，此时，轻轻地放在赵华胜的手里，如有若无。但赵华胜却感觉分量很重"。刘国强对"手"的强化实际上是写这些画家的精神。这些画面包含了体现人精神的细节，或者说，因为有这些细节才有动人的画面，这是细节的魅力。

细节在叙写和描摹人的精神成长中起着重要的作用，是其生命的最动情之处。母亲爬卡子、怀孕的黄巍帮丈夫贴大字报、赵华胜膝盖上的补丁……这些文字使读者在细节中驻留，咀嚼文字，品味人生，感受赵华胜精神成长中的点点滴滴。刘国强善于把人生画布上的细节融入时代，时代环境、自然环境和主体心境密切联系在一起，而遭难中的黑夜意象、扬眉时的阳光意象有意为之而化为一体。

刘国强特别注意语言的表达，既有平实的叙述，又有刻意的追求。"炼字"现象在文本中随处可见，尤其是对动词的妙用显示了其不凡之处。如：母亲"爬卡子"，"撞破了这个深幽幽的黑夜"，"雨流子被风给拧在一起"，"把泪水按在泪囊里"，"手脚并用，扳住那个巨大的金色海浪"，等等，这些动词形象逼真，极具审美张力。

文中有画、细节强化、动词妙用等，把读者带到了特殊的艺术情境和审美情态中，富有意味地提升了文本的审美表现力，进一步强化了顺时和逆时结合叙述给文本带来的动感。

《世纪丹青》以顺时和逆时的方式叙述赵华胜的精神成长，是对成长文学的一次较成功的改塑。如果说，在读《世纪丹青》前，我们最想看到的是画家的自画像，并按照自画像去追踪《世纪丹青》中的画家成长；那么，在读完《世纪丹青》后，作家给画家的画像和画家的自画像在我们的脑海里合二为一，作家塑造的成长主人公是画家精神成长历程的真实写照。

3. 喧嚣时代的经典追求

新世纪传记文学创作蔚为大观，有些批评家憧憬"传记文学的黄金时代"，有些批评家慨叹"文学经典性的终结"。虽然传记文学拥有广大的读者群，但不可否认的是，相对于传记文学的数量而言，其质量明显滞后。在喧嚣而浮躁的时代，传主的选择、传记文学的写作和出版是作家和出版社价值取向和审美追求的重要表征。当文本成为传主生活的流水线、成为为传主歌功颂德的廉价广告，当传主的隐私和绯闻成为最大的卖点，人们津津有味地咀嚼生活的泡沫时，商品性是其唯一的追求。大众化与媚俗倾向使传记文学失去了往日的庄严与厚重，有时竟成为通俗读物的翻版。当然，在这样一个时代，仍有作家和出版社坚守人文理想，坚守知识分子的历史担当，在历史理性和文化审美中追求传记文学的经典性。徐光荣的《国宝鉴定大师杨仁恺》（辽宁人民出版社，2004）就是这样一部作品。

徐光荣从事多种艺术形式创作，但是他始终钟情于传记文学，传记文学是他的"快乐老家"。在徐光荣的身上，昂扬着书写传记文学的激情。作为中国传记文学的著名作家，辽宁传记文学的领军人物，几十年来他创作了数百万字的传记作品。回望这一惊人的文学工程，徐光荣的创作轨迹清晰可见，从改革系列、明星系列到关东系列（当然，关东系列中也包含明星系列）。在作家的自述中，2004年出版的《国宝鉴定大师杨仁恺》也被放在关东系列中。然而，转换单纯的地域人物形象的审美视角，我们发现，作家的创作暗涌着一股文化的潜流，并逐渐浮出地表：从改革人物到文化载体，从紧跟时代到文化探源，他的创作含蕴了历史理性与文化审美理想。20世纪他这样叙述作家和创作："生活在现实生活中的作家，当他身受时代潮流的冲击，感悟到人事沧桑的某种真谛之后，总会进入一种难耐的创作冲动之中。"评论家这样评论20世纪的作家和创作："徐光荣操纵着时代的追光灯，追逐着'亮点'。这个亮点不是热闹的事物，而是引人瞩目的人物。"① 21世纪他这样叙述自己的创作："近些年，我创作的热点基本上是为关东地域代表人物立传，《烹饪大师》、《关东笑星》、《赵一曼》、《硬汉马俊仁》、《王军霞》、《曲云霞》、《科技帅才蒋新松》等，长篇报告文学或传记的主人公都是受到关东沃土滋养而成为在全国乃至世界产生广泛影响的人物，杨仁恺是应列入这个行列的，而且在他身上所蕴涵的历史文化更为深厚，学术成就更具特色。"② 《国宝鉴定大师杨仁恺》与作者其他的传记文学有着明显的不同。他逐渐从生活的热潮中冷却下来、沉静下来，而把目光投向文化的深层。如果说，他以前是一个追逐生活浪花的人，是一个踏浪者，包括他写明星的传记等；而《烹饪大师》、《玉佛缘》等则是他创作的重要转折，他把烹饪文化、饮食文化作为审美观照的对象。也就是说，文化成了他关注的焦点。尤其是21世纪《国宝鉴定大师杨仁恺》的创作则是在浪花背后的沉思，他更像是一个思想者。他追求的不是热点，而是经典。

诚然，更多的报告文学关注的是生活的热点，但是生活中仍然存在"冷"的对象需要报告文学家投以热情的观照，尤其是那些沉潜着历史深度、文化

① 董家骧：《文化观照与人生高度》，周兴华主编《徐光荣创作论》，哈尔滨：黑龙江人民出版社，2001，第71页。
② 徐光荣：《国宝鉴定大师杨仁恺·后记》，辽宁人民出版社，2004，第375页。

厚度的对象，更需要报告文学作家去开掘其内在的"热能"，为我们喧嚣的时代给予文化热能的冲击。所以，从徐光荣报告文学创作的转型中我们看到深沉的历史理性和广博的文化审美理想。在古典而鲜活的关于文物的历史情境中，他不仅塑造了国宝鉴定大师杨仁恺的形象，而且塑造了知识分子和城市的文化群像，鲜明地体现了他的文人情结。他打破了长篇传记文学的单一性叙事，在富有传论色彩的历史理性和情不自禁的"尽抒己见"中，张扬一种特有的创作激情。

（1）历史的理性精神

历史的理性精神是徐光荣经典性追求的重要符码。这种追求"绝不会去推波助澜。它要在大视野的历史唯物主义的观照下，弘扬人文精神，以新的人文精神充实人的精神"[1]。在《国宝鉴定大师杨仁恺》中，徐光荣聚焦 20 世纪中国的历史情境和文化语境，密切关注中国文物的命运和中国知识分子的命运，在批判文物惨遭破坏的同时，赞美了为保护文物而付出终生努力的个体和群体，显示了鲜明的历史理性精神。历史理性是传主的品格和态度，也是作家书写的艺术风貌。

杨仁恺是著名的书画鉴赏家，与谢稚柳、启功、刘九庵、徐邦达大师齐名，在几十年的鉴赏生涯中，为抢救国宝做了大量细致、深入的工作。尤其是他鉴定《清明上河图》、《簪花仕女图》和《聊斋志异》手稿等，不仅确立了这些艺术品的国宝地位，也奠定了他作为国宝鉴定大师的地位。

徐光荣把杨仁恺放在浓烈的历史情境中进行考察。他在《后记》中说："1915 年诞生的杨仁恺，跨越了 20 世纪中国现当代几个历史时期，亲历了许多重大历史事件，结识了许多文化艺术界颇具影响的人物，以他的生命历程为经，以一个个历史事件或人物为纬，编织出的将是一幅具有厚重历史感的时代画卷。"徐光荣把杨仁恺放在 20 世纪广阔的历史背景中，是用一个人物串起一个世纪，或者说，人物身上负载着一个世纪的历史文化内涵。20 世纪重大的历史事件对杨仁恺以及中国知识分子产生了重要的影响。新文化运动之后，杨仁恺有机会到新学堂接受新教育，开阔眼界，是知识启蒙期。1949年以前，中国文物的命运七灾八难，杨仁恺在自我的颠沛流离中，有幸结识

---

[1] 钱中文：《新理性精神文学论》，华中师范大学出版社，2000，第 329 页。

金毓黻、郭沫若、沈尹默、谢无量、徐悲鸿、张大千、黄宾虹等文化名人，与艺术和文物结缘。这是他寻找自我人生地位和文物鉴定的起步阶段。新中国成立后，在朝鲜战争中杨仁恺和文物管理处的同志转移文物，而后他在清点整理长春伪皇宫书画作品中逐渐成长和成熟。1951年杨仁恺从"一堆几乎给认为是赝品的书画中发现了这幅绢本长卷"——《清明上河图》，显示了他在文物鉴定工作方面的慧眼与睿智。"文化大革命"期间，他右眼被打瞎，他不知道一个书画鉴定人员如果没有了视力将会怎样活着。尽管"风雨如磐"，但是他仍然"重操旧业"、"审视辽墓古画"，"探求开掘更深"。"文化大革命"的苦难历练了他的人生意志，手稿被抄走，万般所求，带到乡下，重新回到沈阳后，继续自己的研究工作。新时期，是他鉴定的辉煌时期，几部重要的著作《中国书画鉴定学稿》、《国宝沉浮录》、《沐浴楼文集》相继出版。徐光荣把中国文物的命运与杨仁恺的命运、中国知识分子的命运密切联系在一起，展现了20世纪丰富的历史画卷。

徐光荣认为，以表现人物为主体，展示人在复杂的社会环境中的位置与情感历程，挖掘人生的价值，把视角对准社会人生的闪光点，讴歌崇高的时代精神，是他从事报告文学创作的追求。在徐光荣的笔下，杨仁恺的人生价值和人生的闪光点，体现了一种历史理性精神，以历史发展的眼光看待自己的苦难历程，所以无论在什么样的情境中，杨仁恺都没有放弃自己的追求，而是以一种昂扬的斗志不断向上进取。

文物鉴定工作本身就是充满历史理性的。杨仁恺这样论述欣赏和鉴定的不同："欣赏从主观出发，自己认为符合审美条件的，能够移情悦目的，都可以随着爱好行事，他人不得干预。至于鉴定方面，尽管其中包含着欣赏审美的成分，但它要以服从书画作品的真赝为前提。也许真的未必如赝品'美好'，可是此中存在一个客观因素在内，两者相混到难以解开时，还是要服从真赝的判断……"① 鉴定工作既是一种审美欣赏，更是一种理性判断，由此可见历史理性对于文物鉴定工作的重要性。冯其庸从唯物和辩证两个方面衡量杨仁恺的文章，应该说这种历史理性是杨仁恺一生的追求。历史理性这种精神和态度已经内化为杨仁恺的性格。在他的性格中有虚心求教的一面，他向

① 徐光荣：《国宝鉴定大师杨仁恺》，辽宁人民出版社，2004，第350页。

无数名人和普通人学习，并说，"古董店和地摊是我的老师"，"我上的是琉璃厂大学"。但是他又不慑于权威，而是据理力争。他认定的蒲松龄《聊斋志异》的原稿受到质疑，"面对权威"，他"求真毫不气馁"，细致核实书的成稿与流传过程，证实了原稿的真实性。他关于《聊斋志异》具有"进步思想"和"民族意识"的观点受到批判，他从清代历史的客观事实出发进一步阐发了自己的观点，"坚持真理"，"务实勇于反拨"。随着时间的推移，他的观点逐渐被文学史家认同。

徐光荣从文物的角度审视了 20 世纪的历史、文化和人，充满了历史理性。书写的历史理性意味作家不仅要书写历史，书写历史中具有历史理性的人，更要进行理性的思考，努力融入"史传性和学术性"，在许多地方"情不自禁抒己见"。① 只有进行辩证书写，才会使文本充满理性的格调。

冷静的思考是历史理性的基本前提。徐光荣认为，报告文学作家要有远见卓识与超前意识，树立一种对时代和社会进行宏观参与的观念，认真研究分析中国的国情、政情、社情、民情，瞄准人们关心的事物，以更有效地发挥报告文学的作用。因此，冷静的思索和热情的参与成为报告文学创作成功的关键，也是认定其优秀的标准。徐光荣"在刻意捕捉生活中的诗情的同时，不放弃对现实生活进行理性的探索与思考，把人放在社会历史、民族文化背景上，从历史文化哲学的高度，深刻剖析社会生活现象，从中挖掘出一些规律性的认识"②。徐光荣的报告文学从来不采用单一性叙述的方法，而是在叙述中插入大量的议论，在动态思考中完成创作。

《国宝鉴定大师杨仁恺》的历史理性色彩很浓，更像是一部传论。作者不但引用哲学家斯宾塞、雕塑家罗丹、文学家鲁迅等大师对艺术的看法，而且在对传主文物鉴赏工作的叙述中表达自己的文化观和艺术观。他说："古代艺术品展示的世界，如果不是出现在对人的自身价值与意义有深刻历史感觉的人面前，成为他自己对于自身本质的观照，那么，现实的审美意义几乎是难以想象的。只有对于人自身的全面感觉者，才能看得见楚辞《九歌》或是荷马史诗中富有人情味的神的实质，才能欣赏艺术中的各种属于人本身的东西。

---

① 徐光荣：《国宝鉴定大师杨仁恺·后记》，辽宁人民出版社，2004，第 377 页。
② 王充闾：《〈烹饪大师〉序言》，周兴华主编《徐光荣创作论》，黑龙江人民出版社，2001，第 99 页。

这也恰如马克思用最简洁的语言指出的："如果你想得到艺术的享受，你就必须是一个有艺术修养的人。'"这种理性的言说在文本中随处可见，如，"人们愿意接受审美的愉悦、感化与认识作用，心甘情愿地要在欣赏艺术的同时，走进历史，走进民族，走进含蕴在艺术品之中的丰厚的文化积淀"。"世界上最高最纯洁的欢乐，莫过于欣赏艺术，莫过于从艺术中感受到最高层次的美。"从这些论述中我们发现，作者是一个思想者，他并没有停留在单一的、机械的叙述中，做一个纯粹的叙述者，而是在叙述中不断加强文本传论的色彩。

作为一个独立的思想者，徐光荣并未一味地跟着传主的思想走，而是凸显了自己的思想，他把自己的思想融合在对传主的思想的叙述中。请看下面两段：

> 杨仁恺不禁暗自赞叹张择端这位宫廷画师，这位画家笔下的人、车、船、桥、屋宇、水浪，不仅形象逼真，也极符合近大远小的透视规律并具有稳定感，这不只要求画家有扎实的绘画功力，也需要画家必须对一切事物，对社会生活，对不同类型的人物特征有极精细的观察，并有很敏锐深刻的形象记忆力和组织构图的卓越技巧，才能运笔自如地表现出如此丰富的内容。

> 研究者兴奋点的产生，一般有两种情形，一是研究课题的重要，或极有价值，或能引起关注；二是研究课题已经成为争论的焦点，需要通过研究讨论出个水落石出。而《虢国夫人游春图》这件书画国宝，兼具了两种情形，自然跳入杨仁恺的眼帘。

第一段叙述的视点是杨仁恺，但显然其中暗含着作者的审美判断和理性分析。

第二段表达了作者对学术研究对象的看法，揭示了《虢国夫人游春图》的价值，同时把国宝和传主联系起来，又自然引起下文。

徐光荣不满足于对传主的简单记述，对传主的语言和行为总是要站出来表达自己的观点。杨仁恺讲到勤奋时，提到三勤：眼勤、手勤、脚勤，"三勤到老都是宝"。接着，作者开始转入对三勤的议论。"其实这三勤也正是杨仁恺自己多年的工作准则与作风。笔者与他相识相交二十余年，觉得他花甲之年后仍是勤勤恳恳不敢稍有懈怠。而且我觉得他不仅是三勤，还可再加上一勤：'勤思考'。"一个善于思考的作者在传主身上也发现了"思考"的本质。

此外，作者的历史理性还表现在，并不因为杨仁恺是国宝鉴定大师，也不因为自己与杨仁恺是朋友，就完全地肯定杨仁恺对所有国宝分析的正确性，作者只是说杨仁恺的观点属于一家之言，并且列举了关于《虢国夫人游春图》的不同意见，有与杨仁恺大体一致的意见，如《中国美术史》、《中国名画鉴赏辞典》，不同的意见在《中国画的艺术与技巧》等著述中有所体现。作者在书写的过程中始终与传主保持一定的距离，也正是因为有了这个距离，才不会"产生许多视而不见的死角和盲点"①，才能更好地观照传主的一切，一方面保持叙述的客观性，另一方面凸显叙述的主体性。

当下许多传记文学缺少历史理性的观照，一派赞美声淹没了创作主体的声音。而《国宝鉴定大师杨仁恺》中的历史理性不仅是传主的品格，也是文本的底色。作者把两方面融为一体，使文本获得了内在的审美张力。

（2）文化审美的深层构成

文化审美是《国宝鉴定大师杨仁恺》经典性追求的第二符码。文化审美是对人类文化创造的审美观照，它把整个人类的精神文化与审美情感有机联系起来。徐光荣以杨仁恺为中心，注重塑造文化群像，探求文化渊源，在富有意味的文化趣事中开掘文化蕴涵。文化，不仅成为他审美观照的焦点，而且作为文本的深层构成。这与一般传记文学仅披文化的外衣有根本的区别。

徐光荣塑造的文化群像包括两方面内容，一是城市群像，如重庆、北京、沈阳、长春等历史名城。徐光荣关注杨仁恺每一个居住过城市的文化及对他的影响，如成都的杜甫草堂、武侯祠中的三绝碑等。每一个城市都有自己的文化个性，杨仁恺眼中的北京和沈阳是这样的形象：

> 雄伟庄严的天安门，辉煌宏丽的故宫，翘角高耸的城楼，给人以厚重的历史感；倒映着白塔塔影的北海，碧波轻拍石舫的昆明湖，青砖砌

---

① 寒山碧：《香港传记文学发展史》，香港：东西文化事业公司，2003，第113页。

就的小巷，四合院……给人以宁静柔和感；而未名湖畔的读书声，长安戏院的丝弦高腔，国子监孔夫子像前的缕缕足印……北平处处弥漫着浓浓的文化气息，这令初到故都的杨仁恺感到新鲜，感到舒服，感到陶醉。他或与人结伴，或踽踽前行，登长城，游颐和园，访北大校园，拜谒天坛圣地……他恨不能长三头六臂，饱览帝都风光，拥抱这渴慕已久的故京文化。

> 沈阳的北市场和北京的王府井、天津的劝业场、上海的豫园一样有名，剧场影院茶肆酒楼，擦肩接踵，鞋店帽庄，商场书局，鳞次栉比，这里的沈阳大戏院，马连良刚刚唱过《空城计》，梅兰芳就从北京赶来唱《贵妃醉酒》，还有本地"关外唐"唐韵笙唱《华容道》，延安来的徐菊华唱《打渔杀家》，好戏连台，至于北市剧场、露天舞台，金开芳、韩少云演的评剧以及相声、评词、奉天大鼓、杂技等等，更是热热闹闹，目不暇接。在沈阳住上几个月后，杨仁恺觉得这个地方不错，满汉文化交融，关东风情独具，人民淳朴，民风醇厚……杨仁恺对沈阳这座白山黑水的巍巍古城，已有了一种亲切感。

作者写北京，尽览所有风景，表现杨仁恺对文化的如饥似渴。而写到沈阳，则聚焦到北市场，一个最能够代表沈阳满汉文化交融的地方，再进一步唤起杨仁恺的亲切感，为其选择沈阳作为自己的久居之地做了最好的铺垫。

各地的文化景观、民俗风情随着杨仁恺的观察视角纷纷登台，实际上是这些文化载体进入徐光荣的审美视域之后随着传主先后出场。作者对这些城市群像存在前理解，当传主活动于其中时，激活了他沉甸甸的记忆，所以他会情不自禁地把自己的理解转移到传主身上；同时，就是因为有了传主的不同城市的活动，又进一步强化了作者对城市文化个性的书写。

二是人物群像。人物群像不仅包括历史文化名人，还包括一些与文物发生联系的普通人。

徐光荣用相当的笔墨书写文化名人对杨仁恺各个方面的影响，换句话说，通过杨仁恺的视角我们看到历史名人的文化品格。比如，杨仁恺曾与郭沫若交谈，郭沫若关于友情与学术之间的关系的见解对他影响很大："好朋友不一定在学术上观点都能一致，可以各抒己见。也可以互不相让，争个面红耳赤。但不能故步自封，应该取长补短……学术上的争鸣，不应该也不会影响友情。"郭沫若在交友、治学上的挚切与坦诚的风范，杨仁恺在文史研究领域迈步前行时，一直认真仿效。徐悲鸿对他的影响则在"不拘一格使用人才的气魄"。徐悲鸿到中央大学艺术系后，送傅抱石、吴作人等到日本、法国留学，扶持许多贫困学生读艺术系直至蜚声艺坛。杨仁恺不忘这一楷模，对后学的青年施以真情挚爱。张伯驹为了保护文物而不惜一切代价的决绝姿态给杨仁恺的影响也很大。张伯驹"毅然决定为了国宝不被转售外人，破釜沉舟，达成协议收购《游春图》。现金相差甚远，他又卖掉弓弦胡同的大房子，还不够，他又动员夫人潘素变卖首饰珠宝，勉强凑足200两黄金，与卖家现金交易，款货互换"。从张伯驹的身上我们看到文物保护的群像乃至于他们挚爱中华文化的殷殷之情与拳拳之心。

徐光荣以杨仁恺为经，塑造文化群像。问题在于杨仁恺结识的文化名人很多，不可能写尽所有人物；同时，对其他文化名人涉及过多，又会存在"喧宾夺主"之嫌。徐光荣比较好地处理了传主和其他人物之间的关系，他选择对传主人生有重大影响或有密切联系的人，选择那些能突出传主性格和成长过程的事件。

《国宝鉴定大师杨仁恺》的可贵之处在于，不仅塑造了文化名人的群像，而且还塑造了一些普通人，这些普通人或是在博物馆默默的工作人员，或是因文物命运发生改变的人。尤其是文中写到一个因为国宝而失去丈夫和青春的女人，但无论在何种艰难的情况下，她都没有动过卖国宝的念头。这一事件的插入，丰富了文本的内涵。保护国宝不仅是历史文化名人、博物馆工作人员的事，它也应该是所有中国人的事。只有所有的中国人都有保护国宝的意识，国宝才会更安全，民族文化才会更有希望。

塑造有丰富文化底蕴的城市群像和人物群像，尤其是涉及文物灾难和人物苦难的时候，容易给读者造成压抑感，徐光荣巧妙地化解了这一问题，他适时地插入文化界的趣事，既调整了氛围，又开掘了文化内涵，比如徐悲鸿"盗画"为吕凤子"夺金"的佳话、陈半丁先生受"骗"于张大千之事等。有些叙述看似与传主无关，但却包含作者的深意。作者一边写杨仁恺为齐白石办画展，一边写在巴黎办画展的张大千到毕加索别墅访问。作者巧妙地把两件事合在一起。张大千打开毕加索的画册，"不禁暗吃一惊，每本画册约二三十张，全是以中国画笔法画成的花鸟鱼虫，学的是齐白石老人的风格……"这充分证明了齐白石的艺术价值以及杨仁恺为齐白石办画展的历史性意义与价值。关于1983年"利玛窦来华400周年文物展览学术座谈会"的叙述也是如此，作者也写到一件趣事，周传儒教授出席会议，引出他和在美国的儿子于1979年分别30年后团圆的感人故事。表面上看这段叙述似乎与文本游离，但细加分析就可以发现作者意在强调当时的历史文化语境。"文化大革命"结束之后，中国知识分子迎来了春天，中国知识分子的命运受到极大的关注，而中国的文物保护和学术研究也迎来了春天。

当徐光荣决定写国宝鉴定大师的时候，就意味着他选择了文化，选择了文化审美。他调动了自己的文化积淀，在鸟瞰与回望中塑造文化群像，为我们展现了20世纪的文化风景。

（3）文人情结与主体张扬

文人情结与主体张扬是《国宝鉴定大师杨仁恺》经典性追求的第三符码。作者既注重客观叙述，又善于引用中外作家的名言，富有意味的是，作者笔下的传主也喜欢中外名著，甚至与中外某些作家的生活发生联系。这一切源于作者和传主之间的对象化关系。

中外作家名言在文本中的密集化是徐光荣的文人情结的重要体现。徐光荣的创作涉及了诸多历史名人：杜甫、李白、鲁迅、张恨水、郭沫若、莎士比亚、但丁、托尔斯泰、歌德等。作品中有这样一段叙述：

> 巴金老人说："希望是人生之需要，人如没有希望，何异于江河干涸了河水？"英国的哲学家罗素也说："希望是坚韧的拐杖，忍耐是旅行袋，携带它们，人可以登上永恒之旅。"而人类最美好的希望，常是那些与命运搏斗、历经沧桑的善良人所发出的。恰如杜甫在茅屋为秋风所破时，犹憧憬"安得广厦千万间，大庇天下寒士俱欢颜"；恰如贝多芬身处贫病交加，双耳失聪窘境时，又期冀圣母给人类带来欢乐——
>
> ……

也许正在从这个意义上，我们可以充分地理解，为什么杨仁恺在几十年后功成名就之时，当人们询问他是从哪里学成的时候，他一次次谦虚地回答："可以说我的专业课是在北平琉璃厂学成毕业的。"其实，他在琉璃厂不仅充实了文史、金石、书画知识，丰富了文物鉴赏知识，他在这个中国传统文化与当代文化、文化与社会生活，文化与商业、文化与财富、文化与权力诸方面的交汇中，也更读懂了人生，正是在命运的跌宕中升华出一种美好的希冀……

于是，此刻，我又想起了德国诗人歌德的一句名诗——

希望，是风雨之夜过后的晚霞……

上引的文字中出现了五位中外作家或艺术家，可见徐光荣对中外文艺的喜爱以至"痴迷"，这与他的历史理性有关。

文人情结还体现于传主对中外名著的喜欢，并用作品中的人物鼓励自己。杨仁恺喜欢张恨水的《五子登科》；在右眼失明时，杨仁恺的脑际忽然浮现出郭沫若在重庆创作的话剧《屈原》；他读过罗曼·罗兰写的关于贝多芬的传记，这时贝多芬在逆境中的惊人毅力感染了他。

此外，传主的生活与某些文人生活的同构性也体现了作者的文人情结。作者写道："看到白帝城，杨仁恺自然会想到李白那首著名的绝句：朝辞白帝彩云间，千里江陵一日还。两岸猿声啼不住，轻舟已过万重山……李白所乘的是木船，自然比不上杨仁恺所坐的江轮，李白抒发的不过是一种畅快之情，而这种心情，杨仁恺也有，久居巴蜀，一旦能远行万里，亲近锦绣江山，施展抱负才智，比李白的被贬逢赦，更不知畅快多少倍！"船过武汉，在船舷上眺望，这时崔颢的《黄鹤楼》又引发他的怀古幽思。在这里作者把杨仁恺与李白的心情作了对比。再如，杨仁恺的妻子刘文秀读过《巨人三传》，托尔斯泰和苏菲·安特莱伊佛娜的婚姻与创作，给她留下了非常深刻的印象。"刘文秀自知没有苏菲·安特莱伊佛娜那样写小说的才气，但她觉得自己却可以像苏菲·安特莱伊佛娜一样帮助丈夫完成他所钟情的事业。"

作家及他笔下的传主都钟情于中外文化，足以说明传主与作者在一定意义上具有精神的同构性。就像杰拉尔德·克拉克（Gerald Clarke）在《传记文学的成熟》中说："一个读者进入一部小说，他就步入了作者想象的天地。而当他打开一本传记，他却同时闯入了两个人的生活：传记主人公极其作者就好像孪生兄弟一样结合在一起直至这本书变成尘埃……一位传记作者说：当你写一个人的一生时，他的经历经常成为你的经历。"徐光荣进入了杨仁恺的生命和精神世界。在传媒并不十分发达的年代，读名著成了许多年轻人特别的享受，名著中的主人公成为精神的楷模，给予逆境中的年轻人以特别的力量，这是看电影、看电视、上网、玩游戏长大的一代人所无法体会的。读名著成长的杨仁恺和徐光荣有着相似的情感，然而，不可否认的是，徐光荣在一定程度上再次情不自禁地把名著对自己的影响对象化到传主身上了。我们虽然没有读到徐光荣关于自己与杨仁恺这种精神同构的创作谈，但是我们可以从他《烹饪大师》的创作谈中看到这种创作的趋向："刘敬贤的自述引起我心灵的共振。在他高考落第第四年，即 1959 年，我也因为父亲在反右斗争中蒙冤而得了一纸'不录取通知书'而陷入迷茫，是巴尔扎克使我在抑郁中又抬起了头。巴尔扎克落魄时，住在巴黎贫民区一座四面透风的小屋里，他在书房的壁炉架上，立一座拿破仑小雕像，在雕像底部贴一张字条：'彼以剑锋创其始者，我将以笔锋竞其业。'雄心勃勃的巴尔扎克从那时起，每天写作十几个小时，一直持续二十几年，而世界留下巨著《人间喜剧》，要像巴尔扎克那样有恒心，有毅力，孜孜以求！——一种由己及人的切肤感受，使我找到了打开刘敬贤心灵门扉的钥匙，也找到了写作这本传记的精神内核，曾渴慕进入清华大学的落榜青年经过人生一次次拼搏，以中国烹饪状元的身姿登上清华大学讲坛，我的头脑中形成一个完整的构思和人物命运的链条，主人公为实现理想不屈不挠的性格也渐渐清晰起来。"徐光荣的自述至少可以让我们明晰这样三个问题：一是传主与作者有相似经历；二是中外作家对作者人生产生了重大影响；三是由己及人，自我经历的对象化或他人经历的自我对象化。同样，在创作《国宝鉴定大师杨仁恺》的时候，徐光荣也把自己的经历、文化修养、文化感受部分地对象化到传主身上，所以我们才看到中外文学对于传主的特别意义。

（4）沉潜涵咏与谋篇布局

沉潜涵咏与谋篇布局是《国宝鉴定大师杨仁恺》经典性追求的第四符码。面对众多的有关杨仁恺的材料，徐光荣沉潜涵咏，讲究谋篇布局。他采纳的不是单一的时间叙述方法，更善于在公共空间与个人空间的转换叙述中追逐传主的精神轨迹和生命历程，不仅形成对传主的整体的生命观照，而且激起读者的审美期待。

一位报告文学家说过："报告文学中的所谓'文学'，其实与其他文学种类是没有区别的，它要求作家拿出小说家的睿智和调皮，拿出诗人的激情与狂野，拿出剧作家的精巧布局与场景考究……总而言之，要把文学艺术创作的各种手段和本领全部学会去进行'纪实'类作品的创作，这样的'报告'才可能成为真正意义上的'文学报告'。"从文学性的角度来说，各种文体之间没有本质的区别。但是，写报告文学与写一部完全虚构性的文学作品毕竟不同，长篇小说可以是作家"冥思苦想"的故事，而报告文学有真实的人，真实的事，作家面对的是传主众多的材料，最重要的是如何组织这些材料，在这些材料的基础上建构一个新的文学场景。徐光荣认为，传记文学要求文学性与真实性的结合，即在不违背基本历史面貌的前提下进行必要的艺术加工，剪掉一些非本性的东西，并对某些细节进行合理的补充，从而塑造出真实而又完整的人物形象。由此可见，如何使用材料、如何谋篇对报告文学显得尤为重要。

《国宝鉴定大师杨仁恺》不是按照时间的顺序叙述杨仁恺一生的成就，作者特别讲究开篇以及章节之间的衔接，用空间的转换打破时间的叙述。作品开篇即定格在"国宝展上的睿智老人"。然而接下去的一章却从国宝展的鉴赏成就写到世道人情，"杨仁恺在国宝上虽然忙得不可开交，但他还是安排时间去探访一回故友谢稚柳的夫人陈佩秋"。接下去一节"夜访故交 心舟驰向巴蜀"开头这样写道：

> "晋唐宋元书画国宝展"期间杨仁恺活动频繁，确实太累了，竟至在与林声、劳继雄同访陈佩秋时半梦半醒地睡了一会，而这一会儿，是那么解乏，那么香甜。有人说，故乡的一点炊烟也让人感到香甜。
>
> 也许杨仁恺正是在梦中又遥见家乡巴蜀的炊烟了吧？
>
> 也许他心灵的屏幕上又映现出重庆与谢稚柳的初识？
>
> 也许他记忆的底片上又汩汩流淌着和溪的清流？

然后在诗意的叙述与"和溪杨仁恺的"的自谓中回到对杨仁恺故乡和出生的追述。从上海国宝展、陈佩秋家到和溪，前两个空间是时间顺序，而后两者则是时间逆序。前者，作者强调的是空间的变化，这种变化已经构成文本的特色。作者总是在公共空间与个人空间的转换中书写传主的工作或事业、亲情或友情，展现作者生命历程的全貌。文本从"发现《清明上河图》"到"亲人重聚北国"，从个人书房"沐雨楼"到学术领域"捍卫国画"等无不如此。后者，作者用空间的变化打破时间的顺序，在空间的转化中完成对传主另一段生命历程的叙述。

同时，文本在总的时间顺序的基础上，不断插入对后来事情的叙述，把相关的成果连在一起，构成总体观照。《受命重任 奔赴长春结网》写1952年到长春伪皇宫详查国宝散佚情况。接下去一节《顺蔓摸瓜 捋清盗宝始末》，开头插入这样一段文字："在杨仁恺到长春调查处理伪宫散佚书画作品的37年后，1990年上海人民美术出版社出版了他的大著，长达50万字的《国宝沉浮录——故宫散佚书画见闻考略》，书中以极其详尽的记述披露了溥仪从北京故宫盗出国宝的经过以及这批国宝跟随他辗转运到长春伪宫最后惨遭劫难、散佚损毁流失的情况，其中许多内容都是此前鲜为人知的内幕，给人眼前为之一亮，真相大白的全新感觉。"提前叙述的方法一方面自然连接上下语境，有助于读者对传主一生的总体把握，另一方面也会引起读者的审美期待。

为了撰写《国宝鉴定大师杨仁恺》，徐光荣付出了艰辛的努力，他深入调查、采访，收集大量资料，不仅认真研读传主的作品，而且大量阅读的学术著述，参考书目达19本之多。徐光荣在时间和空间的双重维度中消化材料，重新整合材料，在材料中沉潜与涵咏，显示了驾驭材料的能力。

书写《国宝鉴定大师杨仁恺》这样一部具有历史理性和文化审美的传记文学并非一般的作家所能完成的，它需要与之相适应的本质力量。马克思在《手稿》中说："对象对他来说成为他的对象，这取决于对象的性质以及与之相适应的本质力量的性质；因为正是这种关系的规定性形成一种特殊的现实的肯定方式。"[①] 徐光荣以自己丰富的学养、"足够的史德和史识"[②] 出色地完成对国宝鉴定大师杨仁恺的书写。读者跟随文本，与国宝、传主一起历经磨难，与作者一起心痛；并一同走出困境，走向春天。读者情不自禁地对国宝鉴定大师及对保护国宝的个体和群体心存感激。文本充满了一种强烈的文物

---

① 《马克思恩格斯全集》第四十二卷，人民文学出版社，1979，第125页。
② 寒山碧：《香港传记文学发展史》，香港：东西文化事业公司，2003，第55页。

保护意识，并把这种意识传递给读者。《后记》中最后一行字，"写于沈阳'一宫两陵'申遗成功之时"，富有深意，它彰显了作者的保护意识。

当今文坛不缺少传记文学作家，而是缺少那种为了解传主生活、走进传主生命而能够沉潜、十年磨一剑或几十年磨一剑的作家；当代文坛也不缺少传记文学作品，而是缺少能够留下历史光华的经典之作。当代文坛中太多的流水账文学和急就章冲淡了传记文学本身的典雅性和文学性。从这样一个角度，我们应该更珍视《国宝鉴定大师杨仁恺》所体现出的历史理性与文化审美、文人情结与主体张扬、沉潜涵咏和谋篇布局的经典性追求，它的写作和出版具有特别的意义。

4. 文化场域的角色定位

《世明圈点》是齐世明在文化场域中以一个知识分子的批判眼光选取正在发生的即时性圈点对象并进行深刻剖析的对象化存在。它是 2001～2008 年圈点文本的经典选粹，从中我们既可以看出历时性的文化变迁，又可以共赏刚刚兴起的、正在流行的及即将消逝的形形色色而斑驳复杂的文化镜像。简约的"圈"，精妙的"点"，透视出"世明圈点"的成长。巴尔扎克说："法国社会将成为历史学家，我不过是这位历史学家的书记。我也许能够写出一部史学家们忘记写的历史，即风俗史。"我们也可以说，齐世明是 21 世纪初中国历史与文化变迁的书记，又是一个敏锐而犀利的批评家。然而，批判不是他的目的，作为文化场域中的知识分子，在焦灼与忧患中，我们看到他为构建健康与和谐文化的切实努力。

《世明圈点》最重要的问题是"圈"什么，怎么"点"，"点"到何种程度，达到什么样的高度。《世明圈点》是对正在发生的文化现象的圈点，具有新闻的即时性与同步性。新闻背景与世明圈点是一体化的，无新闻背景，相当于"无的"，而圈点则不可能产生，背景和圈点是完整的统一体。圈点的"事件"甚至在前一天晚上发生，这需有一般新闻记者的敏感，还需有比记者更强的思辨能力。他不是等待新闻，而是在寻找新闻。有关文化的新闻每天数不胜数，如何在文化场域中筛选自己圈点的对象，是一个非常重要的问题。虽然作者并没有鲜明地标注自己的圈点标准，然而透过他所圈点的对象，我们发现，在他的意识深处有这样一条标准：健康与和谐。无论何种文化现象，如果是健康与和谐的，他便大力倡导；反之，他则把批判的利剑指向那里。

如果说，"圈"什么涉及对象的选取，是视域与视角的问题，那么，怎么"点"，则更重要。一是艺术表现，将圈点对象进行到底，将文化和审美送给受众；二是作者的人格素养与文化心理结构，关乎"点"所能达到的深度和高度。更为重要的是，作者作为创作主体，作为文化场域中的知识分子，以何种身份进入文本，怎样定位自己的角色，才能更好地连接文本与受众？在文本表述的过程中，作为知识分子的创作主体呈现出四种不同的角色样态：受众的代言人、冷静的旁观者、鸟瞰的局外人、文化的建设者。

（1）"和你在一起"：受众的代言人

《世明圈点》的对象多数是受众关注的热点文化现象，既包括大众文化也涉及传统文化。他"圈"受众所"观"，"点"受众所"感"，他自身就成为受众中的一员。在一定意义上，他成了受众的代言人。萨义德在《知识分子论》说："知识分子是社会中具有特定公共角色的个人，不能只化约为面孔模糊的专业人士，只从事自己那一行的能干成员。我认为，对我来说中心的事实是，知识分子是具有能力'向'（to）公众以及'为'（for）公众代表、具现、表明讯息、观点、态度、哲学或意见的个人。"① 《世明圈点》有一批相对固定的受众群体，这也正是圈点得以持续多年的精神支柱。在无数圈点被转载或被褒奖的荣誉面前，作者"淡然"；然而面对读者的电话与信件，他却"欣然"。作者与受众之间的感情交流与心灵默契已经成为《世明圈点》的"精神资产"。"和你在一起"，应该说是双方最想向彼此倾诉的一句话。这其中的依托与互动，显现出作者脚踏大地的实感。

然而，如果我们就此得出作者与受众"共谋"的结论，那实在是对《世明圈点》的误读。其实，受众的代言人，只是作者的角色地位之一。在他的文本中，我们所看到的还有其他的作者"形象"，一个冷静的旁观者。

（2）在热点边缘：冷静的旁观者

这包括两个方面：一是热点的冷思考；二是"冷"点的热倡导。

热点的冷思考，是指作者没有在热点文化中"共融"，而是以一个旁观者的身份冷静审视。福柯认为："知识分子……要通过自己的专业领域的分析，一直不停地对设定为不言自明的公理提出疑问，动摇人们的心理习惯、他们

---

① 艾德华·萨义德：《知识分子论》，单德兴译，台北：麦田出版社，1997，第48页。

的行为方式和思维方式，拆解熟悉的和被认可的事物，重新审查规则和制度，在此基础上重新问题化（以此来实现他的知识分子使命），并参与政治意愿的形成（完成他作为一个公民的角色）。"① 《世明圈点》主要"讲述"现象背后的"故事"，从现象开掘本质，也就是说，他并不止于对现象本身的关注，而是觉得背后的东西更值得思考，深层的东西更值得探究。作者圈点的热点现象正是受众所关注的，但是作者的"兴奋点"与受众的兴奋点并不一致。受众可能徜徉在帝王戏之中，而作者从帝王戏持续升温的现象中发现现实题材的重要性；面对二人转市场的不断扩张，作者冷静思考，倡导受众观看绿色二人转；而对超级类栏目的流行，他冷静地说"如此超级可以缓刑"，超女现象是一种个娱乐幼稚病症。作为一个冷静的旁观者，他时时刻刻提醒受众，做一个安静的受众的重要性，"反思'文化炒作'"，"风声、雨声、读书声不能声声入耳"；警惕"风水文化沉渣再起"，警惕博客空间的谩骂之风，警惕"色情犯罪上荧屏"。他说："真正的文化不会自我满足，它代表着向上的愿望，而不是向下拉平，更不会只沉醉于同庸俗、平凡拥抱"（《这选秀，怎一个"乱"字了得》）。面对热点，作者是冷静的旁观者，似乎又是一个保护者。

"冷"点的热倡导。对于非热点，因为受众关注不多，一些对健康与和谐文化建设十分重要的方面没有得到应有的重视，或者成为"冷"门。也就是说，对不能构成热点但是却应该是热点的东西，作者则大力倡导。他问道："今天你读诗了吗？"每一年的世界读书日，他都会写一篇"今天你读书了吗？"的圈点文章。当大家蜂拥而趋观看"商业大片"的时候，他推荐无大制作、无明星阵容的故事片《天狗》，让受众明白一个草根的正义与担当；他同样倡导受众珍视《三峡好人》、《偓人吕尚斌》等关注小人物命运的影片。这些不是热点的圈点，是对冷现象的热思考，是对边缘的关注，目的在于吸引受众目光，调整受众的惯性思维，评品冷热滋味，提升他们的文化品位。他的人文情怀与终极关怀在冷冷的文化中颇显暖色。

冷静的旁观者，是与受众站在一个平面上的。受众是"显在的读者"，也就是说，圈点有明确的主体指向。然而，在面对有些文化病症时，他抽身而去如同鸽子一样站在一个高点上，成为一个鸟瞰的"局外人"，而这时的受众

① 福柯：《权力的眼睛：福柯访谈录》，严锋译，上海人民出版社，1996，第147页。

便成为"隐含的读者"。

（3）鸽子视点：鸟瞰的"局外人"

作为"局外人"，作者看得更全面，更清楚，言辞更犀利，批判也更加有力度。《世明圈点》的一个重要特点就是他敢于说"不"，而且是富有理性地说"不"，这是一个知识分子身份的重要体现。他直言"娱乐化≠低俗化"；极力批判流行文化对高雅文化的入侵（诸如"名著变脸"，尤其是重说中把经典变成"性快餐"以及"色情的才是大众的"怪异观点等），发出"戏说当止"的呼喊；认为"贱"文化是荧屏上的"恶之花"，反问"贱"新闻"看你活几时"？作为一个居于"高端"的文化批判者的角色，他给文化病症诊脉：《中国到底需要多少春晚》以"病理诊断报告"的形式书写，从患者、症状和诊断等方面说明春晚存在的问题和解决的必要性；面对诗歌备受冷落的文化病症，他富有反讽意味地指出，一些诗人"成天钻在我的屋檐下盼情人来信，听乌鸦鸣叫"，自然这些诗歌不能得到共鸣。与此同时，他看到一个更加严重的文化病症，即复制与自我复制。《中国需要几个好莱坞?》直逼国人弱点"好大喜'最'"，也不管这"大""适合不适合自己"，这"最"会引发怎样的后果；有人试图拍摄中国版的《疯狂主妇》，也是这种盲目复制的冲动。复制不仅是对他国文化的复制，也有对本国文化的复制。针对国内的自我复制现象，他说"刀郎不是筐"，从而呼唤流行音乐的独创性。在后现代文化场域中到处充满着这样或那样的复制现象，但却缺少生产与创造力。詹姆逊认为后现代社会中主体的丧失、复制的盛行、意义的漂浮、深度的削平等"扑面而来"。

鸟瞰的"局外人"，批判不留情面，受众在这里似乎不是他关注的焦点，成为"隐含的读者"，他更多是对文化病症全面的扫描与剖析。一个无情的批判者，我们只是说对了作者文化身份中的一个方面。透过他冷冷的文字，我们清晰可见一颗为健康与和谐文化忧患而焦灼的心灵。而每一个受众似乎能够看到作者期待的自我影像，一个自觉的文化建设者，不仅是对作者而言，更是对受众而言。

（4）健康与和谐：文化的建设者

《世明圈点》面对的是复杂多样的后现代文化景观，在这样的景观中，他不是一味地批判，而是在批判中呼唤文化生态环保、构建健康与和谐文化。

作为一个后现代文化场域中的知识分子，在文化场域与权力场域、商业场域角逐中，他自觉地承担文化建设的重任。而这种担当，源于一种对文化的焦灼与忧患：谣言四起，有×闻无新闻，影视剧产量虚高；他惊悉"屈原"竟成猪饲料，慨叹文化遗产如此转化成有形资产，低俗文化盛行，"孔夫子哭了"。《世明圈点》中很多文章的题目就是本身就是一个问句，这也表明作者在复杂文化现象中的不停追问："当代文学缺失了什么？""网上恶搞谁能容？""为何鲁迅 PK 玉女作家？""四大名著该不该重拍？""如此选秀，与谁有益？""娱乐文化"将把人带往何处？等等。面对这样多的追问，受众自然而然地会随着作者的思路不停地追问下去："我们怎么了？中国怎么了？"也许在这种自我追问中，受众感受到自我是文化中的一分子，这一切与"我"、"我们"有关。也就是说，从作者的追问他者到受众（包括作者）的自我追问，是完成批评与自我批评、审视与自我审视的过程。在这个过程中，受众作为文化参与者身份意识的醒觉，对健康与和谐文化的建设至关重要。

健康与和谐是一个民族文化发展的重要基础，也是重要目标。任何一个民族都有自己独特的文化记忆，母语和传统节日成为这种记忆的文化表征与重要载体。而在一定时期内，它们似乎逐渐"淡出"。面对重视英语学习、忽视汉语学习的文化现象，《世明圈点》用了大量的篇幅在批判中审视，并由此提出自己的理念。他说："汉语不仅是交际的工具，更是传承民族文化的纽带，是民族文化的根。"他提倡"用国学补钙"、"我爱母语"、"闻鸡起读"，并在"国际母语日"补思：尊重母语是爱国的表现。可以说，作者把母语提到了一个相当的高度。对传统节日文化的倡导也是如此，他说："年节是一种文化，渗透到一个人、一个民族的血脉之中。"他的一篇圈点"惊悉端午节将成'洋节'有感"是在这样的背景下写的：《人民日报》2004 年 5 月 6 日载文，韩国已将"端午节"列入本国遗产名录，很快将向联合国教科文组织申报"人类口头遗产和非物质遗产代表作"。作者思考洋节在中国的盛行，而中国传统节日却渐渐失去热度。他深刻认识到："我们守着一个文化聚宝盆却不善于认知挖掘……传统节日的失落可以看出民族文化的一种断裂。文化本来就是代代相承的。年轻人对传统节日的兴趣需要前辈人的培养。"他的"年味儿渐失何处寻"，"学会过年"等都是这样的圈点文章。从端午节到民间文化遗产的保护，正是像作者这样的知识分子的大力呼吁，才有近几年国家对传统节日的重视，清明、端午节、中秋节等增设为国家法定节假日。在作者的呼吁成为现实之后，他更重视的是传统节假日不仅要有"壳"，更要有"魂"。他看重的是文化的含量，文明的氛围，"完整而生动地恢复与重构民族节日传统，我们的传统节日才更有积极意义"。只有我们重视传统文化，才能续上民族文化的血脉。

"文化生态也须环保"，这是作者深刻意识到文化生态及文化健康与和谐之间的密切关系后发出的另一个呼吁。文化生态失衡表现出多种样态，现代的高楼大厦洗净了人们的历史记忆，多少钱也不能够打造圆明园文化。从"十大文化偶像"的评选中鲁迅、巴金与演艺明星"齐飞"、"一色"，他看出青年文化心理的虚空与匮缺，认识到守护民族文化精神遗产的重要性和培养青年健康文化心理的重要性。他因而倡导阅读红色经典，提倡做巴金一样"讲真话"的人文知识分子，提倡像路遥一样拥有"平凡的世界，辉煌的人生"。

《世明圈点》是对准焦点的圈点，每一个点的"占领"都是对自我版图与场域的扩张，点的穿透与点的张力使文本在受众中产生了广泛的影响。而这一切也源于《世明圈点》的书写策略。他一方面将名言、警句恰当嵌入文本当中，增强"古典"的魅力；另一方面不断改变叙事视角，采用多元化的叙事方式，增强现代的美感。如，关于演艺明星的充电他采用幽默中的畅想未来式；他以电影票作为第一人称叙述者，从电影票的焦急与烦恼中看出中国电影门槛之高挡住了观众前往欣赏的脚步；他以"病理审查报告"的形式诊脉"中国需要多少春晚"；以电影拍摄的方式结构《都是"馒头"惹的祸》，用长镜头、特写、画外音、旁白与叠加画面等描述《一个馒头引发的血案》的作者胡戈和陈凯歌之间的官司，说明对知识产权保护的重要性，总结"血案"背后的东西：网民"民意"中存在可怕的非理性；他以苏联战地记者克里空的身份写信给中国娱乐记者，诊脉时下文化生态混乱、价值观混乱、新闻观混乱的文化环境。而东北话的适时插入则在古典与现代之间增强了文本的幽默品格，凸显文化场域中东北知识分子的人文情怀。

"和你在一起"，作为受众的代言人，作者和受众距离最近，或者说零距离，对于圈点对象来说，是"入乎其内"。在热点边缘，作为冷静的旁观者，作者与受众平面地拉开距离；鸟瞰的"局外人"，作者与受众立体地拉开距离，这二者是"入乎其内"之后的"出乎其外"。而作为同为健康与和谐文化的建设者，作者与受众再次零距离，这是"出乎其外"之后的再次"入乎其内"。作者的这种角色定位能够全方位地接触受众，观察受众，了解受众，为培养自我和受众的健康心理以及提升文化审美层次作出自己的努力。

在后现代的文化喧嚣中，《世明圈点》以受众的代言人、冷静的旁观者、鸟瞰的局外人、文化的建设者等知识分子的多种身份，搭建了一个文化与受众之间的平台，他的短平快的体式、深邃的思想内涵与幽默反讽的语言风格，使作为现象的文化通过另一种渠道、另一种方式走进受众的视野当中，他自觉地参加了文化的建设。多年以后面对文化在某个点上的变化与发展，我们依然会记得，在新世纪初的文化场域中，有这样一个知识分子，他愿意"把读者期待的目光举过头顶，将一个新闻工作者应具的职责与高标准要求的时代责任感铭记在心。"这不是一般的承诺，更像是一个战士的宣言。

后 记

不是一开始就有这样一个奢望，完成一部关于辽宁文学的书。20年前，第一次写辽宁作家评论的时候，心里还比较忐忑。那时候还在读硕士研究生，虽知一点"评论为何物"，但却不知"自己写评论究竟为何物"，尽管读本科期间与开始读研究生的时候写过学年论文和学科论文。不过，正是从那时候开始，我逐渐关注辽宁作家，撰写相关论文，才有今天的这本书。现在也并不是不忐忑，从某种意义上说，更加忐忑。

写作此书，我针对每一个文本，认真阅读，几乎是一字不落，这是因为我总是担心略去的文字会略去作家的真意，也许会错失文本中的精华而导致自己的评论以偏概全。所以，我的每篇文章的写作都是在"文本细读"之后。这种"细读"，看似态度认真，态度也确实认真，但实际上是把握和驾驭的能力不强。因而"细读"不是对自我的表扬，而实在是一种对自己的无奈。我曾经尝试过改变，但是总绕不过"细读"情结，因为"细读"给我带来的还有别样的东西。

首先，是"细读"的审美愉悦。虽然自己做的是评论与研究，最后要做一篇论文，但是并没有把"细读"看成是简单的"任务"，而是进入文本世界，在作家所营造的艺术氛围中获得审美的愉悦。

其次，是"懂得"的知音情结。每一次"细读"，我都尝试走进作家的心灵世界和精神深处，争取做到"与知音同行"，在作家的情思世界逗留，发现"创造的秘密"。

最后，是"分享"的功利目的。"细读"之时，喜欢在书上写写画画，当然是为了写作做好记录，但还有一个更重要的目的是"分享"。一是与家人分享，与爱人、女儿分享文中的精彩之处，讲讲自己所思所想（这当然有点炫耀的意思，不过也希望他们给点建议）；二是与学生分享，因为细读的印象深，细节容易引起共鸣；三是与自己分享，细读时，会记下对自己学术研究富有启发性的文本以备后用。

这本书涉及30多位作家，说到忐忑，是担心自己的"误读"。还在于有很多遗憾，在我的心底，有些作家、文本是非常好的研究对象，但自己或未涉及（就是现在，还有几个应该完成却没有完成的），或写得不够充分、不够深刻。当然，对于我来说，辽宁文学研究也是"未完成"的。

感谢我的博士生导师王向峰教授与硕士生导师王春荣教授多年来的精神引领和真切关怀！

感谢我们的作家孜孜以求、不断以新思维创造出富有个性的作品！

感谢辽宁省作家协会给我提供诸多机会与作家交流、参与评论活动！

社会科学文献出版社欣然接受我的书稿予以出版，特向责任编辑高雁女士和出版社领导表示衷心的感谢。

吴玉杰

2013 年 4 月 14 日

于台北·世新大学会馆

图书在版编目（CIP）数据

文化场域与文学新思维／吴玉杰著．—北京：社会科学文献
出版社，2013.9
ISBN 978 - 7 - 5097 - 5031 - 5

Ⅰ．①文…　Ⅱ．①吴…　Ⅲ．①作家评论 - 辽宁省 - 当代
Ⅳ．①I206.7

中国版本图书馆 CIP 数据核字（2013）第 212063 号

文化场域与文学新思维

著　　者／吴玉杰

出 版 人／谢寿光
出 版 者／社会科学文献出版社
地　　址／北京市西城区北三环中路甲 29 号院 3 号楼华龙大厦
邮政编码／100029

电子信箱／caijingbu@ ssap. cn　　　　　　　　责任校对／宝　蕾
项目统筹／高　雁　　　　　　　　　　　　　　责任印制／岳　阳
责任编辑／高　雁　李　佳
经　　销／社会科学文献出版社市场营销中心　（010）59367081　59367089
读者服务／读者服务中心　（010）59367028

印　　装／北京鹏润伟业印刷有限公司
开　　本／787mm×1092mm　1/16　　　　　　印　　张／19
版　　次／2013 年 9 月第 1 版　　　　　　　　字　　数／310 千字
印　　次／2013 年 9 月第 1 次印刷
书　　号／ISBN 978 - 7 - 5097 - 5031 - 5
定　　价／69.00 元